U0791244

第一章

初遇

“我的小画家，挪威的极光才欣赏完你又去哪儿了？赶快交代什么时候请我吃饭。”女孩在手机那边调侃发小。

“为什么要请你吃饭啊？”晏回温一边笑呵呵地反问着，一边望了眼远处的山峰。正好有阳光铺下来，她在这幅画面里又添了点儿温暖的颜色，这才放下笔活动手腕。

大山里的秋天是金黄色的。

“不准耍赖，因为你的《在旅途》版权都签到法国跟意大利了，你家小粉儿们巨激动，转发巨快，我跨界都知道了……哎——等下说，我先工作，你别总是自己一个人往山沟沟里钻，不怎么安全。”那边小声说，“还有啊，时间你定，拜拜。”

这套《在旅途》是晏回温的系列绘本。几年下来，她走走停停画完了第五册《春回大地》，因为画风温暖，内容又充满正能量，整套的版权都被欧洲出版商签了下来。

等嘟嘟声之后，她从地上站起来，收拾画板和工具。

还不到下午两点，爬上坑洼的石头台阶，晏回温打算下山回家。

“别过来，退后！”

她突然停住了脚步，就连脑子里那些对美食的思考也一起定格，然后被抛到了九霄云外。

有人惨叫？

“再……再过来都别想活！”

晏回温第一反应是在拍戏。

那边有风声来来回回，草丛发出了沙拉拉的声响。安静了一会儿后，开始出现零零碎碎的脚步声，好像是在拼命跑。

紧接着一个干净的点射，四周就只剩下粗重的喘息声了。

晏回温感觉得到，那是真正的枪声。

大脑飞快地转过之后，她终于意识到这绝不是拍戏：难道有人在杀人？什么人？火拼？还是说在抓暴徒？

她看不见那边，但惊慌地认清，危险正在靠近，因为那零碎的脚步声就要停在她面前了。

晏回温从没遇到过这种事情，她吓得几乎忘了动，过了两三秒才慌张地四处张望。

好在右边就是枯树枝跟矮丛，她顾不上枝条在手上划出小口子，眨眼间就躲了进去。她以为这样，他们就不会发现她。

可没想到，才刚缓了一口气，那脚步声就恰好停在了她身前，是一追一逃的两个人。

如果扯开树枝，他们就能看见她。

晏回温只觉得恐惧直冲头顶，吓得差点儿尖叫，她用手紧紧捂住嘴巴，瑟瑟发抖地拼命贴紧后面。只这么刚过了两秒——

“砰”的一声，其中一人被狠狠地踢翻倒在了她眼前的土地

KUWEI
酷威文化
图书 影视

/// H O N E Y /// T A S T E S ///

蜂蜜口味的故事（上）

六识——著

天津出版传媒集团
百花文艺出版社

图书在版编目（CIP）数据

蜂蜜口味的故事 / 六识著 . -- 天津 : 百花文艺出版社 , 2020.2
ISBN 978-7-5306-7821-3

Ⅰ . ①蜂… Ⅱ . ①六… Ⅲ . ①长篇小说—中国—当代 Ⅳ . ① I247.5

中国版本图书馆 CIP 数据核字 (2019) 第 265331 号

蜂蜜口味的故事

FENGMI KOUWEI DE GUSHI

六识 著

选题策划：胡晓童　**封面设计：**安柒然

责任编辑：胡晓童

特约编辑：马春雪　苗玉佳

特约策划：刘丽伟

出版发行：百花文艺出版社

地址：天津市和平区西康路35号　**邮编：**300051

电话传真：+86-22-23332651（发行部）

+86-22-23332656（总编室）

+86-22-23332478（邮购部）

主页：http://www.baihuawenyi.com

印刷：北京永顺兴望印刷厂

开本：880mm × 1230mm　1/32

印张：14.25

字数：330千字

版次：2020年2月第1版

印次：2020年2月第1次印刷

定价：49.80元（全二册）

目录

CONTENTS

上，用力喘息着。

紧接着，有机械发出“咔嗒”的声响，是枪上膛了。

晏回温立刻压抑住喉咙里的一个呜咽，上面有人拿枪指着地上的人。

她听见了，地上这喘息声就在她眼前。而他们不管谁一转头，都可以发现她，然后像抓小鸡一样捏住她的脖子。

突然，地上的人拼命挣扎了起来：“别……别靠过来，把枪放下，老子有……”

可没等他说完，紧接着“嗖”一声风动，他手中的按钮就被踢了出去。

连藏在后面的晏回温都可以感觉到，起腿的这个人，动作敏捷果断，没有丝毫迟疑，并且他的能力非常强大。

因为距离太近，晏回温甚至听见了骨裂的声音。

接着，伴随一阵惨叫，地上的人被捆了个结实。

“别动，老实点儿。”低沉而富有磁性的声音从上面那人的喉咙里发出来，随着他收枪的动作，说道，“你被指控参与多起恐怖行动，现在被捕了。”

两三秒之后，晏回温终于顿悟：是警察抓暴徒。

她正想松口气，外面那人突然踢开了她眼前的树枝，拿枪指了过来。

四目相对，重见光亮的晏回温被晃得眯了眯眼，然后第一次看见一双如此漆黑冷静的眼睛。她看到他臂章上的那几个字，是“武警特战”。

“出来。”他冷冷地说。

“我不是……我……我不认识他。”晏回温整个人战战兢兢，这突如其来的恐惧吓得她眼圈都红了，“我……我就是来画画的。”

她以为他不信，手忙脚乱地从小背包里翻找身份证，还有一切可以证明自己身份的东西。可这些，要怎么证明她跟暴徒没有关系啊？

晏回温带着哭腔，仰起脸，极力为自己辩解。

对方丝毫不为她的可怜所动。

她就像做错事的小学生一样，忐忑不安地仰望着他，以为自己会被带走审查。可没想到下一秒，他抬手点了点耳机，听见什么后，在频道里低声交代："齐了，收队。"

他收起了枪，这动作干净漂亮。

晏回温几乎不敢相信："不查我了吗？"她偷偷瞄他，见他穿一身绿色的特战迷彩服，浑身的特战装备更衬出他的铮铮硬气，突显出五官的帅气。

他是一名少校。

听见这话，他顿了顿，回头望了眼这个被吓坏的女孩儿。

晏回温正红着眼睛，他走回去，弯腰凑近了她的眼睛，尽量显得和气："小姑娘，你安全了。"

安全了？晏回温听见后，竟然没有松一口气，因为在对方那道看着她的视线下，感到心不受控制地怦怦直跳。

突然，晏回温感觉后脑勺儿被用力一扣，紧跟着，她整个人被带到了一个胸膛里，对方压着她迅速果决地转了两圈，转眼间，又放开了扣在她身上的手。

晏回温眨了眨眼。

刚才，她好像还听见了有什么东西嗖地擦过了耳际。

如果不是额头还有丁点儿痛痛的感觉，晏回温几乎以为自己出现了幻觉，可是被抱在他胸前的那种感觉却是真实存在的。

"怎么回事？"她忍不住小声问，不敢看他。

闭着眼她都能感觉到，刚才，作战迷彩服下，他浑身的每一块肌肉都在完美地配合他骨骼的舒展，收缩。

他的身材十分好，力量强大、均匀。

第二章

陆队长

他看了看晏回温那张从开始就惊恐不已的小脸，冷静地问：“怕蛇吗？”

晏回温差点儿爹毛了。

“怕，特别怕。”她一动不敢动，“在哪儿？”

“那我就不给你看了。”他左手把已经被捏断七寸的那条蛇一甩，扔进了树丛，右手拔起刚才飞出去的折刀，用刀尖一挑，弄走另一条。

晏回温后知后觉，浑身发冷：“谢谢，谢谢。”

他站起来收队，好心提醒：“小姑娘，早点儿下山。”

晏回温从一开始就没动过位置，她不知道怎么说，因为她的头发还缠在这些枯枝里。她窘迫地点点头，尝试用小动作悄悄解开，结果又听到了他低沉的声音，他从腿间拔出刀跟她示意：“需不需要？”

要割断？晏回温猛摇头。

因为外婆最爱给她梳头，所以从外婆去世到现在三年间，别说剪短，她连发尾都舍不得动半寸。晏回温低头自己慢慢解头发，有些枝条缠得靠近头皮，她只得抬眼求助于他。

他看了两秒她的费劲行为，终于皱了下眉，然后走过去单腿一屈蹲下，下巴一偏让她停手。接着，他第一句话就先跟她交代清楚了："别像现在这样动来动去，我不好下手，懂吗？"

她猛点头。

"那好，我开始给你解了。"他用手指捏着她的头发，露在黑色作战手套外的手指看上去根根坚硬有型。

他一来，带着男人味的荷尔蒙，原本就控制不住心跳的晏回温，这下气都不敢使劲喘一口，眼睛往上看天。

"刚才怎么说的？"这时，他忽然抬起眼问。

"别动"

"那为什么还动？"

晏回温说："我紧张，我尽量克制一下，行吗？"

就在这时，飞快跑上来的小战士猛地刹住了脚步，犹豫不前："咳咳，那个，队长……"

他偏一偏头："过去把人带下去，准备收队。"

小战士迅速跑过去，把人提起来拖走。

晏回温张了张口，几次想问他的名字，都硬生生地被他那张严肃冷峻的脸给堵了回来。她正纠结得手心都是汗，歪起头犹豫时，看见他站了起来。

应该是她的头发解开了。晏回温赶紧歪歪扭扭地从地上撑起来，一路小跑着跟上他的脚步下山。

山下有秩序地停着几辆白色武警车，战士们看他经过都敬礼。一个上尉立刻跑过来向他汇报情况，他边走边听，顺便交代下去："这伙人在境外策划过多起恐怖活动，务必交由公安进一步审理。"

离他远远的，晏回温只能眼巴巴地望着。

她用手指甲抠着钥匙串上的布艺长耳朵狗，东西是外婆生前在老宅子的佛堂里一针一线绣的，家里每个孩子都有，是他们的生肖，老人家希望以此保孩子们平安喜乐。

刚才，这长耳朵狗在她小命快不保时给弄丢了，晏回温急红眼的时候，是他捡到还给了她。

她抹着眼泪抽噎着说了半天谢谢，脸上本就蹭了一堆灰，这回更脏了。他盯着看了两眼她这脏兮兮的模样，实在有些看不下去，于是招招手，让她在车前洗了把脸，干净了。

所以，要不要过去打听一下他的姓名、单位？

晏回温在脑海里天人交战。

有点儿莽撞……

可人就要走了！

他都……都快到车前了。

一分钟之后，晏回温把两只手都捂在了脸上，往他的方向追过去。可刚抬脚迈出第一步，他已经拉开副驾驶室的车门，抬腿坐了进去。

这动作更衬出他的窄腰长腿，帅得要命。

砰——

车门毫不犹豫地关上，他要走了。

晏回温正垂头丧气呢，忽然，那边又传来“当当”两声，她抬头一看，他的手臂正搭在车窗外面，用手指敲了敲车门向她示意。

晏回温条件反射一般就跑了过去。

可跑到一半，她忽然有点儿纠结，对方又没直言叫的是她，于是只好窘迫地来到车边。

果然，那边先是一脸诧异，接着发出一声笑，抬手一指马路：“小姑娘，天要黑了不安全，早点儿回家。”

“噢。”

“小心有蛇。”看到她愣愣的表情后，他强调了一句。

她大窘。

晏回温站在路边，看他的车子离开，忽然觉得十月的风都不那么凛冽了。

晚上回去，晏回温水都顾不得喝一口，第一件事便是打开电脑。她记得他臂章上是一只白色狼头，写着“苍狼特战队”。

她在网上搜。

网页唰地跳了出来，她的心脏差点儿跳到嗓子眼。

呼口气，竟然真的有。

她坐在椅子上迫不及待地浏览下去。苍狼特战队，先后参加过反劫持、反爆炸、反袭击、防爆等突发事件近三百次，从未失败过。获武警部队集体一等功两次，二等功……代表中国参加国际特种兵比武，连续两年获得团体第一名。

这么多荣誉啊！

这时，笔记本电脑“叮”的一声提示电量不足，晏回温赶紧起身给电脑接上电源。头发从肩膀上滑到身前，她忽然想到下午他迅速果决的行动，还有那张映着夕阳的侧脸，冷静的眉眼……她一下子脸都热了。

因为他低头解头发的姿势，晏回温能够看到他的鼻梁、嘴唇，还有下巴，从侧面看过去，是相当硬朗的一条线，散发着天然的荷尔蒙。

停停停，不能再想了。

晏回温赶紧伸手拿来床上的机器猫抱着，用下巴抵在它的头顶蹭了蹭。

她环视着自己的小卧室，房间被布置成了梦幻蓝色，像海洋。墙上、架子上还安放着她路过每座城市时的画作，都跟她一样，色彩极其温暖明亮。

可再看屏幕里，刀尖上舔血，保家卫国。

果然，有理想的男人最帅了。

可是，怎么找他呢？也没有个人信息。

坐在暖洋洋的灯光下的晏回温盯着屏幕看了好一会儿，刚拿出纸笔准备开画，就听见门口传来两声敲门声。

她下意识收起东西去开门："妈。"

晏回温把母亲让进来，抱着她的手臂拱过去坐在旁边，又咬了一口母亲用牙签叉着递来的苹果块儿："嗯，比我买的甜。"

"知道你喜欢吃，一回来，你爸爸就都买了。"母亲笑眯眯地拍了拍她的手，把一整盘都给她，"喏，现在厨房里有的是，这下够你吃个把月了。"

"因为你们都疼我啊。"

晏回温笑着跟母亲聊天，给她讲挪威的极光跟丹麦的彩色房子。说着说着，她发觉母亲话语间似乎有些犹豫，正好看见了母亲手中的信封，于是问："妈，这是什么啊？"

母亲的话里有丝试探："回温，妈妈有个事儿，想问问你的意见。"

"您说。"晏回温放下果盘。

母亲捋了捋信封边儿还是纠结，都知道她家姑娘漂亮又讨人喜欢，想给介绍对象的人真不少。早些年她跟晏爸实在舍不得，就都婉言拒绝了，想让女儿自由恋爱，但现在这个……

她手指捏着信封里的照片，这个条件确实不错，又是自己多年的挚友拜托，再加上经过她跟晏爸观察，女儿一直都没有想谈恋爱的迹象。

要不然，让女儿先了解一下试试？

母亲抚摸着她的头发：“前几天你刘阿姨过来了一趟。还记得刘阿姨吗？你小时候可是在人家里墙上画过画的。”

晏回温窘了一下：“记得。”

母亲继续往下说：“你刘阿姨的先生部下有个兵，各方面都不错，而且他又是你刘阿姨的亲外甥。”最关键的是，知根知底，她才能放心交出女儿。

兵？

可晏回温只注意到这个字，靠在母亲肩膀上，一边在脑子里描摹他的样子，一边考虑一会儿还是得画在纸上。

“那孩子，妈妈见过他照片，也从你刘阿姨那儿了解了一下。”母亲见她愣愣的，于是顿了顿。晏回温张着嘴巴跟母亲对视，三秒以后终于反应过来。

介绍对象啊。

可是不喜欢。

能不能不见？

她嘀咕出声：“妈，不见行吗？”

母亲早有心理准备，笑着去轻拍她手背：“当然行，妈妈也没跟刘阿姨敲定。”因为倾斜，照片从信封里滑出了一半。

晏回温眼睛都看呆了。

等等！

照片里的人即使换上了武警常服，收敛了锐气，晏回温还是一眼就认出了他，他的眉眼跟气质让人过目不忘。

她的手立刻扒上母亲的手臂，声音很小：“要不，见见吧。”

母亲怕她是因为不想让自己为难，反倒笑着安慰起她来：“回温，没关系，妈妈就是特意先来问问你的意见，什么都没定，你千万不要有心理压力，不想见咱就不见。”

晏回温特别想一巴掌拍在自己脑门上。

想见，她非常想见，可这样一来该怎么说啊？

母亲瞧她表情别扭得脸都快红了，还是权衡了一下，最后说：“这样，下周先见见，不行也别勉强，好吗？”

晏回温点头，过了一会儿又嘟囔着问：“那他叫什么名字啊？”

“陆初阳。”母亲想了想补充，“是苍狼特战队的中队长。”

陆初阳。

晏回温从照片里他常服的姓名牌上拼着他的名字。

苍狼特战队的基地里，已经到了熄灯时间，整座大楼里就剩中队长的办公室还亮着一盏灯。林在言刚给他队长的电脑做完程序更新，打着哈欠伸了个懒腰。

他搓了搓脸，慢慢往外走着。

迎面的男士身穿军常服，蝴蝶领花，估摸是来办事的文职小干部。他看见林在言，恭贺他得了电脑大赛冠军，打过招呼，低头欲匆匆闪离。

“怕我干什么啊？”林在言单臂一横就拦住人，身体倾过去，武警中尉的肩章挨到对方肩膀，看过去的桃花眼竟也含笑，“我脸上有刺儿吗？”

何止脸上有刺儿，林在言简直浑身都是刺儿。整个武警系统谁不知道这是位爷。

小干部突然得救似的跟远处挥手：“陆队长！”

一物降一物，终于看见能制住林在言的人物了。陆初阳走到他面前跟他点头致意，拍拍林在言的手臂，把人领回了办公室。

“坐。”陆初阳声音微沉，头也不抬地打开电脑，“你吓他干什么？”

“队长，你看我的眼睛，从头到尾对他保持着迷人微笑。”林在言抬起条腿往窗台一坐，双手抱着后脑勺儿，实话实说，“他们总寻思我是来镀金的，我不爱听。”

“那自己说说，你为什么来特战队？”

陆初阳忙于打行动报告，也懒得管他坐哪儿。林在言跳下窗台，两脚一靠，开始“官方”演讲。

一通扯淡完毕。

一秒，没反应。

两秒，没反应。

只有键盘在噼啪作响。

林在言心中倒数五个数，陆初阳正好敲完最后一个字，靠回椅背的同时，掏了掏刚才备受折磨的耳朵：“既然这么热爱特战队，你过来。”

林在言的桃花眼又是一笑，我起个头瞎扯，您怎么也跟着演上了？

陆初阳摘下嘴里的烟：“今天挂彩了？”

林在言：“小伤。”

“哦，小伤，那怎么受伤的？”陆初阳故作困惑。

自己的队员个顶个的上天雄鹰下水蛟龙，而眼前这个，就算海中孤岛危机四伏，他也不会放在眼里，直踏到食物链顶端。

如果不是为了救人，抓个暴徒也不至于受伤。他清楚，但没办法，不过有必要敲打敲打。

林在言对上陆初阳的视线，升起一种不祥的预感。

“拿着。”陆初阳将一张纸从桌面推过去，硬朗的面孔竟笑起来，“明天的加练计划，老规矩，伤员套餐，但我给你减了两项。”

居然会减？林在言意外地接过来看，左看右看，提防有诈。

陆初阳将眼抬起来，露出一个满意的微笑：“便宜事当然没有，早点练完，你们组正好跟我出去办事。”

林在言不知该说些什么了。

这才是他千年老妖怪的队长。

“队长，听说上头支队长可给您介绍相亲对象了。跟我们这样就算了，不过下周相亲之前，您一定要良心发现才行啊！”林在言倒退着出门，当头就被陆初阳笑眯眯地盯住了。

“你管我相不相亲，三秒钟，消失在走廊，执行命令。”

第二天晚上，刚下过一场秋雨，天气又冷了许多，空气里还有水汽。

晏回温出门时套了件白色大衣，在大高地篮球馆门口等到发小薛琪，挽着她，走在散场的人潮里：“今天看比赛的人多不多？”

“巨多。”薛琪大学学的是体育解说，因为研究生还没有毕业，所以她只偶尔跟领导过来见见世面，“今天有球星来，所以场面特别火爆，我想要签名都没要到。”

“刚才等你的时候，我看见外面都有武警执勤。”晏回温想到了陆初阳，只不过她偷瞄了半天，发现不是他们。

薛琪边走边伸出手指描了描身旁一辆军车车身上的“武警”二字：“不止球馆外面，里面也有，还有特警。”

晏回温注意到这辆军车不太一样，赶紧把她的手拖了回来：“这辆不是篮球馆门口那种。”

薛琪吐吐舌头，舒口气感慨：“像这种重大活动，武警跟警察都来，真是超安全啊，生活在和平年代简直幸福感爆棚。”

“其实也算不上和平年代，你看别的国家到处都是暴乱，只不过我们恰好生活在一个和平的国家。”晏回温笑。

两个人又走了几步，离开了车边。

第三章

小命不保

同一时间，车中驾驶座上，在林在言举在眼前的望远镜里，晏回温和薛琪恰好挪到了目镜正中。

林在言眨眨眼，他观察的大厦被彻底挡住了，正要丢下望远镜歇片刻，忽然看见穿白色大衣的女孩蹲了下去。

“队长。”林在言忍不住道。

他把望远镜递给陆初阳：“两点钟方向，有个女孩在地上抠被踩了的国旗。”

“让你看哪儿呢？”陆初阳开口，声音很沉很慢。

“两百米外，天唯生物技术公司。”

林在言继续把望远镜架回鼻梁上方，扬着脸笑道：“姑娘挡得准确啊。”

他们今天来这里的目的只是取一份文件，结果开到球馆附近，人山人海，车无人快。

陆初阳吩咐靠边停，指挥新队员跑去跑回，自己则靠在副驾驶座给他掐表，刚好测个体能。

林在言正在等人回来。

隔着望远镜再一望，他挑了挑眉。

目镜中原本就只剩下的半个门口全没了，因为太近，视线里最大的景物就是晏回温那副呆呆的表情，她站着不动。

林在言“啧”了声，觉得好笑。

他移动望远镜，终于发现，晏回温的目光正越过一条马路，愣愣地盯着一位蹒跚行走、富态的老婆婆。直到同伴碰碰她的手臂说了什么，她才如梦初醒似的抬起手擦擦眼睛。

林在言读出，那唇语里有“像外婆”三个字。

“快哭了。”他随口描述。

突然，他沉声：“抢劫。”

老婆婆被抢了。

陆初阳抬起眼皮，眸色深浓。

离得这么近，不用望远镜他也能看见。原本武警车前面看着柔柔弱弱的女孩，二话不说穿进马路，爬过护栏追了过去，她的朋友正紧跟着她。

马路上车多，好在速度都不快，可还是有两辆差点擦过她，司机正使劲按着喇叭发火。

“队长，掉头开过去吗？”林在言问，因为有护栏在，他们的武警车也不能横穿马路。

“不，你们去接上老人报警。”陆初阳跳下车，甩上车门时交代，“不用等那小子了，让他出了大厦自己过来。”

陆初阳转身，跃过护栏，追过去。

不过一个劫匪，显然难不倒陆初阳，但他猜测这后面多半还有一个团伙。

他先扫了一眼劫匪的路线，前面路口靠右是一座小型街边公园，这个时间公园里没人，再拐过去地方更偏。

陆初阳心里有了数。

最后，他的目光静静地落在了那道白色的小小背影上，略微纳闷。她也不知道害怕，距离已经越拉越远，竟然还要追。

陆初阳索性换了方向，直接从公园里穿过去堵劫匪。

另一边，晏回温追得上气不接下气，终于在花园路的丁字路口看见了快要消失的人影。人影右拐，直奔公园后面。

又跑了百来米，对方突然停住，转身。

晏回温扶着膝盖喘气，抬眼就发现他露在领口外面的皮肤，满是文身。她往两边望，街道安静、漆黑。

“找死呢！”劫匪凶狠地扫了她一眼，他也实在没想到，看起来这么纤细的小姑娘能追他两条街，“怎么不追了，嗯？过来啊！”

晏回温被吼得浑身一颤。

说实话，这会儿她才后知后觉地感到害怕，手心都是汗，心怦怦跳得停不下来。她不敢去直视劫匪，只能把目光落在劫匪抢来的包上。

那老婆婆，连手包都跟外婆生前最喜欢用的包一样。

这包里是不是也装着老人家带给她外孙女的平安符？

她特别想外婆。

忽然，“嗵”一声，劫匪甩开了刀子。

晏回温吓得攥紧衣角，她不自觉地压抑起呼吸。过了会儿，才假装自己一点也不害怕，站在安全距离外干涩地说：“我报警了，警察马上就来。”

“那在警察来之前，我先弄死你。”

劫匪往前一步。

晏回温拉着才赶上来的薛琪哆嗦着退后一步，站在丁字路的风口，雨后晚上的湿气冷得让人发抖。

她的心跳已经越来越快。

这里没有路灯，漆黑一片，晏回温用眼神询问薛琪，两个人刚转身，忽然听到身后传来了劫匪的口哨声。

她们抬起脚要跑，从公园里杀气腾腾走出来五六个人围住了她们，还时不时发出几声嘲笑。

晏回温整个人都吓坏了。

“还挺勇敢啊。”当头的“大文身”嗤笑了声，然后懒得再废话，一把抓住她的手臂，毫不留情地把她扯了回来。

晏回温差点儿叫出声，等好不容易站稳，仰脸一看，他的棍子落了下来。

肯定疼死了，她快哭了，只能认命地闭上眼。

一秒，两秒……

时间好像忽然停止了一样。

晏回温颤抖地动了动手臂，甚至顿了半秒钟，这怎么回事？

她的眼睛悄悄眯开一条缝。

在看到那抹橄榄绿的一瞬间，她觉得自己根本说不出话了。陆初阳低头看了她一眼，目光深沉冷静。

她被他按住后脑勺儿躲开。

“小姑娘。”头顶传来陆初阳低沉而磁性的声音，伴随着劫匪一声惨叫，他问：“你愣什么呢？”

晏回温更加说不出话了。

她被陆初阳按在胸膛前，满耳都是他说话时胸腔的共鸣，还有强大有力的心跳，她立马从脸颊轰地烧到耳根。

陆初阳顺手捡起一根棍子，抽在了那劫匪伸过来的手腕上。

咣当一声，劫匪的刀落在了地上。

当头的劫匪一看陆初阳玩儿这家伙的姿势就知道，他们这回要栽了，拔腿就跑。陆初阳伸出手臂，卡住他的脖子警告：“认栽了，那就安分一点儿。”

劫匪挣扎：“我们又不是恐怖分子，跟你们武警没关系。”

陆初阳用警棍也轻松卸了他的刀：“真巧，公安的秦队长刚跟我说，一定别放一个走。”

晏回温惶恐地望了望几个劫匪蹲在地上痛苦的表情。她等了一会儿，小声地询问：“我能做什么？”

陆初阳上下打量她一眼：“待着。”

“嗯。”

晏回温乖巧地答应下来，拉过同样愣在原地的薛琪，跟在他后面。

突然，地上的几个劫匪互相使了个眼色，嗖地蹿了起来，拼命往路口的方向冲。

眼看他们就要冲出这条小路了，晏回温偷瞄了一眼陆初阳，他很平静，平静地冷眼盯着，压根儿没有要追过去的意思。

晏回温弱弱地特别没底气地说了一句：“跑了……”

她悄悄抬头一看，结果被陆初阳垂视下来的一记警告给唬住了，默默将迈出去的小半步脚缩了回来。

“我没想去啊。”她小声嘀咕，然后跑回小路边，更加乖巧地跟薛琪并排立正站好。

就在这时，路口明晃晃闪起了两盏车灯，发动机轰鸣，很明显这车在加速开过来，同时车灯变成了刺眼的远光灯。

晏回温本能地用手背挡住灯光，眯眼，大概分辨出是武警车。

几个劫匪看见车过来，吓傻了。

“停车！”

但那辆车没有半点减速的意思。劫匪掉头撒腿就跑，大喊救命：“给老子等着，老子不会放过你的！”

紧接着，一道尖锐的刹车声。

这时候还把车玩儿得如此漂亮。等车停下来，林在言跳下车一把甩上车门，走过来：“嚎什么嚎，还这么老远呢！”

陆初阳对他偏了偏头。

林在言亲自过来把他们全捆上，手指戳了戳不动的人：“喂，被本人的车技吓着了？”

“你……真的是武警？”

林在言手伸进兜里，睨着他笑问：“给你看证件，要不要啊？”

劫匪：“……”

这时，路另一头公安的车开了过来，秦队长第一个下车：“漏网之鱼都在车上了。”他跟陆初阳握了握手，两人寒暄了一阵。

最后，秦队长决定把武警车上的老婆婆也一起送回去。

晏回温赶忙跑过去拥抱了老婆婆，下巴刚抵上她肩膀，还是没能忍住眼眶一酸。她赶紧抽了抽鼻子，背人而立。

老婆婆走的时候，晏回温恋恋不舍地望着那边挥手。

秦队长将车窗滑了下来，对着她笑道：“小姑娘勇气可嘉，不过下次还是要注意自己的安全啊。”

晏回温使劲点头，举手保证。

等公安的人走了，陆初阳他们也打算离开。晏回温有些心虚地去偷看他，被他抓个正着。他问：“送你们回去？”

晏回温正在脑子里一边思昨天，一边想今天，换上武警常服的他，似乎更加笔挺了。

很帅。

陆初阳已经拦下了一辆出租车。

陆初阳轻咳了一声，晏回温立马回神，就这么猝不及防撞进了他那双浓黑的眼睛里。她埋着头犹犹豫豫地走过去，然后特别小声地问："你还记得我吗？"

说完，她就特别想咬一口自己的舌头，陆初阳在昨天只是顺手把她带下山，谁会要记住一个路人甲啊？

陆初阳上下打量她一眼，最后目光落在她的脸上。

孩子气，他觉得。

他随手指了指她的头发算作回答。

晏回温很激动，眨了眨眼睛。

陆初阳以为她没懂，只能满脑子搜刮出一个唯一关于她的重点，开口问："姓周？"

晏回温傻眼了。

等等，她为什么姓周？

陆初阳用眼睛指指她钥匙上的长耳朵狗，上面是绣着"周"字没错。

晏回温顿时通透。

但"周"姓是外婆跟外公家的，两人在南方是周家大户，原本外婆要绣"晏"，后来她非缠着外婆改成了"周"。

陆初阳见她表情还愣着，便没再关心，用下巴指指出租车后边车门："行，上车去吧。"他自顾绕到前面，去拉副驾驶室的车门。

突然，一只手臂挡在了他面前。

他停下，笑了笑问："嗯？还有事？"

她当然有事啊！

晏回温几乎是一股脑说出来："我不姓周，我姓晏，晏殊的晏。我叫晏回温，回温就是太阳出来，四周立刻暖和的那个回温。"

她松了口气，解释清楚了。

旁边这辆武警车里的特战队的队员们都惊呆了，互相悄悄递着眼色。

她叫什么？晏回温，姓晏！

是不是队长躲过六次相亲没去后，这次终于要栽了的那位？

长相巨甜。

眼睛超大。

队长什么时候去相亲？

陆初阳用舌尖复杂地舔了舔嘴角，她叫晏回温？

他意味深长地看了她一眼，拍拍车门："上车吧，小姑娘。"

第四章

相了个亲

之后一周，晏回温几乎掰着手指头数日子。根本画不了几笔画，自己就跑去衣柜前挑衣服了。

最后那天出门时，母亲从屋里出来，不怎么放心地正了正她头上白色的小帽子：“要不还是让刘阿姨改约一下时间，两家在一起吃个饭，这样好不好？”

那又得等好几天，晏回温连忙小幅度摇头：“啊？没有关系。”

军人，不都风格过硬吗？临时改时间不好吧？再说了，她都见过他两次了。

一想到这两次，晏回温就有点怦怦心跳，她跟母亲说了再见，快乐地跑去开车。等终于到了约定的餐厅门口的停车场，已经快到中午十二点了。

刘阿姨发给她的这个地址在人流量很大的商圈。晏回温滑下车窗，满场子搜索停车位，但餐厅前像她一样找不到车位盲目兜圈的人不在少数，她也只好一点点轻点着刹车在路边徘徊。

这下，晏回温后面的车不停地按起了喇叭，她抬手看表，都十一点五十二分了。

看见这么漂亮的女孩子一个人迷茫地张望着，离她不远的一位男士立马就笑着过来打了个招呼："这位小姐，需要帮忙吗？我知道前面有地方停车。"

晏回温的脑海里如今简直什么都不顾了，就想着别迟到。

他是不是已经都到了？

还没他电话。

等等，前面有车要走了。

男士见她表情直愣愣的，于是又撑在车边端起姿态，继续对她笑着提醒："需要我带你去前面吗？"

"什么？"晏回温仰头问，没听见他说话。

男士想了想："我带你开到前面好不好？"

"我不去前面啊。"

男士无言。

此时，晏回温的视线已经控制不住地越过男士的肩膀，满眼都是十米外那辆即将从车位里开出来的大越野。

男士舔了舔唇，刚要张口，忽然发现晏回温那双大眼睛弯着，这会儿笑得都甜到骨子里了。

有戏。他挑眉。

可谁知晏回温只不管不顾地死死盯着那块儿慢慢空出来的车位，紧张地握着方向盘。霸气的大越野开出来，她紧跟着上前倒了进去。

速度正好，像特意让给她这个车位一样。

晏回温的乳白色小甲壳虫两边还留出了好大的地方，她跳下车，按着后背的小双肩包，边看表边往餐厅门口跑。

男士哑口无言。

他赌气地拍一把车尾，没看见身后刚开出去的那辆大越野围着他绕了两圈，然后才捡了个离餐厅还算近的空位刹车停靠。

停车后，车里俩穿了便装的武警中尉相视一笑："我机智吗？"

"机智。"

晏回温直接跑上十几级台阶，到了这家西餐厅二楼。还以为里面也会人满为患，可没想到这儿的环境十分优雅，整面墙的窗户非常明亮，柔和的钢琴曲流淌在整个餐厅里。

她一眼就找到了陆初阳。

他的气质实在太突出了，眉眼本就帅，军人的硬朗还写在脸上，但今天，这种硬朗被他穿的浅灰色毛衣衬得柔和了一点点。

正好这个时候，陆初阳抬眼看见了她，只不过他在打电话，于是招招手让她先过来。晏回温也没矜持，两三步就跑了过去。

他抬抬下巴示意对面坐下来。

晏回温侧身，坐下。

他又指指贴在自己耳边的手机。

晏回温猛点头表示知道。

她坐在白色的卡座沙发里安静地等着，能听见他讲电话的声音，低低沉沉的，是在说公事。她两只手托着脸，垂视着餐盘里折成满天星的红色餐巾，越过餐巾就是他的手。

看着看着，晏回温更紧张了，一紧张脸就热了。

他们上周都见过面了，他会不会很惊讶啊？

那一会儿，她要不要再介绍一下自己？

怎么好像在家想好的词，都不好意思说了？

这么想着，晏回温把两只手又捂在脸上按了按。正失神，对面的手指忽然在她眼前敲了敲桌子。

“嗯？”晏回温抬头。

陆初阳俯视着她快要红透的脸：很热？他的眼神往旁边一指：有柠檬水。晏回温匆忙给自己倒了一杯，咬着杯子边小口啜着。

同时，她的视线边七零八落地往他身上撞，正好跟对面陆初阳的目光会合。

“咳……”呛到了。

陆初阳慢慢在她脸上看了一圈：紧张什么？他边讲电话，边把菜单推过去让她先点。晏回温快速且认真地点了餐，服务员站在桌边礼貌示意陆初阳。

他实在懒得去看菜单，就说：“跟她的一样。”

“等一下，”晏回温瞄一眼服务员，拿起菜单先遮住侧脸，才声音渐渐变小告诉他，“你可能吃不饱啊，而且，万一不喜欢吃怎么办？”

陆初阳无所谓。

吃什么不是吃，在野外生存，生的蛇肉都能进肚子。

等餐的时候，陆初阳的公事还没有谈完，晏回温正襟危坐在皮沙发里，找不到事做。心里刚数到二十，就从左边悄悄拿来了一张纸巾展开，用黑色碳素笔在上面悄悄地画起了画。

画面中逐渐出现了两只靠在雪地里看极光的长耳朵狗，这是晏回温《在旅途》绘本里的主人公。她转念一想，又在它们头顶随手加了颗心。

“小姑娘。”突如其来的平稳的声音吓了晏回温一跳。她本能地把纸巾攥到手心，眼睛一抬看见陆初阳已经结束电话，将手机放到了裤子口袋里。

晏回温心口两行泪，她心虚什么啊？

陆初阳差点忘了她是画画的，随意问了问：“画家？”

“嗯，我是画漫画的。”

果然很少女的职业，陆初阳点点头，没多在意。他十分有范儿地靠坐着，两只手交握在腿上：“意外吗？”

晏回温一时半会儿没反应过来，什么意外吗？

是见到他意外吗？

当然不意外，她早就知道啊，而且都准备好久了。

晏回温正要再说什么，陆初阳看她考虑了半天，干脆换了个说法问：“知道是我吗？”

她紧张：“知道……”

“自愿来的？”

被戳中心思的晏回温“啊”了声。

第一次见面，到底应不应该就直白地说出来，告诉他，因为知道是他才自愿来的？她的手在腿边来回抠着沙发皮垫，忐忑。

“所以，是家里让你来的。”陆初阳总结，还算不错地把“逼”换成了“让”。他觉得姑娘家被硬凑去吃饭，脸皮薄点是应该的。他也别太过分，就配合吃一顿饭。

晏回温发完愣，小声嘟囔：“也不算啊。”

这时候菜正好上来，陆初阳垂眼看盘子里的“猫食”，是一口就能吃完的东西，他没怎么动。晏回温的脑海里“啪啪”过掉不该说的，轻声问他：“你们平时都干什么？”

“狙击、排爆、反劫持……”陆初阳简单扫了扫她那双期待、欢喜的眼睛。

晏回温秒陷深深的联想。

他挑眉看她的表情，继续：“潜伏、山林捕歼、解决暴恐事件……”

她心里拧巴了。

这么危险啊，因为有他们在，所以一切才这么安全。晏回温望着他的眼神，心都酸了，忍不住又戳着盘子里的东西追问：“那没有任务的时候呢？”

“没有任务的时候？”陆初阳好像笑了。

晏回温立刻睁大眼睛，说：“所以怎么样，是还算轻松吗？”

他琢磨了一下，说：“拉到大山里，每天操练十几个小时。”

突然盘子被她戳得“刺啦”一声，晏回温感觉心都碎成渣了。

陆初阳仍缓慢笑着：“怎么不问了？”

她觉得，就是不想问了啊。

又过了会儿，晏回温想了想，举起手：“最后一个问题。”

“说。”

“你有女朋友吗？”

第五章

你的狗?

晏回温反应过来后，只想一巴掌拍死自己，陆初阳既然过来，难道是有了女朋友还来？闲得慌吗？

果然，他都懒得答。

晏回温忙改口："我其实是想问你缺不缺女朋友？"比如说，会画画的这种。心里默默淌泪的她迅速抓起菜单盖在脸上反思。

她刚才问他什么，缺不缺女朋友？这什么鬼问题，她使劲儿检讨。

陆初阳伸手拿下她脸上的菜单，这次更加懒得应付。他把菜单磕在桌上点了点："最后一个问题结束，有没有女朋友？没有。"

晏回温差点儿嗖地弹起来："那……"

"小姑娘。"陆初阳弯起了嘴角打断她，"违规了啊。"

她闭嘴。

陆初阳又指指餐盘，命令："吃饭。"

行，她拿起叉子，乖巧照办。

按说吃完饭告了别就该各自回家，可晏回温还是抓着小背包的肩带，小跑跟在陆初阳身后去停车场，反正她的车也在停车场。

两个人出了餐厅大堂，她望了望嘈杂的马路。路边不知是哪家新店开业，门口打扮成哆啦A梦的店员在给路过的小朋友手上套机器猫手环，小朋友们围在一起蹦蹦跳跳。

晏回温注意到他们超级可爱，她也想去，又没太好意思。嗯？电话？她下意识接听。

“表白了吗？”手机里声音忽然响起，薛琪问她。

晏回温：“没……”

“那微信什么的总加到了吧？”薛琪迫切地追问。

晏回温：“没……”

“那手机号呢！”

晏回温没有回答她。

薛琪似乎听到了对面心碎的声音，“没关系，没关系”地直安慰，最后索性恨铁不成钢地喊她：“回温，拿出点儿你独闯七大洲四大洋的勇气来啊。”

晏回温硬着头皮：“我正要去追啊。”说完，她十分不好意思地抬了眼睛，结果被陆初阳的行动给震到了。

陆初阳肩宽身直地背对她，远远站在一辆大越野前，利落地拉开了驾驶室的车门。

等驾驶室里的人跳下来，他一把抓住了那人的手腕，两人顺势拆起招来，但陆初阳明显略胜一筹，捏到对方的手腕又去捏肩膀。

对方长了双漂亮的桃花眼，眼尾轻轻向上挑着。

晏回温心里一抽，好像听见薛琪在电话里火急火燎：“大神，你怎么还没去？”她才猛然惊醒。

然后低着头，转身就把自己磕到墙上，爪子伸出来挠墙：“完了，他可能压根儿就不喜欢我这类型的。”她说这话时，眉毛耷拉着，无精打采得要命。

大越野前面，林在言抬肘架住陆初阳一招：“队长你可别害我啊，要是您对象误会，我跳进黄河都洗不清了。”

“知道就别动。”陆初阳手一侧，劈向他的脖子。

不动等死吗？林在言偏头躲开：“这点儿小伤不用试，真的好了。”

“好了？动作慢了不少。”陆初阳伸手，另一个队员双手呈上林在言的体检报告，被林在言抬起的那双桃花眼笑眯眯地瞪了一眼，跑一边立正去了。

陆初阳大致看过报告。

“好吧好吧，算我没好利索，但明天军演……”

林在言一本正经地舒着筋骨，就歪头看到生无可恋地挠墙的晏回温，笑出声问：“队长，你跟小姑娘干什么了？”

林在言正要伸手抽回自己的体检报告，报告就被拍了过来。

“伤没好，当然待在队里。”

陆初阳带队参加军演两个多月了，晏回温这边也没敢联系他，每次想要给他打电话，都怕他烦。

眼看快过年了，她双手使劲提着那只二十寸的白色小箱子，磕磕绊绊地从二楼卧室往下跑。她要赶飞机去外省，在那里结束今年的最后一场签售。

母亲从厨房把春卷端出来，赶紧喂给她两个：“回温，吃点儿晚饭再走吧！今天家里来客人，就是上次……”

晏回温慌慌忙忙地去抱母亲，蹭着她又拍拍她的后背。母亲一下子乐呵呵的，赶紧撇开端着春卷的那只手臂，生怕烫着她。

“我来不及了，新年快乐妈妈，回来带礼物给你们。”她站好，理了理自己的小帽子，握上拉杆就走，母亲送她到门口。

“快回去吧妈，外面冷。”晏回温让母亲进去。

“路上当心点儿，到了给妈妈打个电话。”母亲紧了紧她没拉拉链的羽绒服，“那妈妈先去准备晚饭，一会儿你刘阿姨他们该到了。”

晏回温整个人都差点儿被点燃，刘阿姨？！他们？！心里升起一种期待。

“都有谁啊？”她食指抠着拉杆，装作没那么关心。

“刘阿姨跟她先生，还有上次她介绍给咱们的那个人。”

是他，他来了。晏回温低着头小声嘟囔：“怎么都没人跟我说？”眼睛扫到手表上的时间，心里急得团团转，再不走就真要迟到了。

母亲以为女儿因为上次的事脸皮薄，也知道她跟那个中队长没有联系，就抱着顺其自然的态度。但她怕女儿局促，便拍着她的手：“刘阿姨他们就来吃顿便饭，顺便看看你爷爷，你别往心里去。”

晏回温感觉小皮鞭在自己心上啪啪啪地抽。就是不说话，看一眼也行啊！她看着表，各种找理由拖了足足五分钟，又一个五分钟。

实在来不及了！晏回温含泪往大院门口跑。

出了家门左拐，前面是一条笔直的大路，除了两排挂满红灯笼的白杨，旁边还有三个露天篮球场。一条帅气的哈士奇蹲在篮球场外面的台阶上喘着粗气，很明显能看出，它刚经历了一场可怕的“长途跋涉”，并且心情不佳。

谁惹它了？

“巧克力。”晏回温对它勾勾手。

被叫作巧克力的哈士奇听见这声音，转眼间弹起来，腿还抖了抖，就奔过来委屈地嚎。晏回温摸摸它的头：“谁欺负你了？”

巧克力的头一偏，嗷呜两声。

晏回温顺着它的指示，先看见了两条腿，又是军靴、迷彩裤，能感觉出他的身材修长。怎么好像……她的视线往上，这一看，她真的不淡定了。

陆初阳见她表情蒙蒙的，以为她不认识他了。不过既然碰见了，便顺便打了个招呼：“小姑娘，不记得了？”

晏回温：“啊……”他说了什么？她没注意听，以为出现幻觉了，就看着两个多月没见面的人，穿着迷彩作训服，沐浴并享受着安静的夕阳。

他揶揄着问：“你的狗？”

晏回温继续发呆，点头：“我的狗。”她眨眨眼，发现陆初阳对巧克力勾了勾手指，他做这动作时，简直帅得要命。

没想到，前一刻还傲娇的巧克力，竟在下一秒绝对服从命令地飞快跑到他腿边，蹲下。

晏回温目瞪口呆。

怎么回事？这么快就叛变了。

陆初阳笑了笑，慢慢走过来：“我刚进来它追着我跑，走哪儿追哪儿。”

晏回温已经想捂脸了，她的狗傲慢得不对任何人折服，而且就喜欢找人跑步。然后超过他，鄙视他。可它找谁不好，偏偏找上了陆初阳。

“后来，我带它冲刺了一公里。”陆初阳走到她身前，停住。因为身材高大，他的影子完全遮住了她。

“冲刺？”

他回道：“嗯”。

晏回温有些复杂地盯着她的巧克力，好像看到了它以后每次见到陆初阳时，端正坐好，不断摇尾巴的样子。

“出门？”

“你要去我家？”

两人几乎同时间出口，晏回温好想把两只手都搓在自己脸上，她迅速往后一指：“我家直走，再右拐。我要去外省签售，下午六点的飞机，在那儿待两周。”

说完，她就后悔了！她为什么要把问的、答的一个人全讲了啊，那让他说什么？

果然，他不说话了。

陆初阳那双相当有魅力的眼睛，被夕阳冲淡了些锐利，平和了不少。他的视线在晏回温身上慢慢转一圈，点了头，便迈开步子准备离开。

走了？！晏回温的小脑袋像是圆规围着原点转动一般，条件反射地追着他扭了大半圈。陆初阳随口提醒：“你去的那地方沙尘暴不少，注意看天气预报。”

她使劲点头：记住了记住了。

他又好意提醒：“手机。”

手机？她感觉到口袋里的振动，拿出来一看名字猛然醒悟，赶飞机！陆初阳见她慌乱，用眼睛问：不用接？

“不用。”晏回温果断摇头，“是销售电话，不用接。”她锁屏，不要在这个时候来电话啊！

陆初阳点头，没怎么在意，这次真的转了身。但他刚一转过去，电话就又追了过来，晏回温手忙脚乱地把手机按掉声音抱在了怀里。

她抬头一看，陆初阳失笑：“你真不用接？”

后来，晏回温赶到机场的时候还是被广播叫了名字，好在并没有耽误。她下了飞机就开始忙碌，在西部的一座省会城市里住了三天，活动结束后她就带上画板等工具，往更西的地方下了乡。

据说那地方的星空最是纯净，晏回温想了很久，还是把《在旅途》第六册的名字定下了——“满天星”。

入夜，晏回温盘腿坐在酒店顶层的露台上。说是顶层，其实酒店也只有两层而已。她看着大漠戈壁跟星空交相辉映，手边放着摄影三脚架。这会儿冷得要命，她把两只手都缩在羽绒服的袖子里，脑袋放空。

还没感到暖和，一个电话打了过来，陌生号码？

“您好？”

“回温，是我，赵锡！”这是个相当惊乍的声音，太有分辨度了，晏回温一听就知道是他，这是她两个发小里的另外一个，如今在军报社做记者。

赵锡的话音还就着一声电脑开机的动静：“你看看我发的微博呗，绝对有惊喜。”

“你的微博？”

“哦，不对，是我们社的微博。”

他们社？军报？

晏回温在防潮垫上缩了缩，拢紧羽绒服的大帽子防止进风，赶紧催他：“我这儿网特别不好，你先跟我讲讲。”

“听着啊，我先念标题。”赵锡倒也没卖关子，“标题是——十三年寒窗苦读，给理想一个交代。”

“不懂。”是征兵吗？好像时间不对。

他“喊”了声：“副标题——苍狼特战队‘魔鬼周’新兵冬练即将在西部山区开展。我可提醒你了啊，离你也不远，没准你还能看见个车影啥的。”

“嗯……”

她得想想。

于是，挂断电话，晏回温就开始琢磨。风呼呼地吹，她也不管冷不冷了，一边用手绕着羽绒服大帽子上的毛毛，一边纠结。

坐车四个多小时就能到了，但关键是他又不喜欢她这类型。那就去看看？不干别的！

晏回温“嗖”地站起来，去准备明天出发的行李。

第二天，等她搬着塞满了的行李箱和摄影工具到达镇子上的时候，已经下午两点多钟了。晏回温要从这个镇子找车去大山的村子里，等车的时候，她冻得直跺脚。好不容易摸到了村口，她的腿脚已经僵硬得好像不是自己的了。

村子在山脚下，还没有修路，晏回温不得不搬起箱子跟工具磕磕绊绊地走路。突然，前面有人在狂奔，还很嘈杂，是迎着她这边跑的。

“您好，”晏回温有点奇怪，放下箱子站在那儿问村里人。大家都行色匆匆，她因为没有目标而声音渐渐弱下去，“发生什么事情了？”

终于，有人看见她：“牛跑出来啦，疯牛，好几头。”

“喏，就前面那里。”见有人说话，又有人停下来给她指了指，“树断了，东西都砸坏了，还拱伤了好几个人。四百多公斤哟！就怕躲不开的被拱死了。”

“哎哟，也不知道我家女娃跑哪里玩去了，这怎么办？”

“昨天咱山上不是来了武警吗，政府请求支援去了。”

晏回温震惊，她抓紧拉杆，紧紧盯着山上。让他们去弄牛？这，危不危险啊？

第六章

觉悟好高

这时，两辆车风驰电掣地驶过来，是公安。晏回温连忙跟村民一起退到路边，穿制服的民警从车上下来，快步过去询问了情况。接着他们头儿便抬手指挥下面人把村民先疏导出来，又在那个路口拉起了警戒线。

因为跟民警离得不算近，晏回温只能模糊听见对方说：“武警马上就过来。”这下，她忽然像个要考试的小学生，眼巴巴又忐忑地凝视起村口来，也不知到底是不是陆初阳他们。

没想到才刚过了几分钟，轰隆隆的发动机声就传了过来。晏回温踮脚一看，果然是白色武警车，稳稳地停在了警戒线旁边，车门滑开。

立刻，晏回温眼睛都不敢眨了。

她远远注视到一个身穿迷彩作训服、戴着头盔、挺拔结实的男人从车上下来，身后跟着他的特战队员。他往她这方向迈步，只不过眼睛看的是民警。

见到他，晏回温差点就喊出来，紧接着想到他在出任务，顿时抿住嘴唇噤声。

陆初阳很快便停在了民警前面，带着铮铮硬气。他一来，原本在说话的村民，声音都不自觉弱了下去。

简单握手，两个人交流情况，几分钟后他们确定下方案，由武警寻好角度，将几头疯牛同时狙击。陆初阳扫视了一遍路口里面，又看向警戒线："不行，还得往外拉，村民再退点儿。"他抬手指了个位置，让疏导到那里去。

民警立刻招招手，指挥："老乡们，抓紧时间。"

人群开始流动，晏回温赶紧搬起那只白色的箱子跟另一包摄影工具，深一脚浅一脚地跟上去。因为东西重，她挪得很慢，这样一来，在村民里，她突兀极了。

陆初阳转身时，正好看见了她。

晏回温知道，也不敢去回视，甚至瞄都不敢瞄他一眼。她心里"咯噔"一声，这下完了，被他抓个正着。最后她实在忍不住抬头一看，果然，他都过来了。

"你怎么在这儿？"陆初阳停住，扫她一眼问。

晏回温憋了一肚子话，当然不能说是因为想见他了，这样一定很奇怪。再说了，他现在明显没有时间跟耐心。

"我来画画。"她"嗖"地往工具包上一指。

陆初阳没再关心，点点前面示意她别耽误，转身回了武警车。

晏回温听话地先抱工具再搬箱子，但她挪得实在太费劲了，只能勉强跟在最后。陆初阳看了两秒她搬箱子的艰难过程，不得已折回去，下巴偏了偏，命令她松手，然后一手提起她的箱子跟工具率先走了。

他的队员从武警车旁跑过来，边追着他的脚步边汇报可以狙击的地点。

陆初阳点头："去拿实弹，换弹夹。"

换弹夹？晏回温这才想起他下车就一身齐全的特战装备，身上还挂着枪。那就应该是他们接到任务时，正在实训。

晏回温的视线偷偷溜到了陆初阳的脸上，能看清他的侧脸曲线，下巴也刚毅，就是有点蹭脏了。她猜可能是蹲在山里操练时弄的。

想着想着，晏回温悟出他们一定特别辛苦，还危险。她见箱子安全，也不东张西望地用视线去追着陆初阳了，只背上她的小背包飞快往警戒线相反的方向跑。

在临近村口的商店里，晏回温买光了里面的面包，因为地方小，面包一共也就十来个。等她回去竟惊讶地发现，刚才还聚在一起的村民，此刻已经各自回家忙碌去了。

任务已经完成了吗？他们怎么样了？晏回温抓着背包带又急切往前走。

她边走，边往放箱子的地方张望，远处箱子旁的特战队员正使劲跟她挥手："这边！"

她跑过去，小队员挠挠头开口："队长让我帮你先看一下东西。"晏回温连忙说谢谢，表情相当窘迫。

这时，小队员又建议："你住哪里，我一起帮你搬过去吧。"

晏回温立刻摆手："不用了不用了，这样实在太麻烦你了。"

"别客气了，队长说，"小队员其实比她还窘迫，想了想只能复述陆初阳的话，"队长走的时候说，你太费劲了。"

晏回温无力反驳。

她把农家大院的地址双手交出去，小队员拿来看，再一抬头就乐了："真巧啊，我们队长也刚好在那儿呢。"

陆初阳为什么在那儿？

晏回温忍住没好意思问他，队员见她又犯愣又疑惑的表情，笑呵呵地告诉她："这个院子的老大爷腿脚不方便，我们队长就把他送回去了。"

"走吧。"队员再说话时已经提起了箱子，准备带她过去。

"等一下，"晏回温几乎脱口而出，两三步追上前，先轻声试探，"你们队，都还安全吗？"

小队员一诧，随后拍着胸脯笑了："放心吧，我们没问题的。"

哦，这么厉害。

晏回温放下心来，欢天喜地跟着找陆初阳去了。

正值下午四点钟，因为村庄属西部，即使在寒冬腊月，青蓝色的天空也明净得像洗过一样。此时大朵云彩飘过去，空气干燥而透彻。

晏回温一连跳上两个台阶，进了院门。

她第一时间环视了整个院子，果然在一堆木柴前看见了陆初阳。他正弯腰帮老大爷劈柴，帅得不得了。她赶紧跟房主老太太把东西都整理进房间，又快速出来。

晏回温前脚刚蹦出来，还没来得及开口说话，下一刻两只手便都被晒太阳的老大爷握住。他的目光浑浊而温暖，忽然惊喜："这儿媳妇，真俊，真甜。"

晏回温吓傻了。

眨着眼睛愣了好几秒，才反应过来用目光去找陆初阳求助。陆初阳劈了最后一根柴，直起腰，转身过来。

他一来，老大爷立刻就乖了，摸着他的迷彩服笑呵呵说："儿子。"

"儿、儿子？！"晏回温震惊地转着大脑，差点就当真了。不对啊，陆初阳的父母都在军区工作，这是怎么回事？

陆初阳重新戴上头盔，这是准备走了。他“哒”地扣上搭扣，言简意赅地给她解释：“是痴呆症。刚屋里老太太说，他们儿子是边防武警，好多年前在云南边境牺牲了，是烈士。老人他想儿子。”

哦，原来是这样。

晏回温注意到了老人手中的一张照片，有些沮丧：“都黄了。”还有好几个地方磨坏了。

“我们想带回去修补，老人不允许。”陆初阳又检查一遍全身装备，“另外，刚才的话是老人无心之言，别误会。”

什么话？儿子、儿媳妇吗？晏回温的脸热起来，赶紧否认：“没，没误会。”

陆初阳点点头，把腰上的武装带解下来，放进老人手中当念想。他转身准备走，晏回温索性跑回屋，拿工具出来，按照照片给老人的儿子画军装照。

现在这天气，待在院子中，风都刮脸。

陆初阳余光里看到晏回温的两只手冻得通红，他停下来，随口问：“你手套呢？”

“嗯？”晏回温使劲抬头，发现羽绒服的帽子太大，他又太高，帽檐的绒毛挡住了眼睛，看不清他。于是她举起两只爪子拎起帽子边：“我没有手套啊。”戴手套要怎么画画？

陆初阳顺手摘下手上的黑色战术手套，往桌上一抛：“戴上。”他转身敲敲手表，示意队员准备走了，然后又看见晏回温压根儿没敢下手，盯着手套，眉毛都纠结上天了。

他回头问：“怎么，有问题？”

晏回温果断摇头，但从窘迫的表情绝对能看出，就是有问题的样子。

好吧，陆初阳笑了笑：“行，小姑娘，有问题你说。”

晏回温看了看大家，十分避讳地低声问他：“就是，你把武装带跟手套都送出去了，你们领导会不会批评你啊？”

受惊的队员偷乐着狂递眼色：啊，队长的对象觉悟超高！

第七章

诱导犯错

陆初阳顿了顿，眼睛在晏回温的手跟画纸上转了一圈。

她刚才已经在纸上打好了大致轮廓，而一旁，老人正一动不动地死死盯着看。

沧桑的目光饱含着思念、温暖。

陆初阳跟晏回温摆了摆手，没有再回答她，自顾转身。

所以，他的意思大概是让她拿着手套，继续画？晏回温乱七八糟思考一通，就小心翼翼把手套戴在手上。“对了！”她一拍脑门，猛然记起还有另外一件大事。

“等一下，”她在后面追了两步，“等我一下，行吗？”

陆初阳表示，还有什么事？

“我马上就出来。”晏回温指屋里，“马上啊！”她扭头两步就跑进去，再出来的时候手里拿着一个装面包的大袋子，还有她自己的小背包，放在石桌子上。

陆初阳扫了两秒东西，笑笑：“干什么啊，小姑娘？”

“当然是，”她说到一半，把东西一股脑推出去，“吃饭啊！

我听说，你们在山里生存训练的时候，没水没食物，全靠自己找。什么蛇啊田鼠啊都吃，可现在是冬天，什么都没有了。”一想起这个，她就低着头用脚尖磨蹭地面，很快又轻声说：“所以赶紧吃，一顿怎么也能顶一天。”

她面前，陆初阳直直站着，目光缓缓打量过她，忽然意味深长地笑道：“小姑娘，你这是要诱导我们犯错误啊。”

她猛然抬头：“没有没有，绝对没有！”

不过，陆初阳还是没有把东西接过来的意思。

“这个不行的话，”晏回温果断把袋子拿回来推到石桌另一边，伸手又从自己的小背包里掏出一把金灿灿的东西，“吃这个，巧克力，更顶用，关键是它比较小。”

陆初阳象征性地看了眼。

“哦哦别急，不爱吃也没关系，”晏回温犹犹豫豫掏别的，“饼干？柠檬味的，不算很甜，也比较充饥。”

他发出个笑音，没搭话。

“那红牛？喝的总可以吧。”她献宝似的。

“一次掏完。”陆初阳命令道。

他都想要吗？晏回温眨眨眼，立刻将小包倒过来，哗啦啦抖出一桌子花花绿绿的粮草，满脸满眼都写着：请随便挑。

陆初阳随手捡了一个红白色的小瓶翻看。

“嗯，养乐多。”他笑起来，问她，“还有别的吗？”

“没了。”这次，晏回温终于无力地摇了摇头。

“很好。”陆初阳开始把一桌子粮草装回她的小背包，然后拍了拍还给她，更加意味深长地笑道，“小姑娘，又违规了啊。”

一连好几天，晏回温都完全集中不了注意力，搬着小板凳坐在院子里，小眼神就不受控制地往山上飘过去。

陆初阳他们那天收队走的时候，他的队员看她的神色好像很复杂。该不会，她真的不是陆初阳喜欢的类型吧，应不应该开口试探一下呢？她考虑。

晏回温在这里又住了三天，可后来别说再看见陆初阳了，就连他训练地的边儿都没摸着。

但她从赵锡那儿打听到，武警的冬训再有两天就结束，然后返程回基地了，于是，她也计划在那一天回家。

走的前一天，晏回温是被隔壁家小孩的哭声闹醒的。她睡不着了，跑出去看看怎么回事，不知不觉就和小家伙玩了起来。

小男孩两岁了，小名叫丁丁。丁丁的母亲听说她第二天要找车去镇上，再搭车回省城，于是热情地问她要不要搭他们的车走，他们一家三口今天下午就出发，直接去省城。

晏回温权衡了一下。

那位母亲又说，看这天气，第二天可能有沙尘暴，出发不安全。晏回温恍然记起来，陆初阳走的时候好像是提到过，最近有沙尘暴。

反正也不可能见到他了，晏回温点头应下来，然后回去收拾行李。

下午，他们的皮卡出了村子，颠簸一段后，开上了戈壁滩的大路。从村子到省城大概六个小时，不出意外，她晚上八点钟就可以到达预订的酒店。

靠在后座的晏回温侧头，眼巴巴望着还能看见一角的大山，直到那座山完全消失，她脑袋才一点一点歪过去睡着了。

晏回温迷茫中睁开眼的时候，听见一个急切的声音在叫她名字，她这才意识到自己是被摇醒的。放空了两秒之后，她以为对方出事了，忙不迭关切：“李姐，怎么了？”

“沙尘暴来了！”李姐迅速把孩子抱过来。

晏回温偏过头，然后惊恐地看见外面全部都是浑浊的，心想：真出事了！

“要下车吗？”她没见过沙尘暴。

晏回温战战兢兢扶着已经抖起来的车门，现在隔着车窗都能听见呜呜尖叫的风声，沙石噼里啪啦地往车上砸。

李姐的丈夫让两人先不要下车，他开了车门，跳下去观察风力。门一开，沙石呼地裹了进来，晏回温呼吸一窒，整个人差点儿被打成筛子。

还好李姐他们经历过，摆手让她不用下车。

晏回温应着往两边望，真的是旋风，远处黄沙连成线一扫而来，铺天盖地压过天空，越滚越近。她的眼睛扫过丁丁，他也呛了沙子在哭，李姐心疼地把他裹在怀里。

晏回温哪见过这种架势，吓得只知道靠着李姐。

这辆皮卡的车门窗并不是很结实，沙子又细，进来好多，晏回温听着嘴里沙子磨牙的声音，结结巴巴地问：“李姐，这——得多久啊？”

李姐抱着丁丁哄，果然是经历过的，说道：“说不准，不过别怕，这没啥大不了的，就是容易走丢，待着就行了。”

“对了，你行李还在后面货箱上，我看有个相机包。”她接着又提醒。

“不拿了不拿了，”晏回温见李姐的丈夫正在车后一手一个搬起她的行李，紧张得忙摆手，“快叫大哥进来吧！”

说着，咣的一声，对方已把行李三两下搬了回来。他甩上车门，从怀里掏出一个水壶，边给丁丁洗嘴巴，边笑：“要是没拿，明天可就被埋喽！这样的沙尘暴我们可见多了，卷不走人，不用担心。”

“哦哦，那就好，那就好。”

晏回温小鸡啄米般地点着头道了谢，紧巴巴地望了眼外面：“如果不是很严重的话，那沙尘暴走了，我们是不是就可以走了？”

李姐观察了一下：“对。”

她见晏回温直愣愣的坐姿，笑着把丁丁抱过去让帮忙哄一下。晏回温立刻手忙脚乱地接过来，一大一小玩了好一会儿才没那么紧张了。

等丁丁睡着了，晏回温小心翼翼地把他重新托给李姐。外面漆黑一片，就他们的车子孤零零地闪着大灯，灯光打出去，也消失在黑暗里。

“睡会儿？”李姐问。

晏回温摇头：“我陪你吧。”车里有点冷，她罩上羽绒服的大帽子，帽子上的毛垂下来挡住眼睛，她往上吹了吹。

李姐轻声跟她聊天：“有男朋友了吗？”

她窘：“没有。”

“这么漂亮怎么会没有男朋友？”李姐笑着看她，“你一笑我觉得都跟吃了蜜似的甜，我们这穷乡僻壤一般可没有你这种城里人来住呦！那个武警队长是你男朋友吧？来看他的？”

谁？陆初阳？晏回温赶紧摇头小声嘟囔：“不是啊，不是的。”

“不是？”李姐以为她害羞，给了她个“我都看出来了”的意味深长的眼神，自动跳过了这个话题。

这一夜过得还算平静，除了吓唬人的风声、砸车声，晏回温迷迷糊糊也没怎么敢睡。第二天清早，太阳还没出来，李姐的丈夫告诉她们，车坏了。

当头一棒！

晏回温裹紧羽绒服，吸着鼻涕：“那怎么办啊？”

男人说：“你们在车上等会儿，我去路边拦车，一般上午都会有客车经过，我们搭一程。”

上午，他真的拦来了车。

李姐的丈夫敲敲车门让她们下来，低头正跟困意挣扎的晏回温听见声音倏地抬头。清醒两秒之后，她才跟着李姐一起跳下车。

可这一下车，她又震惊坏了，顷刻间困意全无。

晏回温两只手拎起挡眼的帽子再一看，十步之外停着一排彪悍的白色武警车。最前面的车门旁，立着个穿迷彩作训服的男人，站立的姿势，硬朗得要命。

陆初阳的视线慢慢在他们身上转了一圈，然后说：“拿东西过来吧。”

“好巧啊。”李姐抱起丁丁，给了晏回温一个笑眯眯的眼神。

晏回温一看见陆初阳，就像被点燃，小媳妇一样地小跑过去。高高站在她面前的陆初阳无声地打量了她两眼之后，她更忐忑了。

谁愿意老是救助同一个人啊！

完了，她想，陆初阳都不说话，他眼睛里的潜台词大概是：怎么又是你！

于是晏回温“唰”地举起双手表态：“我先说，行吗？”

“可以。”

她的脸都红了：“实在是天灾人祸，不可预计的意外啊。”

第八章

要表白

两个人面对面站在车边吹着冷风。

“提醒你了有沙尘暴。”大概因为戈壁滩旁这呼啸的风，陆初阳的声线听起来更低沉了。

“是啊，所以我特意看了天气预报。只是天气预报……”

陆初阳发出了声“嗯”，似乎并没有在意她的回答。他转了身，抬手指挥刚跳下车的特战队员把李姐一家带到最后面的车上去。

因为总是奇怪地碰面，他果然觉得麻烦了，晏回温沮丧地想。

于是，她还是小声地补充了一下：“可天气预报说，明天才有沙尘暴。不是，已经今天了，是今天才有沙尘暴。”

陆初阳偏头一指：“上车。”

晏回温连忙举手把嘴巴捂上，赶紧点头向李姐身后追去。结果她刚松了口气，特战队员一按车门把手，最后面那辆车的车门唰地滑开了。

李姐一家三口先坐进去，加上原本在里面的队员，刚刚好没有她的位置。

几双眼睛同时看向她，晏回温挥手跟大家打过招呼后，大脑才非常缓慢地绕过了几个弯，然后她转头十分小心谨慎地问陆初阳："那么，我坐哪儿合适？"

隔得远，风又大，她没分辨出陆初阳的脸色，只是见他好像跟他自己那辆车里的人摆了摆手，又交代了句什么，最后对她招了招手。

晏回温一路小跑过去，跑得直喘气，扶着他的车，这是一辆作战指挥车。

"方便吗？"她问。

陆初阳好像在赶时间，敲敲车门让她赶紧上车："后面还有一辆装弹药的车可以坐。"

晏回温睁大眼睛，扭头就手脚并用地爬上了这辆底盘略高的车。陆初阳砰的一下关上车门，震得她脊背一直，接着他径直绕去了另一边的副驾驶室，示意队员开车。

队员一脚油门踩下去，晏回温连忙抠紧座椅。

这辆指挥车里，除了电台和各种观察仪器，还坐着另外三个队员，都是中尉军官。

前面离陆初阳最近的林在言正笔直靠坐着，背对着晏回温，低头笑着看手里青梅竹马的女朋友给他拍的异国风情。

在哪儿跟女朋友求婚比较好呢？他愉快地琢磨着。

后面，晏回温好不容易坐稳，林在言正好收起东西，回头跟她热情地打了个招呼。这一声招呼，惊得晏回温差点儿叫出声。

他是上次跟陆初阳在一起的"桃花眼"。

他现在看的照片，好漂亮的女孩，他从后面搂着女孩的腰比心……

等等！

所以说，“桃花眼”有女朋友。

那么相亲那天，她就绝对误会了！晏回温赶紧低下头去，有些懊恼地抠着手指。

接下来的几分钟里，她不断地自我检讨：原本，她从一开始就特别喜欢陆初阳，后来都好命地去跟他相亲了，结果相亲之后她就开始犯蠢，把后来的碰面都搞砸了。

所以，回去跟他表白吧？

打完招呼的林在言看着晏回温精彩的表情，又去打量陆初阳，发觉队长正研究一张地图出神，丝毫没有理会后面的意思。

这俩人搞什么啊？

他笑眯眯地对着晏回温：“嫂子。”

“嗯。”在完善自己计划的晏回温鬼使神差地接了话。震惊两秒之后，她清醒过来，什么？！她刚才干了什么？

陆初阳的视线从地图上收回来，回头扫了他们一眼。

这一眼，非常严肃。

“我不是故意的！我也不知道，不知道怎么回事，”晏回温惊慌失措地试图解释，“对不起。”

“你被占便宜了。”没想到陆初阳出声打断她。

没有啊，她觉得是自己赚了才对。

不过这样一来，犯错误的晏回温都没敢再直视陆初阳板起来的脸，只偷偷瞄过去，感觉他今天好像没什么心情说话。

靠在椅背上的陆初阳又在脑海里过了一遍新队员的各项数据，不太满意地合上了眼睛。

从这次新兵冬训的结果上来看，虽然三中队略差一些，要被上头“发配”出去劳动，但一想到自己手底下同样是不省心的……

陆初阳活动了一下脖颈，他准备打个报告上去，两队一起“发配”出去算了。

地点的话，他回去跟三中队队长商量。

林在言显然没有意识到他的队长在计划什么，他换了个姿势，身体朝后排转去，发出声了然的轻笑，那双桃花眼便对晏回温慢慢弯了起来：“听说你是漫画家？”

她看一眼陆初阳，点点头。

“画的是什么？那种很抽象的灵魂吗？”林在言好奇。

“那倒不是。”

晏回温想了想，伸手从小背包里很快抽出一张草稿，递给他看：“这是两只狗，它们是书里的主人公，其实简单点说，就是旅途的一些小感悟。”

林在言明显挣扎了一下，转而又觉得好笑：“狗啊？”让他看，怎么看都是两条腿、两只手，西装革履和穿小裙子的……好吧，他放弃满脑子搜刮措辞来描述这两位主人公了。

于是，林在言开起玩笑来：“是不是画的你跟队长？不过我们队长可是最喜欢穿迷彩服的。”

这回，晏回温学乖了，立马摇头否定：“不是，绝对不是。”

林在言呵呵一笑：“别紧张啊。”

晏回温被戳破心思。

陆初阳刚好在这时抬起了头，眼睛漫不经心地转到了这张画上。他的目光顿了顿，又挪到晏回温那张白里透粉的脸上去了。

经过对比，他发现，都挺孩子气的。

正要转回去，他的视线里，晏回温的那双眼睛在小小的期待着什么。于是，陆初阳用下巴指了指画，说出了目前脑海里唯一能寻思出的评价：“配色不错，很暖和。”

晏回温睁着大眼睛，想说什么都给忘了。

就看见他靠回椅背，拿起地图，沉思。她这才回神，小声地试探说：“如果你觉得好看，我也可以另外画穿迷彩服的给你啊。”

然而陆初阳听到这话并没有说些什么。

终于，旁观的林在言发出一声喷笑。

发挥少爷本性调侃：“你画。”

结果收到陆初阳淡淡一眼，只好收敛，就这么单臂曲着放在椅背上，笑着问别的：“你会摄影？我看到你有整套摄影器材，型号是什么？”

“你等一下啊。”晏回温点着下巴，接着就要从背包里找纸。型号很长，器材很多，得写下来才行。

林在言挑挑眉说不用，他用食指敲了敲额角。晏回温顿悟，记这些对于他们来说太简单了，压根儿不需要“用笔记”这种多此一举的行为。

她认真回忆，一字一句慢慢报出一大串字母跟数字。

林在言翻过身，看着研究地图的陆初阳：“队长，你休息休息，顺便放我一天假？”

陆初阳头也没抬：“没假给你。”

凭什么就没假给他了？！

不过林在言跟他这位“千年老妖怪”的队长待久了，也不得不练就了一副面不改色、刀枪不入的模样。

“江洲马上归队了，总得有礼物啊，您说对不对。”

“江洲回来？”陆初阳朝他一笑，把林在言笑得弯起的眉梢直跳，然后板起脸：“支队长回来都没假。”

不是他不想批，市里马上要开大会，这假就算他给批，上面也批不了。

晏回温的目光在两个人身上来回飘过两次，她觉得陆初阳这个队长当得实在太招恨，也太不容易了。

她权衡了一下，然后跟他们隔着两个座椅，在一边小声问林在言："你要是着急的话，我帮你去买，买完了给你送进去，这样行吗？"

林在言"啧啧"两声："看嫂子这觉悟。"然后双手合十，对她万分感激。

突然，前面的陆初阳顿了顿，打量了一下因为太轻，坐都坐不太稳的晏回温："我们开车都比较快，赶时间，你……"

老实说，晏回温快要被甩吐了。

但她望着陆初阳摆手："没事啊没事，你们开，我能坐。"

一路狂飙，终于，他们在规定时间赶到了这个市的武警总队。

陆初阳推开车门，跳下车问晏回温："酒店在哪儿？"他招呼了个队员过来，抛给他另外一串车钥匙，让他送她去。

晏回温自己订下的酒店已经过期了，她还没有预订新的，于是先摇了摇头。

正想说她先预订，手机都点开了。没想到陆初阳过来，一只手拎起她的小箱子先一步走了出去："算了，就隔壁武警招待所吧。"

晏回温摘下羽绒服的大帽子，抬头一看。她眼前就是招待所低调的大招牌，离他暂时落脚的这个总队也太近了。

她一阵欢天喜地，双手背到后面，按着后背的小背包立马追上去。两个人进了招待所，只不过，陆初阳并没有空招待她，他放下东西就直接走了。

安静的房间里，晏回温坐在窗户前订机票。

她一抬眼，忽然惊喜地发现，从这个角度往外望时，刚好能看见总队里的大操场。操场中央停着几架帅气的直升机，她猜想，这应该是送陆初阳他们回去的。

晏回温托腮看了会儿后，她搬来工具开始画画，画的是想表白的一些东西。

后来，她每天都在忙这件事。

等大作完成，都已经过了正月了。晏回温将所有画纸都摆在慵懒的阳光下，傻乎乎地笑了好久，然后把它们制作成精美的册子。她一连紧张了好几天，终于揉揉脸，欢快地找陆初阳表白去了。

第九章

生气了

堵堵停停开了两个多小时，晏回温到特战队基地大门口时，都上午十点多钟了。

基地附近不允许停车，晏回温刚好看到一家汽车美容会所，把甲壳虫停在那儿洗。接着，她把摄影器材从后座都抱了出来，边走边联系林在言先把东西给了他，又借这次机会办完手续后跟进了特战队。

特战队里正忙碌，因为上半年市里要召开一场重要会议，他们每天都在反恐演练。气氛是严肃的，晏回温沿大路走，眼神乖乖的，不敢到处乱飘，光顾着从林在言派出来的小战士那里打听陆初阳了。

“队长在后面的训练场。”小战士被林在言嘱咐过，准确回答。

“那么，我能靠近吗？”她颇有点小期待地问。

小战士遗憾地摇了摇头：“只能站在离场地最近的马路上看，顺着这条路直走到头就是。”他对晏回温挥挥手告别后，忙训练去了。

十分钟后，晏回温面前出现了一个岔路口。

不是说走到头吗？哪条路的头？她站在原地左右看，犹豫不决的时候，好像已经可以听见训练场上的枪声了。

晏回温四处张望，判断出声音来自右侧。果然，她一抬头就远远看见了一幢楼房，楼房没有窗户，非常破旧。

她立马雀跃地跑过去，等到了地方，正见一个人影从七米高的楼顶速降。

晏回温眨了两下眼，使劲仰着脑袋，凝视着陆初阳肩宽腿长的背影。他腰上扣着一根软绳，左手握绳，右手拿一把枪，速降过程动作干净利落，神情冷漠凌厉。

很帅，但，安全吗？晏回温一连喘了两口气还是紧张，她把两只手都扒在铁丝网上，接下来想干什么都忘记了，就只顾满眼盯着陆初阳，乖巧地等。

陆初阳速降到了四楼和三楼之间，他的腿一蹬，凌空跃进了窗户，在地上翻滚后隐蔽好。下一秒，眼疾手快地单膝跪地举枪射击。

藏在柱子后的三中队队长古戍眼睁睁地看着自己头顶冒起了一股白烟，他慢悠悠地把枪放下，气得笑骂了句："谁啊？我看看是哪个打我？"

"是我。"陆初阳走过去查看，同时，林在言解开"人质"身上的绳索，这场演习已经结束了。

古戍把迷彩围巾解下来重新围好，笑着问陆初阳："交换再来一次？"

四十分钟以后，等在外面的晏回温忽然听见兜里电话响了，她拿出来一看是薛琪。

“我在特战队。”

“回温，我有重要的事。”

两个人同时开了口。

晏回温坐在马路牙子上，她换一只手托住下巴，歪头望了一眼高楼。里面又有枪声传出来，大概再次交上火了，光听枪声她都能想到陆初阳到底有多帅。

她出神的时候，隐约听着薛琪焦急的声音。

“我外婆出去买菜，又找不到回来的路了，钥匙也锁在院子里没拿出来，她给我打电话，说不清楚话，急得不……”

“外婆走丢了？！”

没等她说完，晏回温握着手机蹦了起来。她知道薛琪的外婆身体不好独自居住，人也有些糊涂了，而薛琪正在外地交流。

“你别急啊，我马上就回去。”晏回温赶紧站起来，跺了跺差点儿坐麻的脚，跳下台阶。

“回温……”

“你跟我就别客气了。”晏回温打断她，远远看了看铁丝网里的高楼，还是转身往外走，“外婆在哪儿啊？”

薛琪言简意赅地说了一遍。

晏回温再次确认：“就是外婆家附近，草乌路口右边的那家市场，对吗？”

“对。”

薛琪又追问：“你在特战队干什么？找谁吗？”

是啊，在等陆初阳，被戳破心思的晏回温脸热，“嗯”了一句。

哦！对方懂了：“终身大事啊！”

晏回温嘀咕：“就是，表个白。”

“回温，跟谁表白？”薛琪故意问，揣着明白装糊涂，把她问得一窘。

晏回温："陆初阳。"

那边笑着又"咦"了一声，好像想不起来似的："相亲对象啊，上次是谁说没追成来着？"

晏回温："是我。"

薛琪感慨："你爷爷是军人，爸爸、叔叔、伯伯都是军人，小时候送你上学的是军人，长大点儿军训你的是军人，现在你找男朋友竟然还找军人。"

晏回温："就是，喜欢他。"

薛琪叹了口气，有些抱歉。

晏回温最后回头望了望陆初阳所在的高楼，手里还抱着那本画册，也不知道下次再找什么理由才能进特战队，之后再想办法吧。

训练场出口，刚跟陆初阳结束楼房反劫持演练的古成走出来，不太好意思地摸了摸耳朵。他实在不想听墙根，但架不住那乖乖巧巧的小声音，飞快地往他耳朵里蹿啊。

只不过刚才那女孩打电话说要跟陆初阳表白，她怎么还没表白就走了？

"她刚说的地址是哪儿来着？"这位队长故作疑惑。

一旁的小队员赶紧接话："草乌路社区。"

"哦。"三中队队长像狐狸一样笑着，拍了拍队员的肩膀，"那上头给咱'发配'去劳动的社区是哪儿来着？"

"也是草乌路社区。"

他继续笑："那陆初阳他们是去哪儿？"

"好像是，长虹路。"

“很好，”三中队队长做顿悟状，“那还等什么？走啊。”

“队长，干吗去？”

他向后摆摆手：“助人为乐啊！”

射击场上，陆初阳发现原本带队离开的古戍又回来了。他把手里的武装带往腰上一扣，一点儿也不打算去迎接他。

因为他现在特别不爽。

陆初阳快速走到一名趴在地上、刚完成射击动作的新队员身前，单腿一蹲，陆式气场立马吓得一排新队员都不太敢动。

到底发生什么事了啊？

陆初阳抬起左手从望远镜观察靶纸，用右手拍拍新队员的后背，声线听上去还算得上平静：“你射到别人的靶子上去了。”

然后，陆初阳生气了：“想什么呢？嗯？”

队员长了一张圆脸，是个可爱的大男生，他赶紧麻利地爬起来立正，一副快哭了的样子：“报告队长，刚才，我的靶子下面有只兔子。”

听到这，这名新队员低下来头。

这下，就连刚到场的古戍也目瞪口呆。

古戍挑了挑眉，这里是特战队，说句不好听的，今天拉走出个任务，明天回不回得来都难说，什么时候都容不得半点马虎。

因为一只兔子脱靶，在他们眼里，这是要拉出去枪毙的错误，还有脸哭？！如果是他的队员，他立刻就得打了报告把人捆到头儿那里退货，软蛋不要！

陆初阳一听，差点儿给气笑了。他顿了顿，十分冷静地开口：“赵然。”

“到。”

陆初阳转身："机械专业研究生毕业，多次获国家级机械大赛一等奖，基层带兵两年，现被上面特招进入特战队。"

赵然支支吾吾地不敢说话。

陆初阳不动声色，停在他面前："我给你五秒钟考虑，是选择留在特战队还是离开。"他说这话时，凌厉得要命。

赵然有些惊讶，更没想到陆初阳竟真的开始计时。

赵然下意识开口："我选择留下！"

"好。"陆初阳看了他一眼，忽然提声，"林在言。"

"到。"林在言跑过来，立正。

陆初阳抬手看时间，转身去支队长办公室，临走时抛下俩字："练他。"

突然，赵然有了一种自己会被练到废的预感。

自己在校从来是老师眼中的好学生、标杆，老师劝过他，说他不适合这里。但就是因为传说特战队与别的地方不同，而陆初阳是这里最好的队长，来了就绝不会后悔，于是他来了。

可现在就因为一次脱靶，他被这位传说中最好的队长搞得当众下不来台。

赵然的眼睛还红着，就梗起脖子对陆初阳的背影反驳："凭什么啊？我要去跟支队长投诉你，我要打报告离开。"

"我给过你机会了，是你说留下。"陆初阳回头，冷静地回答他，"现在走，你就是逃兵。"

原本还安静的这批新队员们，这下都用目光交流起来了。

今天是赵然，明天就有可能轮到他们。陆初阳为了这一点小错误，是不是有点儿矫枉过正了？

他们也是在基层带过兵的军官，也有过硬的军事技能。他们进特战队是为了更好地施展才华，而不是被这样操练对待的啊！

再说操练他们的老队员们，能比他们更有多少本事？他们不信。

还是说因为陆初阳是个少校，所以就摆摆架子？

古戍伸手拉住要走的陆初阳，嘴里虽然笑着，但刚才眼睛扫过这批新队员时却比陆初阳的眼神更冰凉："老陆，别生气啊！要不然我给你个好处缓解缓解？"

"好处？"陆初阳听着他葫芦里卖药，估摸是露两手比试一番，好威慑新兵。

"哟，来得早不如来得巧，"古戍一扬手，指向远处走来的武警中尉，"就让他代表我跟你比场射击，你赢了，今天的好处就归你，怎么样？"

所有人循声看去，迎面走来的人一身武警常服，窄腰长腿，高高瘦瘦，有型又挺拔，还隐隐约约流露出些许优雅。

他脸上带着笑，停在众人面前。

陆初阳拍拍他的肩膀："来吧。"然后从林在言手中接过枪，首先走到射击处。

中尉也含笑抬起双手，林在言将另一把枪放到他手中，两人默契得如同手心手背，交接动作仿佛早已做过几万遍。两人一个张扬一个优雅，相视而笑。

古戍在后头舔着槽牙，眼睛精锐地眯着，解释着规则："还是五发子弹，看第一发命中的用时，跟五发总用时，怎么样？"

陆初阳点头："把声控计时器打开。"

两个人检查手中的枪。

新队员都远远观望着，有人耳语："以前我们总队有个教官，他出枪到命中第一发只用 0.8 秒。"

“我知道他，特别有名。他一直是你们总队的纪录保持者，对吧？”

“对，没人打破，他的速度太快了。”

几乎同时，两个人举枪，上膛。

砰砰砰……一连五发。

巨响过后，远处的新队员愣了两秒才反应过来，怎么就开始了？没有瞄准摆架势？甚至他们连两个人出枪的动作都没有看清！

“看计时器。”说话这人，声音像是惊到了。

“中尉，0.6 秒。”

也就是说他从射击，到第一发子弹命中靶子，只用了 0.6 秒！以前他们没进特战队时，通常都需要一秒多。

“陆队，0.5 秒。”

连赵然在内，他们都不敢说话了。传说这里不一样，看来果然没错。总队能始终保持 0.8 秒的纪录，只是因为这里的人根本没有参与。

中尉的枪法很是惊人，这个少校也绝对不是摆空架子，他们都是有真本事的人。

更让新队员惊讶的是，轰动过后，中尉脸上竟挂着些微笑，走到陆初阳面前，交枪，抬手敬礼：“队长，江洲归队。”

人如朗月，声似清风，让人直舒服到心底。

新队员惊诧，他就是江洲？那个一旦隐匿起来便仿佛没有呼吸、没有声音，永远一击致命的狙击手。那与他那么默契的林少爷，也不是来镀金的？

陆初阳终于露出了今天的第一个笑容，拍拍江洲的手臂点头。

林在言扬着桃花眼马上接道：“你这探亲假休的，知道我多寂寞吗？”

“哦？”江洲笑着反问，“我怎么听说你给队长找了不少麻烦？”

“是不是搭档了？”

这边笑呛起来，古戍走过来拉着陆初阳装模作样地挑眉：“哎呀老陆，你怎么又赢了？行吧，说好的好处给你，只不过……”他话音一转：“你等下脸要再沉成这样，好像就不太合适了。”毕竟，人家小姑娘是去表白的，现在很多女孩都任性着呢，万一看他这脸色也不高兴了怎么办？

陆初阳收了枪，随口问：“什么好处？”

“换一下，今天我们去长虹，让你们去草乌路，嗯？”

这算哪门子好处？陆初阳看他一眼。

“去不去啊？”古戍最后问了一句，不去他也不强求。

陆初阳把头盔抱在手里拍了两下，准备走，林在言过来问他：“队长，今天去哪儿？”

“草乌路。”

第十章

下不来

去接薛琪外婆的途中，晏回温为了赶时间，踩着油门不断提速，乳白色甲壳虫从各色车阵里“唰”地穿过去。

小时候，老太太像亲外婆一样对她好，知道她爱吃苹果，特意在院子里栽了一棵苹果树。秋天，老太太就摘下苹果，等她来吃，苹果是青色的，酸酸甜甜。

开了半个多小时，晏回温终于看见了草乌路的标志，再往前开一条马路，就是薛琪外婆迷路的市场。

到了市场附近，她正要拐一个路口把车开进去，可转眼一看，前面不知搞着什么维修改造，蓝色彩钢板刚好横在了她要通过的马路上。

上面是黄色大字：行人通过注意安全，车辆请绕行。

晏回温想着，绕行也不是不可以，但此时已经是中午 12 点多了，正赶上午高峰，还不知要堵多久。

晏回温往两边望了望，干脆把着方向盘，一脚急刹车，把甲壳虫停在了路边。她下来锁好车门，见旁边是一辆大型献血车。

晏回温站在那儿观察了两秒，等确定自己的车子没有碍事后，她马上转身，往一条马路外的市场跑过去。

可是，在市场门口，她没有找到薛琪的外婆。

这时手机响了，晏回温一看是薛琪，赶紧接起来："我没看见外婆。"

薛琪在电话里有点急地告诉她，外婆正一个人迷迷糊糊地找着路往回走呢，也分不清自己到底在哪儿，只是不听话地乱走。

晏回温猜测老人应该行动不快，出了这市场，向前是她刚才过来的地方，还有一条路往右。她赶紧去右边找，终于在右边那个车流量非常大的十字路口发现了老人家。她正一个人站在马路对面的人行横道上，佝偻着背，提一大袋子青菜跟苹果。

晏回温刚松了口气，没想到老人竟然开始横穿马路。

现在是红灯，各色的车辆叫嚣着从老人身前擦过去，她却浑然不觉自己到底有多危险。

晏回温吓得慌忙挥手，边挥边喊外婆，但是车太多，老人毫无反应。

眼看老人都要走到马路中间了，那里的车速度最快。晏回温急得差点忘了自己面前也是红灯，抬脚迎了过去。

她刚走两步，一辆电动车正好行驶了过来，"咣当"一声撞在了她身上。

好在电动车开得并不快，晏回温弯下腰捂着膝盖抽气。车主忙跳下来问她有没有事，她咬着嘴唇摆摆手，再抬眼看时，对面的老人家好像看见了这里的动静。

晏回温立刻盯住她，喊："外婆，您站那儿别动啊！"

老人似乎意识到什么，皱了皱眉头觉得奇怪，然后那双眼睛也落在了晏回温身上，见她疼得扶住膝盖，于是眼神里有了关切跟温度。

接着，老人迈着小步子向她走过来。

又是一阵刺耳的刹车声。

这一声真是给晏回温吓得心惊肉跳，抬手就指向老人脚底下：“别动！对，就这个地方，千万别动啊！”她都快哭了。

老人被这道严令禁止的目光给唬住了，这下，颇有些委屈地待在原地不敢动了。

等绿灯一亮，晏回温先动身，一瘸一拐、连蹦带跳地赶到老人跟前，带她返回路边。老人诧异，歪头还挺委屈：“小琪。”

晏回温一走就疼，吸着气：“不是小琪，是小温。”

“哦哦，小温啊，吃苹果吗？”

晏回温看了看老人献宝似的，她把手臂一抬：“回去再吃，先挎着我。”

老人照办。

终于回到马路边上，老人还低着脸沉默着。晏回温心里有点酸酸的，自我反省起来：是不是刚刚有点儿凶，吓到老人了？但是那样真的很危险啊。

晏回温慢慢蹭过去，忍痛蹲下来，两只手都托在脸上，乖乖地仰头注视老人：“生气了吗？”

老人摇头，拎着苹果袋子都不敢给她吃了。

晏回温噘起嘴，自己伸手接过来，拿出一个最红的，把它抬高比画在了红绿灯前，教老人记清楚红绿灯。

她恍然觉得，这还是小时候外婆牵她过马路，用一红一绿两个苹果教她认红绿灯的时候。

“现在我们可以过去吗？”晏回温抬手指对面的红灯，轻声检查老人认灯的成果。

老人摇摇头。

过了片刻，是绿灯。

“那现在呢？”晏回温期待地问。

老人望了望，点点头。

“很好很好，我们回家。”晏回温顾不上膝盖刺痛，从地上蹦起来带着老人走，路上她还不停地喃喃，“外婆，别生气了。”

这下，老人好像不委屈，也不害怕了，因为晏回温发现，老人家把她的手牵得紧紧的。

她鼻子又一酸：“钥匙没带出来，对吗？”

老人点头回答。

“没关系，我有办法。”晏回温记得，薛琪特意在院子里的花盆下面藏了把钥匙，就为以防万一。如果钥匙还在那里，她可以先爬墙进去再开门。

草乌路这边的社区非常古老，大部分是青砖灰瓦的大院子。两个人走在胡同里，刚到老人家门口，右手边一家院子的大门“吱呀”一声就开了。

一位大爷提着鸟笼子走出来，笑着说：“哎呀，小回温又来啦！”

晏回温挥挥手问好，又问：“孙爷爷，借您家一把椅子，行吗？”

“怎么不行？等着啊，爷爷给你拿去。”

几分钟之后，晏回温将椅子放在了薛琪外婆家的院墙下。这把椅子是一把棕色的雕龙交椅，大概比她爷爷的年纪还要大，一看就非常值钱。

晏回温把羽绒服脱下来，交给老人，让她在旁边等一下。然后，晏回温稳了稳这把交椅，她实在怕给踩坏了，战战兢兢地迈了上去，椅子发出了刮耳朵的声音。她抖一抖，抬高两只手臂，这才刚刚够把半个身子挂在墙头上。

晏回温费尽九牛二虎之力，好不容易扭了个身坐到了墙头上。她垂眼回望院墙里面，这么高，膝盖有点儿疼，怎么跳下去呢？得把椅子放过去。

晏回温琢磨了两秒，刚跨过去一条腿骑在墙上，就听到远处传来了熟悉的说话声。她吓得慌乱抬头，果然看见陆初阳他们从胡同口走了进来。

她简直，要抓狂了。

“快快快！外婆，把手机给我。”晏回温手忙脚乱抓来手机，一边低头假装翻看，一边拿余光偷偷观察陆初阳。

她看见陆初阳穿着迷彩服，身上并没有带特战装备，走在前面。这时候，他们出现在这里干什么啊？

远处，林在言砰的一声甩上车门，快步赶上前，不知问了陆初阳什么。

他拿下巴指到胡同里：“去打扫卫生。”

然后，陆初阳惊讶地发现了正突兀地坐在墙头的晏回温。他顿了顿脚步，视线绕着她扫了两圈，目不斜视地继续往里走。

“队长，怎么了？”林在言他们也跟着脚步一顿，顺着陆初阳刚才的视线抬头一看。

“噗。”

林在言没忍住，笑喷了。

“队长，对不起对不起。”他憋住笑，“我实在没有不尊重您对象的意思啊。”于是，队员们也都低下头，装作没有任何反应地从晏回温所在的那面墙下走了过去。

这并不是关键，关键是，林在言走过去时，故意伸手挪走了晏回温准备垫脚的那把雕龙交椅。

傻眼的晏回温张了张嘴。

“陆……陆初阳，”她求助地小声叫出他的名字，“你的队员……”

陆初阳退回来两步，扫她一眼问：“你在上面干什么？”

晏回温乖乖坐在墙头上，因为陆初阳稍抬起下巴跟她说话的姿势，她清楚地看见了他干净利落的下颌骨，以及一气呵成的侧脸曲线。

只不过今天他的脸色为什么这么沉？

晏回温心里咯噔一下，小心翼翼地回答：“我朋友的外婆进不去家门了，我帮她开门。”

陆初阳看了两眼院墙：“你下来。”

“可以。”她先听话地点头，再指指墙里，语气里试图商量，“但我得先去开门。”然后她眼睛里满满的：请把椅子还给我吧！

陆初阳站在下面，看了一会儿她既进不去里面，也下不来外面，还不好意思开口的拧巴表情，最后实在忍不住，双手撑一把墙头，长腿一跃，就轻松地翻了进去。

等开了门，陆初阳走过来，她呵呵地干笑了两声。

然后，她低声含糊地问：“可不可以借你的胳膊用一下啊？我下不去。”

陆初阳没有说话。

晏回温猜想，这要求大概过分了，于是赶紧摆摆手，改口：“不不不，其实我想说的是，可不可以帮我把椅子拿过来？”

陆初阳没再继续一言不发，他伸出一只手臂：“下来吧。”

晏回温顺势一跳，抱住了那只手臂。

她本以为可以站稳的，可没想到太高估了自己被撞到的膝盖。她腿一软，紧跟着踉跄了两步，硬生生地栽到了陆初阳身上。

第十一章

好紧张

陆初阳眼疾手快地扶了她一把。

他的手臂十分有力量地卡在了晏回温的腰上，才没让她彻底摔倒。

晏回温好不容易站稳，睁开眼睛稍微一垂，就看见陆初阳右胸口处的武警胸标。因为贴得实在太近，一呼一吸间，胸标蹭过了她的鼻尖。

然后，她的鼻尖轰地燃烧了起来。紧接着，这热度迅速蔓延到她的脸颊、耳根，烧得她头蒙脑沉。陆初阳好像在她头顶说了什么？

她没意识到，就感觉一声低低的话音刮过耳际，紧接着耳朵也喷火了。

晏回温现在，耳朵里脑子里回荡的全都是自己怦怦怦的心跳声。她艰难地咬了咬嘴唇，往后缩，但陆初阳胸膛的触感正在疯狂地诱惑她：来吧，结实的，男人味的！

于是，晏回温抬起手臂，软绵绵地抱住了他。

陆初阳原本想提醒她，退后一步保持距离的。这下，他立马把她拎开一步："站好。"

"啊，我，那个……"晏回温结巴解释。

"对不起对不起，我不是……"

她慌乱地立正站好，那可怜绝望的表情看起来快哭了。她以为陆初阳会骂他，可没想到他只是看了她一眼，就一言不发地走了。

陆初阳今天糟糕的心情，实在不能允许他好好跟晏回温说话，索性走开。可他刚转身，抬起的脚正要落下，那个小身影就又一瘸一拐、连蹦带跳地挡在了他前面。

"我不是故意要抱你的。"

陆初阳默不作声。

她还在解释。

"我就是今天我去了特战队，"晏回温局促不安地用眼神偷瞄他，判断他的脸色，"然后你在忙，我有事就先回来了，本来想……"

她顿了顿，好紧张。

就这样过了好几秒钟。

陆初阳发出疑惑的"嗯"的声音，表示在听，你继续。

"本来想，"晏回温的两只手都背在后面，拼命绞着手指，"就是，有重要的东西想给你，你可不可以等一小下？"

"嗯？"陆初阳打量到她两手空空，"有东西给我？"

她点头："有一本画册。"

"在哪儿？"

"车上。"

"车呢？"

车呢？！晏回温差点儿一巴掌拍死自己。

车停在两条街外的献血车旁边了，而现在要过去还要走过一段坑洼的施工路段，按她现在的“伤残”等级，谁有空等她啊？

晏回温有气无力地垂下脑袋：“车在草乌路路口。”

陆初阳本以为他会像上午一样，见到这种软绵绵的“东西”，多一秒都不想忍。但晏回温实在太乖了，乖到他终于于心不忍地笑了笑：“行，那下次吧。”

“哦。”

陆初阳转身时，见她表情沮丧，无奈地停住：“小姑娘，你不会是想让我跟你去拿吧？”

她猛地抬头：“可以吗？”

陆初阳虽然没说话，但还是跟着她过去了。

陆初阳跟她走到施工路段的时候，时间已经过去十五分钟了。

晏回温眼前是一个巨大无比的浅坑，这坑的长度按说正常人跳过去没有问题。但她看了看拐着的脚，停下来思考了一下。

陆初阳腿长，大步流星地迈了过去。

见后面没跟上，回头看了两秒晏回温这进退两难的样子，实在没辙，又迈回去，让她抬手。之后，他拎着她两根胳膊，一提，两个人过去了。

一落地，晏回温赶紧站好，表示：“我自己走就可以了。”

陆初阳看表，提醒她：“太慢了。”

等晏回温终于从自己那辆甲壳虫里犹犹豫豫地拿出画册，刚松一口气的她又紧张起来。冬天的路边，空气很冷，阳光微微刺眼。

晏回温抬头，眯着眼，看见陆初阳平淡的表情，忽然，她更加紧张了。

“给你。”晏回温忐忑地把画册递出去。

陆初阳拿过来，翻开一看就愣住了。好奇怪的生物，有点像出任务时扫到的地雷，又或者，土豆？

“这是第一次见面的时候。”晏回温一边瞄他，一边指给他看。

陆初阳失笑：“所以，画的是我？”

她小小地应了一下：“就是在山里你扫暴徒那次，这一页是九宫格的，嗯……因为剧情比较简单，后面会展开。”

陆初阳象征性地点点头。

“不喜欢？”晏回温低头，蹭着脚尖伤神了两秒钟。但很快，她又乐观地抢先替他翻到下一页：“那看这个，抓劫匪呢？”

陆初阳的眼睛缓慢地扫过去，没回。

“相、相亲的呢？”

陆初阳根本看不懂，他懒得应付了，于是拿来画册，礼貌性地翻完全部，然后“砰”地合上，问她：“画了多久？”

晏回温背都绷直了：“没多久。”

“一个月？”

“两个月……”

“不错。”陆初阳把画册还给她，“但别再画了，我看不懂。”

“啊？”

两个人面对面，站在这太阳底下，四目相对。晏回温看见他的瞳孔漆黑平静，她愣了愣：“可能是我没有表达清楚。”

陆初阳点头让她说。

“我的意思是，”晏回温局促地盯紧他的眼睛，声音越说越小，“就是，我喜欢你。”

陆初阳沉默了。

时间太长，晏回温都以为他是不是要生气了。而在她忐忑地不知所措的时候，陆初阳终于看着她的脸开口，非常冷静地告诉她："小姑娘，你再考虑考虑。"

然后，他转身走了。

晏回温眨了两下眼睛。

所以，他的意思是：你再考虑考虑，不要喜欢我……是这个意思吗？

晏回温噘起嘴巴，反思：陆初阳拒绝她大概是有理由的，也许他以为她是一个奇怪的人。可她除了画画，平时也很热爱运动、读书，她还爱国，喜欢劳动，绝对是与时俱进的好同志啊！

等等！

陆初阳并没有明确拒绝她，他也犹豫了是不是？！

第十二章

宴会

陆初阳走出去，心底隐约生了些异样，虽然他也不能理解这异样从何而来，但确实是因为一个小姑娘的频繁出现。

她怕危险、怕疼、怕蛇，时常游离在状况外，乐观地生活在被保护好的世界里，遇到的最大危险也许就是那日碰到了他扫暴徒。

陆初阳看了看右臂上贴着的那面五星红旗，而他是要跟危险正面交锋的人。

他回去社区又绕了两遍，一天的任务才算结束了。

陆初阳叫队员先把工具搬到车上去，自己又跟居民简单说了几句话，这才穿过胡同，走回了车边。

这个时候，他才发现，他的武警吉普上好像趴了一个人。

女孩身形娇小，背对着他，两只手都扒在了车窗上，用脸贴着。她旁边，林在言正扭着身子回头，跟陆初阳的视线对了个正着，看热闹不嫌事大地笑着喊了句“队长”。

女孩听到声音没有回头，也不出声，就这么默默地趴着。

陆初阳皱了一下眉。

“都出发了？”陆初阳走过去，盯着林在言问。

林在言忍笑立正答：“都收拾好按您的要求先出发了，留我在等您。”

“这怎么回事？”陆初阳用下巴指到车上问。

林在言也跟着转了一下头，好笑得不行。为什么问他？他也不知道怎么回事啊！他绘声绘色地答：“我正过来，就看见您对象……哦不，是她走过去，然后吧唧一下就趴您车上了。”

那桃花眼里的潜台词分明就是：为什么偏偏趴在您车上？那肯定就是找您的啊！您干了什么，我怎么会知道。

陆初阳一顿，往晏回温那边慢慢踱了过去，他按捺着性子尽量心平气和：“小姑娘，你不要在我的车上耍赖啊。”

晏回温在他的旁边，心里两行泪，她不是啊！她是直不起来啊！

她那张有点儿白的脸投影在车窗的玻璃上，陆初阳盯着看了两秒她那不舒服又可怜巴巴的表情，缓了缓语气问：“那就是找我有事？”

“没有，我不是找你，绝对不是。”晏回温矢口否认，好不容易把身体翻了个面，靠在车窗上面对着陆初阳，见他盯过来，又在那道略带审判意味的视线里败下阵来。

虽然这确实是实话，但这话听上去，太没有可信度了。

她只能试图解释：“我献血去了。”

晏回温拿出献血证：“你看。”

陆初阳的眼角抽了抽。

“我走着走着就特别晕。”她有气无力地垂着脑袋，转身慢动作抱住了他那辆吉普的后视镜，直嘟囔，“头顶都冒星星了，就寻思找个地儿缓一缓，反正，我不是来找你的。”

陆初阳一把扯来她手臂，往身前一拉，垂视她：“小姑娘。”

完了，晏回温惶恐地软在他身上，被他紧紧扣住手臂。从陆初阳的眼睛里，她觉得自己就要被丢出去了。

没想到，陆初阳只是忍了忍：“不要跟我耍赖。”

她忐忑点头：“我没有。”

“记住了吗？”

“记住了。”

陆初阳让她重新靠回车门，扫了眼时间：“我们准备走了。”

她乖巧答应，艰难地让开路。

“等等，”这时，陆初阳顿了顿，叫住她，“把车钥匙给我。”

“啊？”

“你的车钥匙。”他重复。

她的车钥匙？晏回温大脑飞快地转，陆初阳这是要送她回家？她立马掏出来，诚惶诚恐地双手交了上去。

一拿到车钥匙，陆初阳就先走了出去。晏回温刚要抬脚，接着就被林在言给偷偷喊住了。

“我们队长今天心情不爽。”林在言跟晏回温聚在一起，悄悄交流。

“他怎么了？”

林在言摆摆手示意这不是重点，他看一眼陆初阳的背影，抓紧时间反问：“你还没看出来这位对你有意思吗？”

晏回温也望了望那背影，窘迫：“但是他让我考虑考虑。”

“笨啊，让你考虑考虑又不是明确拒绝你。”林在言很认真地指出，“他平时绝对不让人近身的，更别提主动送人回家了，再看看现在，你想想是不是这么个理儿啊？”

晏回温揣摩他的意思。

最后，林在言拉开武警车门，顺手为她比了颗心："队里都看好你，你加油哦。"

"噢噢。"

回到家，晏回温就开始琢磨这件事。她光脚翻下床，粉色家居服的大帽子罩在头上也没管，就单腿跳着去开门把巧克力放进了卧室。

"别笑我，你也是被陆初阳征服的家伙啊。"

晏回温抓起巧克力的爪子握了握："想不想他啊？"

她揉着巧克力的脑袋，盘腿坐在地毯上思考。

等脑子缓慢转过一圈儿，她才清醒地认识到，再不能给陆初阳看那些二次元的东西了，她要弄一些他能看懂的东西。

那么，就从小事做起。

晏回温很满意自己的觉悟，她跳起来先把自己粉色的小被子叠成豆腐块儿，又一瘸一瘸地跳出去，从爷爷那儿顺来了一只军绿色大瓷缸，用来喝水。

最后，她把桌上的机器猫水杯也换成了军用水壶。

母亲敲门进来的时候，晏回温正坐在地上给水壶画画。这次她学乖了，没画那些二次元的东西，就添了正常的一条龙跟一只狗，是两人的属相。

"怎么都换成这些了？"母亲摸着她的头发问。

晏回温一眨不眨地盯着画，眼睛里有点儿不好意思，她小声回："就是挺喜欢的。"

母亲见她认真，没在意，笑着问她："回温，下个月你得帮妈妈一个忙。"

晏回温一听放下画笔，靠过去揽住她的手臂，仰起脸来看她：“我是谁啊，您的小棉袄呀，直接交代我就可以了啊。”

母亲笑着点点她，两个人走过去，坐在沙发上。

“下个月，咱们家的罗斯西楼酒店有一场晚宴。”母亲正色说，“一家生物公司宴请了几位教授，就是你钱伯伯就职的那家天唯生物技术公司，也邀请了妈妈，但赶巧妈妈要回一趟会城周宅，祭奠你外婆。”

晏回温认真点头，罗斯西楼大酒店是祖上留下来的产业，后来一直落在哥哥晏回时的名下。

晏回时最近忙于研究所的事情，她还有一个弟弟，在拍戏。

于是，晏回温轻声问：“那需要我去，是吗？”

母亲知道她不喜欢应酬这些东西，拍拍她的手：“这样，替妈妈象征性出席一下，然后你就去旁边的影视城玩一玩散散心，好吗？”

“没关系。”晏回温见母亲担心她，笑着往母亲怀里拱，又举手表决心，“放心，保证完成任务。”

一个月后。

特战队的作战指挥室里，灯光很暗，每个人的眼睛里都映着大屏幕的光影，仪器声响个不停，昭示着这里正在安排一次重要任务。

江洲的父亲，也就是会城大学分子生物实验室的江教授，分离得到了一支菌株，预计可用于研究生产新型药剂，而这将成为国内医学上的一大突破。

于是实验室成立“AF.STI1007 合成计划”，并已得到国家有关部门的重点扶持。

现如今，菌株进入调试检测阶段，江教授和实验室选择与会城大学校友钱先生合作，将菌株交给他所在的天唯生物技术公司，由他亲自负责进行。

特战队作战指挥室的大屏幕里场景不断变化，定格在一组清晰的照片上。照片里是罗斯西楼大酒店、钱老先生，以及江教授。

最终，所有照片由箭头指向了两名犯罪分子的头目，但他们的相片暂且为空白。

头目下分出其二人的执行者。3 号人物，照片上是一张含笑且冷血的脸。

此前，公安从陆初阳扫获的几名小暴徒中追到此团伙，并通过卧底查出，他们企图劫走钱老先生，以及含有菌株信息的 U 盘，从而自己研发此药剂，并以此获利。

陆初阳带队坐在下面，表情严肃凌厉。

支队长站起来，最后强调任务："第一，保护钱老先生及 U 盘；第二，拿到 3 号人物与两名犯罪分子头目联系的手机，抓捕全部在场罪犯。"

三个小时后，陆初阳带队，便装潜到了罗斯西楼大酒店周围。

这时，离晚上的宴会还有两个小时，因为天唯技术公司名声响亮，这次邀来了不少各界名人。

影视城的地图，特战队员在路上就烂熟于心。酒店旁配套独栋别墅民宿，陆初阳指了几个位置让队员就位，下令先暗中观察，不要打草惊蛇。

他带林在言跟赵然从窗户攀进了 3 号人物所住的别墅。很快，陆初阳摸清，手机在二楼卧室的保险柜里。

陆初阳摆摆手，让赵然上场，他贴在卧室门口警戒。

赵然紧张地拆解着电子密码锁，手一直抖，拆一会儿他就抹一把汗。

陆初阳在门口听了听动静，回头问他："你紧张什么？"

"队长，我第一次出任务。"他声音都变了。

之前在学校，从没想过有一天危险如此近，毕竟亲身经历与学到的、电视上看到的都不同。不算是恐惧，他只是感到紧张，生怕下一秒就有人推门而进，心都悬到了嗓子眼，脑中浮想出交火的情景。

陆初阳警告："不许哭。"

"是，是！"

赵然一脸毅然，一边红着眼睛一边开锁。这时，林在言紧贴在窗边，操作着无人机，提醒道："来人了。"

"你还要多久？"陆初阳问赵然。

"两分钟。"

脚步声已渐渐到楼下，大门发出"吱呀"一声，紧接着就是那杂乱的脚步通过楼梯，向他们靠近的声音。

陆初阳当机立断，下令恢复现场："撤！"

他们刚从窗户翻出去，那些人后脚就开门进来，拿走了保险柜里的手机。

此时已经是傍晚。早春时节，太阳沉得依旧早，天边只剩淡淡暗红，抬头望上去，还能隐约看见点金边。

陆初阳猜想，3 号人物大概会直接将手机拿去酒店宴会厅。宴会厅前面的欧式喷泉旁，不断有黑色轿车绕行过去，然后，各行各业的大佬从车里下来，拿出请柬走进了宴会厅。

林在言难得蹙着他的桃花眼："队长，我们怎么进去？"

显然，陆初阳已经有他的办法了。

两分钟后，他们悄无声息地站在了另一间别墅门口。林在言回忆地图，想起这座别墅属于他们这城市的篮球队，十二宫。

林在言困惑了句："篮球队为什么要来？"

"十二宫的老板喜欢做慈善，也投资了天唯生物技术公司。"

赵然听陆初阳这么说，以为他的意思是翻窗户进去，于是两只手攀住窗台，跃了上去，接着就被林在言一把扯下来。

"干什么哪？"林在言指指敲门的陆初阳。

"不过这老板为什么不多花点钱投资球队？十二宫都衰败成什么样了！"

赵然："我觉得十二宫很有钱了。"

这时，陆初阳转过头，盯着他们。夜幕下，他那双眼睛冷漠、平静。

赵然吓得闭紧了嘴巴，林在言冲陆初阳笑了下，就敛了表情，正色说道："别生气啊队长，怕一会儿太紧张，先活跃下气氛。"还边抬臂把赵然的肩膀一罩，"是不是啊小弟弟？"

忽然，"吱呀"一声，门开了。

开门的是十二宫的经理。

陆初阳先于他开口："先生，抱歉，时间紧迫，我简单说一下……"

最后，陆初阳拿了三套西装，他们用眨眼的速度换上后，跟着篮球队的工作人员进入了酒店宴会厅。

宴会厅里十分豪华，因为宴会还没有正式开始，大佬们随意应酬着。陆初阳的眼睛不动声色扫过一周，快速确定了自己的目标。

但这些人里，好像还有另外一个人。

女孩侧向陆初阳站着，穿一件及膝的白色小礼服，头发半扎起来滑在右肩，很漂亮。她微笑着跟钱老先生说着话，笑起来能甜到人心坎里。

林在言望了一眼混在二楼的几名犯罪分子，隐隐担忧：“队长，她要是看见你，不会过来打招呼吧？”

第十三章

注意安全（上）

他说完这话，晏回温恰巧就偏过头来了，正好看到了那个无比熟悉的身影。

“回温，你爷爷最近身体怎么样？”钱伯伯还在一旁笑着问她。

“挺好的。”晏回温喃喃回答。她转过身，眼睛紧紧盯着陆初阳远远走过来的身影。宴会厅里大佬来来回回，有人挡住了她的视线。

晏回温抿了抿唇，一个月没见，她有一肚子话想说。

她开始小跑过去，眼角微弯：“你……”

林在言一看，眉心皱起，径直将头扭到一边，装作看不见她：“队长，她这么一打招呼，我们可就暴露了。”

脚步越来越近。就在只差两步远的时候，突然晏回温停了下来，她抱住了在他们前面的一位老太太，甜甜地开口：“伯母，您来了。”只是，这声音听上去有点儿颤抖。

她连带手脚也有些僵硬，眼神忍着不敢看他们。

晏回温根本没听见老太太跟她寒暄了什么，大脑快速地陷入思考。他们为什么会出现在这里？为什么穿着西装混在十二宫的人群里，难道是为了出任务方便？

这不是一次普通的宴会吗？

她突然觉得好险，自己差点就做了愚蠢的事情。

晏回温一边假装跟老太太寒暄，一边用余光去注意陆初阳，结果猝不及防地对上了他的视线。那视线是理智的、平静的。

他在告诉她别紧张？晏回温飞快地猜测着，听话地先一步收回了目光。

她忐忑地四下张望了几眼，那他们会不会有危险？

“回温，你怎么了？”钱伯伯走过来，见她表情呆呆的，笑呵呵地问她，然后跟身边这位老太太也打了声招呼。

晏回温装作没看到陆初阳，沮丧地低着头：“我认错人了，还以为碰见了朋友。”

两个老人家都笑了起来。

钱伯伯想她一个小辈，在这种场合估计觉得无聊，于是拍拍她垂下去的小脑袋，和声安慰：“等宴会进行得差不多了，你就不用陪我们这些老人家啦。”

他又故意板起脸，继续说下去：“不过也不许乱跑，女孩子家，一个人不安全。”

“哦哦。”

晏回温是正对着陆初阳的，注意力便又悄悄集中在了他身上。而陆初阳目不斜视，与她擦肩而过。

林在言跟着陆初阳走进宴会厅，停在了一张餐桌前。

他原本以为晏回温会毫不犹豫地认出他们，可没想到刚才她都快到了，却突然转了弯。他从经过的侍者盘中随手拿起杯酒在眼前轻晃，顺便感慨："队长，您对象真够给力的啊！"

赵然也小声说："在言哥，你演得也像。"

哦不对，他就是！林少爷本来就五官英俊，脱了军装，倚在台边扬着双桃花眼晃酒杯的模样，浑身上下俨然一股子少爷的派头。

陆初阳丝毫不为所动，他一边打开了通话器向外面的队员交代指令，一边抬眼再次确认二楼的两个背影的行动。

这时，二楼那两个身穿黑色西装的男人相视一笑，然后推开第一扇门进了屋。陆初阳偏头示意林在言，让他跟过去。

林在言手一撑站直，端着酒杯往二楼那个方向走去。陆初阳见赵然实在紧绷，便打发他随便去转，务必放松。

赵然脑子里时刻揣着陆初阳的话，望着他和林在言融入任务的背影，总觉得自己是所有人眼中的胆小鬼。于是鼓了把劲，凭着身上这套西装，直接混在十二宫的经理身边，脚步才不那么发飘。

"我特别喜欢你们球队。"只有他们两人，赵然一边默默地找话说，一边观察四周情况警戒。

经理见他正戒备，也拿出商人的架势刻意装作闲聊扬长了声调："哦？"

"我们队长的对象也喜欢你们球队。"赵然又说。

"非常荣幸，只不过……"经理笑了笑，"你的队长在看你，聊天没关系吗？"

赵然吓呆。

他刚张了张嘴，陆初阳就用眼睛指住他："继续聊，不用停。"这样的伪装，比起他因为第一次任务而紧张得东张西望，强得多。

陆初阳没再说话，大佬们已经到得七七八八，宴会差不多要开始了。

他喝了一口水，状似漫不经心地扫到一个白色的小小身影上了楼，似乎要去洗手间。他转了身，开始跟在她后面往洗手间走。

陆初阳等在外面，她刚一出来，他就上前了一步，吓得她差点叫出声。

晏回温立刻被一只大手捂住了嘴巴，她的第一反应是：完了，有坏人。但后背这感觉…… 她反应了一会儿才顿悟，是陆初阳。

她眨了眨眼睛，放弃了挣扎，安静下来。

陆初阳扯着她的手臂，迅速把她拉进一间空屋子，反手“咔嗒”落锁，转眼间将她按在了墙上。房间里没有开灯，黑暗让她一瞬紧绷。

“别怕。”他低沉质感的声音传来，随着他松手的动作，“是我。”

晏回温呆呆地仰望着他，他们的距离非常近，黑暗中只能看到他有些模糊的轮廓，盯着她的那双眼睛凝重而具有吸引力。

她不知不觉脑袋空了半秒，陆初阳很快给了她一句安慰：“做得不错。”

等了一会儿，晏回温满眼还是忐忑，盯紧他，解释自己出现在这里的原因：“这是我家酒店，我是替母亲来应酬的，我也不清楚怎么就……”

“我知道。”陆初阳看出她的迟疑，压低了声音，“你跟钱老先生很熟悉，是不是？”

晏回温点头，战战兢兢地问：“这里有危险，对吗？”她注意着陆初阳的神色，冷静得没有一丝起伏。

他答：“一会儿别跟钱老太近。”

他们的任务是保护钱老，抓捕罪犯。行动时瞬息万变，什么情况都有可能发生，所以，他不希望有不相干的人被牵扯进来。

“那你……”她想问问他危不危险。

“听话。”陆初阳打断，他握紧她的手臂，压下去垂视，呼吸几乎刮到她的耳膜，“明白了吗？”

她本能地点头：“明白了！”

陆初阳放开了她，他握上门把手，开门。身后一只小手突然扯住了他的手臂，陆初阳停住，回头。

晏回温很认真地仰起脸去看他，能看出她很紧张，大概有很多话想说，但最后只努力平静地小声对他说着：“你，注意安全。”

第十四章

注意安全（下）

陆初阳离开以后，后面的时间，晏回温都按照他的吩咐，老老实实地待在座位上。她一边假装无聊地把粉色餐巾叠成花，然后展开再叠，一边用眼睛偷偷瞄陆初阳。

等宴会结束的时候，已经是晚上八点多了。

大厅门口的欧式喷泉旁，数辆黑色轿车再次缓慢绕行过来，停在门口，几对挽起手臂穿着光鲜的夫妇走出去。晏回温经过他们，跑上楼去找钱伯伯告别。

她走到一扇深棕色的门外，抬手敲了敲门进去。

晏回温原本以为钱伯伯也打算离开，可没想到他坐在皮质沙发里，又打开了手边的电脑。

“您还不休息吗？”看见之后，晏回温关心地问。

“刚跟老朋友聊了聊，还有一些工作。”钱伯伯在键盘上敲入密码，伴随“叮”的一声脆响，屏幕泛起淡蓝色的光，照亮他微老的脸，“回温，你不用陪我这老伯伯了。”

他插好U盘，笑呵呵地继续往下说：“不过也不准跟那些小年轻乱跑哦。”

晏回温知道老人家说的是一会儿准备去影视城酒吧的人。她走过去给老人添满茶，低声地嘟囔：“我不去那种地方啊。”

钱伯伯还是笑呵呵的，只不过这会儿正忙得没说话。

刚好这个时候，又有敲门声传了过来，伴随而来的是纷乱地停在门口的脚步声。

晏回温猜测，大概有五六个人。

“我去帮您开门。”她放下白瓷青花的小茶壶，往门口的方向走。

“回温。”钱伯伯忽然抬头，叫住她。他感受了一下门外的动静，屋里的两个人，就维持着这样的姿势，僵持了几秒钟。

晏回温心里没底：“钱伯伯，怎么了？”

“回温，快藏进去。”他答非所问，目光指的是卫生间，“一会儿不管听见什么都别出来。”

她害怕：“那您呢？”

钱伯伯敲下最后几个字，一把拔下U盘，走过去塞到了她的手里，严肃叮嘱：“进去。”他拉开门，把晏回温往里推。

晏回温最后回头看了他一眼，差点哭了。

门被老人关上。卫生间里没有开灯，一片黑暗，她捂紧嘴巴战战兢兢，想起陆初阳说过的话……所以，现在是钱伯伯有危险？

这时，门锁发出了一声金属脆响，脚步声七七八八，越发清晰了。

应该是那些人走了进来，晏回温拼命靠紧墙缓解恐惧，很快，门“吧嗒”一声再次落锁，脚步声也停住了。

“钱先生。”外面传来一个带笑的男声，那笑声轻轻的，却让人不寒而栗。他好像坐在了沙发里，因为晏回温听见了皮质摩擦的声响。

那男人轻笑：“冒昧拜访，我们想从您这儿借点东西。”

钱先生颇具傲骨地哼了一声：“东西不在我这里。”

“哦？那我们可得不嫌麻烦地找一找了。”他挥挥手，让两个穿黑西装戴墨镜的男人不必客气。

脚步一时来来回回。

黑暗中的晏回温，恐惧感直冲大脑。她用眼睛张望着环境，颤抖地把攥在手心的U盘塞进了换上的牛仔裤的口袋里。

外面，一双脚似乎踱了过来……

钱先生在这时用力拍了下桌子，十分生气地说：“你觉得我会傻到把东西放在这里吗？”

“无所谓，钱先生。”男人站起身，笑了笑，“我们老板刚好想请您去喝杯茶，那么请吧？”这话虽是商量，却不容置疑。

“我为什么要去？药剂项目是国家的，你以为你出得了这宴会厅？”

男人似乎很爱笑，他伸出两根手指：“我在一楼和五楼安放了炸弹，但你不知道我们老板正坐在什么地方玩着遥控器，只要保护你的人一上来……”

听见这话，晏回温喉咙紧张地发出一声呜咽，她赶紧死死咬住自己的嘴唇，害怕得发抖。陆初阳他们知不知道炸弹的事情？如果他们上来会怎么样？

男人继续对着钱先生开口，但似乎在回答她似的：“轰！整座楼都没了。”

“钱先生？”他再次提醒。

“我跟你们走。”

脚步声再次七零八落，躲在卫生间里的晏回温，可以听得到那些踩在地毯上的声音渐渐靠近，远离。最后，大门再次发出金属撞击的声响。

这次，晏回温吓得眼泪哗啦啦涌了出来。

她等四周恢复沉寂，没敢多作停留，手忙脚乱地开了门出去。她应该怎么做？对，找陆初阳，告诉他有炸弹。对了，她后来还听见那东西在506。

“晏小姐。”突然，身后有人叫住了她，“想去哪儿啊？”

又是那个让人不寒而栗的笑着的声音，男人拿走了她的手机。她连头都不敢回，眼泪噼里啪啦地掉在手背上，她抬腿就跑。

“跑得掉？”男人轻轻一笑，朝着晏回温的方向大步追过去。

等拐过一个走廊，他眉心一蹙，明亮豪华的走廊上，空无一人。人呢？

隔着一道门，晏回温就躲在他右手边的套房里，开门的密码她知道。她跑到阳台上，翻到外面跳了下去，好在这是二楼，下面都是草坪。

等她好不容易踉踉跄跄地从地上爬起来，往一楼宴会大厅的落地窗户里抬眼一看，激动得抽了抽鼻子。

陆初阳就低伏在大厅三楼的栏杆下，他拿着一把枪，手指扣在扳机上，一动不动地从瞄准镜里盯住目标，姿势冷静又凌厉。

离得远，晏回温只能看见他硬朗的侧脸。她赶紧从落地窗里爬了进去，正想告诉他有炸弹。奇怪，他怎么起身了？

陆初阳打开通话器：“停止行动。”

潜伏的赵然突然在一楼发现了炸弹，他汇报的时候声音都涩了：“这量足以移平整个宴会厅。”

陆初阳从瞄准镜里一看。

控制炸弹的人根本不在现场，那人不露面，目的就是想等他们行动时，毫不费力地解决掉他们。

那如果他们不行动？那人会命令手下带走钱老，然后再炸掉这里。

所以，必须拆弹。

陆初阳用手势命令林在言，继续跟上带走钱老的犯罪分子。他在通话器里问赵然：“需要多久？”

“五分钟……”

“尽快。”

“可是队长。”赵然紧张得不受控制，“这是子母弹，还有一个必须同时拆除。”

陆初阳提枪赶去他那里的脚步一顿，宴会厅这么大，谁也不知道另一个炸弹在哪儿，时间最多只有五分钟。

特战队的通话器里，电流沙沙地窜了几秒。紧接着，他们听见陆初阳理智地下了一个简短的指令：“把九耳放进来，注意隐蔽。”九耳是特战队里最彪悍的嗅探犬。

为了防止对方狗急跳墙引爆炸弹，他们必须秘密拆除。

“1 号狙击点？”陆初阳边搜边问。

江洲趴伏在楼顶，平静地说：“五分钟，绝不让他们走出我的视野。”

正要追陆初阳的晏回温忽地把他跟丢了，眨眼的工夫，他就消失得好像从没来过一样。她左右望着，急得团团转，泪花亮晶晶地挂在眼眶上。

晏回温不知道怎么办才好，眼中满是恐惧，害怕炸弹爆炸，害怕他们有危险，还害怕那个要抓她的、笑起来让人毛骨悚然的人。

她跑到电梯旁，不管不顾地拼命按着上行的按钮，“叮”一声，她走进去，直奔五楼。

电梯门关上，缓缓上升。

等出了电梯，晏回温一路找着506。余光里，她看见了一个人影，是那个可怕的男人！

那个男人，已经从四楼的楼梯走到了五楼。他望了望两边，微微蹙眉，直觉地往晏回温这个方向走来。

意识到他还在找她，晏回温吓得腿都软了，拼命贴着墙，希望那人不会发现她。

好在，男人经过这条走廊口，径直走了过去。晏回温颤抖地摸到506，她推开门一看，还没等惊讶出声，眨眼之间，一把枪举起来对准了她，她甚至听见了机械碰撞的声音。

“是我。”看清对面的人，她蹲在地上捂住嘴，眼泪噼里啪啦地往下掉。

陆初阳把枪放了下来，他单膝跪着，手边是拆开了的炸弹，几根不同颜色的接线看起来让人心惊肉跳。

陆初阳盯着她问：“你怎么没出去？”

第十五章

变化

“我听见506室有炸弹。”晏回温强迫自己平静下来，声音带着哽咽地沙哑，“我看见了你，想跟你说，但是把你跟丢了。”

陆初阳将装置扫过一遍，拿出把小军刀：“这里很危险，你马上出去，到酒店外面去。”他在通话器里让外面正隐蔽的队员给她安排一个安全的地方。

按说现在陆初阳还在这里，晏回温是绝对不愿意离开的，哪怕蹲在门外一声不吭地等他，但她一想到脑海中那张让人胆寒的笑脸，顿时一阵害怕。那男人还在找她，如果他搜到这里，发现他们在拆弹……

那么，男人的老板会不会被激怒，直接按下遥控器？

“给你这个。”

晏回温轻轻抽噎着，果断从口袋里拿出U盘交给他，然后浑身发颤地从地上站起来，往门口走：“那，我先出去了。”

陆初阳正收起U盘，转头看她，两双眼睛猝不及防地撞上。

门缓缓关上。晏回温倚靠在门板上，她听见了，陆初阳刚才低声吐出的两个字：“别怕。”

晏回温重重呼吸两秒钟，就往电梯跑，她绝对不能待在五楼。电梯在这环形豪华酒店的中间位置，两侧各有一部，她选了最近的跑过去，刚伸出手要去戳按钮。

可是，屏幕上的数字为什么在上升？

紧接着，叮的一声，电梯门开了，里面竟然是那个男人。

身穿银灰色西装的男人优雅地立在电梯中央，他用目光淡淡地扫了晏回温一眼，最后发出声轻笑：“晏小姐，你真是让人费工夫。”

晏回温听见他笑，汗毛都竖了起来。

如果她跑掉，这人会不会变态地把整个五楼搜一遍？那么，陆初阳的行动……

她默默地倒退两步，男人跟着走了出来。

“学乖了吗？”男人轻叹。

他没有丝毫迟疑地靠过去，将她的双手反剪，又抬手捂紧了她的嘴巴，斯文又狠绝地将她拖进了电梯。

电梯门缓慢地关上，下行。

晏回温吓得已经忘了挣扎，默默地掉眼泪。

她原本以为这男人会直接拖她出酒店大厅，跟钱伯伯一起带走，这样她也许会碰上陆初阳的人。可没想到，他只是按下了三楼的按钮，似乎知道她在想什么，笑着说：“人太多了，我们晚点儿再走。”

变态，晏回温恐惧地想。

她不敢激怒对方，直到被扔进了三楼的一间套房里，仍哆哆嗦嗦地缩进角落不敢出声，以为这样对方就会手下留情。

果然，对方坐进了沙发，交叠起双腿。

但还没等晏回温松口气去观察一眼环境，套房里间的门忽然发出了一声重响，是被人不耐烦地踢开了，里面竟然又走出来一个人。

满脸大胡子的男人踱步过来，就蹲在她面前，上下打量了她一眼，最后视线凶狠地落在了她的脸上："东西在哪儿？"

晏回温哽咽着，嗓子都哑了："什么东西？"

"别装傻。"

"我不知道你说的什么。"

大胡子笑了，用刀柄拍她的脸："晏小姐，你再想想。"

"我、我真的不知道是什么东西。"在男人尖锐的视线里，晏回温像等待枪决的犯人一般，瑟瑟发抖地拼命掉眼泪。

这时，低伏在对面楼顶一动不动的江洲，从狙击枪的瞄准镜里清楚地看见了晏回温脸上每一个吓坏的表情。

"队长。"频道里，传出他沉静的声音。

"嗯？"陆初阳一听，直觉不太好，他先割断一根黄线。

"晏回温被3号目标挟持了。"江洲迅速沉着下来，他换了个位置，继续瞄准那间套房，声音中携着枪械的金属碰撞声，"目标手上有武器。"

陆初阳眉心骤然一拧，频道里，队员们瞬间噤声。

"什么位置？"

"302。"江洲回答。

陆初阳僵硬地先停下了手。

他抬眼紧紧盯住手边那只U盘，只用半秒就忽然意识到，晏回温根本没想自己跑出去。如果不是她被带走，那他此刻应该会遇到一些麻烦。

他眼底冷下来："目标几个人？"

“两个。”

“你的视野？”

江洲沉默后：“三分之一，但我看不到他们的要害，没办法狙击。”

陆初阳继续问：“2号狙击位？”

“看不到要害。”另一个声音答道。

频道里十分安静，只有电流声沙沙作响。

一枪狙击不到要害，也就意味着无法救人，那现在他们最应该做的就是迅速拆掉炸弹，直接行动。陆初阳在判断了两秒之后，果决地下了指令：“盯住。”

他们明显感觉到陆初阳生气了，但不是发怒，而是一种超乎寻常的冷静。

陆初阳拿起小军刀，剩下的线不多了。但当他抬起手轻轻捏住电线时，有一双眼睛就渐渐在他脑海里清晰了起来。

那双眼睛总带着笑，清亮乖巧。

只要他在，她就乖乖听话，可原来她并不会对所有人这样，因为他们都不是陆初阳。他心里忽然一阵微微刺痛，强迫自己看回电线，然后在频道里命令一楼的赵然继续拆弹。

最后两根线，赵然犹豫了，陆初阳在频道里喊了他的名字，之后频道恢复死一般的沉寂。

子母弹顾名思义，务必同时拆弹。如果赵然在陆初阳下手时或紧张，或有半分迟疑，后果不堪设想。然而谁也没有在此时逼迫他，甚至留给了他退缩的时间。

赵然娃娃脸上眼睛紧闭下去，再睁开时开口：“队长，我可以。”他不是胆小鬼。

陆初阳把刀尖挑在电线上，语气显得更为平静：“记住，你是一名特战队员。”

赵然坚毅地应了。

两个人同时把红线挑下去。

“吧嗒”一声，仿佛世界都安静了。

赵然默默松了口气，他跌坐在地板上呼吸，感觉后背湿漉漉一片。他转头看向右臂那只白色狼头，原来这就是特战队。

他脱力地躺在地上，擦掉不争气的眼泪，笑了笑。

几乎一瞬间，陆初阳下了最简短的指令：“行动！”频道里，顿时从各个方向传来了激烈的抓捕声。

陆初阳拿起枪出门。

林在言立马操作着无人机，在频道里给他指路：“两点钟方向，直走，有楼梯，翻下去。”

陆初阳实在太快了。

“队长，有个穿银西装的出来了，你不需要和他打照面，交给我们。右手边进去，走到头。”林在言继续往下说，“好，就是这扇门。”

陆初阳一脚踹开了门。

里面的大胡子正拿刀指着晏回温恶言吓唬她，她咬紧嘴唇，拼命往后躲。陆初阳看到这场景，脸色立马就变了。

没等大胡子做出反应，陆初阳一把抓住了他的衣领，膝盖直捣他的肋下。晏回温听见了肋骨碎裂的声音。

大胡子痛苦地跪缩在了地上，沉重地喘息。他张了张嘴，终于受不了了，痛到表情狰狞地咳了几声。

“别想伺机妄动，”陆初阳冷漠的声音响起，随着拿枪指住他的动作，慢慢靠近他警告，“否则按例击毙。”

他说这话时，强硬到没有一丝感情。

这么近的距离，晏回温甚至可以看清他那双冰冷的眼睛。

大胡子望到这样的眼神，全身血液都凉了下来，他的肋骨断了，缩在地上发抖，呼吸声仿佛拉风箱一样沙哑。

终于，大胡子无力地点了点头。

陆初阳随手捆起他，转头去看晏回温，见她蜷缩在角落，眼眶红得要命。顿时，那种心疼的感觉又传了出来。

他站起来，走过去。

晏回温飞快地扑了过来，哭着撞进他怀里。她浑身发抖地踮起脚，紧紧抱住他的脖子，边抽泣边语无伦次："我特别害怕……我还有话没跟你说……还没跟你……"

说到最后，她的声音越发哽咽，小手紧紧搂住了他的脖子。

陆初阳垂眼，看到她那张干净的侧脸就贴在自己的胸膛，脸上挂着泪模糊了轮廓，可仍然漂亮得像一幅艺术家精心雕琢的画作。

这感觉，在他过去三十年的生命中从未出现过，于是心里开始有一些陌生的东西在萌芽，然后不停地疯长。陆初阳甚至感觉到一种强烈的后怕，这才觉察浑身的关节竟有些酸痛，是紧张所致。

晏回温就缩在他的怀里哭，他沉默了几分钟后，终于缓缓抬手，抱住了她。

感觉到怀里女孩的身体一僵，陆初阳把她的后脑勺儿压在自己胸前："没事了。"

第十六章

怎么哄

没有了炸弹的威胁，特战队员迅速果决地把 3 号目标及其他逃犯全部抓了回来，绑进了车里。钱老先生被送往医院检查身体，临走前队员将 U 盘归还给他。

“报告队长，任务完成。”

“完成。”

频道里，从各个方向的声音凑过来汇报着。

陆初阳听完，让他们上来个人把大胡子拎下去，一并移交给公安继续审问，然后他关掉了通话器。过了一会儿，他缓缓松开晏回温，复杂地看着她的眼睛。

晏回温乖乖站好，打着哭嗝，上气不接下气。

从一进来，看见她被拿刀指着，陆初阳的喉咙里就压着火。他慢慢张了张五指，再开口时声音有些沉，像深渊透着危险：“知道有炸弹，为什么没有出去？”

晏回温：“我……我想跟你说……”

“那跟我说了，为什么还不走？”他问得一声比一声严厉。

她小声："我打算走，但是……"

"晏回温。"他打断她，然后忍了忍不得不戳穿她，声音越发低沉，"你没想走。"

被戳中心思的晏回温仰起脸，倔强地回视他，抬手擦了一把眼泪。

陆初阳的目光一直落在她的脸上，看了几秒她红着眼眶被欺负到哭的样子，实在受不了了，抬起手再次把她拉到了身前。

晏回温撞过去站稳，她的脖颈被迫仰成一个漂亮的弧度。陆初阳垂视下去，四目相对，两个人几乎近到了呼吸相闻的地步。

就这样沉寂了好长时间。

这下，晏回温感觉到他真的生气了，是那种冷静到冻死人的生气，她甚至以为陆初阳会像对待逃犯那样冷冷地警告她。

但陆初阳只是缓缓靠近她的耳朵，呼吸里夹杂着一种后怕跟要命的渴望，他努力遏制着一种轻轻咬下去的冲动，低声问："害怕了吗？"

她狡辩："我没害怕。"

陆初阳平复呼吸，终于，认真抛下了几个字："下次绝对不允许。"

被他低低的声音刮着耳膜，晏回温耳朵痒得连带呼吸都急促紧张起来。她把头一偏，没有理他。怎么回事，说好的这种时候都应该好好说话呢？

两个人沉默时，刚被叫上来的小队员一个没刹住，直接闯了进来。

他左右扫了一眼这噼里啪啦冒着火星的场面，心想：完了！于是，迅速跑过去拎着大胡子，识相地低头撤离。等蹿到队伍前，把大胡子扔进车里，他才重重地松了口气。

江洲背着枪从楼顶下来，在夜色里走到车前，他扎着头巾，闲云野鹤的气质与背后彰显荷尔蒙的狙击枪带来了强烈的视觉冲击。

队员即使看了这么久也不无感慨，他就是那种可以将这两种迥然相反的气质糅合得最完美的人。江洲见他们眉毛都蹙起来，笑着问：“怎么了这是？”

“上面好像吵架了。”

靠在车边的林在言一听，抱臂笑着：“不能吧？”

几双眼睛开始无声交流。

终于，他们呵呵呵干笑了几声：队长一定是担心了。林在言抬抬下巴：“谁想上去问问队长，什么时候走？”

四面八方立刻猛摇头，然后视线集中在了赵然身上，互相打着眼色，仿佛酝酿着什么。从刚才拆弹回来，就待在角落里的赵然有些蒙。

“为什么都看我啊？”

“小弟弟，你去。”林在言弯起桃花眼，诱导他。

“叫我大哥哥，我也不敢的……”赵然往后退。

林在言一把抓住后退的他，将脸凑过去，桃花眼又弯了弯，“不去的话也没关系，撑死被当作胆小鬼，好不好啊？”

“不好，我才不是胆小鬼。”

不过这第一次任务自己表现得有些局促，大家这样审视自己也没什么不对。

他从没想过自己会来到这样一个神奇的地方，会与别人的差距如此巨大。队长、林在言、江洲……每个人在任务中，如神兵天降，无畏果敢。他被感染，愿意小心试探尝试，去追上他们的脚步。

于是娃娃脸咬咬牙，换上一副英勇的表情，转身往酒店门口走去，身后立马传来一阵笑声。

江洲摇了摇头，叹笑道："回来，大家逗你呢。"

赵然"啊"了声，猜测着、揣摩着、踌躇着折回来，迎面就对上了江洲的拳头。

"欢迎加入我们。"

更多人将拳头对过去："今天表现得不错，正式欢迎啊，小弟弟。"

赵然指着自己，今天他就是大家眼中苍狼特战队正式一员了？他真的是了吗？这样想着，眼圈又红起来，嘴角也撇了撇，突然感到好激动。

最后，林在言伸手将他的拳头与所有人对在一起："欢迎来到苍狼特战队。"

所有拳头随之一哄而起。

马上要哭鼻子的赵然被大家又是笑话又是揉脑袋，正欺负成一团，陆初阳和晏回温两个人一前一后从酒店大厅里走了出来，所有人嗖地立正站好。

两人走到晏回温的车边，陆初阳一把拉开副驾驶一侧的车门让晏回温上车，她低着脑袋，一声不吭地坐进去。其他队员见状，知趣地给自己那张嘴拉上拉链，迅速拖上装备滚进车里。

然后，陆初阳走到武警车旁边，对林在言说："你先带队回去。"

队员们偷偷看陆初阳那张被窗外灯影晃得忽明忽暗的侧脸，见他眉梢拧着，有非常明显的不爽的味道，所有人顿时一凛，驾驶室的小队员战战兢兢，等陆初阳砰的一声关好门，他只顾一脚油门踩到底。车子平稳地蹿出去，在闪着霓虹的夜色里开进了街区。

而另一边，陆初阳一声不吭地坐进驾驶室，冷着脸发动了车子。

晏回温老老实实坐在副驾驶座上，垂头勾自己的手指，一圈一圈，一路上手都缠红了，也没鼓起勇气跟陆初阳说话。

回去以后，几天之中，特战队员迅速聚拢分析，陆初阳绝对是生气了，这生气大概因为晏回温有危险了。按说这种情况，晏回温都会乖乖地跟上去，可是她多半也委屈了，然后在委屈中意识到她真的把人吓坏了，所以她就没有战斗力了！

那么陆初阳买来这么奇大的一只机器猫，是觉得把人弄炸毛了，准备哄人的吗？

第二天，他们背着陆初阳打电话。

正坐在地毯上拎着巧克力的两只爪垂头丧气的晏回温，忽然发现床上手机响了，她拿起来一看，是陌生号码。

"喂，您好？"晏回温低声问。

"嫂子！"那头热情建议，"明天来我们特战队吧。"

"嫂子？"晏回温大脑缓慢地转了两圈，反应过来说话的是林在言。

她刚想说，明天约了薛琪去大高地球馆，看刚回国的那个篮球明星打首场。可转念一想，林在言忽然打电话过来，难道出了什么事？

于是，晏回温迫切问："是不是陆初阳……"

"对啊！就是我们队长！"林在言故作惊慌，"明天妇女节，上头办了相亲联谊会，要解决大龄干部的婚恋问题。"

"啊？"晏回温大脑飞快地转，他是又要相亲吗？

林在言清了清嗓子，最后严肃地问：“来吗，嫂子？”

晏回温：“来……”

“好！”

林在言表示担忧地挂掉电话，然后不到半秒他扑哧一乐，跟旁边几个人随意击了两下掌，就迅速起身，马不停蹄赶去了队长办公室。

“报告！”

忙着打行动报告的陆初阳抬起眼皮看了他一眼，示意进来。三月的天，陆初阳把窗户大敞着，风灌进来吹得桌上的文件沙拉拉响个不停。

林在言走进来，立正。

“有事？”陆初阳忙得头也没抬，声音微沉。

“当然有事啊。”

可过了两秒没动静。

“讲。”陆初阳疑惑地靠回椅背，风有点大，他把烟掐了，明显没什么心情。

林在言两脚一靠：“报告队长，明天三八‘女神节’，您参加吗？”

就这事儿？

陆初阳看他一眼，继续打报告：“不去，明天我去总队开个会。”

“什么？！”

林少爷两眼一抹黑，去开个会？不在队里？那嫂子来了怎么交代？

第二天，等到晏回温忧心忡忡地找到特战队的时候，那些队员早就逃得连个人影也找不到了。她只能无聊地在大楼门口的主路上，边走边四处张望。

不是说相亲联谊会吗？在哪儿啊？

晏回温抬头左右望着，正好看到陆初阳从十来米外的大楼的楼梯上快步下来，往一辆大越野车的方向走过去。

陆初阳正想上车，一转身正好对上了晏回温。

晏回温紧张地慌忙抬起两只手挡住自己的脸，觉得这样他多半就看不见自己了，又忍不住将指头悄悄露了条缝，站在大马路中央，偷瞄起他来。

他穿着一身武警常服，很帅。

等一下！

他旁边跑过来的常服女军官是谁？晏回温心里一酸，他真相亲了？

她默不作声地藏到一棵杨树后面，用背靠着树干垂下脑袋。虽然很不想偷听，但还是隐约听见，女军官在跟他要电话。

她沮丧地用脚尖踢着地上的石子，然后一脚踢在了一双黑色皮鞋上，皮鞋往上，是笔直的军绿色裤腿，晏回温慌张地抬起了头。

一看见陆初阳，不知不觉委屈得眼角都有点儿湿了，她把头偏到一边抽了抽鼻子。陆初阳看了看她噘起来的嘴巴，言简意赅地交代："我要去开会了。"

晏回温："嗯……"

"没见过，没给她。"

晏回温："嗯？"

她迅速反应过来，什么没见没给，手机号码吗？所以，他根本没去什么联谊会。可是，她也还没有他的手机号啊。

陆初阳好像猜到她在想什么，然后报了串数字。

两秒之后，晏回温顿悟，抓起他的衣角可怜巴巴求他：“我没听见。”

陆初阳看了看表，直接要来她的手机，站在她面前，按着屏幕输完后还给她，接着问：“林在言骗你来的？”

“不是。”

陆初阳点点头，转身边走边说：“我让他送你回去。”

晏回温赶紧跟在他后面，试图挣扎一番：“可是我不想让他送。”没想到她刚说完，陆初阳立马停下了脚步，回头。

她匆忙跟着撤了一步。

陆初阳的视线在她那张期待的小脸上转了一圈儿，于是束手无策地笑了声，拎起她的手臂往他的越野车那边走：“可以，但你必须快点儿。”

晏回温立马跳上车。

车子蹿出去，在市区多绕了半圈儿。晏回温下车时仍依依不舍地跟他挥了挥手。

陆初阳靠在椅背上，想了想，还是掏出了手机在搜索框里打上了一行字：“女朋友生气了，怎么哄？”

第十七章

你的树？

晚上，晏回温把自己扔在床上，随手捡起只机器猫抱在怀里，忍了忍终于还是拿起了手机。

不然，给他发一个信息吧。

于是，她戳着屏幕问：我明天能去找你吗？

然后她把手机锁屏，捂在胸前，好紧张。

二十分钟都过去了，别说信息，手机安静得连一个振动都没有。

“听说特战队晚上都有训练，”晏回温泄气地捧起手机，看屏幕上的时间已经跳到了九点钟，“那我过十分钟再问他好了。”

安慰完自己，她忽然伸手扯来被子钻了进去：“不行不行，不能再问了，明明还在冷战呢，晏回温，你得威风一点儿。”

她决定置之不理以后，两眼一闭，关灯睡觉。

“嗡嗡——嗡嗡——”

是电话。

晏回温几乎本能地掀开被子猛坐了起来，歪头一看，漆黑的房间里，手机屏幕亮着微弱的光。那振动负责任地不断提醒着她，是陆初阳来电话了。

她条件反射地拿起手机，心想不能太激动，于是又小心翼翼地把手机放下，振动却在这时戛然而止。

晏回温沮丧地栽回床上，接着手机里，短信“叮”了一声。

这次，晏回温心急如焚地拿起来一看，陆初阳干脆利落地说：接电话。她嘴起嘴，正想老老实实地回给他，振动又响了起来。

晏回温果断接通，一接起来气势又立马弱了下去：“喂……”

可是，没想到那边并没有声音，晏回温“咦”了声，奇怪地看了看手机，人呢？紧接着，手机里传来了开门再关门的声音，她安静地等了会儿，猜测陆初阳应该走进了另外一个房间。

刚才，他不方便？

“什么事？”果然，陆初阳低低的声音这才传来。

他一说话，晏回温就乖了：“就是……”

“明天不能来找我。”陆初阳想起来，提前打断。

晏回温被堵住话，愣愣地眨了眨眼，手机里电流沙沙作响，好像陆初阳紧接着又说了一句话。

等等，他说了什么？晏回温快快地表示，没听见。

“等一下。”

电话那边安静了一会儿，陆初阳应该在忙，因为晏回温听见了他跟人下指令的声音，接着手机喀哒一响：“明天我们去拉练，4月2号回，记住了吗？”

哦，原来他刚才在跟她交代行程。

“记住了，记住了。”晏回温转脸就笑了，匆忙举手小声保证，“这次绝对记住了。”

四月二日那天，晏回温早早就赶到了特战队。陆初阳还没有回来，她漫无目的地走着。

那边好像十分热闹？晏回温坐在路边台阶上远远看。

原来是一个仪式，列队整齐的小战士面对父母，念着写给他们的信，父母泪眼婆娑地抬起手，摸了摸面前儿子的头发。

那目光，心酸而温暖。

战士在用力拥抱父母："爸妈，你们辛苦了，等我尽完忠，再回来给你们尽孝。"

早晨七八点钟的太阳朝气蓬勃地挂在天上，整个基地都被这光芒镀成金色。陆续有哽咽声传来，刺痛了晏回温的耳膜，她的眼圈忍不住又红了。

晏回温抬手擦眼睛，结果有一个人走到她跟前，那人轻轻地"哎"了一声。

她没听过这声音，警惕地坐直。

"你好。"晏回温仰头，迎着阳光眯眼，看清楚对方穿着跟陆初阳一样的装备，也是一名少校，"请问……有事吗？"

"我叫古戍，三中队队长，帮过你跟陆初阳。"他轻笑了声，单腿踩上台阶俯身，"不过，你哭什么啊？"

晏回温也不知道他说的帮忙是哪件事，迟钝地点了点头，然后给他指了指远处的场面回答："特别感人。"

古戍长长地"哦"了一声。

晏回温擦擦湿润的眼角，正要问他陆初阳什么时候回来，结果一抬头，就越过他的肩膀，看到有一个身影在靠近。

那个身影穿戴着一套完整的特战装备，枪还拿在手上，带着一身铮铮硬气，慢慢靠近。

他一来，晏回温就呆呆地噤声了，然后看进了他那双深黑的眼睛里。

他好像不高兴了？

陆初阳走过来，停在她面前，低头看了看她红红的眼圈，问："怎么回事？"

晏回温却只顾注意他挂了些灰的下巴，他的五官硬朗帅气，虽然不似电视明星那般光亮，但哪怕沾了灰，也能让她的心狂跳不已。

陆初阳皱了皱眉，偏了头去看古戍。

"我可没欺负她啊。"这一看，古戍回过味来，赶紧摆手笑道，"我也是看她哭了才过来问问，被感动的。"他示意了那边的场面，就先一步离开了。

陆初阳顿了顿，看回她："我要先回去写行动报告。"

"啊？"晏回温仰着脸回神，小声说，"你去，你快去啊，不用管我。"

陆初阳点点头，走出去。

但他脑海里全是晏回温眼泪盈眶的模样，实在没忍住，退回来两步，迅速从口袋里拿出个不知道什么属性的野果放进她手心里："给你画着玩。"

晏回温愣愣地盯住手心里的东西。

拳头大，红色的，这是什么？不过是他给的，好珍贵！她手心一拢，欢天喜地把东西裹在小手里。

路过的特战队员目瞪口呆……

拉练的时候，队长特意折回去捡的果子，原来是给嫂子画着玩的，队长实在有格调！

林在言拉住低头走路的晏回温："嫂子嫂子！"

嫂子？晏回温左右看看。

林在言偷看一眼陆初阳的背影，用手挡住嘴，低声询问："东西带了吗？"这时，其他特战队员也悄悄围了过来。

他们在山里半个月了，嘴里都淡出鸟了，好不容易赶上放一天假，又不想浪费时间去外面。于是不知谁出了主意，求晏回温捎来了全套的烧烤设备。

晏回温也是一时心软，转头示意："在后山。"

等他们交了枪，换掉身上沾满了土的特战迷彩服，赶去后山的时候，林在言惊呼："嫂子，你太给力了。"

他抖着一袋子肉咂巴嘴。不仅有肉，他们想吃的不想吃的，都有。

这不是重点，重点是，无论肉还是菜，每一刀切出来，都像雕刻家的艺术品，均匀、漂亮。

"这刀工快赶上队长了，以后你们谁做饭？"江洲开着玩笑，走过去架炉子，连生火的举止都清风流水般文雅。

这些小事情，当然难不倒野外生存样样精通的特战队员，只用了几分钟，炉子上的羊肉就开始刺啦刺啦冒油。

赵然忍不住，偷来一块儿先尝，烫得他卷着舌头嘟囔："还是队长烤肉最好吃。"

"队长是伺候你吃肉的？偷个嘴就收敛一点儿啊。"林在言敲他头，然后顿悟似的，"对了，嫂子你吃不吃？"

晏回温远远地蹲在山头放风，白色的烟灰漫天，她呛了一口，回头摆摆手："你们吃快点儿，快点儿啊。"

如果陆初阳来了，会不会骂她啊？

可林在言还在提议："想吃香椿。"

赵然："我看见了，山上好几棵，这日子差不多发芽了。"

"别想，那是家属的，不允许我们摘。"林在言说完，忽然，几双眼睛齐刷刷盯向了晏回温，呵呵笑。

家属吗？晏回温用食指戳向自己。

又是她？

十分钟后，晏回温走到了最大的那棵香椿树下，因为日子有点儿早，整棵树只有顶端几个嫩枝长出了芽。清早，在太阳底下看上去，还挂着薄薄的露水。

这地方，特战队员不能上来，晏回温只得自己搬家伙往树上爬。

等她好不容易喘着气坐在主干的分杈上，她拍拍手，上下打量了一眼枝条：先摘哪边呢？

晏回温刚伸了伸手，忽然就听见远处传来了几声凶悍的狗叫。她惊慌失措，怎么有狗？

她欲哭无泪地抬头一看，熟悉的狗影。

“九……九耳。”晏回温慌乱地跟陆初阳的狗挥了挥手打招呼。

九耳蹲在香椿树下仰头狂叫。

“别激动。”坐在树上的晏回温，揪着两只耳朵试图跟它沟通，“这是你的树吗？我不是故意要上你的树，我不知道是你的树，呵呵呵。”

九耳在这儿，那陆初阳呢？

晏回温一把捂住脸，再张开条缝，果然看见陆初阳从山头那边走了过来。

完了！

第十八章

哄哄她

晏回温赶紧乖乖坐好，陆初阳很快就走了过来，他穿着干净的迷彩服，一点不嫌冷地把袖口整齐地挽到手肘。因为衣服收口的原因，他的武装带扎在靠近腰胯的位置，竟然十分性感。

在树上这个角度，晏回温偷瞄他露在袖口外面的手臂，不粗却结实有力量，隐隐青筋藏在肌肉里。

不能再看了！

晏回温小心地低头，却忘了陆初阳就在树下，这一低头，正对上他那双深黑的眼睛，她心里一咯噔。

陆初阳抬头问：“你爬到上面想干什么？”

她心里急得团团转，还能干什么？当然是摘你的香椿啊。

晏回温判断他的脸色，于是，在开口时稍微美化了一下语言：“我绝不是来偷你的野菜的。”

陆初阳安静地看了看她。

“你先下来。”他说话时，声音低沉，和缓得像平静的江面。

晏回温伸了伸脖子，商量：“那我，跳了啊？”

“嗯”。

“等等，等等！”过了会儿，晏回温深深看一眼瞪着漂亮大黑眼睛，盯紧她的九耳，小声建议，“你可不可以让九耳……先不要这么激动？”

陆初阳伸手，摸了摸它的头。

它蹲下来，安静了。

晏回温本想先挪一挪再跳的，没想到猝不及防地就跳了下去。会不会摔？落地前她心里两行悔恨泪。

但有一双手臂特别平稳有力地托住了她，是紧紧圈在她腰上的。

时间好像停止了两秒。

怦怦，怦怦……

晏回温听着耳朵边那强大的心跳，她睁开眼睛，陆初阳宽厚的胸膛就贴在她的侧脸上。她紧张得话都说不出来，只顾红着脸，然后轻轻地又蹭了蹭他的胸膛。

“蹭舒服了吗？”对方在她的头顶低声问。

晏回温轰地红了脸。

“没没没……不是，我不敢……”她往后想要跳开。咦？

“你……你先把手松开。”

陆初阳放手，她转身便把额头磕在了树干上，懊恼地用爪子挠着树。

“走了。”陆初阳偏头叫她，招呼着九耳率先走出去，等了会儿又稍皱了皱眉问她，“是林在言让你来的吧？”

晏回温义气，猛摇头。

虽是问句，但陆初阳心里了然，他没再说话，两个人往山下走，气氛一时沉寂了下来。

晏回温低头小跑在后面，抬眼一看九耳，比她还乖地跟着陆初阳。它毕竟是陆初阳的“生死之交”，于是，她默默地靠近了它。

她挥手，跟九耳打了个招呼。

“上次你找到了炸弹，真的超酷。”晏回温看着它，果然九耳回头了，她立刻鼓掌表示奖励，“改天介绍巧克力给你认识，好不好？”

九耳奇怪地瞧她一眼，转头跟上陆初阳。

“你别这么高冷嘛。”晏回温小心翼翼地再次靠过去，竟然有一种上门见亲友失败的错觉，于是，笑得更甜，“你平时喜欢吃什么啊？只吃狗粮吗？你可以点点头。”

九耳淡淡看她一眼。

“你是小妹妹吗？”晏回温又问。

陆初阳在前面听了会儿她跟狗的对话，实在听不下去了，回头招招手让她过来。晏回温听话地跑过去，他低头说：“公的。”

啊？公的！

“呵呵。”晏回温对九耳诚恳地点点头，“弟弟好，弟弟都特别帅，我特别喜欢弟弟，巧克力也是弟弟。”

然后她垂下脑袋反思，为什么陆初阳第一次就可以征服巧克力，让它朝思暮想，她在九耳面前，就这么上不了道？

“九耳认人。”陆初阳好像发出声笑，“多看你几眼，能听你说话，已经是非常友好的行为了。”

“真的吗？”她激动了。

两个人并排走着沉默了一会儿，太阳正当空，暖洋洋的光芒笔直地照射下来，尽职地提醒他们，已经中午了。

陆初阳忽然打破沉寂，问她：“你饿了吗？”

“没。”晏回温条件反射地回。

“真不饿？”

“不饿。”

陆初阳盯着她的脸，顿了顿，又笑了声：“行，那正好，跟我走吧。”

“啊？”晏回温这才后知后觉地懊恼了起来，她为什么要说不饿啊，明明肚子都叫了？她一步一挪地仰脸问，“去哪儿啊？”

不到一刻钟，陆初阳把她带到了办公室门口，他把钥匙插进去开门。晏回温跟在陆初阳后面，进了他的办公室。

见陆初阳正背对她走到墙边去开窗户，晏回温抓紧时间环视了一圈儿。中队长的标配，整齐得一丝不苟，整体风格看起来跟他一样硬朗。

只不过，角落里那只被盖起来的蓝色东西是怎么回事？那明明是一只她再熟悉不过的机器猫。

会不会是给她的？总不能是摆设吧。

这时，桌上的电话忽然响了起来，陆初阳接起来，他跟那边大概在讨论过几天清明节的事情，因为晏回温听见他说了扫墓。

于是，从接到电话开始，陆初阳就进入了一种沉默而冷静的工作状态。只不过他还是抽空抬眼指了指办公桌对面的那把椅子，示意晏回温坐。

晏回温侧身，坐下。

陆初阳放下电话，打开了电脑，从抽屉里拿文件时，他问：“写过报告吗？”

晏回温在他面前正襟危坐：“写过。”

然后，她听见陆初阳轻轻“嗯”了一声，很快，他就把笔记本电脑转给她看，并下了个简单的指令：“把这个写了。”屏幕里，是他刚才已经打好的标题。

晏回温望着屏幕，眨了两下眼。

“可以……”可以是可以，不过她为什么要写这个啊？

陆初阳一边低头写东西，一边腾出只手，曲指敲了敲桌上一兜子香椿芽，好像在说：拿人的手软，干点儿活来补。

晏回温一瞬间大窘，把头埋下去敲字。

办公室里沉寂了下来，陆初阳给她找到事做，让她不至于无聊后，眼睛深深扫过清明节几个字，开始用另一台电脑起手打另一份报告。

时间过去了一个小时。

陆初阳第八次捉住晏回温偷偷瞄过来的视线，终于结束工作抬了头。因为长时间沉默，一开口，他的声音微沉：“写完了？”

晏回温用力点头，忍不住又看他。

沉静的一张脸，淡淡的声音。

果然，认真工作的男人超级有魅力。

“当当当！”她献宝一样把电脑转过去，指给他看，“还可以吗？”

陆初阳的眼睛在屏幕上，上下扫了一圈，最后落在了她的脸上。盯着看了半秒，他把电脑一关，站起来：“去吃饭。”

陆队长终于给她发伙食了，晏回温站在炊事班门口时，这样感慨。

大概陆队长又要让她，吃他的嘴软了。

但为什么不是食堂，而是炊事班？给她开小灶？等等！还有办公室里那只机器猫，难道不是给她的吗？

她想着心事，跟着陆初阳往里走，里面是一间非常气派的厨房。他们刚跨过门口，案台边的胖班长就抬起头对他们笑出了一脸褶子："小陆队长来啦！"

"成班长。"陆初阳非常有礼貌地称呼对方。这是他一位已故战友的父亲，那已故战友是陆初阳亲手带出来的兵。

对方身上挂一件白色围裙，手上正拿刀雕一颗土豆，刀子舞得飞快。

在看见陆初阳旁边的晏回温时，他停下了手，惊讶地"咦"了一声，这么多年，他从没见过陆初阳跟哪个女孩在一起过。

但很快，成班长没事人一样地招招手，让他们快过来："想吃啥？"他当然知道陆初阳的口味，这话问的是晏回温。

晏回温正一瞬不瞬盯住他雕土豆的手，过了会儿喃喃道："您好酷啊。"

成班长呵呵一乐。

他见晏回温实在乖乖巧巧，心里特别喜欢，于是弯腰从案台下的箩筐里又捡了颗土豆抛了两下："来，我教你。"

其实，晏回温是会玩刀子的。

但她没说，还是扎起头发，比较雀跃地捡了土豆跟老班长学起来。站在后面的陆初阳看了看，提醒她小心手，她轻轻笑一下："噢。"

土豆又滑又硬，生脆得不小心就劈开条大口子。

不过，这些小问题都难不倒心灵手巧的晏回温，她的手天生就是干细活的。她把刀片捏在两根指头尖，小指头垫在土豆上，一点一点儿削下多余的部分。

站在一边忙碌晚餐的炊事班小战士，抬头见晏回温雕的小狗已经有了模样，惊呼："你简直跟我们小陆队长一样，小陆队长上次三下五除二雕了条龙。"

"啊？"晏回温听见咬唇笑了下，把滑下来的一缕头发蹭到耳后，偷偷看陆初阳，“那他雕的好看吗？”

小战士呵呵呵笑，来回瞅两人。

随手帮忙准备菜的陆初阳笑了声：“好看。”

“哦哦。”

后来，陆初阳见晏回温下手确实没什么大问题，就出去，靠在炊事班外面的单杠上抽了根烟。成班长也从里面走出来，两只手在白色围裙上擦了擦。

他走到陆初阳身边，略微苍老的手夹着烟去找陆初阳点燃。

陆初阳赶紧摘了嘴里的烟，在单杠上搓灭：“您别抽了。”

“这小子。”成班长咧嘴笑笑，把烟夹到耳朵上，看了看他，终于问：“这姑娘是你女朋友？”

陆初阳沉默。

“不是？”他又不信地问。

陆初阳愣了愣，末了笑着：“我还没说，想先哄哄。”

“给惹生气啦？”

“好像是。”陆初阳回忆了一下拆弹那天，他生气时候，晏回温抬手擦眼泪的模样。

“嗯——”成班长缓慢地拖出一声，拍拍他的肩膀，再从门口往里看晏回温时，眼睛里都是慈爱。

“小姑娘不错，漂亮又乖巧，你这浑身都是硬骨头的小子，走什么运给捡着了？”

陆初阳抬起下巴，他的视线也随之落在了大厨房里忙碌的晏回温的脸上，轻轻看了一会儿：“嗯，走运。”

又过了十分钟，陆初阳远远看见晏回温忙完了手里的雕刻，正左右看找事做。他走回去，三下五除二地切完菜，又弄了条鱼，“刺啦”一声给下了锅。

晏回温被他的眼神制止在后面，目瞪口呆地看他掂勺。

那姿势，简直帅得要命。

“小姑娘，你可有口福喽。”成班长的声音远远地飘了过来，“整个特战队都知道，小陆队长做饭那叫一个香，想吃一口都吃不上，今儿这一桌都是你的。”

他慈爱地盯着晏回温看了好一会儿，心想他们特战基地里，敢上天入地、无所不能的硬骨头竟然在他的炊事班，给女孩做饭。

这可是要奔走相告的大消息。

晏回温的脸热起来，然后又红了，赶紧跑到陆初阳身边，小声说：“我帮你。”

最后，几个小战士被他们邀请过来一起吃饭，晏回温紧张得头都不敢抬，一顿饭吃得小心翼翼。但真的，超级好吃。

陆初阳送她回家的时候，告诉她，他这几天会很忙，因为清明需要祭奠战友。

晏回温乖乖应着“没关系啊”，给他汇报，明天她也要回一趟会城周家，祭奠外婆，然后跟爷爷祭祖，再去陵园敬先烈。

第二天，晏回温就飞回了会城。

四月初，这座江边城市，淅淅沥沥下起了小雨，天灰蒙蒙的，周家的祭奠有条不紊地进行着。晏回温看到照片里外婆的笑容，眼圈儿就红红的，一句话也挤不出来。

四日那天，她在周家忙碌完，因为晚上要陪外公吃饭，于是定了次日清晨返家的机票。

晚饭后，晏回温打着伞，心事重重地散步。她把手机握在手里，总按亮了去看，但给陆初阳的信息一直没有回复。

最后，她都不知不觉走到了会城的那座花园球馆。

晏回温停下来抬头一看，球馆外排队进场的人特别多，这才想起今天这场球是两位超级球星的对决，媒体给足了爆点。

难怪人都爆满了。

她走到会城半岛队的海报前面，他们的当家球星叫周几许，是她表哥，周家长孙。海报里，他穿着一身白底金纹队服，淡淡地微笑着。

晏回温抬手看表，还不到八点钟，心想回去也没事做，陆初阳又没有消息。于是，她给周几许打了个电话要来票，进去看球。

可没想到，晏回温刚找到位置坐下，陆初阳的电话就追了过来。

现场实在太吵了。

晏回温抓起手机，火急火燎地冲进了半岛队的休息室里。她接通了电话，但两个人没说几句，她就感觉陆初阳似乎心情不佳。

出什么事了？

她坐在休息室里心神不宁，再不想关心球赛了。

中场休息的时候，休息室的门“吱呀”一声开了。

穿着白色队服的周几许从门外走了进来，他那双优雅的眼睛先扫到了晏回温发呆想心事的表情，然后移开，自己走进去拿起一条毛巾擦汗。

“谈恋爱了？”周几许笑着问。

晏回温看见他坐进了一张沙发里，平静地喝一瓶水，面前的液晶电视里正播放着上半场的精彩镜头。他带领的这支球队，给人的感觉像是贵族一样。

还是很担心陆初阳，晏回温从液晶屏幕里收回视线：“嗯，我现在就想改签回去了。”

“很晚了，还在下雨。”沙发里的周几许十分温和地提醒她。

“没关系啊。”晏回温说。

“回温，有关系。”周几许说话简短而有效，“你可以先去收拾行李，我会确定好天气跟航班，晚上让周伯送你走。”

晏回温点头。

即使改了最快的航班，晏回温回到家也已经临近半夜，都这么晚了，又不能给他打电话，她也不知道非急着回来干吗。

这一晚上睡得并不踏实。

第二天早上不到五点钟，晏回温就被母亲轻轻叫了起来。她赶紧刷牙洗脸，换了一身庄重的外套，同爷爷驱车去了陵园。

清晨的天，太阳刚刚出来。

此时往天上看，天空是淡蓝色的，阳光也并不刺眼，整个陵园里安静悠远，不时远远飘来几声鸟叫。

晏回温缓慢地走上台阶，敬重肃穆。

爷爷正同几位老首长说话，晏回温望了望两边，继续抬脚，沿着一条小路慢慢向上走。

山顶已经十分偏僻，几棵松树下面有个人影，他穿一身武警常服，笔直地背对晏回温站着，看起来十分安静。

晏回温心中一动，认出是陆初阳，但看着那背影竟觉得心酸。

她向着他的方向，轻轻地走了过去。

还有十多米远的时候，陆初阳忽然转过身来。看见是她后那双凌厉的眼睛渐渐平静下来，他招了招手让她过来。

晏回温见他神色黯然，一个无所畏惧的铮铮硬汉，神色黯然了。

环顾四周，她了然通透。

晏回温沉默了半晌，轻轻地走过去，更安静地待在了他的身边，陪他，两个人面对山下烈士的墓碑静静地站着。

过了很长时间，陆初阳缓缓低头，视线落在了她的脸上，他盯着看了一会儿。

晏回温仰脸，等他开口。

他转头看回山下，低声说："这里，方寸的地方，有很多我的战友。他们年龄都不大，有些是我带过的兵，真枪实弹里头，他们冲锋在最前面。"

晏回温轻"嗯"。

"可忽然有一天，他们的生命就定格了。"他的声音低沉，其实这几天他的心情都很差。

晏回温忽然心疼，紧紧盯着他张开又缓慢握紧的五指，好想去碰一碰，让他不要这么用力。他疼不疼啊？

日头又高了，下面已经有武警队伍上山。

陆初阳眯了眯眼，注视着他们列队。

"这些孩子在父母眼中甚至还没有长大，朝气蓬勃地入伍，后来都算老兵了，退伍时也哭得像个孩子。那一刻，我心里竟然会松一口气，因为我害怕在这里看见他们……"

陆初阳忽然停了下来。

他低头，发现一只小手用指尖轻轻碰到了他的手指。

那么轻，那么温柔，好像在用她自己的力量跟他说：你别怕。

她竟然在让他别怕！

"担心了，嗯？"陆初阳低声笑笑，满眼都是小小的一个她。

"那你为什么当兵？"晏回温仍仰着脸，四目相对，她问得有些慢，"既然这么辛苦，为什么还要当兵？"

陆初阳凝视了会儿她认真的小脸，不知道是不是笑了："以前没有什么理想，就想着当兵比荒废青春来得实在。"

怎么会？晏回温盯着他，才不信。

这次，陆初阳是真的低笑了一声："后来摸上枪，完成了任务，也见了牺牲，渐渐觉得这是一种信仰，国家的，我们的。因为一些人的负重守护，这个国家才可以理直气壮地选择和平，而不是战火和纷乱。”

嗯？怎么她的眼圈又红了？

爱哭鬼，陆初阳束手无策地想，敲了敲她的小脑袋：“哭什么？”

晏回温眼巴巴地望着他，心疼得要命，两只小手搅来搅去，恨不能立刻扑过去抱住他。有信仰的男人最帅！对，没关系，他还有她。

此时，山下的武警已经列队整齐，庄严肃穆。

“真不想忘掉他们……”陆初阳望了望方寸的墓碑，转头叫她，“走吧，下去了。”

然后，那只小手突然扯住了他。

陆初阳回头：“怎么了？”

“等等。”她小声说。

晏回温从小背包里拿出速写本，迅速画了一幅简笔画，简单几笔便铮铮铁骨，像是英烈不倒的硬朗脊梁。

她“唰”地撕下来递给了他，陆初阳拿起来看着，眸色渐渐深浓。

晏回温有一些紧张，低头蹭着脚尖。

她就是想告诉他：别怕，我陪你一起记住他们。

但是，他怎么不说话啊？

晏回温戳了戳他的手指。

还不说话？

晏回温又要戳，忽然被他反手握住了手腕，然后，他的掌心包住了那只小手。

有一些无法遏制的、疯长的情绪，陆初阳迫切地想要确定那件事情。

但是，她好像紧张得呼吸凌乱。

她为什么都不敢抬头?

她的手指在他掌心里不安地动了动，软软的，温柔的。

陆初阳的喉咙竟有些干燥，他握着那只小手，攥紧，然后问她:“如果，跟我这样的人在一起，你会不会觉得辛苦，不值？”

她整个人都僵掉了，一动不敢动。

怎么会不值?

她才不会!

因为，他会像保护祖国一样保护她。

陆初阳紧盯着她惶恐的表情看了会儿，克制地慢慢松开了她:“好吧，先下去。”

突然，那只小手急切地塞回了他的掌心:“我不会！”

陆初阳停下来。

他转身，视线里，她心急如焚，他点头笑了声：“好，不会，我知道了。”

两个人下去时，祭奠仪式正要开始，陆初阳带他的队员列队在墓碑前。他们没有表情，只是静默，但这感觉，却比失声痛哭来得更让人心酸。

晏回温推着爷爷，远远站在了一边。

开始时，老人扶住轮椅，颤颤巍巍地要站起来，晏回温看见了立马上前一步扶他，爷爷摆摆手示意不用。他艰难地立在了轮椅前，对墓碑缓缓抬手，敬礼。

“回温。”爷爷的声线有些颤抖，眼睛紧盯着那边，“今日祖国春暖花开，他们无法参与，我们绝不能遗忘他们。”

晏回温听话地答应下，她一瞬间又红了眼圈，赶紧迎着太阳眯眼。

战友相送，山水默哀。

这时，陆初阳就在前面祭奠他的战友，而她陪他一起，深深鞠躬：我们以今日祖国之名，向你们致敬。

回去的时候，陆初阳在上车前问她：“你明天来特战队吗？”他想郑重地问她愿不愿意做他女朋友。

明天，明天？！

晏回温刚想说好啊好啊，又想到她这周都约了去母校的兄弟院校做访谈的事情，于是懊恼地低下头：“不行。”

“后天？”

“不行。”

“有事？”陆初阳疑惑。

“嗯……”

“有事就有事，失落什么？”陆初阳低声，“等你有空了告诉我。”他偏偏头，让她跟爷爷先回去，自己拉开车门上了车。

晏回温前脚刚进了家门，兜里的电话就响了，她拿出来一看，是发小赵锡。

她接通。

没等晏回温说话，发小火烧眉毛的声音就从听筒那边传来：“回温回温，大大！求你的表白画册发给我救急，可不可以？”

“可以是可以，”晏回温坐进椅子里打开电脑，找画册的电子版，“不过你要这个干吗？”

电话那头安静了一会儿。

晏回温听了听，对方好像在跑楼梯，气喘吁吁：“因为清明大祭啊。最近战士们的情绪都比较低落，我们军报得发点儿温暖的东西。”

“啊？”晏回温没想到，是因为这个。

以前她也给军报画过画，不过被赵锡发表在军报官方微博上的，都是一些表现战士们之间互动的小萌漫。这次这个，会不会影响不好啊？

不过，谁也不知道画的是什么，连陆初阳本人都看不懂，那么应该没有关系。

“请用爱情给我们的战士们一点儿希望吧。”赵锡求她，又补充，“老规矩，不署名。”

“啪”地挂掉电话，赵锡立刻打开了电脑收邮件。他三下五除二把一套九宫格编辑好，登录军报官博，敲上标题就发表了出去。

然后，他去喝水了。

十几分钟之后，这组标题为“你为我守护祖国，我为你描绘河山”的九宫格在微博上爆了。

起初，只有军迷在下面大呼感动。

后来，军嫂们转发：啊啊啊，好浪漫……

再后来，有眼尖的晏回温的小粉儿们觉察：天啊！怎么回事？这，这明明是我们家大大的画风啊！！！

于是，晏回温的小粉儿们从微博的四面八方火速赶来，转发量一发不可收拾起来。

第十九章

见了个面

晏回温洗完澡擦着头发出来，听见手机不停有消息声叮咚响，她正好走到桌边，就顺手拿起了手机滑开一看。

这一看，她吓得差点儿把手机丢出去。

她的微信、QQ、微博、短信、电话被集体轰炸了，轰炸她的大多数是她的朋友：大神，你竟然在微博上表白了。

什么情况？

晏回温迅速戳开微博，抖着手点开，是军报那组九宫格。

完了！她心里淌着泪，默默地、小心翼翼地戳开评论，评论区唰地拉了下去。她飞快扫过一眼，整个人都惶恐了。

路人甲：没错没错，鉴定完毕，是我们家大神的画风。

路人乙：绝对是我们大暖神 @晏回温，再次表白大神。

路人丙：啊啊啊啊！没人发现这九宫格里画的分明就是大神自己吗？太明显了好吗，好吗！

路人丁：所以……大神是在军报上表白了？ @晏回温。

路人戊：我的天！要不是知道是军哥哥，我一定提刀杀过去！哭！@晏回温，大神……

怎么办，陆初阳不会骂死她吧？

晏回温两只手捧着手机，栽到床上，她不是故意这样。

干脆爬进被子里装死吧。

手机里，这条原本不起眼的微博，在十几分钟内被迅速转发，从圈内人，到圈外人。重点是，熟悉晏回温画风的人都知道，这组小萌漫里画的绝对就是她自己。

而她在漫画最后那句漂亮的手写——你保护的祖国，我用画笔为你秀美。

这绝对是她的表白啊！英雄救美，大暖神和硬汉，太浪漫了有没有！

甚至，一些有情怀的明星，在看到这组小萌漫后，也大呼感动。于是，小萌漫就这样被迅雷不及掩耳地一层层转发了下去。

军记：热血、温柔，致所有军嫂，感谢你们的默默支持。//@军报社：[图片]

二次元漫博：军人最帅了，@晏回温，大神加油！[心][心]//@军报社：[图片]

漫圈大神：我们大暖神@晏回温，加油，敬礼！//@军报社：[图片]

娱乐记：暖神×硬汉，这组合我们喜欢，求糖求后续！//@军报社：[图片]

十二宫篮球队官博：咳咳，跨圈儿祝福！//@军报社：[图片]

各大漫画工作室官博转发。

各大出版社官博转发。

各知名漫杂志官博转发。

整个事件都传遍了圈里圈外，漫画圈的大暖神，绘本治愈了多少少男少女心灵的大暖神，她就这样突然表白了？

特战队基地，挤在一起盯着手机屏幕的特战队员们，目瞪口呆。

林在言半天才回了神："哎哟！队长这是拐来了位什么品种？"

"真厉害啊，又乖又漂亮，还是大画家。"

"队长，超牛。"

"不过，嫂子有很多粉丝吗？"

就在他们挤破脑袋刷评论的时候，陆初阳一无所知地从后面过来了。他一抬眼皮，无意中看到了那组似曾相识的九宫格，然后目光快速转了一圈，又看见了评论里被疯狂"@"的晏回温。

最关键是最后那句，被赵锡强烈要求加上的晏回温的手写体：你保护的祖国，我用画笔为你秀美。

陆初阳眼眉一挑，后背发凉的特战队员，猛一回头。

"队长！"

"队长！"

屋里声音挤成一片，他们当即立正，用余光暗中观察。

队长的情绪，嗯，很正常，不错，像是看到他们的思想报告那样淡定。咦？队长的目光，好像非常缓慢地朝这组萌漫上扫了过去。

陆初阳轻轻看着屏幕问："这画是表白的意思？"

林在言："不是吧？您没看懂？！"

他点点头："现在看懂了。"

接下来，他非常平静地宣布了，明天去体育大学参加合作办学仪式的事情，然后转身出门。特战队员望着平静走出去的队长，他那双眼睛分明就是在笑！

第二天上午八点整，一辆武警吉普帅气地停在了体育大学办公楼下。

陆初阳推开门下车，手里拿着只牛皮文件袋，几个特战队员随后也从车上跳了下来。这次，他们是被体育大学的领导邀请过来，参加合作办学仪式的。

身穿武警常服的陆初阳，一下车，笔挺地往车边一站，抬眼就看见了等候在门口的齐主任。主任笑着，一行人快步上前，热情地伸出手来："陆队长，欢迎欢迎。"

两边互相握手后，他们往准备仪式的会议大厅走。齐主任引导陆初阳走在中间，热络地介绍着他们的校史校风。

陆初阳点头，配合他展望了一下两边的未来。

办公楼前的大道一路向前，再右转走一个路口就是会议大厅。

到了转弯的地方，一个戴眼镜的学生跑了过来，抬手指着左边："主任！我们走那边吧。"那是相反的方向，能到，但是绕。

"怎么回事？"主任皱眉问。

学生瞄了一眼铜筋铁骨般站在面前的陆初阳，也不敢直说是右边有位漫画家在做访谈。没想到她的小粉儿巨多，把路都堵得差不多了。

"出什么事了？"陆初阳见这学生为难，便拍拍他肩膀，随口说了句，"小同学，你别紧张。"

学生咬咬嘴唇:“主任，陆队长，前面有个活动，路不好走。”

“你们学校的活动挺丰富。”陆初阳笑，适当给他找了个台阶。

“是啊。”学生挠挠头。

齐主任赶紧笑呵呵地打了个圆场。

他知道领导请了兄弟校的毕业生来访谈，但没想到这毕业生影响这么大，他做出请的手势示意陆初阳先走左边。

然后抱歉解释:“那边是领导请来的漫画家做访谈呢。”

漫画家?访谈?

陆初阳突然停住，他笑了笑:“过不去吗?”

齐主任一听，忙用眼神询问学生。学生又抬手挠了挠后脑:“也不是过不去，不过怕挤着您。”

这下，陆初阳翘了嘴角:“没关系。”

陆初阳说完，一行人就朝右边那个方向走了过去。前面果然越来越拥挤，大多是手拿绘本的年轻人，说不上人山人海，但爆满是肯定有的。

“嚯!”林在言看见里面的人了，在后面压低声音，使劲用胳膊肘怼旁边。

他们都看见了，然后憋着声音激动交流。

“我的天!”

“嫂子!”

“太多粉儿了。”

远处人群里，晏回温站着在签名，她微低着头写字，脸上又自然露出那种让人吃了蜂蜜一样甜的笑容。

陆初阳多看了会儿。

那边，晏回温认真写了本签名递出去，她的粉丝兴奋地接过来。然后，整个人都激动万分地捂住心口问：“大大！大大我要表白你！超级喜欢你，但你是有喜欢的人了吗？”

于是，粉丝群里……

“大神，他是军人吗？”

“英雄救美啊大神，你们超级浪漫是不是？！”

晏回温肠子都悔青了，她装死，不敢回。

攥着笔，一个劲儿签名，签名。

然后一抬头，天！是陆初阳！！

她差点儿以为自己出现幻觉了，当场傻眼。

但很快，陆初阳向她这里走了过来，他停在一张访谈桌前，浑身带着军人的硬气。顿时，原本激动的粉丝群瞬间紧张地沉默了，不敢出大气。

什么情况？

晏回温拼命低头，攥着签字笔的指头都发白了。陆初阳不会因为这事儿骂她吧。

她觉得，超级冤啊。

晏回温一边假装签名，一边悄悄抬眼，用余光偷瞄陆初阳。

没想到，停在访谈桌前的陆初阳突然笑了。他伸手拿起一册绘本翻了翻，然后，走近晏回温：“小姑娘，可不可以给我一本？”

啊？晏回温整个人都石化了。

她的脑子艰难地绕过一圈儿，抬起头：“可以。”她的声音不大，在静默的人群中却非常清晰。她的小粉丝们惊讶地发现，大大的声音在抖。

陆初阳又笑了下，把绘本递给她：“那可不可以再签个名？”

晏回温忍不住要捂脸了。

“可以。”晏回温飞快接过来，翻开第一页，低头写名字。

拜托手不要抖，淡定！

签完，她仰头还给陆初阳。

四目相对，她好像看见陆初阳再次笑了，但很快他就低下头稍微靠近了她一点儿，教育说：“小姑娘，你先好好工作啊！”

“哦哦。”

他走了，晏回温在原地噘起嘴巴瞅着他：好想对他挥挥手啊，不然一会儿溜过去？

陆初阳身边的齐主任回头看了眼这架势，还有这黏着的眼神，他一边给陆初阳引路，一边猜测：难道，难道……微博里的，是这两位？

后面，粉丝群特别安静，他们等陆初阳走出去了十多米，才终于敢把目光落在了那个挺拔硬朗的背影上。过了一会儿，又集体看向晏回温。

晏回温接受着目光的洗礼，脸红了，低头，兢兢业业签名，签名……

但她周围，原本陆初阳过来后，大气儿不敢出的粉丝们，这下终于炸毛了。

“大大这恋爱的表情！”

“难道，难道……哇！”

“大大的这位队长，也太帅了吧！举手投足太有男人味了！！”

“他们大大的品味，就是棒！”

第二十章

捉弄人

休息的时候，晏回温终于忍不住，以去卫生间为由溜了出去。

陆初阳早觉察到她跟在后面，于是，他离开了众人的视野，走到了一间闲置的教室。果不其然，不到半分钟，晏回温就小心翼翼地推开门，把头悄悄探了进去。

陆初阳对她招招手，她蹦过去。

见她在拼命搜刮话题的表情，他发出声笑："只有一分钟的时间，怎么了？"

晏回温沮丧地摇头，她也不知道来干吗。

"没事？"陆初阳看了会儿她犹犹豫豫的样子，露出个了然的笑容，"我要去会议室了。"

晏回温一听，立刻伸出一根手指，非常可怜地说："就一分钟，不不不，半分钟。"

陆初阳飞快抬手看了眼表。

"行吗？"她问。

他笑："小赖皮。"

晏回温有些脸热，把头偏到了一边，小声说："我后天有一点点时间。"言下之意，我可以去找你，快点儿让我去特战队吧。

咦？他怎么又不说话？这次要不要戳他？

不过很快，陆初阳的嘴角就翘出一个弧度，低头对她交代："来特战队，不过你先自己玩，等我训练完给你看好东西。"

"好。"

晏回温的整颗心都飘起来了，她把两只手都按在胸前，转身告别："那我先走了啊。"

一步，两步……

"等等。"陆初阳叫住她。

她秒回头："嗯？"

接着，他低低沉沉的声音就从对面传了过来："你这活动，场面那么火爆，安全吗？"

"有保安啊。"

陆初阳顿了顿，点头："去吧，反正我们都在。"

"嗯"。

但，等一下！

他说他们，谁？他的意思是，不管发生什么事情，他都会保护她？他保护她！晏回温的心又飞起来了。

不知不觉，她的视线流连在了他身上。陆初阳是那种人，只要他站在你的面前，哪怕只静静地站着，你都会隐隐觉察出他的强大，一种深不可测的强大。

"好看吗？"突然，陆初阳失笑问。

晏回温一下子回神，舌头都打结了："没，我就是随便看看。"

于是，几乎飘回访谈处的晏回温，心还怦怦跳个不停。她的小粉丝们用"嘤嘤嘤"的小眼神瞟过去，便十分了然。

休息这么长时间，一定发生了什么不可描述的事，因为，大大的脸超级红。

当然，这只是小粉儿们的默默激动而已。

接下来，晏回温十分敬业地按流程做着访谈。时间过去了一个小时，她突然感觉有一道视线落在了她的身上。

那视线平静、硬朗，让她感觉到前所未有的安全。

晏回温小心地抬了抬头，果然看见了正从路口拐过来的陆初阳。他索性停了下来，从容不迫地立在路边看着她。

这下，晏回温都不能好好访谈了，心在狂跳，手也在微微颤抖。

可是远处，陆初阳对她摇了摇头，又望见他用口型教育她：“好好工作啊。”

她心里一凛，“哦哦”地答应着，磨磨蹭蹭地低下头，可是没过两秒，晏回温又条件反射地把头抬了起来。她一边喃喃地回答着粉丝的问题，一边用眼神一个劲儿地磨他。

陆初阳被她磨得束手无策，干脆走到树下找了条长椅坐了下来。虽然离得远了些，但晏回温还是看见了，他刚刚盯紧她时，用口型在说：“小赖皮。”

晏回温唰地低了头。

她把手指藏在下面互相缠着，完了，别脸红啊，她都不能控制心跳了。

只不过，陆初阳最后还是没能等到她结束，带着几个特战队员先一步离开，回了特战队。结果，他脚刚迈进办公室，就看见支队长站在桌边等他。

指挥长也在，他身穿武警常服，身上那对肩章昭示着，他是一名少将。

“出什么事了？”陆初阳反手关了门，不动声色往里走。从支队长沉默的表情中，他判断是大事，况且就连指挥长也亲自出现在了这间办公室。

支队长将一只档案袋从桌边推了过去。

陆初阳拆开一看：“军火走私，还是他们？”

“对。”支队长点头，“上级已经指示公安、武警联合行动，这是大案，我们需要派人去一趟云南。”

早前，陆初阳带队在罗斯西楼大酒店保护钱老及菌株项目的U盘时，抓捕了这伙犯罪分子的3号人物，经由公安机关审理，更加印证他们是一个策划过多起恐怖活动的跨境犯罪组织，一直在进行军火走私。

让人不安的是，这个犯罪组织的两名头目从未现身。

所以上级指示，此次联合行动务必渗透抓捕走私团伙，追查到底。

陆初阳了然。

他拿起档案袋看了下去，在特战队，谁都知道这类渗透行动九死一生，稍有不慎……但他没说多余的话，最后只问：“什么时候出发？”

支队长忍了忍没答话，他想说“你再考虑一下”，但这话他说不出口。陆初阳是他妻子的亲外甥，也是他最得力的兵。

凭陆初阳的能力，再等个几年，支队长这位置多半就是他的了，但谁的命不是命呢？

“你考虑一下”，或者“我们换别人”？这混账话怎么说？

房间中沉寂下来。

最后，还是指挥长动了动唇，接了话：“今晚出发，高级机密。”

陆初阳点了点头。

指挥长又推过去另外一只档案袋，盯着顿了片刻："初阳，这是你的新身份，北方的易老板，这次南下是需要一批军火。记住，到了云南，我们的线人会帮你取得对方的信任，渗透进去跟犯罪团伙交易合作。"

陆初阳答应下来，他的脸上看不出丝毫情绪，哪怕一丁点儿害怕或是犹豫都找不到。他点头时，冷静地像一座撼不动的山。

似乎这间办公室里交代的不是生死行动，而是一次早餐。

傍晚，陆初阳敲响了支队长办公室的门，得到回复后，他握上把手推开门，走了进去。

支队长看见陆初阳先是有些诧异，他的喉结滑动了两下，犹豫问："怎么？"说话时，他的眼睛盯紧陆初阳，没想到陆初阳倒是故作轻松地笑了下。

"按规矩，来交遗书。"陆初阳把信封从桌面上推过去。

支队长的脸色立刻一僵。

看到陆初阳开门走进来，他竟然有些想让他放弃任务。支队长从抽屉里拿出烟，抽出一根给他，他摇了摇头。

支队长烦躁地把烟扔回抽屉。

"新写的？"支队长坐在椅子里，抬头问陆初阳。这小子的遗书万年不变，每次出任务都懒得动笔，一直将第一次那封存在他这儿，好多年了。

怎么忽然新写一封？

陆初阳只答："是。"他静静地站着，没说这是一封有她的遗书。

支队长突然心情很差，他拉开抽屉，将桌上那信封快速扔进去，"砰"地又撞上，然后对陆初阳挥挥手："行了，走吧。"

陆初阳抬手，敬礼。

他走的时候，支队长往桌上摔了瓶酒：“初阳！”

陆初阳在门口转身，他沉默着，有些不知道怎么开口安慰这位快要红了眼眶的领导兼姨夫。好在支队长只是偏了下头，再面对他时，不容置疑地指住桌上那瓶酒：“等你回来，亲自开了它。”

许久。

“是。”陆初阳缓缓吐出一个字。

凌晨，特战基地里淡淡的黑，四下沉寂，只有雷达还在孜孜不倦地工作着。陆初阳穿着一身特战迷彩服，挽着袖子躺在后山顶。此时，天空泼了墨一样，往东边看，能数出堪堪发出点微光的疏星。

他的眼睛，就跟这天空一样浓深。

陆初阳从口袋里拿出一串钥匙，钥匙圈被他随意挂在食指尖，坠子微微晃，那是一只用弹壳做的长耳朵狗。

这时，有一双军靴慢慢靠近了他，伴随着沉稳的脚步声，直到那双军靴停在了他的眼前。

“这是什么？”古戍一屁股坐下来，故作轻松地问。

陆初阳又晃了晃钥匙串，那小狗在他眼前像是对他摇尾巴，撒娇讨好，他不知不觉翘了翘嘴角：“一个小赖皮。”

古戍笑了笑，没说话，却有些心酸。

等了很长时间，古戍见他闭了眼，出声提醒：“喂。”

“没睡着。”陆初阳的声音很沉，过了会儿又没头没脑地说，“我现在特别在乎她。”

乐观的，温暖的，想用画笔给他描绘秀美河山，用她那双大眼睛磨了他这么久的小赖皮。陆初阳拿起手边的绘本，翻开第一页，上面是晏回温的签名。

如果能回来，他会跟她表白，以后还要跟她结婚，生一个，不，两个小孩，然后一起变老。

生活，真爱捉弄人。

古戌实在忍不住，问：“能不去吗？”

“万家灯火啊。”陆初阳默了两秒，“军人就是那支蜡烛，谁去都一样，这事儿没什么可说的。”

“算了。”古戌叹气，把带给他的一瓶酒迅速收回来，“那这酒你别喝了，亲自回来再说。”

陆初阳笑着：“两瓶了。”

黎明，停机坪上噪音颇大。

陆初阳回头，最后看了眼特战基地，登上了飞往云南的直升机。

第二天，晏回温快乐地站在特战队门口打电话，但接待他的是支队长，然后毫无征兆地听到了陆初阳死亡的消息。她愣在当场许久。

“陆初阳在昨夜的一次突发行动中，牺牲。”

她听完，默默地走了。

林在言他们回忆起她当时的样子，眼圈儿红红的，就是攥紧手拼命忍住不哭，好像她不哭陆初阳就可以立刻变回来似的。

他们实在不怎么放心地追了几步。

“嫂子！”

晏回温的视线缓慢扫过他们，那双大眼睛里还都是水光，然后轻轻摇头：“我没事。”她说这话时，竟跟陆初阳一样淡定，真的像在说一件小事，比摔跤还小的事。

但他们知道，这绝对是表象。

最后，晏回温回到家就开始默不作声地收拾行李，晏妈妈被她要哭不哭的可怜模样吓坏了。但晏回温非常冷静地安慰了母亲，告诉她自己要去旅行，不要担心。

接下来，她拖着行李出了门，直到找到一个没有人的角落，才放声大哭起来。

仿佛天旋地转一般，接连不断的嗡鸣放大千倍万倍钻进耳膜、脑海，她再也听不见四周的任何声音，也不知身在何方。晏回温攥着两只手紧紧抱住头深埋下去，只记得他曾低低看过来的眉眼。

“陆初阳，陆初阳，你觉得云南的雪山和缅甸的庙宇哪里画起来更有意思？”

“陆初阳？”

“云南。”

“那我画给你啊。”

第二十一章

是他吗

晏回温到了云南后并没有订普通酒店，而是在一位退伍老兵的小客栈住了下来。

客栈外的木质招牌上只有一个字——归。这名字，是老兵为了纪念他牺牲在云南边境线上的战友取的。

走进去，整个旅馆的色调都是红色和军绿色，五星红旗、国徽、旧报纸、收音机、老照片……店里还有一只古老的书架，架子上摆放的都是老兵当兵时存下的东西。

老兵姓程，晏回温称呼他为程爷爷。

她在这里住了两个月，每天注视着店里的装饰，心里说不出的宁静。

混熟后，程爷爷给晏回温讲他当年参军的故事，晏回温回到屋里，就安安静静地把它画下来。然后，她长时间坐在二楼阁楼的椅子里，眺望不远处蓝天下白云缭绕的雪山。

这天正午，天空中云彩大朵，蓝白交错，远处的雪山宁静地卧在慵懒的阳光下。

晏回温趴在桌上，低头画着小漫画。

从山里初遇陆初阳开始，一点点往后画。最后，她画到了体育大学教室里，两个圆滚滚的小人球，面对面站立着，他说，要给她看好东西。

一下子，她的眼睛就红了。

晏回温使劲吸了吸鼻子，一垂眼，发现阁楼下，几个学生模样的男女正拖着行李箱，停下脚步抬头看她。

那目光，有些探究跟动容。

大概她的情绪太明显了。

晏回温抬起手，冲到楼下轻轻挥了挥，张口时嗓音有点儿哑："你们好。"

"怎么这么伤心啊？"一个绑着马尾的女孩喃喃自语，然后她伸出手臂向上挥着，说："你好，我们是刚到这里的游客。"

晏回温轻轻"嗯"了一声。

接着，女孩指了指同样向上跟晏回温打招呼的几位，尽量用开朗感染她："我们都是在网上认识，志同道合约过来的。晚上有个小歌会，你来吗？"

晏回温轻轻摇头。

女孩扯出最亲和的笑容，邀请："很有趣的，不管发生了什么事情，也许你听一听音乐，心情会好一点儿啊。"

默了片刻，晏回温被她说动，点了点头。

晚上，晏回温跟程爷爷吃过晚饭，就来到了小旅馆的院子里，抱臂安静地坐在一张藤椅中。聊天过程中，她听到几人接下来要沿边境线旅游。

女孩转头看她，极力邀请她同行，几个学生也点头附和着。

晏回温接受着他们那种期待的目光的洗礼，最终答应了下来。

过了几天，她跟程爷爷打过招呼，便背上相机跟他们一起出发了。

按照几人计划好的路线，他们先从西双版纳的打洛口岸进入缅甸。临近打洛口岸，路两边是大片的香蕉林，后面青山连绵起伏。

晏回温忘了换钱，于是从路边摆摊的人家那里换了点纸币。

然后，他们经过 218 界碑，走进了缅甸。小城不大，晏回温简单拍了点照片，打算留着画《在旅途》第七册时用。

后来他们又辗转到了泰国，在泰国清盛住了下来。

落脚的这家旅店并不大，上下两层建在一个院子中。当晚，晏回温正在旅店的房间里安安静静地记着手账，突然，外面响起枪声。

“砰——砰——”

楼下脚步声开始匆匆忙忙，院门大响，然后是脚步杂乱地上楼梯、踩着走廊的声音，好像有十多个人。

晏回温不知道外面发生了什么，只能从椅子中站起来，飞快地锁好门窗。她听说，在某些国家，枪乱寻常，这时候一定要待在屋里别动，管好自己。

于是，她辨别着声音，惶恐地等待着。

门外有人在呼喊，晏回温听不懂泰语，但大概知道是有人受伤了。

不对！这声音里还夹杂着中文。

“可恶！”

“敢来黑吃黑！”

晏回温迅速反应，难道是两个团伙在火拼？

“砰——”

这次不是枪响，而是晏回温的门被人一脚踹开了。

她吓得立刻瞪大眼，当场惊呆。面前是一个东南亚长相的男人，男人面对她扶门喘息，最让人恐怖的是，这男人竟浑身是血。

晏回温条件反射地捂住嘴巴。

紧接着，她就被那男人粗暴地抬手勒住了脖子，一路拖行到了卫生间。男人用脚踢上门，然后叽里咕噜说了几句泰语。

晏回温拼命摇头，她听不懂！

“中国人？”男人喘了喘气，蹩脚地开口问。

他虽然浑身是伤，但手臂勒得非常紧。

晏回温背对他，快窒息了，两只手用力扒着他的手臂，点头。但她忽然惊恐地听见，男人好像把枪换了弹匣，然后一把枪就抵上了她的太阳穴。

她吓得一抖，身后传来生硬的中文：“别动，让我藏在这里，不然杀了你。”

晏回温只好拼命点头。

男人渐渐放开了她，命令她出去清理地上的血迹。

晏回温手都软了，她蹲在地上，战战兢兢用一块湿毛巾从门口往里一点点蹭掉血迹。难道没人报警吗？

事实证明，没有。

十分钟之后，外面的枪声跟杂乱的脚步声骤然停止了，她以为一切终于结束，可万万没想到。

“砰——”

她的门，再次被毫不留情地一脚踹开。

晏回温使劲埋着头，快要哭了，她发誓再也不要住这家旅店了。但不容她有过多想法，三双脚快速靠了过来。

她害怕地往上看，是三个强壮的男人。

他们走进来，二话不说开始地毯式搜人，其中一个壮汉拿枪指住了晏回温。她已经不能思考了，手里还攥着擦过血迹的那块湿毛巾，不知道怎么掩饰。

这好像在告诉壮汉：没错，人就藏在我这儿。

果然，下一秒，卫生间里的男人被壮汉揪了出来。拿枪指住晏回温的人看了看她手中的血毛巾，问当头那人：“这女人怎么办？”

晏回温一惊：他们是中国人？

当头那人明显满意今天的成果，他慢慢走出去，露出一个嗜血般的笑容：“一起弄走。”

于是，晏回温被粗鲁地推了出去。异国他乡，她害怕地忘记了挣扎，老老实实地被扔进了一间房内。

等进了门，晏回温才反应过来当下情况危险，她立刻朝着门口跑去，却没想到对方顺手快速卡死了门。

他们到底是什么人？

晏回温急得心跳加速，伸出手试图拉开门，房门一阵剧烈地摇晃。这时，她听见身后抓他的那人汇报：“老板，人弄回来了，这女的藏了他。”

“想吃我的生意。”被称呼为“老板”的人笑了笑，他好像先拉来把椅子坐了进去，又开口：“易老板，你果然有先见之明，那这几个人就交给你处理了。”

“嗯。”易老板低沉地回答了他一声。

这声音，怎么这么像陆初阳？试图开门的晏回温猛然回头，结果就是这么一回头，她傻掉了，几乎不能呼吸。

这里，是一间装修简单的套房，甚至跟她住的那间没有什么不同，但这间套房的窗户前，立了一个男人。

男人的身材非常匀称，宽肩窄腰，身形挺拔。两条笔直的腿上套了条宽松地沙漠迷彩裤，裤腿扎进了脚上的黑色军靴里。上身穿了件黑色夹克，他又习惯性地把袖口撸在了手肘上面，露出结实有力的小臂。

男人背对着晏回温，弯下腰，右脚踩在一张矮凳上，正用刀柄拍着因为受伤而趴在桌上喘息的一个人的脸。

这个男人就是易老板？

突然，桌上受制的人从身后摸出一把刀，拼命刺向男人。男人侧头，躲了过去。

接着，这男人抬手拎住他，一拳捣在了他的肋骨下面胃部的地方，迅速而果决，力量强大。那人惊叫，疼得一个劲儿抽搐。

男人渐渐松开五指，把他扔回了桌上，非常低沉地问："想吃我们的生意，知道下场是什么吗？"

桌上的人发抖。

这时，男人旁边，刚才坐进椅子里并称呼他"易老板"的人，笑着跟他聊了几句。

晏回温惊得说不出话：怎么回事，是他吗？可他不是死了吗？

从他们的对话里，晏回温判断，这男人正在跟大佬进行某些交易，好像是军火。

晏回温退了两步，拼命挤靠在门板上发抖。她尽量屏住了呼吸，男人却在这时疑惑地回过了头。

看见晏回温的刹那，他的眼底瞬间一动。

第二十二章

吻

四目相对。

真的是陆初阳！晏回温大口喘气，那么，他在执行任务，对吗?

陆初阳缓慢地坐进了一把交椅里，这才再次抬起头上下打量了她一眼。

这一眼，冷漠、沉静。

不知道为什么，晏回温看着这样的目光，忽然觉得，好像两个人的生命中从未出现过彼此。

“这女的藏了卡特。”这时，交椅旁边，大佬的手下汇报。

陆初阳点了点头，然后，他抬起手对晏回温招了招：“你过来。”

晏回温有些无措地站在门口，听见他说话之后，慢慢抬起了沉重的脚步。可好半天，她才堪堪挪动了两步。

对面，陆初阳手里把玩着一把小刀，这刀子刚拍过那个冒犯者的脸。他坐在交椅里，浑身上下看起来都是一种冷肃气。

“你很害怕？”陆初阳不动声色地凝视着她。

“我……”

晏回温的心跳开始加快，控制不住呼吸。她的手背在身后拧紧衣摆，骨节都发白了。她直觉这里是危险的，但又本能地想靠近他。

于是，她一步一步绕过那张桌子，站在了陆初阳面前。

陆初阳冷眼看着她：“你认识他们？”他意指这帮，刚才想来黑吃黑的家伙。

“不认识。”晏回温喃喃辩解，这才发觉开口十分干涩，怎么声音这么难听？

“你是中国人？”坐在交椅里的陆初阳交叠双腿，轻描淡写地问。

“是。”

“来这里干什么？”

“画画。”

“哦？是个画家？”陆初阳慢慢坐直身体，发出声笑，看上去似乎很感兴趣的样子。他伸手，抓起晏回温的右手仔细看，又从她的手指上抚摸了过去。

他的手掌有着男人的粗糙，这陌生又熟悉的感觉，让晏回温的手微微发抖。他却不太关心地低声说：“这双手真软。”

晏回温默默站在那里，不敢动。

这时，她耳边传来了另外一个声音：“把这女的带下去跟那些人一起处理了。”

她旁边，另一张交椅里的大佬手里夹着半根烟开口。白色的烟圈往上升，屋里开始有了些烟草味。

大佬说完，立刻有手下上前要带走晏回温。

可眼前，陆初阳一言不发地继续玩着晏回温的那只右手，像在玩一件新奇的东西。

这下，这些人不怎么好直接动手了，杵在原地大气不敢出地用眼神询问大佬的意思。毕竟，两人正在生意上合作。

“易老板，你想放掉她？”大佬掐掉了烟，上下打量了晏回温几眼。

这小姑娘，漂亮，害怕倒是真的，大概是被面前易老板的三言两语吓的，头都不敢抬了。

大佬判断着，摆了摆手，让手下拿来把刀。他接过来，淡淡地把刀拍在桌上，那张脸笑得非常臃肿：“易老板，割掉根手指，女人让你玩。”

晏回温听见，浑身一震。

她猛地一抽手，没想到陆初阳也轻松放开了她。

接着陆初阳好像笑了，至今不敢抬头的晏回温无法看见他的脸色，只能大致听出他的喉咙里似乎发出了一声充满磁性的闷笑。

然后，陆初阳竟真的拿起了刀子，放在左手几根手指上随意比画着：“不知道李老板想要哪根？”

大佬定定看着他，把剩下的烟踩在脚下。

此时，房间里安静得几乎可以听见钢针落地声。一瞬间，所有人的目光都集中在了陆初阳那几根修长有力的手指上。

可突然，陆初阳云淡风轻地扔了那刀子，咣当一声。他舒服地靠回椅子，笑道：“李老板，我是来做生意的，断根手指这买卖可就不值了，人你带走吧。”

大佬眯眼判断他的神色，陆初阳果真没再说话，冷漠地坐在交椅里，好像这里真的与他无关一样。

时间仿佛静止了十多秒。

大佬忽然也笑了，心底似乎稍松了口气。看来这易老板只是看上了个漂亮的小姑娘而已，但这小姑娘一瞧就是不会伺候男人的雏，他这口味……

大佬笑着盯住陆初阳，又向后摆了摆手，两个手下立刻过来拎走了晏回温。

晏回温没回头。

若是平常，她一准会被吓哭，但大概因为陆初阳在这里，就连这种可怕的场面，她竟然还能安静地稍作思考。然后告诫自己，这是试探，不要回头，一定不要去看他。

果然，她刚走出去两步，身后的大佬就向她毫不留情地甩了把刀子。电光火石间，刀子带着“唰”的风声，擦着她的耳朵飞到了对面墙上，刀身全部没入木质墙面。

晏回温吓得惊叫出声，眼泪噼里啪啦地掉了下来，两只手都攥出了汗，但她也松了口气。

“李老板，你把人吓坏了。”身后，传来陆初阳低沉而淡定的声音。

“易老板心疼了？”大佬反问。

“是啊。”陆初阳回答得没心没肺，但只有他自己知道，他攥起拳头的手指掐进了肉里。他慢慢松开了五指。

大佬见陆初阳关键时刻，竟也没有出手，一时间他那张臃肿的脸上又露出个笑容，面色终于放松下来，摔出去个茶杯呵斥他的手下：“你们怎么办事的？我就跟易老板开了个玩笑，怎么还真把人带走了？”

他的手下忙哈腰赔罪，立刻放开了晏回温。

晏回温腿都软了，脱力地好不容易站稳，把手心的汗在牛仔裤上使劲蹭掉。她回头，看见陆初阳冷静地坐在那把交椅里，交叉着五指。

“你过来。”陆初阳笑着命令她。

晏回温顺从地慢慢走过去，看上去像一只毫无反抗能力的待宰羔羊。

陆初阳松开两只手，就这么审视地看了她一会儿。然后，他慢慢脱掉了身上那件黑色的夹克外套，只穿里面一件白色衬衫。

衬衫原本就松着一颗扣子，他抬起手，把这衬衫上面的纽扣又松开了一颗，非常放松的样子。

接着，陆初阳用眼睛指到自己的腿上：“来，坐在这儿。”

他现在，活脱脱一个温柔的恶人。

晏回温张了张口，他淡淡等着，之后她犹豫地走近一步，坐在了他的腿上。

这一坐，陆初阳低了低眼，快速扫过她湿润的大眼睛、她的唇，然后低声问：“会接吻吗？”

晏回温哑口无言。

“有男朋友了吗？”陆初阳又问，扣住她的下巴示意她过来吻他。晏回温被他用力一扯，不小心一把抱住了他的脖子。

她那两只小手软软地贴上了他脖颈处的皮肤，他立刻垂眼看住她。

“嗯？”紧接着，陆初阳靠近她的眼睛，把嘴唇贴在了她的唇上。他的唇有些烫，挨着她的，这让晏回温颤了颤，想大口呼吸，他却一瞬间咬住了那唇。

“有男朋友了吗？”

“没有。”

他低低“嗯”了声：“没有？”

她急促呼吸。

陆初阳被她香甜的气息折磨地皱眉，捏紧她的下巴克制着，一口一口吃她的唇。

那种在乎的、无比思念的……

事情突如其来，晏回温的手非常冰凉。她好像真的不敢反抗一样，两只手都握着拳，软绵绵蹭在陆初阳因为俯身而露在衬衣外面的一小块胸膛上。

皮肤贴紧皮肤。

陆初阳慢慢说着："原来没有男朋友。"

晏回温竟然感觉到了他的失落。

于是，他的吻更重了，呼吸也不是那么平稳。

他直接用舌头去抵她的牙齿，抵开，晏回温被刺激得差点叫出他的名字。

她死死忍住，呼吸着他的气息。

下一瞬，陆初阳就抬起手，猛地扣住了晏回温的腰，手掌用力压住她的后脑勺儿。

她的嘴唇被陆初阳咬痛，低"呜"了声，然后推开他，拼命呼吸："我有，我有男朋友。"

陆初阳偏头笑了笑，过了会儿又盯着她："那他真是失败。"

觉察出他语气里的自嘲，晏回温在心里反驳：才不是，你是世界上最好的人，是军人，保护祖国也保护我的军人。

晏回温倔强仰起脸的样子，在大佬们看来真像一只被扣住的无处可逃的小雀，马上就要英勇就义了。

可陆初阳看懂了。

这是赖着他的小姑娘。

陆初阳一把捏起她的下巴，就好像一头温柔又嗜血的野兽，用牙尖狠心地咬破了她的嘴唇。晏回温痛得"呜"了一声，他慢慢把她唇上的血珠子吮吻干净，然后放开她，用手指轻轻蹭了蹭那唇。

晏回温的眼睛又湿了。

陆初阳平静得像只是经历了一场露水情一般，露出个随意的笑容，发问：“小姑娘，你叫什么名字？”

“我叫……”

晏回温张了张口，又紧张地攥紧了手指，小声地对他说：“我叫，小赖皮。”

第二十三章

双丰收

她在告诉陆初阳：我等你回去。

只有他们知道。

“小赖皮？”陆初阳露出一丝笑，坐在椅子里淡漠地没再说话。但面不改色的他好像一瞬紧绷了，因为坐在他腿上的晏回温感觉，那腿上的肌肉正绷得结实。

陆初阳的忍耐力实在很好，晏回温也竭力让自己看起来紧张得发抖。

一旁，见惯了玩女人的大佬抽掉第二根烟，把烟掐灭后，又让他的手下给他换了烟斗，笑出一脸横肉问：“怎么了，易老板？”

大佬慢条斯理地给烟斗加着烟丝，他一看就知道，这种雏根本没什么玩头，一般接吻都不会，只傻傻地坐在那里，还紧张得发抖。

扫兴！

果然，陆初阳拍拍晏回温的小腰让她起来，淡声总结：“没劲。”

大佬笑着。

晏回温尽量惶恐地站在原地，低头盯住自己的脚尖。然后，左耳朵进右耳朵出地听大佬兴奋追忆往事。

“这种雏啊，我玩过一次就不想玩了。”大佬眼睛闪着精光，让手下划着火柴点了烟斗，他吸一口，吐出烟圈，“等咱生意结束，回去我带你去我们那里，女人你随便挑，两个三个一起……那滋味！”

他嘬了嘬烟嘴，抬眼看见晏回温，轻佻地扫视她一遍，不满地摇了摇头，自己闭眼哼曲儿继续追忆去了。

晏回温把头垂得更低。

这下，她看起来战战兢兢的，更加忐忑了，可她心里却攥起两只小拳头反驳，才不会告诉他，刚才她跟陆初阳多幸福。

这时四下安静，空气渐渐低了下去。

陆初阳曲起手指敲着交椅的扶手，沉声“嗯”了句，他的眼睛不经意扫过大佬，那双漆黑的眸子，像夜晚的深渊。

生意结束？这大佬，没机会了。

“还杵在这里干什么？”大佬忽然睁开眼睛问晏回温。

她吓得一抖：“我、我不敢走。”她使劲盯住脚尖，掉着泪珠子弱声弱气回话。

“滚出去。”大佬不耐烦。

“易，易老板……”

晏回温艰难地挤出几个字，让自己的表情看上去尽量恐惧，像一只随时有可能被捏死的蚂蚁，不至于让人盯出她心里那种强烈的不舍。

陆初阳手里玩着小刀，在漫不经心扫见她的目光后，“啪”地甩上刀子，然后随口问：“你是哪里人？”

“H镇。”

他点头：“跟男朋友来的？”

“不，朋友。”

“住在哪？”

“隔、隔壁。”

接着陆初阳从交椅里站了起来，靠近她。

“别妄想报警。”他的食指和中指慢慢捏上她的下巴，抬起她的脸，那小脸被泪水模糊了轮廓，他好心地用拇指抹掉，沉声说，“因为没用。”

他说完偏了偏头，立刻有大佬的手下开门，把晏回温扔了出去。

“砰——”

门凶狠地关上了。

晏回温最后只听见，身后传来大佬那因为今天解决掉对手，而略带血腥的兴奋声音：“易老板，祝我们合作愉快。”

陆初阳吩咐：“把我们的诚意拿过来给李老板看。”

晏回温扶着墙哆哆嗦嗦走回房间，靠在门板上，滑下去，两只手按在脸上捂了会儿。第二天，她装作什么都没有发生过，跟驴友离开了旅店。

“回温，你昨晚听到枪声了吗？”马尾女孩给她颗糖，挨近了悄声问，“我听见枪响了。”

晏回温愣着，伸手接过来。

当然听见了，她还看见了陆初阳，跟他接吻……她舔了舔嘴唇，右边有一道小口子，一舔就疼，是陆初阳咬的，他的牙怎么这么尖啊？

还有，他的手到处摸，前面后面。

而且她好像也碰到了他的锁骨，胸膛的皮肤滚烫，他的唇，他不太平稳的呼吸。

打住！

等回去，等回去！晏回温抬起两只手揉了揉脸，一定要说他。

太疼了。

最后，晏回温辗转回到了那家叫“归”的小客栈，慢慢收拾着行李。

此时天空已有了光亮，太阳升得不高，光线穿透了清晨的薄雾。从窗户里往外看，远处的雪山也安静地藏在薄雾中。

晏回温并没有带多少行李出来。装箱时，她的手指突然碰到了一本册子，是她画给程爷爷的故事。她拿起来，迅速踩着木质楼梯跑了下去。

程爷爷在院子里吃早餐，周围几声鸟叫，地上湿漉漉的尽是露水。

“送给您。”晏回温双手把画册推过去。

程爷爷接过来，翻开第一页，看见他和他的战友背着枪站在中国的界碑前。他的手都颤抖了，眼睛开始湿润。

那目光缅怀，幸福。

“谢谢。”程爷爷抖着声音感谢。

这时他手边，老旧的收音机里传出了缓慢的旋律：“阿哩哩——阿哩哩——”

“微风中牵着你的手，细雨里吻着你的脸。”

淡淡的民谣轻轻唱，晏回温凑近收音机摆弄：“真好听，这是什么歌啊？”

"哦，这个啊，《玉龙第三国》。"

她点点头，安安静静听着歌词。

"和风细雨里许下的诺言，就不怕狂风暴雨吗？"

晏回温给程爷爷的碗里倒满早茶，又轻轻问："这歌，是不是有故事？"

"有哩。"程爷爷笑着给她讲了一个悲壮的爱情故事。

晏回温认真听完，两只手都托在下巴上，眯着眼看远处的雪山顶。过了会儿，收音机里最后传出："相信我呀，跟着我呀，我让那满山的雪莲为你开。"

"当然信他呀！"晏回温忽然蹦起来，噘起嘴跑回去继续收拾行李，"得平安回来，不能受伤，不然我就生气了。"

5月10日，晏回温回到家，母亲担忧地抚摸她的头发，她抱紧母亲："我回来啦。"

5月15日，电视新闻滚动报道。

"5月14日清晨，一支走私团伙全部落网，中国公安和武警组成的特别行动小组在历经了……"

这新闻是皆大欢喜的。

晏回温盘腿坐在地毯上，呆呆望着屏幕，走私团伙被押解上车，她一眼就认出了旅店里，那个一脸横肉的大佬。

所以，陆初阳的任务结束了吗？

晏回温咬着嘴唇想，这背后到底还有多少军警在负重前行，是我们根本不知道的，新闻里也没有他们的身影。因为她凑近了电视，都看不见陆初阳。

5月20日，陆初阳回到了特战基地，参加队里的表彰大会。

晏回温实在忍不住，偷偷等在外面。她急得团团转，拍着一棵大白杨，绕到另一棵大白杨：他是安全的吧？没受伤吧？

突然，有个熟悉的身影向路尽头的会堂飞快地跑去。

林在言！

晏回温一激动，条件反射地抬手，扯住了那人的袖子。但因为林在言的速度太快，她被带得一个踉跄，吓得林在言猛地刹住。

他歪头："嫂子你来了。"

"陆初阳回来了吗？"晏回温急切问。

林在言眼睛指到会堂，点头。

"那他受伤了吗？"晏回温更加急切地问。

林在言仍点头。

晏回温整个人都不好了。

"嫂子，具体等出来再说，我先进去开会了啊。"

林在言抬腿跑出去，很快又退回来两步："千万别走，表彰大会一会儿就结束，队长马上能出来。"

晏回温刚想再问一句，林在言已经没影儿了。

"我……我……"晏回温小声嘟囔，一下子坐在石头上抬手擦眼泪。边擦，眼泪边噼里啪啦往下掉，"我才不等他呢，都说受伤就生气了。"

她心都疼坏了，索性也不擦眼泪了，就让它哗啦啦地淌出来。可又想，她一哭，等会儿陆初阳出来看见，是不是该更加不爽了？

"那我现在就走吧。"晏回温万般不舍地望一眼会堂，"谁让他受伤的？"

她站起来，真的走了两步。

可很快，晏回温又跑了回来，反驳自己："我就等到结束，好歹看一眼伤在哪里了？严不严重啊？”

她无力地蹲在空无一人的马路中央，两只手托住下巴面对眼前那座气势恢宏的特战队会堂，陆初阳就在里面。

晏回温警告自己：“看见他就走，不许哭给他看。”

之后一个小时，她就这么蹲在地上，像望夫石一样一动不动。心里不断提醒自己：看见他的时候：第一，要威风地打探伤情；第二，哭之前，转身迅速撤退。

然后，会堂的大门开了。

晏回温紧张地盯紧门口，士官、少尉、中尉、上尉……各种橄榄绿鱼贯而出。她瞬间就㞞了，又心疼又㞞。

“我还是走吧，别哭，别哭啊。”她揉着眼睛。完了，站不起来了。

晏回温赶紧抱成一团低头装死。

地上吧嗒吧嗒掉了好几颗泪珠子，因为眼睛里的泪水，她发觉地面都变得歪歪扭扭了。然后，这歪歪扭扭的地面上，一双黑色皮鞋渐渐靠近了她。

越来越近，已经可以看见武警常服那橄榄绿色的裤腿。

是他，绝对是他。

那脚步，在晏回温面前停了下来。

“怎么哭了？”她头顶传来了陆初阳好听又低沉的声音，伴随着他的一个弯腰，整个人都靠近了她的眼睛，“先起来。”

“陆初阳……”

他一过来，晏回温就忘了什么叫作威风，只顾小声回答：“我腿麻了。”

等了片刻。

陆初阳低声问：“让我抱？”他两边看了看，这里人有点多。

他俩就杵在马路中央。

而来往的队员，悄悄把目光激动又兴奋地投射过去：啊呵呵呵，陆队今天双丰收啊！

第二十四章

表白

影响还是要注意的。

陆初阳握着晏回温的两只手臂将她从地上提了起来，她吸着鼻子跺跺脚，垂下脑袋小声嘀咕：“你伤哪儿了啊？”

陆初阳注视了会儿她柔顺的发顶，伸手摸上去：“你跟我来。”然后，他转身大步流星地走了。

看见她哭，陆初阳忽然觉得嗓子十分干涩，实在忍受不了地想快点去那个准备好的地方，跟她表白，告诉她不要担心。

这下，晏回温愣在原地心想：他果然不爽了？

望着那个急匆匆的背影，她赶紧擦一把眼泪自我反省：经历了生死的伤员，回来第一眼见到别人哭鼻子，多半都会不爽。

那么她是不是应该先努力克制一下情绪再说？

晏回温一边按着眼角，一边飞快地转动大脑，下定决心，一会儿不管陆初阳教育她什么，她的态度一定要端正，绝对要冷静淡定。

收敛，收敛！

前面的陆初阳走上了后山，晏回温低头一声不吭地跟他爬到山顶，气喘吁吁。然后，她抬眼一望，惊呆了。

怎么有这么多气球挂在树上？她刚要问他。

“砰砰砰——”

气球炸裂。

但这不是重点，重点是原本就五颜六色的气球里，全是彩色的碎亮片，这下亮片漫天飞舞。

天边，傍晚的太阳接近了地平线，站在这山顶，就能看见它红彤彤的，缓缓往下沉。头顶，觅食一天的倦鸟扑着翅膀正归巢。

晚霞，归鸟，漫天亮片。

这实在太壮观了。

晏回温咬住嘴唇哽咽着，怎么也没办法收敛情绪，她震惊得快晕了。眼前陆初阳走了过来，她心想：他要说什么，对吗？

“等会儿，”晏回温紧张地盯住他的眼睛，两只手都背在身后，不停搅弄，差点儿忘了初衷，“你先说到底伤哪儿了啊？”

陆初阳束手无策地撸起袖子给她看：他的手臂上缠着绷带，是刀伤。

“深吗？”晏回温小心问，心窝特别疼，她伸出食指想碰一碰。

陆初阳见她犹豫了半天，索性握住她的整只手放在了上面。然后，感觉她浑身一下子就紧绷了，那只小手戳在绷带上一动不敢动。

他失笑：“不深。”

“那疼吗？”她仰脸更加小心地问。

陆初阳笑了笑，伸手扣住她的后脑勺儿，低头跟她对视，非常肯定地回答：“不疼。”

晏回温有点儿不太相信。

“真的。”他说。

这时，不远处坐在树林里某棵大树上的林在言憋笑得捂住肚子：什么疼不疼，都给他们营造这种场景了，不是该毫不犹豫地拥抱表白吗？

他敲敲耳机，在频道里笑：“小弟弟，该你了。”

赵然一听，紧张得要命，赶紧蹲在地上操作他的机械狗。这狗是他亲手帮陆初阳做的，对于拿过机械大奖的他来说，这都是小菜一碟。

就在晏回温哑口无言时，他的机械狗排着队摇摇晃晃走了过去。晏回温一眼就看见狗上面的四个字，字是陆初阳的笔迹，实在太刚劲了，很好辨认。

上面是“我喜欢你”。

机械狗带着这四个字，在她面前，停了下来。

所以陆初阳在表白啊？晏回温脸红耳热，瘪着嘴快要哭出来，感动得心脏快要炸裂。

“回温。”陆初阳靠近一步，叫她的名字。

“你怎么都不提前给点儿心理建设啊？”她哽咽着嘟囔，还以为……

两个人正四目相对，静静地呼吸。

什么声音？晏回温红着眼睛抬头：飞机？遥控无人机？

坐在树上的林在言轻扯起唇：“来，现在是林少爷为大家表演。”他熟练操作着无人机，把挂着的一只弹壳狗飞了过去。

结果快到时，非常不巧地起了阵风，弹壳狗被甩飞了出去，向着晏回温头顶的方向落了下来。

林在言桃花眼一蹙，手指在遥控器上正快速补救时，见陆初阳已眼疾手快拉了晏回温一把，他“啧”了一声，索性放任无人机将错就错。

晏回温整个撞在陆初阳身上，这下，两个人近到呼吸相闻。

“哟——”林在言弯着眼笑，又悄声夸奖自己，“看，林少爷的表演已经超额完成任务。”

弹壳狗随之“吧嗒”一声，可怜地摔在了土里。

晏回温立刻蹲下，心疼地去捡，这绝对是陆初阳亲手做的东西。

“这是弹壳狗吗？”她高兴地跳起来，抱住陆初阳的脖子，“我超级喜欢。”

陆初阳顺势抬起手臂，紧紧抱住她的腰。

“回温，”他凑近她的耳朵，低声说，“我喜欢你。”

山顶渐渐恢复了平静，红色余晖下，只剩两个人还拥抱站立。

陆初阳垂下眼睛看她，忽然嘴角抿得十分严肃，像是在交代一件不得了的大事。片刻，他低声问：“回温，你愿意做我女朋友吗？”

一秒，两秒……

安静，特别安静。

晏回温听着心跳，呼吸，再呼吸。

“我还以为你怎么了呢，”她终于绷不住了，一边说一边哭鼻子，绝对被这简单粗暴的表白震惊坏了，“我当然……愿意。”

她抽抽噎噎嘟囔着：“又不用搞这些啊。”

晏回温觉得，大概陆初阳对她勾勾手指，她就摇着尾巴跟上去了。她吧嗒吧嗒掉眼泪，就跟不要钱似的。

她真的没有想到，从山里初见，追他，到后来以为他牺牲了，又阴差阳错看见他。前一秒还在心疼他，下一秒他就在这里表白了。

经历了这么久的大起大落，晏回温纯粹是感到恍惚，好像根本收不住情绪，像开闸放水一样。

陆初阳静静地看着她，特别专注。

直到他终于束手无策地败下阵来，抬手轻拍她的后背，感慨："回温，这不一样。"任务前他就在想，如果能回来，什么都想给她。

陆初阳用两只手捧起了她的脸孔，慢慢靠近。

他一靠过来，晏回温就紧张起来。他的五官在她眼前一点点放大，这下，忽然周围所有的草木都变得不太清楚了，像是模糊的镜头。

只有他，满眼只有他越看越帅的五官。

陆初阳已经挨近了她的嘴唇，把自己的唇轻轻贴了上去。

起初，两个人只这么碰着，一下一下缓慢轻抿。可不知道是谁的呼吸渐渐急促，轻抿不够，陆初阳更加急切地含住她的唇吮吸。

晏回温头晕目眩，张了张口，碰到了他的舌尖，说道："你……别咬。"

陆初阳笑，离开她的唇，她窘迫，红着一张脸不敢看他，低声："我也不是这个意思。"

他"嗯"，继续吻着她。

晚上，陆初阳开车送她回家，因为刚才太热，车里稍微开着冷气。他怕晏回温感冒，于是在缓缓流淌的音乐声里低声问："冷吗？"

“嗯。”晏回温根本也没听见，回答得漫不经心。车窗外倒退的路灯把她那张想事情的脸晃得忽明忽暗。

她明天就过生日了，跟他在一起的第一个生日呢！

要不要告诉他庆祝一下？

要是他明天训练多为难？只不过，问问应该没关系吧！

再不问，就到家门口了。

打定主意，晏回温转头面对陆初阳，正好前面是个红灯，他轻轻点着刹车把车停在了路口。晏回温借着停车的机会，把手搭在了他握着方向盘的手臂上：“陆初阳……”

陆初阳低头看了眼那小手，真好看。

“你明天有没有训练啊？”晏回温满眼都是期待、小心。

结果，陆初阳一本正经地在那两只小手上拍了拍，回答：“有。”

哦……

刚回来就训练，真辛苦！晏回温靠回椅子感到十分遗憾，那就没办法一起过生日了。

陆初阳看了两秒她苦恼的表情，终于忍不住笑出了声。这时，前面红灯变绿，他踩下油门，把车开了出去。

第二十五章

生日（上）

陆初阳回到特战基地已经晚上八点多了，他径直走去了后山，古戍正坐在山头等他。见陆初阳过来，古戍“啪”的一声开了罐啤酒。

陆初阳接过来，坐下。

其实他们都不爱喝酒，单纯地是出于一种任务前的寄托。

请一定回来，等你畅饮。

古戍又给自己开一罐，拿在手里笑着：“应该表扬你啊，没想到全基地最不懂浪漫的陆队长，这么有情调。”

陆初阳笑笑，没说话。

“在贼窝里怎么想的？”古戍怅然。

怎么想的？

陆初阳顿了顿，晃着手里的啤酒罐子：“那时候完全脱离了自己，小心吃小心睡，万事难，一只脚就踩在鬼门关边上，还能怎么想。”

“说得倒轻松。”古戍瞥他，闭上了眼睛回忆。

这感觉，大概只有经历过的人，才能真切体会。

安静了许久。

“说出来我自己都不相信。”陆初阳把啤酒放到地上，忽然坐得很直、很郑重，“咱们的理想是守好祖国这片土。而她，就好像给我画了一个国，自己守在原点，我走得远一点，她就用自己的力量拓宽一点疆土。但无论我在哪儿，她都默默地等在那里陪我。”

古戍羡慕：“理想跟陪伴，无解啊！”

此时，特战基地里其他中队正在晚训，从操场上不断传来嘹亮的口号，他们快要收工了，很快整个基地又将恢复静谧。

陆初阳拿出口袋里的钥匙勾在食指，一只弹壳长耳朵狗乖乖地晃在他眼前。

他静静看着：“晚安，我的祖国，和你。”

古戍笑着摇摇头：“明天你们可终于休假了啊，准备跟弟妹怎么过？”

“明天她过生日。”

“呦呦呦！大事啊，我也得准备份大礼，回头一定给我带到啊！”

陆初阳点点头，站了起来。

“哎！”古戍望着走出去的人影喊：“你干吗去啊？”

第二天，林在言因为输了射击，作为司机带大家出门。

陆初阳坐在副驾驶室，后面是江洲跟赵然。陆初阳那辆大越野被林在言开得十分慢，不断有行人超车而去。

“买什么好呢？”林在言张望时问：“毕竟是嫂子的第一个生日啊！”

江洲笑：“说的什么话。”

赵然完全听不见，他那得过机械大奖的脑子，正在这件事情上飞速运转。无果后正想询问陆初阳，忽然发现前面的队长一看到街边一家书店门口的海报，原本漠然的一张脸，一下子回暖了。

陆初阳静静多凝视了几秒。

几个人自然不敢多言，毕竟是嫂子的新绘本嘛。

他们在特战队忙碌了一个早上，从做蛋糕到准备食材，之后出来从中午12点转到下午4点，林在言肩负了一个中队的重任。

这期间，陆初阳打了个电话后就叫他停车，然后言简意赅地交代了他们几句，大步流星就走了。电话应该是嫂子的，林在言猜测。

因为队长的声音听上去都缓和了，电话里好像说7点？于是，他赶紧冲陆初阳还没走远的背影喊：“队长，我们买好东西就放到炊事班去了，晚上绝对不打扰你。”

最后，他又挥手笑眯眯加了一句：“请组织上放心！”

陆初阳打车去了草乌路的社区，电话里晏回温汇报行程，正跟她的两个发小在薛琪的外婆家，大概7点回去。

他抬手看了看表，才6点钟，于是在这社区里随便转了转等她。

5月，傍晚的凉风正合适。

“陆队长。”忽然，身后有人叫住了他。

陆初阳回头一看，想起是上次来这里劳动时，说过话的孙爷爷。他帮晏回温给这老人还过她爬墙时借来的交椅。

他笑着跟老人打了个招呼。

两人三言两语聊着，陆初阳听说老人家院子的大门因年代久远有些不太好用时，便跟他回到那院子，挽起袖子帮着修了修。

孙爷爷家斜对面，就是薛琪的外婆家。

晏回温被两个发小抹了满脸奶油，她刚把爪子伸到一块蛋糕前要反击，瞬间又被两人制住。薛琪明知故问："不专心，一直等什么？是什么人的电话吗？"

赵锡："还能有谁，陆队长呗！"

晏回温听见他的名字，觉得他是不是忙完了，还被按在桌子上就顺手够来手机打电话。没想到，陆初阳竟然就在外面等她。

千载难逢的机会，一定要请他吃蛋糕。

晏回温从"魔爪"下逃脱，抓起小背包打个招呼就跑。人都看不见了，薛琪在后面气得想笑："嫁出去的姑娘泼出去的水啊，你看看你那张都是奶油的脸……"

晏回温见到陆初阳的时候，就这样花着一张脸。

陆初阳正一脚踩在凳子上锯木头，听见动静回头。他先是一愣，随即笑了，对晏回温勾勾手，她高兴地跑过去。

"呦！小温啊！"孙爷爷正好出来，惊喜道。

晏回温忙挥手打招呼。

陆初阳就一直端详着她那张五彩缤纷的小脸，终于偏头，笑容可掬地问老人："大爷，我得用您家点水。"

"行嘞，爷爷给你拿去。"

过了会儿，孙爷爷坐在院子里，戴着老花镜，瞧陆初阳给晏回温擦脸，连头发丝都擦了。老人的脸上连皱纹都笑着，小伙子干活真细致。

"陆队长，你们……"孙爷爷满脸期待。

陆初阳微笑："嗯，我女朋友。"

晏回温脸有些红，想低头，陆初阳叫她别动。老人却听着越发高兴，不断重复："这敢情好，敢情好啊！"

晏回温害羞得都忘了问陆初阳为什么出现在这里了：不是训练吗？大概忙完了。

陆初阳说要带她去吃饭。

她"哦哦"着赶紧答应。

她跟陆初阳走进了特战基地，两个人来到炊事班的时候已经八点多钟，厨房锁着，没人。

陆初阳从迷彩服的口袋里拿出钥匙开门，晏回温刚要抬脚跟进去，就被他回身时抬起的一只手臂绕过了脖子捂住眼睛："先别看。"

他让晏回温站在自己身前，她后背靠着他的胸膛，然后他带着她往里走。

这时，气氛相当诡异，不过这全是晏回温自认为的，因为陆初阳正非常平稳地带她上了台阶。他的手有着常年摸枪的糙感，贴在她鼻子上方，恰到好处地盖住了她的眼睛。

晏回温眨了两下眼，她的睫毛轻轻扫过陆初阳的掌心，他似乎痒，动了动手指。

屋里好像没开灯，晏回温想。又走了两步，他们停住了，她抬手摸到一张桌子，木头的。刚想再摸，那双手就被陆初阳伸手给拍了回去。

晏回温忍气吞声"呜"了一下，他笑出声。

紧接着"吧嗒"一声，好像是打火机，随后有点点火光透过指缝溜进了她的眼睛。陆初阳似乎也低下头来，因为晏回温感觉到他的下巴擦过了她的耳朵。

她什么都看不见，但皮肤和皮肤擦在一起，就很难让她平静下来，只能尽量不去想一些更加亲密的事情。

尤其是这样的姿势，让陆初阳的呼吸就在她的耳边。

晏回温几乎可以预见，自己耳旁的几根头发丝，一定被他的气息撩到飞起来，就连耳朵都像是在被羽毛轻轻扫弄。

没有比陆初阳的呼吸更让她心动的了。

可陆初阳却非常一本正经，声音也是："你别紧张。"

"我才没有。"

"小同志，"他边忙边笑，"你暴露得太明显了。"

晏回温只好举手："那我能不能请求组织，快一点点啊！"这时候，透过他的指缝，她已经可以感觉到更多的光亮，暖橘色的。

"好了。"陆初阳象征性地说了声，松开了覆盖在她眼睛上的手。

光线一照进眼睛，晏回温先用手背挡着眯了眯眼，再拿开手时，正看见陆初阳靠在桌边微微笑着凝视她。

陆初阳偏了偏头，晏回温随他的视线一转，恍惚了一下。

这间普通平常的大厨房的正中间，竟然摆着一个蛋糕，草莓的。一颗一颗歪歪扭扭的小草莓，在烛火下红得实在温暖。

对面是曾经在他办公室里看见的那只巨大的机器猫，旁边则是许多包了发亮包装纸的礼物盒子。晏回温惊得张了张口，说不出话来。

原来他知道啊！

她还以为，陆初阳最后会给她变出一间恐怖屋呢！

再偷偷瞄陆初阳，这种做了事情却一言不发，只站在那里认真看她的男人，太有魅力了，她欢喜得尾巴就要翘上天。

晏回温蹦到他面前，陆初阳拉开椅子让她坐进去许愿，她赶紧侧身坐下，像听讲的小学生。不过，握起两只手许愿前，她忽然奇怪，小声问：“你怎么知道的啊？”

在她紧张地凝视中，陆初阳从容地坐进了对面那把椅子：“百度百科。”

“那百科要是假的呢？”她急切地问，幸亏她没乱报。

“对的日期再补。”

“礼物那么多啊？”过了会儿，她又忍不住轻声问。

陆初阳笑了声：“那帮小子说，孝敬嫂子的。”

嫂子！

这两个字，从他嘴里说出来，让晏回温的目光都不知道往哪里放了。谁知，这时陆初阳竟然从椅子里站了起来，向她倾身过来。

晏回温往后一躲。

陆初阳干脆伸手在她脑后一扣，人老实了，他抬起她的脸靠近：“等会儿再想啊，小姑娘。再不许愿，蜡烛都要灭了。”

“哦哦……”

第二十六章

生日（下）

睁开眼睛时，晏回温看了一圈儿。陆初阳“啪”的开了灯，走到火边又给她起了小灶。她跑过去，就差摇着尾巴了，在他的身影后，抬手悄悄攥住了他迷彩服的衣角。

幸福幸福幸福。

“你怎么能这么好。”晏回温自言自语地嘟囔。

给她做长寿面的陆初阳顺手打了个蛋在锅里：“这点儿小恩小惠就被收买了？回温同志，你的觉悟有待提高啊。”

陆初阳感觉她那双小手就在身后挠他的背，像猫一样小心地挠。他笑了笑：怎么人也像猫一样好哄。

“真的巨好。”

晏回温说完，陆初阳忽然就扔下筷子转了身，轻轻捏起她的小下巴，然后笑容可掬：“特别好？”

“特别好。”

陆初阳顿了顿，然后指着椅子让她回去坐好，她高兴地退了回去。他把面出锅，觉得得对她再好点儿，因为这小姑娘实在太容易满足了。

陆初阳端着面，向她走了过去。

“回温，生日快乐。”陆初阳凝视她的眼睛，吐字缓慢。

一句话，听得晏回温心跳加速，看他就静静坐在那儿：怎么那么帅啊！

停停停，赶紧吃面。

晏回温极小声地“嗯”了句，赶紧埋头，把一大筷子面条塞进了嘴里。正咬的时候，陆初阳忽然问：“下周五有空吗？”

下周五？

那就是六月一号，晏回温在脑海里搜刮一遍，那天要去接她弟弟晏回此。她嘴巴鼓着面条，琢磨后，默默挥别了接弟弟的计划：“有空啊。”

她抬头，看见了坐在对面的陆初阳露出个微笑，然后认真地对她询问：“那周五中午跟我回家吃个饭。”

不知道他母亲从哪里听到了风声，兴奋地一晚上没睡着觉，可以毫不夸张地说，她就差找到晏家上门去拜访了。

晏回温听清楚他的话后，咕咚一口吞了面。

陆初阳给她倒了杯水：“别有压力。”

她愣着接了过来，艰难地咽了两口：怎么能没有压力啊。她迅速放下了筷子，飞快跑到他腿边蹲下去：“叔叔跟阿姨，都是什么样的性格啊？”

陆初阳盯着她的眼睛认真地看了会儿，拿起她的手放在腿上，捏着宽慰：“我父亲比较一本正经，至于我母亲……”

他顿了顿。

晏回温：“阿……阿姨怎么样？”

陆初阳把她拉起来，发现她仰着脸，整个人没骨头似的靠在了他的身上，于是用手圈上她的腰："我母亲的性格，跟你比的话，两个极端，不过你不用担心。"

完了！

怎么相处？

后面陆初阳又说了什么，但晏回温都没办法听进去，简直难过得快晕过去了。

陆初阳敲敲面碗，她摇头。

他挑起面给她，她摇头。

陆初阳没再勉强，他把碗一端，三两口打扫干净，收拾了厨房，又把蛋糕打包，最后拿起机器猫领着她出去了。

晏回温担心得要命，边跟边问："我需要准备什么吗？"

陆初阳走着，没回头："不用。"

"那我需要学什么吗？"

"不用。"

"我用……"

"回温。"陆初阳听着她紧巴巴的声音，受不太住地停下脚步，回头。

晏回温一愣，下一秒就被陆初阳用手指抬起脸："什么都不用做，相信我，跟着我吃饭，就这样。"

离得很近，他的眼睛黑得特别有吸引力，这么看着她的时候，就让她不由自主、乖乖地点了头。

陆初阳开车送她回家，车稳稳停在了她们家那部队大院门口十米开外的路边。车窗外，夜晚闪着霓虹的色彩，车里十分昏暗，安静。

这一路，晏回温都在紧张地问东问西，从他妈妈的喜好问到他爸爸的脾气。这会儿，干脆都愣愣地不说话了。

“回温。”陆初阳握着方向盘，深思熟虑后问她，“我们可以拒绝。”

“不不不！”

怎么能拒绝呢？

晏回温听见就脱口而出：“其实我没紧张，我在想怎么亲你来着。”

话音刚落，车里一下子安静了。

晏回温后悔得差点儿一巴掌拍死自己。刚偏头，要开口给自己找个台阶下，就被陆初阳伸出的手臂用力一带压到身上。

他低头，吻了下去。

时间不长，陆初阳理顺她的头发，他在看她柔软湿润的嘴唇，声音很低：“别紧张，就是一家人吃顿饭。”

她“嗯”了一声。

“回去吧。”

晏回温跳下车，跟他挥挥手，都走出去了仍一步三回头，恋恋不舍地往家挪。

怎么能不紧张啊？

简直紧张到爆炸。

这一周，晏回温觉都没睡好，似乎高考都没有这么紧张过。

她几乎趴到镜子上，仔细判断自己的脸色，问镜子：“要是不被喜欢怎么办啊？”明天就该去见他父母了。

结果，晏回温先被自己吓得够呛，赶紧伸出两只手把脸拍红：“呸呸呸。”

这时，床上的手机忽然响了起来。

晏回温以为是陆初阳，跑过去一看，没想到是她弟弟晏回此。

正好，她要跟他再交代一下明天换人去接他的事情。

“晏三……”晏回温刚开口。

“姐，明天我不回去了。”电话里，晏回此炫酷的低音传了过来，伴随着那边的锣鼓声。晏回温猜测，他多半在剧组。因为他作为当红小鲜肉，正在转型拍摄一部大制作年代剧。

“剧组临时改一场戏，后天接我。”

跟亲姐说话，晏回此即使再无法无天，也没有胆大包天到用命令的口气。

“那正好。”晏回温刚想答应，一想，万一后天陆初阳也有安排怎么办。于是她回说：“让哥派人去。”

那边没反对，反倒先关切地问：“十二宫打篮球总决赛的票定了吗？”

“放心。”

“掩护我去看。”对面求她。

“我不一定。”

晏回温说话时，回头看见巧克力用脑袋拱开了一条门缝，她走过去把它请进来，坐在地毯上陪它玩，顺便问那边：“你助理呢？”

那边“咦”了一声，好像很奇怪：“总决赛有你最喜欢的球星苍苍！苍苍啊姐姐！十二宫的一枝花都不能使你坚定去看的心了吗？”

他顿了顿：“不止为苍苍，还为我九神回国的第一场总决赛，而且是跟表哥他们队打，我们去捧场嘛，好不好？”

九神叫宋嘉九，整个娱乐圈都知道，晏回此是这位篮球巨星最忠实的迷弟。

因此总有娱乐新闻记者赶到篮球赛现场追拍晏回此，造成几次场面混乱后，他心里再委屈，也不敢毫无伪装地现身支持了。

“我得跟人确认一下时间。”晏回温挠着巧克力的下巴考虑，毕竟陆初阳休假不定时，不定日。

电话里忽然沉寂了下来。

过了几秒，对面终于发出声惊呼：“姐姐，我不在家这段儿，你经历了什么？要跟谁确认？男的女的？我得见见才行。”

“当然……是你姐夫啊！”晏回温嘟囔着说完，手机里传来急促的“嘟嘟”声，是有另外一个电话进来了。她急忙交代：“到时候再说，晚安。”

晏回温不管那边惊讶得掉了下巴，快速先接通这电话。

“大人。”她称呼的是出版公司，《在旅途》系列的主编夏乔。

夏乔似乎刚从某个现场“拼杀”回来，语速都快了：“温温，明天六一签售活动加了一个环节，跟你确认一下。”

“等一下！”

加了一个环节，也就意味着原本上午能按时结束的活动，不知道需要拖多久，晏回温忙确定：“那要多长时间？”

“一个小时。”

也就是，最早也要十一点半才能结束。

“不行不行！”晏回温脱口而出。

“有急事儿？”那边也没想到，向来软绵绵的大萌妹，一出口就是如此义正词严的拒绝。夏乔因为在某个活动现场忙碌“拼杀”而紧绷的面部，都被她逗出笑了。

晏回温握着小拳头，更加正色：“我有重要的事。”

那可是见未来公婆，怎么能迟到？

“有多重要？”对方诧异，重要到让圈里公认的敬业大大，这么慌张？

“嗯，大概重要到……”晏回温抬头想了想，出口时，还是稍微润色了一下语言：“如果我迟到，我家祖宗知道了，都会在梦里把我骂醒。”

“噗！”电话那边喷了，然后咬牙切齿，“十一点，我保证你十一点结束怎么样？”

“成交。”晏回温忧心忡忡地答应了下来。

第二十七章

小插曲

第二天早上的时候，晏回温提前半小时就赶到了签售活动所在的大厦酒店。

大厦在这座城市的市中心，由于错开了早高峰，她轻而易举就将那辆白色的甲壳虫开进了停车场，停稳。

晏回温跳下车，快步走进了大厦，跟夏乔大人碰面。

上午的活动进行得非常顺利，包括后来在大厦一层会场临时加入的粉丝抽奖环节。等结束的时候，时间刚好卡在十一点。

晏回温回到十二层收工，呼口气，眼睛在一众忙碌的人影中找到夏乔，给她比心，投过去崇拜跟感激的目光。

夏乔摆摆手，让她快撤。

晏回温一边给连衣裙外面套了个小衫，一边跟每一位工作人员挥手，就背上小背包跑去了电梯。

这时候，陆初阳应该在楼下等她，从大厦到他家不堵车需要半个小时，离约定好的十二点钟，还有点儿时间。

不过万一堵个车……还是得抓紧时间。

可由于正值收工时间，乘电梯的人非常多，一眼望过去基本上是携带装备的工作人员。门开了，果然人满为患，有上有下。

晏回温错身让开路，见电梯已经超载，她跑去了大楼侧面那部。那电梯正下行，她眼疾手快奔过去按了按钮。

“叮”一声，电梯停在十二层，开了门。

晏回温走进去，电梯径直向一层运行起来。电梯里除了她，还站着一位六十多岁的老太太，在痛心疾首地打电话。

“宝宝，奶奶没找到地方啊！”老太太花白着头发，背有些弯，左臂还挎一只棉麻袋。

她急得直喘气，听说话像是替孙女过来参加活动的：“会场？没看见会场呀？奶奶来的时候堵车了……18层？奶奶去过18层啦呀！别急别急，宝宝你先别着急，好好复习高考，奶奶再给你好好找找啊……”

老太太还在顺着气宽慰孙女，晏回温站在她的旁边，手机也突兀地响了起来。

“陆初阳……”

“回温，我在大厦外面。”电话里，他低低的声音传了过来，伴随着马路上嘈杂的车声，“需要我把车停在停车场等你吗？上面不让停车。”

晏回温看到电梯的数字指向了8层，应该会很快。

“不用不用！我马上就出去了。”她抓紧时间往前走了一步，就站在电梯门口，一会儿要用最快的速度飞奔出去。

“叮——”

这时，电梯在7层停了下来，晏回温往两边看，并没有人在外面，她急切地按了关门。缓慢地，电梯这才重新下行起来。

“小姑娘，奶奶跟你打听一下，你知道有位漫画家的活动会场在哪里吗？”她身后，忽然传来了老太太的声音。

“1 层南边。”晏回温回头说，还给她往南指了指。

“啊？ 1 层我去过了呀，没有。”

“南边有扇摆着气球拱门的红木大门，要从那里穿进去。”

“我没有看见拱门啊！”老太太着急。

晏回温客客气气：“有点儿远，不过就在……”

“小姑娘。”老太太为难地握住了晏回温的手臂，像抓住救命稻草似的，“能不能麻烦你带奶奶去一下，你看奶奶……”

老太太请求的时候，电梯已经停在了 1 层。以这老人的速度，晏回温考虑带他过去，自己再回来的时间，15 分钟是需要的。

15 分钟，她自己也很着急。

晏回温跨出电梯，跺跺脚，几秒之后终于还是把老太太扶出来：“您跟我来。”

老太太一个劲儿地道谢，告诉晏回温，她的孙女特别喜欢这位漫画家的绘本。眼见孙女就要高考了，她特意坐了十多个小时的火车，赶过来参加这场活动。

晏回温边听，边从包里抓起手机，给等在外面的陆初阳打电话。

陆初阳在电话里让她别着急，他在路边再等会儿。

晏回温抬手看表。

等好不容易穿过了拱门，又拐了两个弯，晏回温伸长脖子，终于能看见在会场收尾的负责人小东哥。现场还有一部分工作人员留下来帮忙，以及没有走的粉丝们。

晏回温看见小东哥的时候，他也刚好回头看见了她。

小东哥一脸诧异：“大神，你不是走了吗？还十万火急。”所有工作人员，都知道她今天有天大的事。

她的粉丝们听见了他的话，一抬头。

天！沸腾了。

晏回温赶紧招招手：“小东哥，麻烦接待一下。”

小东哥瞧她是真急了，放下手里的东西先跑过去：“怎么了？”

晏回温把老太太交了过去。

“小伙子，你们是不是结束了啊？”老太太一望见这场面，便站在原地不知所措起来。

“是结束了。”小东哥回道，并用眼睛问晏回温，是怎么回事。

“还有礼物吗？”晏回温看了眼表，急切地问。

小东哥：“有。”

“拜托，拿来拿来。”晏回温更加急切。

小东哥赶紧偏了偏头，立刻有小助理拆了已经打包好的纸箱，拿出礼物送了过来。

晏回温二话不说，接住就塞到了老太太手里：“老奶奶，这是活动礼品，回去给您孙女啊！”

老太太直直望着，心里的石头终于落了地。

“小姑娘啊，”她连忙从棉麻袋里拿出一只手工编织的发卡道谢，“本来这发卡是要替孙女送给那位漫画家的，看来是见不到了，那奶奶就送给你吧。”

晏回温感慨，又谢了句，接过来，转身就跑了。

这下，小东哥两边望望，明白过来，对着老太太笑了：“合着您老人家被这漫画家一路带过来了，还不知道是谁带的哪！”

老太太：“啊？呀……”

晏回温无奈地折回来，抬起两只手，毫不犹豫往老太太的肩膀上一抱：“老奶奶，祝您孙女金榜题名。”

她的粉丝们简直要惊呆了。

天哪！

大大穿着小高跟鞋跑得飞快，已经十万火急到这种地步了吗？不放心的粉丝们追了出去。

等等，什么情况？

在飞奔的大大怎么突然就乖乖定在大厦门口，不敢动了？

他们顺着晏回温的视线往远处一看，她在凝视一辆大越野。

越野车里，因为角度，一位只能望见侧脸的男人正把车掉头。男人非常直接地给了晏回温一个不准横穿马路的手势。

然后，他们大大就听话地待在原地不敢动了。

天！好帅，好萌！

接着，远处那男人把车开了过来，下车。他一身休闲装束，单手抄着口袋，气定神闲地绕到副驾驶室，走向了晏回温。

然后，他们大大就像兔子一样地仰着脸贴了上去。

啊啊啊！

两人悄悄地抱了一下，谁先抱的谁啊？

男人给晏回温拉开副驾驶室的车门，晏回温坐了进去。男人也绕回驾驶室，上车，稳稳地把车开了出去……

天天天！

晏回温的小粉儿们不能淡定了，血槽已空。

陆初阳松松打一把方向盘，把车开上大路。他看着跑得上气不接下气的晏回温，和她白里透红的脸，不太愉快地望着前面："过马路，不看车。"

"没有。"晏回温小声狡辩。

"没有？"

陆初阳帮她回忆，刚才，车辆穿梭的马路上，她竟然想直接穿过去。

“我看见没有车了。”晏回温揪住他的短袖边，诚诚恳恳，“再说，我怕你不好掉头啊！”

“再着急，也不能急这一会儿。”陆初阳丝毫不为这种小可怜所动摇。心里虽痒痒的，但他觉得，对她什么都可以惯着，原则问题不行。

晏回温像小鸡啄米一样点头。

这下，她正好看见了手里，老太太送给她的那只编织发卡。她反复看了看，抬手掰下车前挡板，对着镜子把它戴在了头上。

茶色的编织发卡，竟然跟她的小裙子格外般配。

“意外惊喜！”晏回温咬着唇笑。

陆初阳第一眼就从镜子里看见了，漂亮的，温柔的。

他从未考虑过，把她这样一类软绵绵的人划到自己的生命中去。但就好像搭错的齿轮，他突然遇见了她，然后这竟也格外契合地戳得他越来越躁动。

喜欢，想要更多。

他看见晏回温的脖子上，有一缕头发不听话地贴在了前面。

陆初阳伸手把它拨到后面，指腹碰到她的皮肤时，他就忍不住地把手指挪了上去，把她的小脸掰向自己。

晏回温莫名其妙，她以为陆初阳还在计较刚才的事情，忙扭过身来，端端正正地给他敬了个礼：“我向组织保证，下次绝对不再犯。”

“行了吗？”她问。

陆初阳“嗯”着，笑了笑。

之后一路，晏回温都在不断看表，她耽误了十五分钟。按说时间是够的，但她又怕路上堵车。

“紧张了？”陆初阳看着前面问。

“才没有。”

陆初阳都懒得去戳穿她，直接干脆地把她的手扯了过来，放在自己腿上，不让再看了。但作为宽慰，他还是把车开得快了点儿。

到家的时候，刚好 11 点 40，两个人下车走到门口。陆初阳拿出钥匙开门，晏回温跟在他后面，进了他的家。

第二十八章

兜了个风

陆初阳出生在一座军事院校的大院里。

从学校正门岗进去，一路笔直，左边是学校，右边便是家属区，再往后是一座不太高的小山。

这房子外观已经不算新，从他爷爷开始就住在这儿了。老人当下正在海边的疗养院修养，不在家中。

而陆初阳的父亲是这所学校里的教授，母亲则在军区从事科研工作，算上叔叔伯伯，家里只有陆初阳一个人上了一线。

事先约好的时间是 12 点，陆初阳的父母都还没有回来，房间里很安静。

晏回温趁他往里走的工夫，悄悄环视了一圈儿客厅，是那种书香味非常浓郁的氛围。一下子，她好想看看陆初阳小时候住过的房间。

这么想着，晏回温抬起头，看到陆初阳已经站在了 2 楼的楼梯口，对她招了招手。

她微微点头，跟上台阶。

陆初阳也没戳破她那点儿小心思，径直领她走到了一间非常普通的红棕色木门前，握上把手推开门，让她进去。

晏回温先从门边探头，眼前忽然明亮了，然后她轻轻笑着。

果然，陆初阳的房间是那种硬朗的风格，深色沙发、深色床，还有一切跟军事有关的东西。

陆初阳指到沙发让她随便坐。

晏回温的眼睛却在看到书架上的几本相册后，挪不动了。她目光小心翼翼，又充满期待地盯着他：可以看吗？

陆初阳抬手拿下来给她。

晏回温火速抱过来坐进椅子，趴在桌上一页一页翻，都是他小时候。

他小时候就这么帅了。

那他是不是有好多女生喜欢？幸好没有被别人带走，她忽然欢天喜地。站在她身后的陆初阳，一眼就注意到了她脸上那种雀跃又极力掩藏的表情。

立刻，心里又像被猫爪挠了。

于是陆初阳把两只手都撑在桌上圈着她，俯下身，吻了吻她那张小脸。猝不及防地，晏回温“轰”的一下红了脸，软在桌上装死。

因为这姿势，陆初阳可以看见她那只红得好像煮熟的虾子一样的小耳朵，他又不自觉地靠了过去，吻住。

一下一下……

渐渐，他开始好奇地用牙齿尖轻轻咬。

她快要爆炸了，一动不敢动，耳边是他细细密密的气息，好痒。

晏回温的呼吸越来越急促。

呼吸，急促呼吸。

突然——

他怎么，在往下亲！脖子锁骨……他的嘴唇，有点儿湿润，烫烫的，头发还扎着她的侧脸。那她到底应不应该仰起头来配合他啊？

晏回温用力呼吸，紧张得指头尖抠在相册上。然后，这两只手就都被陆初阳捉起来，握住了。

他继续。

身后，陆初阳的手机响了起来。

“你……你电话。”

“回温。”陆初阳声音闷闷的，顿了两秒，埋在她的脖颈尽量平稳下气息，这才放开她，走到床边。

他拿起来一看是保密号码，就知道是队里打来的。接起来，果然，支队长让他回去一趟，开会。

陆初阳又跟支队长确认了一下，那边肯定会议下午可以结束。于是挂了电话，他先打给自己父母，通知他们晚上再回家吃饭。

那边非常理解地同意了。

等处理完这些，陆初阳将家里的钥匙给了晏回温，让她先在家里稍微休息，他下午就回来。之后，陆初阳想起什么，又拿出张院里餐厅的饭卡递到了她的手中，接着他开车把晏回温带到餐厅，让她吃个饭再回去。

最后，陆初阳在走之前又一把将正要进餐厅的晏回温扯了回来，抬起她的脸，低声交代：“我最晚四点回来。”

晏回温点头答应下来。

等陆初阳离开，她坐在开了冷气的餐厅里喝绿豆汤。汤冰冰凉凉的超级爽，比她家里的还要好喝，难怪他推荐。

不过，陆初阳让她吃完饭在家里等?

晏回温戳一戳那挂着弹壳狗的钥匙，万一他父母回来了怎么办？不然她还是先随便逛一逛吧。这么想着，她喝掉最后一口绿豆汤，把钥匙塞到小背包里，走出了餐厅。

没想到，晏回温才刚走到餐厅路口，远处停着的一辆敞篷越野车就忽然启动，向她的方向飞快开了过来。

越来越近，她眯眼看。

越野车一个漂亮的甩尾，带着风，停在了她的身前。

接着，驾驶室里的女人偏头一笑："你好，我是陆初阳的母亲，非常高兴见到你。"她潇洒地伸出右手。

晏回温目瞪口呆。

这实在太帅了！她还有一双跟陆初阳一样英气的眼睛。

晏回温不由自主愣愣地抬手，把右手放进了女人的手中，握了握："阿姨您好，我叫晏回温，是陆初阳的女朋友。"

说完，她脸红了。

"我知道。"陆妈妈弯着嘴角，显然心情十分愉快。

她当然知道啊，自己儿子拒绝一切相亲。她差点以为儿子是那类之后，昨天竟突然被那帮小子告知，陆初阳有女朋友了。

虽然对眼前这小姑娘了解不深，但她直觉不错，于是再看晏回温时，眼神都带着笑。

"阿姨，您这也太酷了。"晏回温的大脑却一直在卡机状态，还沉浸在陆妈妈开车的潇洒中不能自拔。

"哦？"陆妈妈立马偏了偏头，示意身边的位置，"小温，上来吗？"

"嗯？"

“现在是 12 点 18 分。”陆妈妈看了看表，“陆初阳 4 点回来，我们有 3 个小时的时间可以兜风，想不想去？”

“啊！好。”晏回温听话地爬上了敞篷大越野。

“坐好了？”陆妈妈笑眯眯问。

“嗯，好了。”

晏回温摸一摸安全带，话音刚落，陆妈妈已经油门踩下去，越野车瞬间冲了出去。

“小温，我知道一条非常漂亮的山路。”

她们到了那里，与其说山路，其实是通往一个景区的柏油路。这景区的人本就不多，路上更是空旷，绕来绕去十分平坦。

马路上，只见两旁清秀的草木，越野车压着树荫风驰电掣地冲着，草木香扑鼻，这下感觉六月的风都宜人起来。

晏回温一边抓着扶手，一边悄悄感慨，很棒、很棒。

“小温，”陆妈妈见她乖乖坐在一旁，默默不太好意思张口的样子，笑了笑，“陆初阳这臭小子还推脱，所以我特别高兴你能来。”

“阿姨，他其实是怕我紧张。”

“这就帮上他了。”陆妈妈伸手刮了下她的鼻子，又握回方向盘，车速没减，“我妹妹跟你母亲是多年的好友，不过，你父母一般什么时候有空？”

她父母？！

晏回温一愣，略微紧张：“他们周末有空。”

“哦，那这周末有些来不及了。”陆妈妈兀自点了点头，“下周的话，陆初阳那小子八成又没有假。”

所以？！

晏回温小心“嗯”着。

“不太好办啊。”陆妈妈笑着，“想拜访你父母。”

拜访？！

晏回温呛了口风，整个人差点惊讶出声，阿姨实在太有效率了。

“果然是小可爱。”陆妈妈愉快地眯眼笑，抬起手臂绕到了晏回温的肩膀上，放松地问：“小温，陆初阳有欺负你吗？”

“没有！”

“哦？他的脾气可有点硬。”陆妈妈忽敛起笑，“再加上他的工作……当初我跟他父亲，谁也没想到他会进特战队，可能会有些委屈你了。”

“没有啊！”

晏回温低头抠着裙子边，默了默，小声说：“小时候，我爷爷就告诉我，即使在和平跟舒适的年代，一个前进的大国，也不能没有砥砺前行的人，陆初阳就是那种人。”

“嗯。”陆妈妈笑着。

“我第一次撞见他的时候，是在大山里，眼睁睁看着他果决地扫了暴徒。”晏回温不太好意思在他母亲面前，暴露自己的小崇拜，声音轻轻地，“我看见他的眼睛里，那种对使命的坚定，特别给我勇气。”

“哦？”陆妈妈笑更深。

“多阳光的职业啊。”晏回温极力辩解，“而且，他对我特别好。”

陆妈妈感慨着。

真想把小姑娘揉到怀里去，她把车减速，停下来，偏头问：“小温，你要试试吗？”她早就看出来小姑娘心痒、想飙一圈的小心思。

晏回温惊喜。

最后，陆妈妈开车带她回到家的时候，已经三点半，陆初阳说四点回来，她们决定先把要做的菜分类准备出来。

陆妈妈拿出钥匙开门，两个人说着话往里走。

晏回温刚踏进门，正换拖鞋，再一抬头，看见陆初阳高高地站在她的面前。他身后，沙发里还坐着位看报纸的中年男人。

应该是陆爸爸，她猜测。

怎、怎么都回来了？

第二十九章

画了个人

晏回温把鞋子摆整齐，硬着头皮直起身。

“干什么去了？”陆初阳看见她的脸红扑扑的，像是运动后热的，额角几缕头发也微微汗湿。

“就是跟阿姨出去转了转。”晏回温仰起头，从陆初阳的脸色判断出，他似乎等了很久。

陆初阳看了会儿她，隐约松口气，把她的头发别好：“进来。”

“哦。”

晏回温跟进去的时候，陆妈妈特意从陆爸爸面前走过去，俯身在他耳边：“老陆啊，你儿子这是嫌我一声不吭地拐走了他媳妇呢。”

接着，陆妈妈走向厨房，向后摆摆手：“今天不用刘姨来做饭，我亲自下厨哦。”

“菜都切好了。”陆初阳说了句，让晏回温坐到沙发里去。

“咦？”陆妈妈狐疑，“儿子，你今天怎么这么听话？”

“哪天不听话了？”

她乐："那继续过来干活啊。"

陆初阳接了杯水放在晏回温面前，就走去厨房，晏回温"嗖"地从沙发里站起来："阿姨，我也来帮您。"

"小温，你坐。"陆妈妈探出脑袋，向她摇了摇食指。

晏回温只好坐回去，两只手放在膝盖上那种端坐，眼观六路，乖巧地给陆爸爸续了杯茶。

陆爸爸从报纸里抬起头："小温啊，听说你是画家？"他身穿陆军常服，浑身都带着一种上课时的严谨。

晏回温直了直背，像正被校长训话的小学生。她怕陆爸爸听不懂二次元漫画，于是没好多作解释，默默点头承认。

画家就画家吧！

"主要画哪些方面？"陆爸爸问。

"嗯……人物。"

"哦？"陆爸爸颇感兴趣，"有没有画过戴斗笠穿蓑衣的人物？"

斗笠，蓑衣？

晏回温拼命在脑子里搜刮，就是那种，古人下雨天出门的装备？类似披风……那她曾经画过一位萌萌的，下凡渡劫的小神仙老头，符合。

于是，她点头。

"嗯，会画画好。"陆爸爸满意地点点头，"叔叔也喜欢画画。"

晏回温一听，惊喜。

没想到在陆家，遇到了半个同行，她的小脑袋里飞快运转，正想找点共同话题聊下去。可没等她开口，陆爸爸忽然放下了报纸。

他将搭在一起的腿也放下来，站起身："正好啊。"

正好什么？

晏回温一瞬紧张，跟着从沙发上弹了起来，接着就看见陆爸爸对她招了招手："小温，你跟叔叔来一下。"

"嗯……好。"

她赶紧答应，又偷偷伸长脖子，张望了眼厨房，然后恭恭敬敬地跟着爬上了楼梯。离陆初阳的房间不远，陆爸爸打开另一间房门。

晏回温眼前顿时明朗，是书房。

书房里开着窗户，薄薄的纱帘被风吹成了帆，通过窗户，隐约还可以看见别人家院子里红色跟粉色的月季花。

这时，对流的风将书桌上的纸张掀起了一角，飘来一阵墨香。

桌上放的是宣纸，晏回温还以为是一幅字，走近了才发现，那是一幅水墨画。

"正好，叔叔啊平时就喜欢随意画点儿山水花鸟，没想到你喜欢画人物。"站在桌前的陆爸爸招呼晏回温过来，将笔墨摆在了她顺手的位置，"昨天，叔叔又随手画了一幅，这画里就缺一舟一人，我没好下笔，小温你来给叔叔添上。"

国画？！

晏回温张口结舌，大脑空白了足足一分钟，以至于陆爸爸又问了什么，她完全没听见。

完蛋！

晏回温觉得，今天自己就要泪洒陆家了。明知道跟陆爸爸不是一个次元，非逞能聊什么画画。她才第一次上门，就要这么无厘头地拒绝陆初阳父亲的合理要求了。

那，陆爸爸刚才问的是什么？

晏回温猜想，大概就是能不能画这类，于是内疚又沮丧地摇了摇头。

“那好，没问题的话你先画。”陆爸爸看上去更加满意，这儿媳妇跟他兴趣相投，“叔叔不打扰你，过会儿再上来。”

所以，他刚才问的是有没有问题吗？

“叔叔……”

晏回温冲陆爸爸消失在门口的背影弱弱地喊了一声，她觉得已经完全可以给自己烧香了。

此时，背后的小风凉飕飕地吹着晏回温的脑袋，她盯着宣纸上的山水看了一分钟，终于英勇就义般拿起了毛笔。

国画，其实她也不是没学过。

四十分钟之后，陆爸爸一手拿茶杯走了进来：“小温，画得怎么样了？对你来说应该得心应手吧。”

“画完了。”

晏回温发觉陆爸爸的形象实在太过不苟言笑，于是垂下脑袋，对着宣纸上那一舟一人默默计算自己的死期。

倒也不是难看，只不过……

陆爸爸走到了画的旁边，喝一口茶，看向宣纸。

“噗！”他险些喷出口，在不断咳嗽。

原本的画面里，气势雄伟的山峰，林树繁茂，山巅一条飞瀑直下，汇成溪流，山水间雾霭蒙蒙。一眼望向这画，仿佛都可以听见那山间鸟鸣，流水涓涓，十分磅礴。

而就在这磅礴的水面上，漂了一只漂亮可爱的小舟。小舟前头，又立了一位头戴斗笠、身穿蓑衣、漂亮可爱的小老头儿。

无论孤舟还是老头，按说单独拎出来，绝对是赏心悦目，且让人喜爱万分的。

可是！不太搭配！

晏回温闭眼默哀了两秒钟之后，九十度弯腰：“叔叔，对不起……那个，我真的，不太会画国画……”她只是，在很小的时候，跟爷爷学过。

陆爸爸放下茶杯，掩嘴嘘咳了一声，接着又正色起来，拿起那张宣纸，一言不发地欣赏了半晌。最后他“嗯”了一句。

吓得晏回温赶紧立正站好，又要开口认错。

“吃饭了。”

身后忽然传来了陆初阳的声音，他直直站在门口，正好看见了这场面，微微蹙了下眉，走进来问：“怎么了？”

晏回温丧气地把头低下去，一手背在后面偷偷勾到他的手指头。陆初阳把那小手握住，就感觉她在手心写字：犯错了。

陆初阳张了张口：“爸。”

陆爸爸将宣纸拿给他看，陆初阳一眼就看见了水面上可爱的孤舟跟小老头，终于没忍住偏头笑出了声。

“爸，”陆初阳要将画接过来，低低笑着，“您把这画送我吧。”

陆爸爸挑挑眉，示意他拿走，然后端着茶杯走了出去。眼见他走到门口的时候，晏回温赶紧再次小声地开口补救：“叔叔您别生气，等我练好了，再给您画……真的，我肯定能练好。”

陆爸爸：“嗯。”

等他走到了楼梯口，实在忍不住地大声笑了，赶紧去厨房找陆妈妈。这儿媳妇真的是个小可爱，竟然还这么乖巧。

屋里就剩下两人了。

陆初阳见晏回温犯愣，靠近她的耳朵：“吃饭了。”

好在这饭局真的是家常便饭，没再出现什么“壮举”。饭后，晏回温跟陆初阳的父母挥挥手告别，陆初阳送她回家。

门口，陆妈妈突然赶了出来，摸了摸晏回温的头发，竟一本正经起来："回温，谢谢你。"

"啊？"

看着两个人踩着灯影离开视线，陆妈妈转身进屋，陆爸爸笑她。她坐进沙发里："老陆啊，我真的特别感恩，有一个完整的家，还有这样一个小姑娘，毫无保留地爱着、陪着咱儿子。"

陆爸爸点头，轻轻地握住了她的手。

大院里，陆初阳带晏回温走了一会儿。晚上八点多钟，天已经沉了下来，院里渐渐亮起灯火，温暖祥和。

路上不怎么有人，陆初阳给晏回温指他小时候玩过的地方。

"是那个废弃的大坦克模型吗？"晏回温好奇地问。

"那是真的坦克。"

他被晏回温拉了过去，她摸着坦克轻轻笑："我们院里有飞机。"

"你看前面。"陆初阳把她抱到一旁的水泥台子上，接着，自己单手一撑也坐了上去，给她指远处的一所房子，"我小时候在那里罚站。"

"你还被罚站啊？"

陆初阳低头，垂下眼睛注视着她。晏回温被他看得不好意思，但那双黑漆的眼睛似乎带着夺人的吸引力，让她本能地去回视。

片刻，陆初阳喉咙里发出一声笑。

他慢慢靠近晏回温的脸，捧着，从她的额头吻到眼睫，然后鼻尖，耳垂……他停在了她的耳垂，用牙尖轻轻咬。

"你又咬。"

他竟然低"嗯"了一声。

晏回温一阵酥痒，侧了侧脸，两个人开始接吻，陆初阳用唇一下一下吻她的唇。

他的唇滚烫，晏回温抑不住呼吸，跟他的唇紧紧缠成了一团，连空气都开始升温。她几乎要晕在陆初阳的气息里。她偷偷睁开眼睛，看见他的性感鼻梁，正跟她的抵在一起，慢慢厮磨。

鼻尖跟鼻尖相磨，还有滚烫的呼吸。

于是，晏回温伸出手，迷迷糊糊地抱住了他的脖子。

陆初阳用手捧着她的脸，那小脸热乎乎的，喘息也细细密密。他忍不住，一把将晏回温抱在了自己腿上。

晏回温目光软绵绵地看着他，意识抽离，隐约感觉到他的呼吸开始不太均匀。两个人的唇离得很近，就这么有一下没一下地吻着。

吻到燥热。

“陆初阳，”晏回温几乎在用气音问，“你先告诉我，他们今天有没有不高兴？”

“没有。”

陆初阳声音哑哑的，手掌完全按住晏回温的后脑勺儿，不让她后退，并把舌头探进她口中，深吻。

他们没有不高兴。那晏回温高兴了。

她像小猫一样，无意识地用舌尖轻轻回应着他的舌头，像在一点点地吞咽他。陆初阳的喉结动了一下，压出声叹息，手臂将她扣得更紧，压在怀里。

他的吻，非常有爆发力。

最后，晏回温都不知道是怎么离开他的怀里的，就觉得心跳好快，特别快。快到家时，才抠着裙子，小声问：“你最近有任务吗？”

陆初阳把车停在大院门口，亲在她的头发上：“有个为期两周的训练。”

“哦。”她点点头，反过来汇报自己的行程，“那我明天去接弟弟，顺便带他去看十二宫的篮球总决赛。”

“什么时候？”

晏回温戳开手机里的日历，算了算时间：“这几天就开始了，如果不顺利打到第七场的话，最后一场应该在6月18号。”

“晚上看？”陆初阳问，靠过去给她解开安全带。

“嗯。”

“人多注意安全。”他叮嘱。考虑自己在十五六号能回来：“等我回来以后，晚上去接你。”

“好，”晏回温悄悄高兴，“不过你千万不用见我弟弟，他特别幼稚。”

陆初阳笑了笑：“哦。”

第三十章

小姐姐

因为陆初阳要带队训练，第二天，晏回温在午饭前就开车来到了机场，晏回此的飞机在一个小时后降落。

晏回此这个人，平时在电视上给人的感觉是不可一世的小霸王，但熟悉他的人都清楚，他就是一个孩子气的幼稚鬼。

大概性格反差比较大，再加上这个年龄段的艺人中里，他的演技算是不错的。从通道口两边接机的粉丝数量就可以看出。

晏回温远远望了会儿等在出口拿着手牌跟相机的粉丝，先坐进了一间咖啡店的沙发里，要了杯咖啡慢慢等他。

正点的时候，晏回此出来了，棒球帽倒扣在头上。帽子是十二宫红色的纪念款，上面有他九神的卡通贴布。

晏回此的衣着倒简单，只穿一件白衬衫。

他将手插在长裤口袋，面无表情地往出口走，小助理推着行李跟在后面。

晏回温一看就笑了，那行李箱上都是十二宫的贴纸，生怕别人不知道他是宋嘉九的超级迷弟吗？她喝光手里的咖啡，这时候晏回此也跟小助理挤进了兴奋的粉丝群。

等他们两个挤到停车场的时候，已经是半个小时以后了。

晏回温那辆白色的小甲壳虫就停在停车场出口。很快，晏回此坐进了甲壳虫后面，车里的空间被他衬得一下子小了起来。

等他们坐好，晏回温把油门踩下去，小甲壳虫上了个坡，像一条温柔的鱼，穿梭在了各色的车辆中。

“也不欢迎我。”晏回此不满。

晏回温专心看路：“我把巧克力都带来了，还不算欢迎你吗？”

晏回此正笑着对视旁边的巧克力，忽然他把巧克力挪到了自己的手臂下面，舒服地垫着，然后问：“巧克力，谁是你最喜欢的男人？”

这是他每次回家的例行提问。

巧克力挣扎地“嗷呜”了两声。

晏回此伸手，霸道地捏了捏它脸上的肉，笑着：“我知道了，是晏回此。”

“它说，陆初阳。”晏回温听不下去，替巧克力回答。

陆初阳？

晏回此抬起头，觉得耳熟，似乎听她提起过：“谁？这么大胆，抢了巧克力对我浓浓的爱意。”

“你姐夫。”

晏回此沉默了。

他差点儿忘了这件事。

拐了巧克力不说，还附带着又拐了一个。晏回此闭了嘴，考虑着先把这个名字暂时归到他的“黑名单”里去。

接下来的几天，可以毫不夸张地说，晏回此一直在旁敲侧击地打听陆初阳。他尤其不相信，陆初阳用一场冲刺就收买了跟他一样高冷的巧克力。

“姐，你别被他骗了。”在十二宫篮球总决赛的现场，全副武装的晏回此对着手里的票，终于找到位置伸开两条大长腿，坐了下来。

今天，大高地篮球馆里异常火爆。

因为阔别总冠军二十二年的十二宫，第一次对那面冠军旗帜触手可及了。所以，不仅晏回此，很多明星都亲自到了现场来捧场。

晏回温的耳朵被震得嗡嗡响，她慢慢拧开一瓶矿泉水：“不会被骗啊！”

“不会？”晏回此笑眯眯地凑过去，“十多天，你都没有出门约会。”

“他特别忙，才刚回来。”

“什么？”

“我说，”球馆嘈杂，晏回温扬声，“你什么时候才可以不那么幼稚！”

他认真思考：“大概，有女朋友的时候。”

因为两个人的位置并不是十分好，球迷力量又大，讲话费劲不说，还听不太清。两个人对视一眼，摆摆手，索性默契地闭嘴。

原本他们是可以坐在前排 VIP（贵宾）席位的，进场前，晏回此给表哥周几许打了电话。今年，十二宫总决赛的对手，就是周几许的球队。

电话接通后，晏回此小霸王一样，象征性地先表达了一下祝福。接着，又耍赖皮地求周几许放放水，都是朋友，不要自相残杀。

周几许微笑告诉他，自己跟他的九神吃过饭了，并且他们谁也不会手下留情。

晏回此一听，挥着泪拒绝坐在对方阵营的 VIP（贵宾）席当叛徒，就这样，咬牙切齿地回到了男神的红色阵营。

他们正下方就是十二宫的半场比赛。

因此，比赛开始的时候，他们可以很直接地观察到教练的起起坐坐。晏回此开始紧张，立刻，晏回温也开始紧张，比赛进行中手心都是汗。

突然——

“姐。”晏回此直勾勾盯着被换下场的男神，喃喃：“太疼了……”

他的男神球星宋嘉九坐到了第一排的座椅里，队医快步跑过来，从医药箱里迅速拿出针管，安上针头。然后，队医把针头斜斜扎进了宋嘉九的额头，抽出一大管脓血。

大屏幕放大了他的脸，他动了动眉角，没有表情。

晏回温越看越觉得难过，忍不住拿出手机给陆初阳发了条消息：你是不是也经常受伤？

过了一秒，消息就回了过来，她快速点开。

陆初阳：也？

晏回温吸了吸鼻子，又在屏幕上敲字：你身上很多伤吗？有没有特别严重的？

那种想知道，知道后又心疼的感觉，让她耳边都听不见球场的声音了。手机接着一振，她匆忙划开看下去。

陆初阳：怎么了？

晏回温忽然急了：快说，有没有特别严重的啊？

大概，那边也感觉到她的情绪不太对，因为她从来不会这样。很快，消息就回复了过来，晏回温感觉心都有点抖，但打开的时候——

她的脸瞬间红了。

陆初阳：没有，回头全身上下每一处都让你亲自检查，这下能放心了？

几乎没有停顿，消息又进来。

陆初阳：你别赖皮。

全身上下？

晏回温哑口无言，怎么说到这个了啊？

她赶紧把手机抓在手里，一旁的晏回此转头，眯眼狐疑：“你脸红什么？姐，你手机又响了。”他下巴指指她手机。

“哦，难过的。”晏回温假装盯着球场上的比分呢喃。

等晏回此终于肯扭过头去看球，她垂着脑袋默默点开消息。

陆初阳：几点结束？

晏回温抬头看了看计时器上红色的时间：快了，约莫九点钟。

陆初阳：我在路上，外面等你。

晏回温收起手机，抬起脸，眼前正对着计分器屏幕，上面落后的大红数字触目惊心。她的看台正下方，暂停过后，宋嘉九撕掉额头上的胶布上场，他的队友跟上去。

“等等！刚才九神是不是回头对观众席某个地方笑了一下？”晏回此惊讶。

“嗯。”晏回温望向宋嘉九那视线一扫而过的方向，“这么温柔，也许是安慰女朋友？”

“酷！”

后来，直到结束。

很长一段时间，晏回温都没能从最后十二宫比赛失败的情绪中回神。她并不太懂球，但场上那些队员对理想执着的眼神，让她想到陆初阳，和他的战友。

“十二宫，明年一定还会回来。”晏回此难得地端坐在椅子里，低声说。

晏回温从他的视线看到场下的广告牌——

“without failure”（意为“永不言败”）。

一定。

现场很多球迷因为这次落败都哭了，姐弟两个人站起来，也像大家一样，左手掌心向下，用右手拇指顶住，送给十二宫，然后随人流慢慢走出去。

沉默了一会儿，晏回此忽然扯住晏回温：“姐姐！我想去见见他们，告诉他们别放弃，迷弟永远在。”

晏回温一脸不可思议地提醒他，再不走会被娱记和粉丝堵。拉锯到最后，两个人通过周几许的关系，躲娱记跟做贼似的悄悄摸到了十二宫的休息室。

咦？空无一人。

经过多方打听，晏回此终于凭借这张老少通吃的脸探听出，宋嘉九正和队友在医务室治疗，他决定再次摸过去。

医务室在六层，他们从二层去坐电梯。

大概是工作电梯的缘故，他们等电梯的时候，四下无人。

晏回此按了按上行，就将口罩跟眼镜摘了拿在手里，这下又想起陆初阳。见电梯从八层缓慢下来，他边等边不可一世地问：“姐夫是军人？爷爷那种，爸爸那种，还是小时候军训揍我那种？”

“会揍你那种！”晏回温戳着墙面，默默回。

晏回此桀骜的眉眼一挑，才不信呢，发觉电梯下到一层又上来，怕是有记者，他先转身靠后站了站。但“叮”的一声，电梯门缓缓打开，里面只低头站着一个女孩。

晏回温闻到她周身那种淡淡的草木香，好像整个人都跟着走进了医书古籍般清净。

“安全！”于是晏回温放心扯着弟弟溜进去，边给陆初阳发消息，边站在女孩身边准备去按6层。结果看数字“6”亮着，就把刚伸出去的手收了回来。

姐弟俩对着说了两句话，主要在规划靠近医务室的路线。

“出门往左再往左。”

晏回温小声纠正他：“你刚才在下面问的是，往右再往右啊。”

“出门直走。”

身后传来女孩好意提示的声音，晏回温去敲弟弟帽檐，轻声说他：“你刚才在下面怎么问的啊？”然后不管晏回此抗议地撇头，回头冲女孩感激地笑了起来。

这时，突然“叮”的一声，三个人惊讶电梯先停在了4层。门渐渐打开了，有激动的声音传了进来。

“我刚才看见小霸王进了电梯啊，应该是这部没错。”

“真的吗？琪琪说在现场看见他了，我还不相信。”

“真的，是真的。”

听声音，大概有十多个人。

结果，电梯门大开后，外面竟密密麻麻全是人，都一脸不可置信又兴奋万分地望了进来：“啊啊啊，晏回此，宝宝——”

晏回此甚至没来得及戴上口罩。

两边都愣了一秒钟，晏回此迅速按着按钮，在粉丝冲进来之前，将电梯门关了起来。最后那一刹那，他听见外面尖叫：“在这里，在这里，快点过来。小霸王在这里，我们去楼上……”

电梯里三个人目瞪口呆：到底还有多少人？

晏回温摸出手机给陆初阳打电话，对方秒接。他低低的声音传过来时，晏回温的脚尖正划着地，汇报：“我们大概一时半会儿出不去了。”

“回温。”那边在摸清楚她的情况后，交代，“到 6 层的时候，你跟那女孩先出去。”

“把他留在里面，这样好吗？”她不忍地看了眼晏回此。

电话那边笑：“你想跟他一起跑？听话，然后把手机给他。”

趁这工夫，陆初阳从那辆大越野上下来，甩上车门，眼睛扫一圈儿环境。望远镜就在车上，他顺手拿了起来，从灯火辉煌的大高地球馆的窗户里，上下看了一遍。

晏回温将手机递到晏回此手中。

“干什么？指挥我潜逃啊。”他接过来时低头问，“姐夫靠谱吗？”

“当然啊。”她握拳。

晏回此对手机那边霸道地“喂”了一声，没想到对方却毫不在意地发出声笑：“从我这里能看见，每层楼都有你的粉丝在堵你。”

“所以，具体怎么办？”

“具体？”那边笑着，轻描淡写，“你只管跑，我会指给你最佳路线。”

“可以。”

晏回温看到晏回此表情古怪地沉默了两秒，如果他那张霸王脸上出现了这样的表情，那说明他在妥协。他倒一点不怕自己被粉丝堵，但他不想在十二宫落败的时刻，在偶像的球馆，制造花边新闻。

六层到了。

“叮”的一声在这时格外刺耳，电梯门还没有开，他们就可以听见外面尖叫的粉丝。晏回此压了压棒球帽的帽檐，只露半张侧脸，他把手机贴在耳边，等电话那边的陆初阳给他指路。

外面绝对人山人海，晏回温正惊叹不知该从哪里出去又去哪里时，多亏身后的女孩抓住了她的手腕，轻声安慰：“跟我走吧。”

第三十一章

不得了

这时电梯门外，粉丝一秒就炸开来。

“啊——”

“晏回此——”

晏回温实在没想到晏回此竟有如此大的魅力，整个电梯仿佛都被这动静震得晃了两晃。晏回此挑眉，没办法地笑两声，接受着外面兴奋目光的洗礼。

最后，为了粉丝的安全，他还是走出了电梯，几乎眨眼间，就被围了个水泄不通。人声中，晏回此尴尬地对电话那边说：“靠你了。”

晏回温跟女孩被挤到了一边，两个人踉跄几步。

等她们好不容易站稳，晏回温一眼就看见女孩的额头，被粉丝手中一块手牌擦出了一大条红印，并且肉眼可见地微微红肿。

“连累你受伤了！”她急得直道歉，慌忙从背包里翻小药包，可没有能用到的。

女孩摸了摸额头，摆手示意晏回温没事，笑了笑感慨：“这下跟他连伤口的位置都一样了。”

“啊？”晏回温一愣，没反应过来她在说谁，满脑子全是医务室。

医务室在哪儿啊？

医务室，医务室，这里有人的额头因为骚乱擦伤了！

等到站在了医务室门口，晏回温更加失神，她到底是怎么被女孩一路畅通无阻、熟门熟路地带来这里的。

“到了。”女孩轻声问：“进去吗？医生在给队员做简单的治疗，所以现在恐怕还不能合影签名，得等一会儿。”

“啊，不是不是！我不要签名。”晏回温连忙摆手，“你的伤口都肿了。”

必须赶快处理，可她一个不明外人，要怎么带着另一个不明伤员，进入球星医务室，厚脸皮地请人家医生帮忙？

再看到女孩鼓起来的红肿伤口，不管三七二十一，晏回温拉住女孩鼓起勇气准备敲门进去，考虑着开场该怎么说。

“漫画家？！”门倏地先从里拉开，一个娃娃脸的球星看见了她。

晏回温没想到会被认出来。她坐在医务室唯一的单人沙发里，几乎不眨眼地探着小脑袋关心着医生给女孩处理额头的伤口。

到最后，大球星宋嘉九亲自要来棉签，手指抬起女孩的下巴，小心轻柔地往红肿上点着药膏。两人脸对脸，伤口的位置还真差不多。

晏回温小脑袋里猛地想到什么，原来……难怪……

她回忆起那位球星比赛受伤后，朝观众席某处那轻轻安慰的一笑。

晏回温一巴掌捂住自己的眼睛，消化这个大秘密！

女孩正被球星扶着脸，余光看到晏回温神游天外，请娃娃脸倒了杯温水拿过去，开口问："电梯里外都是粉丝，不知道怎么出去了是不是？"

"是啊。"晏回温忙道谢接过十二宫的正红色马克杯，陆初阳还等在下面。

"还有一部电梯，等下我送你。"女孩偏过头。

晏回温马上搁下杯子，看着她，不好意思地伸出根手指隔空指着："你还是别动了。"

她一动，球星就蹙眉，手更轻了，生怕重一分。晏回温也远远盯住那道伤口，跟医生反复确认，直到得到不会留下任何疤痕的肯定回答。

队医转过脸，看着她摇头笑半天。

女孩知道她这是脸皮薄过意不去，就安慰："有时间画张画给我们吗？"

"我有我有！"晏回温差点快乐地把手举起来，脱口而出，"九宫格吧，比赛的行吗？"

女孩思索。

"日常！还是日常吧，好不好？"晏回温马上后悔了，画比赛恐怕戳人伤心事，她看着女孩为难的目光，"不喜欢日常？"

"喜欢，就是九宫格……"

"不喜欢九宫格？！"晏回温急忙抓住重点。

"九宫格我们全都很喜欢很喜欢，"女孩笑着打断她，说话时还与球星四目相对，"不过，我们不能占了大大给男朋友表白的创意。"

说完，队医第一个没忍住笑了，球星偏头深咬了下唇，抬手揉了揉女孩发顶。

晏回温低头揪住泛红的耳朵尖，怎么连篮球队都知道了？

走出专用电梯与女孩告别时，晏回温已经回过神来。大球星也跟了下来，也不多吭声，压着棒球帽始终在女孩身后半步距离。

三个人停在电梯外，晏回温跟他们挥挥手。

“就送到这里吧，画儿我画好了拿过来，名字就叫《理想至高，陪伴至久》。”她突然攥紧了两只小拳头，举起来尽力挥舞支持，“比赛已经过去了，但还有新的一年，祝你们天下无敌！”

一定会天下无敌，无论对于他们没有硝烟的篮球场，还是对于陆初阳真枪实弹的战场，因为总会有人陪伴他们一起走过荆棘岁月。

转过头，她已经可以看见陆初阳靠在车边。猛地，一颗心似离弦的箭一般飞向了他。

女孩指着那边笑了笑：“谢谢，那晚安。”

“晚安。”

晏回温怎么也没有想到，自己的一幅漫画，后来会与某位足球巨星的签名足球等名物，被一起载入了这支球队的纪念册，珍藏在大高地球馆的展馆中，甚至一直作为官方应援图。

现在，她只想快点儿，再快一点儿奔向陆初阳，直到迷迷糊糊一头扎进了他的怀里。

陆初阳用肩膀夹住手机，顺势空出手臂接住她。她的头发柔顺，夜夜晚的凉风一吹，散发出一种甜甜的果香，他低头吻了吻。

晏回温在他身前笑：“怎么样了啊？”

陆初阳把手机放到她耳朵边，让她听了会儿。

电话里，晏回此躲得有些喘，像他在舞台上跳舞时的那种喘。晏回温听见就央求陆初阳赶紧给他录下来，如果晏回此再幼稚，就把这段直接发给他的粉丝。

结果，晏回此在那边喘着说话了。

“幸亏我比较高，又瘦身材又好，平时还有锻炼，不然……真是信了你的邪，怎么可能活着从你的路线回来！”

陆初阳不动声色地看了看望远镜，拍拍晏回温后背，让她先站好，又对电话说：“你别动，前面楼梯下来十多个人。”

“嗯？”

“退回去，从刚才路过的楼梯下去，半分钟之内走出来。”

“半分钟？”

陆初阳简单“嗯”了句，没再说话，等确定没有大问题后，他便有一搭没一搭地随便打量几眼里面。之后，突然看见了一幕。

正要出来的晏回此，插着口袋又悠悠折回了大厅角落，角落立着一块手牌，是他家粉丝的。他拿起来左右看了两秒，唇角一勾，捡起桌上的一支马克笔，手一挥就签下了一行字。

陆初阳笑出声，伸手把晏回温捞到身前，让她用后背靠着自己，然后将望远镜架在了她的鼻梁上：“你弟弟在留书。”

晏回温默然，又说：“我看不见……”

陆初阳看着她柔顺的头发，伸手将她抱了起来，让她自己拿着望远镜看：“大概就是写‘大家注意安全，晏回此去也’之类的。”

于是，两个人索性无所事事地靠在车边，磨蹭着说了会儿话等他。

陆初阳在电话里告诉晏回此半分钟，但等他停在大越野前喘气时，已经是三分钟之后了。

晏回此瞥了眼低声说话的两人，他拉开后车门坐进去，伸开长腿，舒服地往后一靠，自己就霸占了整个后排。

"开车。"他发话。

没人理他。

晏回此无奈，忍了忍："请开车。"

陆初阳给晏回温拉开副驾驶室的车门，晏回温坐了进去。在他低头替她系安全带时，判断他的脸色，略微紧张地悄悄问："幼稚吧？"

陆初阳在她耳边笑："我觉得小孩儿人还行，你不用担心。"然后，他绕到驾驶室，把车稳稳开走。

路上，晏回此伸展开两只手臂，正视前面沉静开车的陆初阳。他没想到陆初阳是这类人，甚至说，是那种一坐在这里，哪怕一言不发，四周都为此寂静下来的人。

晏回此开口："你们平时出任务时，也这样吗？"

"哪样？"陆初阳反问。

"就是，像刚才那么酷，这样啊。"

出任务的时候？陆初阳慢条斯理笑了会儿："这样？那差远了。"

晏回此古怪地"哇"出了声。

最后，他拍拍座椅："好的！前面路口停车，放我下来。"

"你要自己回去？"陆初阳只扫了一眼他说的路口，车像一阵风开了过去。

"你们要带我一起去约会吗？"

晏回温感觉到自己的脸在缓慢发热，她回头瞪了晏回此一眼。陆初阳刚好一脚刹车，车子拱了拱，停在了路边。

他回头失笑："那你下车。"

很快，车里只剩下两人。晏回温转过身去，好像接下来是件非常值得期待的大事：“你今天晚上不用回队里了吗？”

“不用。”陆初阳见她手里握着瓶矿泉水转来转去，顺手拿过来拧开给她，“带你玩会儿？”

“那看电影吧。看电影，行吗？”晏回温几乎脱口而出。

她知道近期上映了好几部影片。还从没跟他看过电影，这感觉简直不能更好了。

陆初阳低下视线，看到她露在头发外面的小耳朵，忍不住伸手，用指腹搓了搓。然后，在她反抗之前，踩下油门，把越野车向电影院的方向开了过去。

晏回温只顾着拿出手机订票，她被幸福冲昏了头脑，选错了影片。

你保护的祖国，我用画笔为你秀美。

KUWEI
酷威文化

图书 影视

/// H O N E Y /// T A S T E S ///

蜂蜜口味的故事（下）

六识—— 著

天津出版传媒集团
百花文艺出版社

目录

CONTENTS

第三十二章

电影

陆初阳开车带晏回温赶到最近那家影院的时候，已经快晚上十点钟了，影片十点开场。

他们走进去，影院里面亮堂堂的，地板折射着淡淡的灯光。

今天虽然是周一，又过了正常夜晚娱乐的时间，但这家影院的人一点儿没少，并且情侣居多。晏回温注意到取票机前，有许多高中生模样的男孩女孩，大概是高考结束过来放松的。

她也走过去排队。

整个楼层都飘着一股浓浓的爆米花焦糖的香甜，陆初阳回头看见，走过去买了一桶，然后又买了饮料。

小女孩装了饮料递给他，有些脸红。

上方的电子海报正不断变换今日放映的大片，陆初阳接饮料时扫了一眼，几乎都是浪漫的爱情电影，小女生喜欢的。

等他两手拿着东西走回去，晏回温已经取好了票，像兔子一样蹦到他面前，先咬住他手中饮料瓶里的吸管，喝了一大口。

陆初阳刻意把手放低了些给她喝。

之后，晏回温扬了扬手中的票，含着嘴巴里的饮料，支吾着叫他进场。他们的影片在第六放映厅，前面走进去了几个结伴的小女生，边闹边讨论，一脸兴奋。

等两人检了票，放映厅里灯光已经暗了下去。陆初阳牵住她，找到座位坐下时，影片刚好开始。

一开场，整个放映厅里就立体环绕地响起了陆初阳非常熟悉的警笛声，跟着便是紧张的音乐。他一怔，本以为晏回温选的是爱情片。

“回温，你确定看这个？”陆初阳低头看向她手中的票根。

警匪动作大片。

“我看微博上都在刷这个啊。”晏回温把视线从银幕上收回来，两只手拍在他肩膀上，一边小声回着：“他们都说特别帅，比较符合你的气质。”

“不会哭鼻子？”

“不会啊。”晏回温听见身后两个女孩大呼帅炸了，她正为自己的选择沾沾自喜，“为什么要哭鼻子啊？”

陆初阳维持低头的姿势，复杂地看了她一会儿。

结果下一秒，晏回温脸上的表情就绷不住了。

等，等……

什么声音？

晏回温一个激灵，抬头就看见为救战友受伤倒地的特警正喘息着捂着伤口，血涓涓地从他黑色的作战手套往外流，淌在地面上。

镜头在这时，还给了个孤零零的特写。

“别哭。”陆初阳贴在她耳边提醒。

“啊……嗯。”晏回温愣愣回，感觉浑身上下的血液都燃烧着冲到了脑仁，但不知为什么，手就是冰凉。

她本能地把这只小手，一个劲儿往他手心里钻。

陆初阳握住，静静看了看她的神情变化，终于微叹一声，伸手把人揽进了怀里。然后又抬起手，用掌心覆住她的眼睛："别看了，我带你出去换部别的片子。"

"哦。"

晏回温自责地喃喃，忽然感觉脸被他抬了起来。

陆初阳的虎口就扣在她的耳朵下面，心知肚明她那点想迎合他口味的小心思，于是教育："怕我不喜欢别的，所以选这种？"

"不是。"她试图蒙混过关。

"那就是你自己喜欢这种？"陆初阳将她的脸转到银幕。

陵园！

晏回温猛地一咬嘴唇。

不到半秒，她的头立刻被一只手掌按住，压在了他的胸膛上。

陆初阳竖起两人之间的座椅扶手，让她可以整个人钻进他怀里，才低声说："怕我不喜欢而勉强自己实在没有必要，如果你什么都想迎合我，那我们还不如不来看电影，去做别的，明白吗？"

"哦。"晏回温闷在他身上乖乖嘟囔。

"跟我出去。"

所以，最后陆初阳拒绝再让她选片，他牵着他的小女朋友直接买了两张动画片的票，重新进场。

坐在一对带孩子的父母旁，晏回温红了红脸，拱近他的手臂："真看这个啊？"

陆初阳："嗯。"

老实说看什么对他来说都一样，但他现在的心情还算愉悦，因为他的小女朋友正温顺地贴在他的身边，满足又依赖。

银幕里正阳光灿烂，将陆初阳那张微笑着的脸晃得忽明忽暗。他盯着银幕，抬手搂住了晏回温。

由于先前做出了错误决定，电影散场后，晏回温打起了十二万分的精神。她倒退着，边走边飞速思考，接下来应该干什么。

走出灯光明亮的影院，陆初阳抬手看表，已经十二点多了，于是计划送她回家。

两个人踏着灯影，忽然两只小手攥在了陆初阳腰间的衣服上，他一下子就心软了，顺手拉住那两根纤细的手臂："吃不吃夜宵？"

晏回温小鸡啄米似的猛点头。

接着，她热情地带陆初阳快步走了两条街，结果陆初阳气息依旧平稳，她自己的呼吸却乱了。

陆初阳拉她慢下来，还没到地方，他们就已经闻到前面飘来的辣椒香味。香味刺激着味蕾，让人联想到那种藏在深巷的美食。

再往前走，竟然是一家普通的麻辣烫小店。

两人在店外的木桌前坐下来，晏回温先跟老板娘笑眯眯打了招呼，老板娘在听她介绍男朋友是军人后，非常惊喜。

从她们说话的样子看，两人似乎认识很久了。陆初阳跟老板娘礼貌点头后，这才打量了几眼店里店外。

小店就在一所大型的网吧边，除了店内，门口还有序地支着几张原木桌。陆初阳原本以为这种小店大多杂乱，但没想到这里环境十分干净整洁。

屋里面，冷柜旁的麻辣烫锅里，正咕嘟咕嘟滚着汤。

"我上小学的时候，就认识阿姨了。"晏回温端坐着，语气充满怀念，“你千万别担心这里会不卫生，阿姨最开始是我们院的军嫂，只不过后来她丈夫……”

陆初阳了然地摸了摸她的头发。

“反正，阿姨做饭特别好吃。”她轻声说，然后去挑菜。

陆初阳虽然做得一手好菜，但自己却对吃进肚子里的东西要求不高，于是晏回温就承包了所有挑菜的活。

等回来，她正把一串豆腐送到陆初阳嘴边，通过他的肩膀，她眼睛一扫，好像看见了一个熟悉的身影，从马路斜对面走了过来。

晏回温立刻眯了眯眼，确认。

斜对面的灯光不太明亮，时不时有几辆轿车龟速地开过去，干扰她的视线，不过她还是越看越觉得像。

近几年都没见过她了，该不会这么巧吧？晏回温思考。

再偷偷瞄，她好像化了浓妆，分辨不清五官，但从她性感的穿衣品位，跟走路的风姿来看，应该是她没错。

“回温。”陆初阳咬掉她递过来的豆腐，见她还举着扦子愣愣的表情，将她的手放回去，“怎么了？”他顺势回头。

“别看别看！”晏回温一个激灵，又弱弱地提醒。

陆初阳随意扫了眼：“认识？”因为女人好像是往他们这个方向走的。

这下离得近了，晏回温确定。

“中学同学，嗯很……特别，”晏回温抓着一根扦子垂头丧气，“刚开始是考试，后来就，什么都跟我比。”

而且只找她比，加十八层滤镜往美化里说，算是相爱相杀了吧。

陆初阳掰开她攥住扦子的手，笑了声：“所以，你在躲她？”

“也不是。”晏回温有气无力地用扦子戳着一块豆腐，“但我又说不过她，前几天，她给我发邮件，晒了美国的豪宅跟夏威夷的婚礼计划，未婚夫好像是天唯生物的二公子。”

“天唯？”陆初阳抬起眼。

他与晏回温同时接触过，这家公司接到调试一支菌株的任务，当日宴会却出现炸弹。处境那么危险，他的小女朋友非但不跑，含着两包泪硬将菌株 U 盘塞给他，最后被犯罪分子绑走威胁。

怎么那时就没有喜欢她呢？陆初阳就着对面伸来递菜的手，拉过她的手指在唇边亲了亲。

“嗯。”晏回温只觉一阵酥痒，回答他的声音小了三分，“发完邮件，她又关心我有没有男朋友，将来准备在哪里结……”

说到一半。

“来了来了！”晏回温刚想扭头装作不认识，结果女人就笑盈盈地走来，站在了她的桌前。

她玩着手中豪车的钥匙。

第三十三章

奇葩

“回温，真的是你。”女人将豪车的钥匙放在了桌上，笑着，“刚才一下车就觉得像你，你还真的是一点儿都没变啊。”

她的目光毫不避讳地将晏回温从头到脚扫了一遍。

“嗨！景南。”晏回温不得不抬起手，硬着头皮跟她挥手打了个招呼，“这几年你在美国，我们好久没见了，坐吗？”

晏回温指到一旁的木凳。

“我平时就是忙，”面前叫景南的女人居高临下扫了眼木凳，挪开目光，决定优雅地站着，“我打算留在那边了。”

她接着笑了笑：“本来犹豫，但公公婆婆在加州置办了房产，我未婚夫大学毕业也准备过去发展，所以啊我就定居美国了。”

“你未婚夫还在上学吗？”晏回温知道对方一点儿也不准备结束聊天，便随意客气着。

“他啊，在体育大学念研究生，倒挺有名的。”景南微笑，十分满意的样子，“马上就毕业了，哦——是散打专业，放着家里的生物公司不管，总想在加州玩什么俱乐部。”

体育大学？

晏回温飞速思考，薛琪是体大的研究生，陆初阳他们跟体大也有合作，自己在体大还做过访谈。散打专业，出名的人物？

没记得有啊！

她只好不动声色地笑了笑，没接话，两只眼睛就顾着看陆初阳给她把扦子上的菜夹下来，放到她面前的盘子里了。

其实，景南也早就注意到了左手边一言不发的陆初阳。说实在的，陆初阳无论是五官还是身材，都绝对会让人怦然心动。就更不用说，他只随意坐在这儿，便给人带来的无形压力了。

景南抿了抿唇，但他怎么带女朋友来这种地方吃饭？

多半没什么钱。

她笑了声："回温，这是男朋友？"

"嗯！"晏回温脸上的笑容瞬间甜了，满眼都是陆初阳，"我男朋友。"

"哦？"景南听后，探究地打着招呼，"你好。"

"你好。"陆初阳看了她一眼，算是回了招呼，就自顾自地挑走了晏回温偷偷夹到盘子里巨辣无比的串，没再说话。

晏回温一看被识破，索性顺走了他盘子里微微辣的，陆初阳笑了笑。

刚才打招呼时，他漫不经心看了景南一眼，只这一眼就让景南趾高气扬的气势骤降了三分，她尴尬一笑："男朋友是做什么工作的啊？"

"武警。"晏回温回。

这下，景南没忍住，诧异了两秒，怎么是个大头兵？

如果可以，她半点儿也不愿提到部队，但话到口边，还是彰显气质地转了个弯："当兵挺辛苦的吧，而且我听说现在转业都没有好工作了呢。"

"没想转业啊，挺好的。"晏回温再回，说着，又要去顺陆初阳盘子里的西兰花。怎么感觉，就连菜到了他的盘子里，看起来都比自己的好吃了呢？

陆初阳静静地看了会儿，偶尔动动筷子，轻松打掉她偷走的巨辣的串。

一旁的景南全不在意，对晏回温叹了叹，心里没想到她还是这么简单。现在，没点本事没点关系，哪是你说不转业就不转的？

于是，景南故作好心地建议："我未婚夫认识部队里的一个队长，挺厉害的。而且他父亲也认识一位德高望重的老干部，我可以帮你问问关系。"

啊？晏回温赶紧去看陆初阳，生怕他听了这话会生气。

实在有点瞧不起人。

结果，陆初阳浑不在意地让她别愣神，先吃东西，都凉了。然后他拿起纸巾，擦了擦手，这才笑道："你这关系硬吗？"

"当然了。"景南没想到陆初阳会忽然跟她说话，反倒一紧张，润色了半天语言，"我未婚夫认识的是体大请来的队长，他父亲认识的那位老干部更硬。我帮你说说应该问题不大。"她确定似的。

"不过一个队长恐怕没那么大权力吧，"陆初阳点了点头，故作疑惑，"真能让我晋升？"

景南一下子笑了，好像很有把握的样子："这个你不用担心，那位老干部德高望重，我跟未婚夫一家还拜访过呢，他想让老人家为我们的婚礼主婚。”

“当然了，”景南自己说着说着，忽然有点烦躁，便话锋一转，“成不成还得看你自己。”

“德高望重？我知道一位，”陆初阳笑了笑，“是不是姓陆？”

“对啊，你也知道？大概是提过枪上过战场的老一辈了。回温是官三代，应该知道这种关系的厉害，你可能还不太了解……”

听到这里，明白过来的晏回温已经开始替她烧香了。

她用眼睛偷瞄陆初阳，判断他的脸色。

“哦。”陆初阳随口回着，捉住晏回温的视线，顺了顺她的头发，又问，“你刚才说，想请他老人家主婚？”

“是啊，”景南笑，“这样整个婚礼看起来有面子得多。”

“可我爷爷没空。”

晏回温默默把脸低下去，简直不忍直视了。

景南张口结舌，看着陆初阳，然后见他坐在木质椅子里，头都懒得抬，开口：“况且，我爷爷也没有给人走关系的打算。”

等景南走了，晏回温才忍着笑地挂在陆初阳手臂上磨他：“你一开始就知道是不是？”

“也不是一开始。”陆初阳将小女朋友搂到手臂下，把人顺老实了，“她说拜访爷爷的时候，我差点忘了家里来过这样一家人。”

“不过爷爷真的没空？”

“有空，不喜欢，拒绝了。”陆初阳把她的脑袋靠过来，贴近她的耳朵说，“但如果是我们结婚，哪怕天上掉子弹，爷爷都是要去的。”

晏回温的耳朵“唰”一下红透了，又痒又红！

结婚？结婚！

晏回温现在满脑子都是结婚，陆初阳见她不再说话，牵她走回去开车："周末我想先去拜访叔叔阿姨。"

"嗯？"

晏回温干脆走不动了。

陆初阳望了会儿她仰起来的小脸，又抬手，用拇指跟食指捏住："原本我爸妈也要去，但我怕一开始就太唐突了，所以应该我先去。"

他要去家里了啊？

晏回温面对他，用脚尖搓地面，紧张得要命，呼了好几口气才轻轻地"嗯"出一声。

"但是你忘了，周末我有同学聚会，都答应班长了，还说要带家属……一起参加。"晏回温说到"家属"两个字，不好意思地含糊了一下，然后想到又要见到景南，整个人都丧气了。

她总觉得，刚才景南走的时候，看她的眼神都不对了。

"会不会当着同学的面吵起来？"

"还用吵？你到底多小看你男朋友，嗯？"陆初阳把两只手从她脸上拿下来，放到她的腰上，隔着短袖揉了揉，"我们先跟叔叔阿姨吃完午饭，来得及！"

另一边，先一步离去的景南赌气地从包里翻出手机，二话不说拨了个号码，那边很快接起来，是个男人。

景南拉开车门，坐进豪车里："老公，下周陪我去同学聚会。"

那边一笑，先赶紧答应下来，又安慰道："怎么了宝贝儿，谁惹你生气了？"

"我不知道。"景南拧钥匙，发动这辆小轿跑，"每次一碰到当兵的人，我的情绪总没有办法控制，很难冷静。”

那边应着。

景南一脚油门把车轰上路：“你认识一个什么队长是吗？”

“是武警特战的队长，跟我们学校有合作，他训练过我。”

“又是官二代官三代。”

“不，他出任务就是鬼门关前徘徊，脱了衣服，那伤数都数不清。”

景南沉默着，那头怀疑她是否在听，唤了声“宝贝儿”：“我这么天不怕地不怕的人，见了那位队长都得听话，而且我们结业考核的结果，他非常有话语权。”

“算了。”景南打断那边，“同学会那天，开你新买的那辆限量版车来接我，场面要霸道，要一掷千金。”

那边答应着：“放心吧宝贝儿，包在我身上。”

陆初阳送晏回温回到大院门口的时候，除了岗哨，四下已经空无一人了。路灯下，几只小虫追逐打闹着，夏天的晚风让一切都静谧、美好。

晏回温挥手后，一步三回头。

陆初阳见她进了大门，这才转身，可没走两步，忽然又被晏回温从后面抱住了，再低头就看见她的两只小手缠在腰上。

其实陆初阳知道，晏回温跑回来第一步，他就听出来了，于是笑着捏了捏她的手。

晏回温小声说：“你转过来啊。”下一秒，感觉手臂被他扯住用力一带，她整个人顺势进了他的怀里。

陆初阳把她藏在阴影下，抬起她的脸，吻了下去。她下意识地张了张嘴，两个人的舌头勾着缠了几秒。

在呼吸紊乱之前，陆初阳放开他：“听话，回去吧。”

“嗯。”晏回温还抱着他依依不舍。

“那，”最后，她轻声说：“一周呢，你要想我啊。”

第三十四章

聚会（上）

星期六，晏回温在闹铃响起之前，就从床上翻坐了起来。她关掉昨天定好的十个闹铃，拉开窗帘，让清晨那缕阳光照进蓝色的卧室。

之后，她迅速洗脸刷牙，换上几天前就确定下来的小裙子。

等都做完，晏回温坐在桌边静静地托着腮，无心干别的，最后只能低头在手账上画起了小漫画。一个圆滚滚穿迷彩服的小人，跟另一个圆滚滚穿裙子的小人，抱在一起。路灯下，小虫在追逐，小人在靠近……

靠近……

晏回温把手账抓起来盖在了脸上。

就这样磨磨蹭蹭画完，如果不是对面每天十点钟响起的钢琴曲，她还以为现在都中午了呢，一上午似乎格外漫长。

晏回温干脆收拾好桌面，提前去外面等陆初阳。

出了大院，门口是一条非常幽静的小马路，路边两排银杏簌簌地抖着叶子。走出这条小马路，才是车水马龙的主街。

晏回温就在小马路上临近主街的地方，坐进银杏下的长椅。路上空无一人，她无所事事地低头数蚂蚁。

原本以为陆初阳会开他的越野进来，晏回温正听着动静，结果，等了会儿，一双黑色的休闲鞋在靠近。

还没等停在她面前。

晏回温条件反射地抬头，然后，整张脸上露出甜得心花怒放的笑容。她对上陆初阳微笑的视线，然后迫不及待地蹦起来，跳到了他的怀里。

陆初阳伸手抱住她。

“这么急？”他把手里的东西放到长椅上，愉悦的声音正贴近她柔顺的发顶。

晏回温笑着，悄悄揪着他的衣角说：“我想你了啊。”然后，陆初阳好像在吻她，因为晏回温感觉他的呼吸热热地从她的发渐渐烫到了耳边。

她缩了缩脖子，陆初阳停了下来。

等了几秒，晏回温这才非常不好意思地攥紧了他的衣服，用力踮脚，偷偷偏过脸，轻轻地亲了他一下。

陆初阳笑出声，按住她吻着。

到家门口的时候，晏回温还脸热地拉着陆初阳磨蹭了会儿，才拿出钥匙开门。她低着头，领他进门，给他找出一双新的拖鞋。

最后，看他换好鞋，弯腰将鞋摆放整齐。

客厅里，坐在沙发上看一份军事报的晏爸爸从报纸里抬起了头，看到陆初阳后立马放下报纸，笑着招呼：“小陆来了啊，快来坐。”

陆初阳答应着，走过去坐在晏爸爸旁边。

知道市里最近有个重要的会议要开，晏爸爸便一脸慈祥地关心起他的工作来。陆初阳认真回，偶尔点头笑笑。

他今天穿一身休闲，虽然没有军装的衬托，但举手投足间男人味十足。

晏回温总偷看，她给沙发里的两个人泡了茶，又拿起她自己那只画了漫画的军用茶缸，站在他们后面，一边假装喝水，一边竖起耳朵听。

直到听见他们聊起军事，刚好晏妈妈端着水果从厨房出来，晏回温索性蹦去厨房，帮忙准备午饭。其间，陆初阳进来干活，被晏妈妈挥挥手招了出去。

后来吃饭的时候，晏爸晏妈见陆初阳对女儿颇为照顾，就连她忌口的小习惯都自然而然一清二楚的样子，心里略微松了口气。

再加上，陆初阳非常郑重地表达了对晏回温的心意，原本晏爸晏妈就对军人十分有好感，这下亲自见了，更觉得放下心来。

吃完饭聊了会儿天，晏回温带陆初阳出去参加同学聚会的时候，晏妈妈还不忘送到门口，笑眯眯嘱咐他，有空常来家里吃饭。

陆初阳认真答应。

等出了门，晏回温晕晕乎乎跟他去小马路外面的主街开车。今天这么顺利，她高兴得快昏过去了。一直到陆初阳带她来到聚会场所时，她才注意，时间拿捏得刚刚好。

原本，班长包了市区偏僻地段一家叫乌托邦的俱乐部，里面各色年代的场子都有，据老板自己介绍，他家每间场子都能让不同年代的人找到情怀。

虽然交通不便，但群里对聚会场所十分满意，偏偏景南“一番好意”邀请大家换了地儿。

面前一艘小型豪华游轮，在夜色笼罩的江面奢侈浮华。

陆初阳开车带着晏回温又往前转了转，寻找方便停车的地方:“这个新地儿，一掷千金都掷出城了，以那位同志危险的思想，包飞船也不太奇怪。”

“停那里那里！”晏回温往右指，歪头冲他笑了下，“车好多啊，不止我们聚会？”

不算大的一块停车场上几乎停满了车。这些车里，晏回温一眼就看见了，在最显眼位置，景南的那辆红色轿跑。

她扫视了一圈，只轿跑旁还有一个空位，非常窄。

“游轮是天唯公司包下来做商业宴请的。”陆初阳把车开过去。

“又是天唯宴请！”晏回温尽情发挥想象力，“原来我们班来这里只能算一条大象腿。”

“小蚂蚱腿儿。”陆初阳笑。

“更不起眼了。”晏回温笑着歪头戳戳他，“陆初阳，你怎么知道是天唯宴请？”说完正准备下车充当人肉倒车雷达，手就被牵住了。

陆初阳示意不用，掰两把方向盘，车倒进去端端正正，简直像用手把车拿起来，再摆进去的一样。下车后听见小女朋友拍手夸他停得真好，像个考了一百分的学生，还外带仰脸等着他的答案。

陆初阳揉揉她的小脑袋:“我算的。”

其实以他的侦查能力，三言两语就从附近听来了，甚至多虑了几秒。

因为不久前上级接到通知，天唯调试菌株已经进入收尾阶段，即将交给会城实验室继续设计合成用于医药，犯罪集团正紧盯这块肥肉。

“噢——”晏回温故意拉长声音，从后排将给景南的那份新婚礼物拿了出来，关好车门，回头看见浮华的游轮近在眼前，“算得真好。”

陆初阳笑，提了东西换右手牵住她往游轮走。

他们之所以给景南带了礼物，完全是因为景南给全班同学发了夏威夷婚礼的邀请。但晏回温并不打算参加，就趁机将礼物提前带了过来。

一份中规中矩、看上去礼貌客气的礼物。

两人报了景南的名字踏上游轮，直接来到三层，找到泳池派对旁那间宴会大包间，推门走了进去。眼前瞬间一派暖意，是班长提前装饰过包间了。

晏回温看到四面八方充满学生气息，偏暗的复古灯照在像讲台一样的大银幕上，随机播放着班级那些年的录像。

往左是聚餐的长条木桌，往右全是娱乐区，软毛地毯上还零落着不少小型乐器。

跟每年一样，来参加同学聚会的人没有太多变化。

只是今年景南回来了，她正坐在娱乐区的皮质沙发里，微笑着将一只看上去价值不菲的方块礼盒递给旁边，女生受宠若惊地接过来跟她说着话。

那是她的同桌兼闺密，准备结婚了。晏回温听班长说两人私下闹过，如此看来，关系恢复得不错。

女生拆开礼盒，几乎高调地将里头那块浅金色女士表戴在了腕上，跟景南相依相偎、闺密情深地拍着照，几个人笑言景南越发贵气阔绰了。

晏回温跟陆初阳正从他们旁边穿过去的时候，景南刚好抬头看见了她，立马绽放了个笑容：“嗨！回温，快来坐啊。”

晏回温笑笑，她才不过去呢，又不傻，而且没有她的位置。

“回温，那边在叫你。”陆初阳把她的小脑袋抬起来，一转，然后她看见班长在对她招手，还是那么恣意、潇洒、漂亮。

“带你去认识。”晏回温一高兴，拉起陆初阳跑过去。

班长见她过来，放下了手中的鸡尾酒，从一只单人沙发里站起身，张开手臂，给了她一个热情、性感的拥抱。

“小没良心。”班长笑着，然后这才注视几眼陆初阳，“终于看见家属了。”

晏回温又是满脸通红，尤其现在，所有目光都洗礼在她跟陆初阳身上，班长还带头起哄：“帅炸了有没有？”

接着，四面八方一通调笑。

他不会不耐烦吧？晏回温小心地用余光去偷瞄陆初阳。

结果陆初阳看见笑了声，在她头顶摸一把，始终牵着她的手，十分低调内敛地挨个回了招呼。

这下，闹惯了的众人忍不住又嚎了起来：“超男人，超有味道！”然后，把两个人怂恿到了一旁的情侣座上去待着。

“大大，你军报上那九宫格，果然是表白吧！”

气氛正好。

“是啊，我们回温惊天动地的单恋追得真辛苦呢！”突然传来景南的声音，她从对角线的沙发里起身，在晏回温旁边坐了过来。

晏回温心口一跳，担心陆初阳对这句话有想法忙转头，就看到他同时望过来的视线，竟有些温柔。他的手臂从后圈在她的腰上，轻轻挠了挠。

突然晏回温感到电流似的，紧绷得往后一靠，按住他的手不准乱动，小眼神心虚地瞟到周围。灯光暗，谁也没注意到这只手。

有人笑着把话接了过去：“我男朋友也是追来的，整整三年啊！说出来都怕你们不信，当时多傲娇，现在就有多体贴，我们这种俗称‘天赐良缘’。”

“回温跟你们不太一样。”景南说。

“哪儿不一样？啊，我知道了！男朋友比她的帅呗！”不知是谁大笑着喊了句，被接话的女生故意砸了个抱枕，口型“快滚啊”。

景南则看向陆初阳：“我们上周见过面，帅哥还没向大家介绍自己是武警吧。”

晏回温马上满血，迎着大家的目光端坐：“是武警，特别厉害。”

大家看她笑眼里的骄傲啧啧感慨，陆初阳淡淡笑了声圈紧她，与他们聊得随意，但余光却扫过景南，不动声色地等她继续。

景南问：“帅哥，你为什么进部队当武警啊？津贴低不说，忙起来的时候把女朋友一扔十天半个月的都有吧，这恐怕不怎么体贴啊！”

如果跟普通情侣比，这点确实不一样，她说得有道理。

班长正要接走话题，陆初阳却只是搂着晏回温，抬起眼皮看了景南一眼，示意她说下去。

景南扬起半边嘴角再问：“遇到危险了得往上冲吧，有没有想过人没了，女朋友思念委屈的时候该上哪儿哭去？耽误人一辈子可不算天赐良缘。”

话说到这里。

晏回温骤然一紧，不仅因为那时以为陆初阳牺牲时的心痛，更因为她看见陆初阳的脸色变了，景南的话，戳到了他的软肋。

她，就是陆初阳的软肋，陆初阳没有办法容忍她受委屈。

第三十五章

聚会（下）

晏回温心疼地赶紧握住陆初阳的手，特别生气地看向景南，先“呸呸呸”地迷信完才说：“长命百岁，他们全部长命百岁！”

陆初阳把她的小手压在了掌心下，用指腹慢慢摸着她的手指。

可他怎么不说话，是不是生气了？晏回温刚要站起来，就感觉牵着自己的那只手一用力，按住了她，她乖下来。

“抱歉啊！”景南并没有很在意，“话糙理不糙，你们明白我的意思就行。我总觉得进部队当兵的人……这话说了也不好听，算了。值吗？图什么呢……”

正蹙眉思考措辞，她就被陆初阳扫过来的一眼给噎住了。

这下就连吧凳上的班长都惊讶地挑起了眉，差点拿起鸡尾酒泼过去。晏回温瞄了一眼陆初阳，对班长摇了摇头。

晏回温忽然难过得要命，怒意满满地瞪着景南。

她从来没有想过，拼命为我们保护祖国大好河山的军人，在有些人眼中，得到的竟是这样的评价。

值吗？

他们中很多人为了一生热爱的祖国，将生命定格在了最灿烂的年纪，又怎么能将他们的信仰与使命，凭白用一句“图什么”嘲讽？

晏回温气得快哭了，陆初阳先伸手将她搂过来，这才抬起头，正式地打量了景南一眼。

就这一眼，凌厉、冷漠。

景南不知不觉地向后靠去，她甚至开始有一种错觉，认为下一秒，陆初阳就会用枪指住她，然后毫不犹豫地毙了她。

可没想到，陆初阳笑了笑，问她：“挺有钱的吧？”

“嗯？我以为上周聊过之后你知道，我未婚夫家里经营生物公司，”景南惊了两秒，判断陆初阳的脸色，松了口气，“还新参与了国家扶持的医药项目。”

这时候她特意谦虚起来：“有没有钱要看跟什么人比，我们撑死了算不缺，所以未婚夫私底下才只随便玩玩表。”

这话讲得令一个两个全都盯着她闺密手腕那块才被她赠予的女士腕表看，似乎确实十分精致、名贵。

只是大部分揣着爱国情怀的人，叹惜陆初阳为何还不与景南计较，也有人担心景南继续触犯他，便笑哈哈地将话题顺着接到了这出闺密情深上。

晏回温左耳进右耳出，低头默默地揪着陆初阳的手指玩。这是一双摸过枪的手，手指都根根硬朗。她轻轻摸过去，陆初阳就把手给她玩。

那边闺密情深完，陆初阳拿起面前的玻璃杯，喝了口水：“是挺大方的。”

景南牵起那只戴着腕表的手：“挑了好久，又让未婚夫教我，才为我闺密选中的这块表。”

“嗯，江诗丹顿。”陆初阳余光扫了眼。

“眼光不错。”景南在大家面前与闺密情深地笑着。

陆初阳淡淡疑惑：“高仿几百？”

“什么？！”几乎立刻，闺密捂住腕表，好像戴了什么烫手的东西。

“南南！你拿几百块的东西跟我秀？”她离开景南，立马变脸，手指将表带解开摘下了这件高仿。

所有人都目瞪口呆地望着之前还情深意切地对视的两人顷刻间瞪着互冷下来的脸，说好的闺密情深呢？直到景南把表甩在闺密身上，嫌她让自己丢人。

“这表小十几万！”

闺密这才看见，陆初阳抬起的目光虽轻描淡写却格外清亮锐利，直觉三言两语被他击溃，却仿佛还留了情面。

陆初阳低着嗓子追了句：“不好意思，看错了。”

前一秒还想泼人的班长“扑哧”一声，第一个笑了出来。她忍不住偷偷给晏回温点赞，用口型叫她：“你男人，实在太牛了！”

看完景南与闺密的闹剧的众人，简直要膜拜陆初阳，又嘻嘻哈哈闹了起来。

晏回温刚要张口，就被陆初阳捏了捏鼻子，她感动得差点飘起来，静静注视他的眼睛，感觉他刚才是真的生气了。

因为她敏锐嗅到，如果谁再惹到陆初阳，一定会完蛋。

所以，不会有人再惹他了吧？

晏回温咬了咬唇，整个人轻轻靠向陆初阳，又仰起脸贴在他的耳边，小声说：“别生气了，我给你唱歌吧。”

陆初阳笑着“嗯”了一声。

于是，晏回温也不顾一旁景南正脸色难看得一个劲儿发消息，从她前面走了过去，捡起娱乐区软毛地毯上的一把漂亮的尤克里里，然后坐进了一张椅子里。

晏回温抱着尤克里里，竟格外可爱。她的指尖动拨琴弦，抬头对吧凳上的班长眨了眨眼："*Near or Far*（或近或远），谢谢。"

班长听见又"扑哧"一声笑了，意味深长地看了晏回温一眼，又要表白吗？她站起来去切歌，很快，那首尽是"我爱你"的音乐前奏轻轻响了起来。

被戳破心思的晏回温脸一热，她抿了抿唇，就低下头注视着琴弦，轻轻拨弄，静静聆听，找着节奏。

整个包间里，像邂逅午后慵懒的日光。

晏回温伴上弦音，她竟有些紧张，偷偷瞄陆初阳，再赶紧低头，心怦怦跳动着，轻轻开口：

"I'm here，you're there.

"But your love is with me everywhere I go."

…………

那时候，她一个人在丽江、大理、玉龙雪山，走在大街小巷，以为他死了，从此天人永隔，却没有半刻停止过对他的想念。

晏回温不敢抬头，嗓音开始微微酸涩，好在音乐声及时掩盖了这种变化。

"And everywhere I know that you will still be there.

"Deep inside my heart.

"Inside my heart……"

…………

后来，在一间花店外，遇见一位漂亮的小姐姐，沐浴着清晨最蓬勃的日光，拨弄琴弦轻轻吟唱起这首歌。她驻足聆听，觉得无论山南水北，他仿佛就烙印在自己心里最深处。

晏回温的眼圈有些发酸。

…………

“You have my heart, you had it from the start.

“I love you from afar……”

晏回温勾完最后一节弦，吸了吸鼻子都不敢抬头了。是的，初遇那刻，撞进他目光的瞬间，自己一颗心就全部交了出去。

我爱你，从一而终。

晏回温想尽快把不争气的眼泪憋回去。

回去，快回去！

感觉到陆初阳的视线，晏回温忽然本能地抬头。果然，如初遇般撞进了他那凝视着她的浓深的、沉静的目光里，而这次多了些百感交集。

这一刻，晏回温放下尤克里里，立刻跑到了他身边。

“这是我在云南听到的，”她轻轻扯着陆初阳的衣服，小声地告诉他：“那天天气特别好，天空很蓝，空气里还有淡淡花香，那时候我就想，如果你在……”

晏回温感觉，手腕被攥住了，然后就被陆初阳牵了起来。

“跟我来。”陆初阳此时格外低沉的声音在她头顶，她浑浑噩噩地跟着他。

出门，穿过走廊，再开门，黑漆漆。

不开灯吗？

下一秒，陆初阳压住她，用唇找到她的，盖住、吮吸，然后又情难自抑：“回温……”

第三十六章

结婚吧

“嗯。”她答应。

陆初阳垂下眼睛，吻她，恋人之间最自然而然的小动作，晏回温暗自紧张，又软软地去回应。他潜意识搂住她的腰，手掌慢慢摩擦，嘴唇吮着她的：“委屈吗？”

委屈什么？

晏回温忽然放空，是景南说的遇到危险剩她怎么办，因为这些话吗？

她的头发因为刚才的行为微微松动，滑下两缕搭在脸侧，眼神柔软，整个人在陆初阳眼里就像一块香草蛋糕。

而这块漂亮又柔软的蛋糕在他身前动了动，陆初阳的大脑立刻开始怂恿着他更进一步。尤其，那香甜的气息很快覆盖住了他脖颈的皮肤。

“你生气了吗？”她小声地问。

“嗯。”陆初阳搂紧她的腰，单手抬起她的头。

这么近的距离，他的脸部线条看上去更加硬朗。毫无疑问，他是那种第一眼就让人产生想嫁的安全感，越看越为之沦陷的男人。

晏回温被他的呼吸弄得逐渐迷糊，心跳加速，又热乎乎的：“你别因为别人……”

“嗯。”

她刚张了张口，再次被陆初阳吻住，黑暗的房间里，只剩下两个人的呼吸。

陆初阳俯下身，单手捧住她的脸，抵开她的嘴巴含住了她的小舌头，用唇舌不断吮吸，甚至咬了下去。

猝不及防地，她鼻音轻轻“唔”出一声。

他在生自己的气，听见景南那些话的时候，就像引爆了心里那颗雷。这让一直以来，本就无法像别人的男朋友那样时刻满足小女朋友的他，心情更加糟糕了。

“想要什么样的婚礼？”说着，陆初阳把她抱到了一张台球桌上坐着。

婚礼？他说婚礼？

等晏回温眼前渐渐适应了这突如其来的黑暗，才懵懵地发现这是一间没有被占用的包厢。跟他们那间不同，这里好像漫画里的世界。

除了正中这张粉色的台球桌，左边木桌、沙发，右边的地毯、花架……全部是卡通，就连四周墙面都涂满漫画。

晏回温甚至在屋顶看见了自己那套绘本中的长耳朵狗。

她紧张地在他怀里拱了拱。

婚礼，婚礼……

“我……”

“嗯？”陆初阳的手从她腰间往下。

晏回温穿的是裙子，裙摆本就在膝盖上面一些，这下一坐在台球桌上，那两条腿，就因为裙摆的靠上而露出更多。

她绷着背，调整呼吸：“我，我不喜欢景南的那种婚礼。”

陆初阳的手继续往下。

突然，他的掌心就不经意碰到了她露在裙摆外腿侧的皮肤。

两个人俱是浑身一紧。

陆初阳的手掌温热而略带糙感，不似她那般柔软，他摸在那里，晏回温动都不敢动，好像脑子全都变成糨糊，不知道怎么办，只晓得攥紧他的衣服。

然后，仰着小脸，燥燥地呼吸。

那呼吸热乎乎全部扫在了陆初阳的锁骨、脖颈，一切话语戛然而止，陆初阳突然俯下头，用力地吻住了她，从上唇吮咬到下唇。

一口一口。

可显然他觉得不够，又单手按住晏回温的后脑，把她的小舌头卷到自己口中吮吸。两个人微微错着脸，摩擦鼻尖，气息缠在一起。

但是，不喜欢景南的那种婚礼，是在安慰他吗？

这么浪漫的他的小姑娘怎么会不喜欢？海岸线、沙滩，她的绘本里都是照耀着世界各地的阳光。

陆初阳蹙眉，把左手放到了她的腰上，顺着弧度摸到了她的后背，沿着脊骨一节一节地往下摸，越来越往下。

即使隔着一层布料，这掌心也烫得晏回温呼吸一窒。

她晕晕乎乎搂住陆初阳的脖子，当她的小手软软贴在他的耳后，又滑到脖颈，按在胸膛时。陆初阳忍不住再往前一步，用力搂紧她。

这下，晏回温猝不及防向后一弯，她的脸被他仰起来。

陆初阳的唇就顺着这个漂亮的小弧度吻了下去，下巴、耳朵、脖颈……轻轻吻，最后停在了她裙子领口外面的那片皮肤。

那里有两根锁骨，像簪子一样优美地勾引着他，陆初阳用牙尖碰了碰，毫不留情地吮吻下去。

他的呼吸，他的唇……

顿时，晏回温全身都像在被人用羽毛轻轻地挠来挠去，骨头都麻了。她俯在他耳边，根本没办法让声音不发抖："陆初阳……"

他低低"嗯"，越吻越往下。

晏回温感觉他明显在克制，喉结轻轻滑动，贴在她身上的这个男人简直烫得要命。她感受着，心脏怦怦跳得都快炸裂开。

终于，晏回温下定决心似的抱住陆初阳的腰，将两只小手慢慢溜到了他的腰带。她要把手从他的衣摆探进去，紧张得睫毛都在抖。

渐渐碰到了他腰间的皮肤。

这一刹那——

"回温。"陆初阳喉咙里终于压出一声，低哑磨人，他攥住她的手腕，慢慢克制着那种铺天盖地的欲望。然后捧起她的脸，渐渐离开她的唇，就这么凝视着她。

眼前的小姑娘，像被欺负过一样凌乱。

他都干了什么？

陆初阳终于清醒过来，他一把将人按在身上，顺着她的后背，沉重地喘息。等再开口时，声音仍旧低哑："对不起。"

趴在他的身上，晏回温脸红，发烫，手也不敢去戳他。

刚才，刚才……

晏回温长长呼一口气，满脑子空空的，以至于陆初阳说了什么，完全没有听见。于是，她慢慢伸出手轻轻地扯了一下他的衣角。

“好吗？”头顶上方，他再次低声问。

“嗯？”

她还在考虑？陆初阳默了默，将下巴放在她头顶轻蹭着：“结婚吧，我让爷爷去家里跟叔叔阿姨提，我回队里就打报告，婚礼按你喜欢的方式办好吗？”

结婚？！

晏回温简直被这两个字砸蒙了，压根儿不知道自己怎么飘回聚会，聚会怎么结束，后来自己又怎么离开游轮来到停车场的。

陆初阳好像叹了叹，摸摸她的头发，刚按下车钥匙。

忽然，噼里啪啦的脚步声近至车旁，似在追赶谁。

晏回温猝然惊醒，山中遇暴徒的回忆袭来，被追的是哪一方？她立刻攥紧陆初阳手指，下意识向他看去，就见陆初阳只侧耳细辨两秒，便眯起眼变了脸色。

似乎很严重？晏回温心中拉响警铃。

下一刻，陆初阳拉开车门，护着她的脑袋先将她塞进车里坐好。晏回温脸孔全是担心，眼巴巴望着他，强忍着收回妨碍他行动的那双手。

陆初阳摸了摸晏回温的小脸：“没事别怕，你把在包厢里那首歌再哼一遍，我就回来了。”

见她乖乖点头，他朝路边走去。

这种一贯压制对手的气场让晏回温稍缓心跳，两手扒着车窗凝视外面，见一壮年男子竟持枪经过，心口又猛然撞动。

有枪？！那人有枪！她紧盯陆初阳。

男子的目光也顷刻锁定近在眼前的陆初阳，一把枪指向他的太阳穴，手臂同时抬起，试图锁喉劫持他为人质。陆初阳偏头躲过，接着拧住这只手，一拳捣在那人肋下，对方一脸不可置信地扑在了地上。

枪“吧嗒”落地，被陆初阳踢开。

不远处，眼见三四名武警追至，男子痛苦挣扎起来：“兄弟！兄弟只要让我一条生路，我必定重金报答！”

“怎么报答？”

“你留个名，日后我给你钱！”

“留名儿啊！”

一看追来的那几人，陆初阳便知此男子铁定是觊觎天唯菌株的犯罪分子之一，武警缉拿他以便交给公安深入调查团伙头目。

“怕你听了后悔，”陆初阳蹲下单膝压在男子肩上，拎起他脖颈停在嘴边，“我们是，中国人民武装警察部队。”

男子瞳孔震惊。

晏回温按着车门，恨不能立刻飞到陆初阳身边。她的男朋友是中国人民武装警察，他太帅了，举手投足都正中她的红心。

直到陆初阳跟几位武警交代完回到车内，没等驾驶座车门撞上，晏回温整个人扑到他怀里，搂着他的脖子，小脑袋拱来拱去：“陆初阳，刚才，我的心都飞出来了。”

陆初阳靠过去把她圈在怀里，笑道：“飞哪儿去了？”

“这里呀！”

晏回温小手戳到他心口，鼻尖下的呼吸细细密密挠弄他颈边的肌肤，陆初阳一把握住那只在身上按来按去的手，放在唇边用齿尖轻咬了她一口。

然后十指相扣，亲了亲她的耳朵，这才放她回到副驾驶室坐好：“还想去什么地方玩？”

陆初阳给她系好安全带：“慢慢想。”

今天都陪她。

陆初阳发动车子，却忽然“砰”一声，越野猛地刹住了。

晏回温瞬间被安全带勒得一咳嗽，今天怎么了？她第一反应还是去看陆初阳，见他脸色又变了……谁又来惹他了？

她赶紧顺着陆初阳的视线往前看，一辆黑色限量版轿跑嚣张地卡在越野唯一的出口。这时，轿跑的主人将顶篷慢慢滑开。

晏回温紧紧盯住车内现身的两人。

离得很近，副驾驶座里是景南没错，她旁边的男人是谁？晏回温觉得眼熟，皱起眉头想了想才记起，那是景南婚纱照里的未婚夫，天唯的二公子。

只不过真人跟照片里有点出入，现在他看起来更加强壮，肌肉绷紧衣服，手臂粗壮地露在短袖口外面。

像是，想来打一架吧？

景南在这时扭了头，笑盈盈地刚好跟晏回温的视线撞了个正着。但下一秒景南就好像没看见她似的，目不斜视地将头扭了回去，跟未婚夫有说有笑。

他们就是不把车开走。

景南又从包里拿出一只粉盒，对着未婚夫的墨镜，噗噗往脸上拍粉。晏回温看见，一下子笑出声，萌萌地揉了揉脸，奇怪，那人大晚上为什么戴墨镜啊？

“他是景南的未婚夫，体大的。”晏回温小声跟陆初阳解释了一句。

“嗯。”陆初阳沉声，抬手去拿手机。

“嗯”是什么意思？晏回温忽然有种预感，她抓住陆初阳的手臂：“你认识？”

“认识。”

“怎么认识的？”她验证自己的猜测。

“我训练过他一次，后来是林在言负责。”

果然！

那这下就好办了，晏回温更加萌萌地想，只用下车喊走他们就可以了。

她偏头，可没想到，陆初阳压根就没有亲自下车的意思。他一言不发地拨了个号码，电话那边秒接：“队长！”

是林在言。

拿到男人手机号的陆初阳二话不说，将电话拨了过去。晏回温偷偷瞄到陆初阳，他生气的时候冷得人不敢轻易靠近。

陆初阳却主动去牵住了她的手。

晏回温听到黑色轿跑里传来的烧包铃声，只见男人拿起手机一看是陌生号码，有些不耐烦地接起来“喂”了一声。

可是——

紧接着，在他听见陆初阳的声音后，立马坐直了摆手挥走一直捣乱的景南，恭恭敬敬问：“陆队，您怎么有我的电话？有什么事您说。”

他右侧，陆初阳淡淡盯着他：“把你的车挪走。”

男人“咦”了声。

他浑然没想到发生了什么：“车？我不太明白，陆队您是有什么事吗？”

“嗯，你的车挡在我前面。”

男人一听恍然大惊，慢动作似的将头向右侧扭了过去，傻住了。

第三十七章

大红花

在看见陆初阳后，这么强壮的男人一个哆嗦，连车门都来不及推开，手一撑就从车里跳了出去，落地时一个趔趄。之后，就往陆初阳那边跑过去。

陆初阳没看他，只抬手滑下了车窗。男人终于一个刹步，停在了越野旁，紧了紧喉咙："陆队，原来是您啊！"

"吕天。"陆初阳扫了他一眼。

"啊对对对没错！是我！"叫作"吕天"的男人自觉往后退了一步。他绝对相信，陆初阳动动手指就可以让他的考核不通过，在他的档案袋里留下差评。

不对，不用动手，只用动动口就足够了。

夜晚的风吹过来十分凉爽，但吕天还是抹了抹汗。他可是领教过，陆初阳是那类手起刀落毫不留情的人物，院里领导跟他说话都客客气气的。

"陆队，您怎么来这里了？真巧啊。"吕天讪笑两声，也不知道自己在说什么，"您准备走了吗？"

“嗯，但是我怎么出不去了呢？”陆初阳故作疑惑，眼风又扫了他一眼。

旁边，晏回温一听，低着头默默戳着裙子边，简直想掩面。

“当然，是我挡着您了……”吕天一听更想掩面，哭丧着脸赔礼：“我真不知道是您，放心，我这就去挪开。”

陆初阳敲着方向盘，问他：“所以不知道是我，你就挡了？”

“不不不！谁也不能挡，我知道错了。”吕天诚诚恳恳狂认错，“马上，马上就挪啊！”他转了个身，飞速跑回去。

吕天从没觉得自己发动车子如此高效过，等把轿跑停在了不碍事的地方。他刚下车想跑回去再给对方解释一下，只听见了一个痛快的引擎声，陆初阳二话不说开车扬长而去，只留给他一个淡出的背影。

“陆队！”

完蛋了，吕天担忧地蹲在霓虹灯下叹气：“我老婆只是对军人有些误解，误伤得有点过于嚣张和激烈了。”

真到考核那天时，吕天早早等在办公楼下，他想再见一次陆初阳，跟他道歉。

约莫等了一个多小时，远远的，那抹橄榄绿就跟院里领导一起向吕天这个方向走了过来。他直起腰，长呼一口气：“陆队，上次我……”

“有事结束再说。”办公楼前大门一滑开，陆初阳径直走了进去。

吕天张了张口，正丧气地往回走，没想到一抬头就看见林在言快步走了回来。

“你怎么回事？”林在言一上来就问，不得不说，他原本非常看好这学生的综合素质，按说拿个前三名，给档案添上漂亮的一笔，是绝对没有问题的。

“我不是故意的，真不是。”

吕天觉得，他可能就要带着差评毕业了。

在考核时，吕天都没敢正视坐在上面的陆初阳的眼睛。后来，连陆初阳放在考核表上的手指，他都不敢再看了。

等终于结束走出大楼，吕天在楼下驻足很久，还是下定决心滑开楼门走了进去。门一开，他就被叫住了名字。

“哎！吕天。”

吕天抬头，注视了气喘吁吁急切跑过来的同学好几秒，才想起对方的名字。接着那同学十分艰难地开了口：“你的车……能不能，借我用一下？我妈突然住院了，咱校门口不好打车。”

吕天默默拿出车钥匙给他，也不管他多惊讶，继续泄气地往里走。

在那间临时办公室门口，吕天抬手敲了敲门，等里面回复后，他慢慢推开门站在了门口：“陆队。”

“进来，把门关上。”陆初阳没抬头，对他说了句。

吕天掩好门后，走到桌边，一眼就看见了陆初阳手里那沓考核表，正被他往一只牛皮档案袋里塞。

“陆队，其实那天……”

“已经封好了。”坐在一张椅子里的陆初阳手一推，把档案袋给他看。

吕天沉默了片刻：“我是来道歉的，那天我未婚妻说的那些话，给您造成了麻烦。还有我未婚妻的事，也是我没有做好，实在对不起。”

陆初阳敲了敲耳朵。

然后吕天好像自知无望，豁出去放开了似的："陆队，她就是嘴硬，其实她跟其他女孩一样，喜欢的是那种小小的、简单的幸福。"

他还想继续。

"你过来。"陆初阳终于忍不了地把椅子退后，站起来，走出去时将档案袋拍在了他肩膀上，"送去给你老师，马上。"

"啊？"

陆初阳开车到了市中心，这几天他一直不爽，因为景南的话，就怕委屈了自己的小女朋友。

不过，小小的幸福？

像照顾小动物那样？陆初阳转头时，看见了一家装修甜美的蛋糕店，让他瞬间想到了晏回温的绘本，他停下车，推门走了进去。

一刹那，蜂蜜、牛奶的香甜迎面而来。

陆初阳想起了他的小女朋友挂在自己身上时，赖皮的眉眼，不自觉地笑了。就这样，一个身穿武警常服的铮铮硬汉，在这间甜腻腻的蛋糕店里，挑了足足二十分钟。

收银的小姑娘一直用余光瞄他。天哪，认真的男人简直超帅，还穿着制服，身材又这么挺拔。

受不了！

只不过，看他这专注的目光，一定已经是别人家的了。

最后，陆初阳终于决定，买了一块种着几朵"小蘑菇"的草莓蛋糕。他在车上就给晏回温打了电话，等开到大院门口，她刚好气喘吁吁跑出来。

一看见他，晏回温的两只眼睛立马弯起来，整个人蹦到他身上，小声庆幸：“还好今天没出门。”

陆初阳托了托她，过会儿说：“先下来，给你带了东西。”

他的声音是带笑的，因为晏回温感觉到了他胸腔里沙沙的共鸣，她跳下来：“刚好，我也有东西给你。”

接着，她就要从斜挎的小背包里掏。

可她一下子又按住了包口，忽然抬头萌萌地对陆初阳笑：“等等，你先说今天那个，嗯……男生，考核过了没有？”

发觉陆初阳拉住了她的手，晏回温抗议：“你不准抢。”下一秒，就被他抬起了下巴。

陆初阳凑近她，看了会儿，直看到她脸红，才笑着回：“他综合素质不错，应该不是第二就第三。”

那他的意思，就是过了？

“果然呀。”晏回温轻轻笑，所以——

她搂住陆初阳的脖子，气息香香甜甜都扫在了他的下巴上，然后又神神秘秘地用右手从包里掏出一张纸给他。

“什么？”陆初阳笑问。

“打开看看。”她献宝似的。

陆初阳慢慢将折了四折的粉色软纸展开，紧接着，一朵萌上天的大红花入了眼，是她画的。

“当当！”晏回温抱住他的手臂，“送给最正直的考官。”

陆初阳笑出声，手一伸把她搂过来，低下头，唇就在她眉角放着：“报告我打好了，这周末跟爷爷和爸妈来你家。”

这周末？那就是还有三天。

她红了红脸。

“请组织放心！”之后，晏回温软软地抱住他，轻声笑，“我保证不紧张！而且，我会想你的。”

第三十八章

上门

星期六，晏回温先前就推掉了这一天的所有事情，早早洗漱完，换衣服时磨蹭了很久。最后，她还是穿上了一条有点泡泡袖的连衣裙。

她天生小骨架，再加上一张童颜，穿起裙子来看上去十分乖巧。而她耳朵上那对小蜜蜂耳钉，又衬托得她更加可爱。

等收拾好自己，晏回温跑下楼，提早去厨房揉面、烤蛋卷和制作鸡蛋小煎饼。忙碌了大半天，点心在烤箱里面散发着金黄色的光泽，墙上时钟的指针正好指到了下午三点钟。

“叮”一声，大功告成。

晏回温打开烤箱，房子里飘满蛋奶香味的时候，她忽然听见门铃响了。

是他们，来、来了！

说好不紧张的晏回温还是揪着两只耳朵，没头没脑地，原地团团转了几圈，然后立马戴上隔热手套，端出点心，跑出去开门。

只不过，晏妈妈比她提前了一步。

晏回温把头探出厨房，刚好陆爷爷握一只小拐杖进了门，后面是陆爸陆妈，手里提着见面礼。陆初阳因为队里必须训练到时间，会晚两个小时到，大概在晚饭之前。

其实，原本定好的就是陆初阳结束工作的时间，可还是陆爷爷沉不住气，硬是提前来了。

晏爸爸热情地把他们请进来坐下，客厅里立刻热闹了起来。

蹭在厨房门边的晏回温长呼一口气，不紧张，不紧张……她从厨房里抬起脚，轻轻地，还没落下第一步。

坐进沙发里的陆妈妈转头看见她紧张的模样，“扑哧”一声笑出来，远远就招手：“小温，别忙了，快来坐下陪阿姨聊聊天。”

陆妈妈露着笑容，看晏回温端着小煎饼跟蛋卷，小跑过来把盘子摆在桌上。她的眼神简直慈母般温热，一脸“我儿媳妇超萌超乖”的微笑。

于是，晏回温坐进沙发前，顶着一张红苹果脸，异常认真地从陆爷爷开始，挨个问好。

一贯板着张脸的陆爷爷马上就笑了，连说三个“好”，打心底高兴：“小温啊，爷爷看过你画的画，温暖如春哪！难怪网上都管你叫……”

陆爷爷一时忘了年轻人的称呼。

他用眼神询问陆妈妈，陆妈妈清清嗓子在老人耳边小声提醒，陆爷爷一拍膝盖：“暖神，对暖神。”

“啊？”晏回温其实特别不会应付夸奖，都正襟危坐了，两只手抠着裙子边，轻声地解释：“我就是，画一些旅途的见闻跟感悟，也没、没传说的那么夸张。”

爷爷扬着声“嗯”了句否认，对她说：“画由心生，爷爷看得出来。”

"还有啊，你在军报上那套九宫格，爷爷也看了。"

九宫格？！表白那套？

"爷爷，我……"

"画得也好！也好！"陆爷爷瞪着眼感慨："现在的年轻人啊，谈恋爱花样都多，山里、餐厅里、沙漠里……"

晏回温脑子里现在翻江倒海都是米糊，实在太不好意思了："您，看懂了啊？"

"嗯，这个啊！是爷爷的警卫员翻译过来的。"陆爷爷想学眼前这个孙媳妇萌萌地眨一下眼，无奈面部表情严肃惯了，只好抬手，拍了拍她的小脑袋，"后来又听了好几个版本，都是院里传的。不过你别担心，他们表达的意思倒都没有出入。"

她，不是这个意思啊。

这下，简直想钻进壳里的晏回温，默默"嗯"。

如果他们院里都知道了，那么陆初阳走在院里，就会时不时被路上的叔叔阿姨伯伯，笑眯眯调侃两句那套表白的漫画。

他不会烦吧？不过，好像也没有见他不高兴。

晏回温沉思的时候，两家大人倒是会心一笑。

爷爷看上去似乎心情格外舒畅，拿起杯子喝了口茶，冲晏回温扬眉笑了笑，又和声问道："小温啊，最近还有没有画国画？"

他打第一次从孙子那见到晏回温的手笔，怔过之后立马哈哈大笑，至今都对那一舟一人印象颇为深刻。

什么？国画！

晏回温反应过来了。

她心虚地赶紧垂下脑袋，尤其听见自己父母正忍笑询问陆爸这件事的时候，给自己打气：晏回温，晏回温你得赶紧补救。她在心里"当当当"敲着警钟。

“您稍等一下。”她丢下话，蹬蹬蹬快步跑上楼。再下来时，手里多了一只画轴，一看就是装裱好的国画。

晏回温像交作业的小学生一样，双手将画轴递给陆爸爸，小耳朵尖都红了，默默认错：“叔叔，上次实在对不起。”

那天从陆家回来，她就把自己整个人丢在床上，捂着脸像烙饼一样懊恼地翻了好几个面，下定决心每天都练习。

陆爸爸“哦”了声，将画轴打开。

他们看见，画临摹得竟跟那天的如出一辙，除了那一舟一人，如今——

高山、流水、孤舟、远影，一切大气磅礴。

陆妈妈一下子就笑了，要不是还在亲家家中，差点将晏回温揉到怀里去捏一捏小脸。她去看陆爸爸时，陆爸爸也转头看她，然后笑呵呵地收起画，高兴得要命。

他就没想过，儿子能找到这么听话又认真的小可爱媳妇。

满意，真心满意足，两家大人更加融洽地聊着。

晏回温正低着头，低着低着，忽然听见陆爷爷问她：“小温啊，听初阳说，你们领证、婚礼都打算自己计划，那婚房……”

婚房，怎么了？

晏回温一蒙。

陆爸陆妈倒是认真地点了点头附和，陆爷爷继续问：“不管今后住不住外面，这婚房还是得给你们准备一套的，有喜欢的地段吗？”

晏回温没想过这个问题：“还没有。”

后来，陆爷爷干脆从上衣口袋里掏出了一张卡，看来是有备而来。他放到晏回温手里，让他们看好了就自己去买。

这下吓得晏回温攥紧两只小拳头，拼命摇头，死活都不敢收。

推辞半天。

最后，还是陆妈妈见老人板起脸，劝她收起来。晏回温握着卡都觉得烫手，心想大概老人拿出了这辈子全部的心血。

她心里一热，决定等陆初阳来了再商量，他应该快回来了，晏回温开心地悄悄看表，说好五点到的话，还有半个多小时。

然后她有点……心跳加快。

这下陆爷爷更加高兴，两家人正其乐融融说接下来的事情，忽然陆妈妈包里的手机响了起来，晏回温跑去把包拿给她。

陆妈妈翻出来一看，就有些皱眉。等接起来，她妹夫——也就是陆初阳的支队长，在电话那头表示十分抱歉。

队里临时有重要任务，所以上级紧急指派陆初阳立刻带队出发。

陆妈妈听完尴尬得牙痒，放下电话，屋里静了好长时间。

晏回温感觉所有视线，安慰的、抱歉的都往自己身上飘，她张了张口，还是不知道怎么说。她把头低下去装死，本来没事，这么多人一看，眼圈就有些红了。

忽然，“铛”一声。

晏回温惊吓抬头，陆爷爷正气得将拐杖在地板上敲得铛铛响：“特战队不是规定，结了婚就可以申请调离行动队吗？”

今天这事儿，当着亲家的面，陆爷爷觉得，必须要给对方一个态度。

于是，老人颇严肃地对着陆爸：“回来你就让他滚去给上面打调离报告，不行我亲自去说，这点面子应该还是会给我这老头子的。”

调离？！

那是陆初阳找到信仰的地方，让他调离？！

晏回温还一肚子委屈等着跟陆初阳说呢，这下惊得只好先将眼泪使劲往回挤，不敢让陆爷爷看出来。如果真的让他调离，那这事就闹大了。

第三十九章

坚守

晏回温怕自己一开口，会让陆爷爷的情绪更加波动，从电话挂断开始，她甚至都没敢抬头说话。只“嗯嗯”地偶尔回应，大概脑子已经跟不上变化了。

她还是等陆初阳回来再商量。最后，陆家人再三抱歉地出了门。

等陆家人都离开，晏爸晏妈也好脾气地没有多说话，简单收拾了茶几。一转眼的工夫，他们就发现女儿不知道去哪了。

两人坐下来谈了谈，晏爸爸同样一身军装，感慨地叹口气，轻拍晏妈妈的手背：“你后悔过吗？”

“老晏，我们都经历大半辈子了，还说这话。”

晏妈妈从沙发里慢慢站起来，上楼，敲了敲晏回温的房门，走了进去：“回温？”

可还没看见人，晏妈妈就听见有抽噎声从被子里传出来。她轻轻掩上房门，转身走到床边坐了下来，又掀开被子一角，让晏回温露出脸。

突然一亮，晏回温挡了一下眼睛，把头埋进枕头。蓝色房间内，暖洋洋的灯影里，她的眼圈像兔子一样红，人还打着哭嗝。

晏妈妈看了会儿她委屈的样子，心疼地伸手拨开她被眼泪打湿的头发："回温，有什么想法跟妈妈说说，别一个人闷着。"

"我没事。"晏回温几乎用气音说出来，她就是有点钻牛角尖了。

晏妈妈轻拍着她的背，过了许久，等晏回温平静下来。

"那你想听，爸爸妈妈的事吗？"这时，晏妈妈轻声问。

晏回温终于肯转头，泪眼婆娑地看母亲。

"嗯。"

晏妈妈抬手，抚摸着她的头发，似乎认真地回忆了会儿："妈妈跟你爸爸认识的时候，他刚毕业，因为部队调动，我们几年内搬了三个城市，最远住过边陲小镇。那时候啊，你爸爸还不能申请让妈妈随军，妈妈就一个人住在外面能够最大限度离他最近的地方。"

这是晏回温从来没有听说过的，在她的印象中，父母常年住在这里，稳定、平静。

晏妈妈见女儿愣愣的，便拉她坐起来。

"后来呢？"晏回温吸着鼻子问。

"后来终于可以结婚随军了，妈妈怀着你哥哥，可你爸爸每天都要忙到很晚，又不能时常回家。妈妈那时候就养成了晚睡的习惯，无论多晚，总会等他一个电话。我们就说说他的工作，说说回时在肚子里有多听话。"

晏妈妈眉眼温柔地笑了笑。

晏回温惊讶地张了张口："那，您后悔吗？"她攥紧空调被一角，等母亲的答案。

“回温，可以毫不夸张地跟你说，当初我在你爸爸的抽屉里，看过无数次转业申请，可他没走，一辈子没离开部队。”晏妈妈顿了顿。

“后来，每年退伍季，他的兵不得不离开的时候，大家都说一定笑呵呵地走，谁也不许哭。可真离开，他们哭得比谁都伤心，你爸爸也是。”

说到这里。

晏妈妈忽然靠近女儿的眼睛，竟崇拜地笑了笑：“其实，你爸爸那也是一种责任，有一个强大跟和平的祖国，是为了你跟我，今天可以随心所欲地生活在这座城市。”

果然，这就是母亲的答案，晏回温呼了口气。

“您以前怎么从不告诉我们这些？”她嗡嗡地问。

“当然，今天妈妈并不是说想让你决定什么。”晏妈妈拍拍她的手，摇头，“你们都是父母眼中的宝贝，我们只希望你们能过好。所以回温，你可以不选择他，但一旦选择了军人，就需要一份坚守。”

不选择，或者坚守？

思绪终于及时赶回来的晏回温低下头，吸着鼻涕，陆初阳那么好，她怎么可能不选择？别说这辈子，接下去许多辈子，她都想尽快找到他。

一想到陆初阳，晏回温又变成了泪包，揪着被子角弱弱泄愤：“他总是这么辛苦，还总是在不知道的哪里吹风淋雨，或者爬山过河。”

那时候，有没有吃饭啊？

要不是军人的责任，谁不想天天填饱了肚子轻轻松松，不过，幸好陆初阳还有她。

晏妈妈沉默了，不意外女儿会做出这样的决定，她不知该松口气还是心疼。

“回温，当一名军人，需要砥砺前行的勇气，而你也是。”晏妈妈伸手，从桌上的抽纸盒里抽出纸巾，擦掉女儿的眼泪，“所以以后，能两个人解决的问题，千万别自己一个人掉眼泪。”

“嗯，”晏回温噘着嘴，忍住抽噎，一下子扑到母亲怀里抱住她蹭：“妈妈你特别厉害，谢谢你。”

情绪终于冷静下来。

晏回温塞着耳机一个人坐在卧室地毯上听歌画了会儿画，快七点的时候忽然接到薛琪电话：“回温，你赶快出来！陆初阳那边恐怕出事了！”

怕影响父母，晏回温才听到第一句便直接从二楼踉跄着翻了出去，踩着拖鞋就往外跑。她怕得说不出话，跑得直喘粗气，只能听薛琪在那边简单描述。

来到天唯外，警戒线圈在外围，内外大片警灯闪烁，就连消防和急救都在此就位。

晏回温从观望人群硬挤到警戒线旁，就见天唯大厦顶有一个人挂在外面，看不清是谁，正试图抓住什么，摇摇晃晃，随时有坠楼的危险。

“那个人是谁？！”

薛琪打听过：“他叫吕天，是天唯的二公子。”

怎么回事，他怎么在外面？晏回温跟着膝盖一软，被薛琪及时扶住，听她说：“这位当了人质竟然一点没尿，跟犯罪分子刚到了天台，武警正在实施救援。几位武警抓捕罪犯的时候也受了伤，我看到几个人上了急救车。”

晏回温一把攥住她的手：“陆初阳呢？”

“还在里面，具体情况不清楚。”

晏回温咬住唇，泪珠一边噼里啪啦往下掉，一边还绞着手指不断警告自己：不准怕，你男朋友是武警特战。

回去，眼泪快回去啊。

突然人群大声尖叫。

吕天手中的支撑“嘭”地绷断整个人就要坠落，就在这瞬间，有一抹橄榄绿飞跃出大厦，扯住吕天的同时一手拉绳，将搭扣锁死在他的腰间，两个人朝下急速坠落。

是陆初阳！晏回温大脑“轰”的一声再也听不见任何声音了，眼睁睁目睹那一个点掉落足足二十多米，悬在半空，心脏绝望到战栗。

直到人群爆发出一阵呼气，薛琪才一把将晏回温搂到身上拍后背：“没事了没事了，别怕啊。”

晏回温整个人都在发抖，耳中全是嗡鸣，想开口发不出声，最后半张着唇咬住食指，尝到了血腥味道才终于能够思考。

陆初阳他还好吗，有没有受伤啊？想冲进去抱住他，想马上在他的怀里，听他叫自己小姑娘时微快跃动的心跳。

人下来后，晏回温第一个与他对上视线。

她踩着拖鞋，挤在最前面，在夜风中像一只可怜的小泪包。陆初阳一看，心当即痛了好几拍，可还没等他过去把女朋友搂住，陆爷爷就亲自上前抓人了。

晏回温生怕老人家看见自己会对陆初阳怒气加倍，转身就钻进薛琪车里，催她快速驶离。

陆初阳望着她转身，脚步一滞。

陆爷爷这时也不顾自身安危，已经来到警戒线旁，握一根拐杖，等在出口便不动了，搞得支队长跟其他部门领导一阵胆战心惊，都杵在旁边半步也不敢离开。

天唯这里尚存在很大的安全隐患，因为今天这场对山鹰的缉拿不知哪个环节出现了纰漏，对方竟然逃脱了追捕，还导致几名人员负伤，上级已经严令彻查到底。

等陆初阳带人走近警戒线，微怔。

他还算好，后面的特战队员一看这阵势，惊得下巴都掉下来。他们什么时候被这样迎接过？赶紧列队敬礼。

紧接着，他们就看见，自家队长只来得及把身上挂着的枪递给林在言，就被最中间的老人敲着拐杖给带走了。

队长犯什么事儿了？

支队长见老人"砰"地甩上了车门，才忧心地说了句："家事，别瞎操心。"然后，把一帮小子赶了回去。

家事？！

那位老领导他们是知道的！等等，队长平时是怎么忽悠他们，说自己是草根的？！

远远望着，老人的车已经带着他们队长扬长而去了。

陆爷爷把陆初阳扔上车后，直接带去了晏家，陆初阳甚至还身穿着那套满是灰尘与斑驳血迹的特战装备。

知道要见到岳父岳母跟小女朋友，他怕小姑娘又心疼地哭，在路上就一声不吭，利索地摘了作战手套跟防弹背心。

然后，他解开腰间的武装带，又脱了迷彩服外套，只穿里面一件黑色短袖。短袖也是特战队里的，单一黑色，心脏处有一面小小的五星红旗。

等做完这些，陆爷爷的警卫员迅速递给陆初阳一瓶水，陆初阳简单洗了把脸，总算干净了。

"爷爷，"快到时，他沉吟片刻，终于低声问出口："我女朋友……跟岳父岳母，是不是挺生气的？”

陆爷爷“哼”了他一声，不作答。

陆初阳慢慢靠在后座里，转头看窗外，刚才爷爷给他下了最后通牒，让他调离。他忍不住用手胡乱摸了把头发，然后束手无策地把手又垂了下来。

如果小姑娘讨厌他了，再也不想喜欢他了怎么办？

想到这里，心里竟泛苦，那种束手无策的苦涩。一向强大如他，这罕见的感觉，接二连三冒出来，让他哑然。

车子开进了大院，停在晏家门口，陆爷爷领陆初阳进门，第一眼，陆初阳就用目光去找晏回温。

看到了。

她从楼上跑下来，脚上仍是在外那双长耳朵狗的拖鞋，显然也没来得及换下。

四目相对，短短几秒，两人无声又好像说了千言万语一样。

这下，才几小时不见，晏回温鼻子又开始发酸。她搓着小鼻子的时候，陆初阳凝视她，用眼神哄：听话，别哭。

随后，陆爸陆妈也赶到了。

于是在晏家，陆初阳恭敬地坐在沙发里，先听着爷爷的教诲。之后，两家人又聊，毕竟长辈都在，他几乎没有什么机会跟晏回温单独相处。

直到太晚该回去了，陆初阳又不好多留，只能用拇指跟小指比在耳边，远远告诉晏回温，打电话。

晏回温回到卧室，拉了张椅子盘腿坐进去，握着手机发呆。半个小时之后，手机铃声响了起来，接通后是陆初阳。

低沉的、略沙哑的、她再熟悉不过的声音。

“回温。”陆初阳顿了顿，叫她名字。

她坐直:“嗯……”

“在卧室吗?”电话里,他问。

晏回温看了眼房间:“嗯……”

“我在你楼下。”

晏回温惊讶地“啊”出来,他在楼下,他一直没走?

她压根儿顾不上穿鞋,跳两步一扯窗帘就爬到了飘窗上,跪着往下张望。就在她探头的时候,忽然感觉有人影一闪,紧接着后背跟腿弯就被一双有力的手臂抄住了。

陆初阳将她抱下了飘窗。

晏回温呆了足足好几秒,所以,刚才发生了什么?她转头往这二楼的窗户外看,大概她的大脑还没跟上陆初阳翻墙进窗的速度。

“回温。”陆初阳抱她坐进椅子里,将她放到自己腿上。一开口,那种想念的声音,特意压低了就在她耳边。

晏回温的心脏扑通扑通跳。

连心脏都这么不争气!

第四十章

意外

没太敢调整姿势，晏回温只好先默默环住他的脖子。陆初阳将她往身前搂了搂：“之前承诺过叔叔阿姨，一定好好照顾你，今天让你委屈，是我没做好。”

晏回温眨了下眼睛，已经忘记几小时前是谁躲在被子里玻璃心。没有啊，他挺好的，任务完，第一时间就来了。

于是，不知不觉，晏回温自己换了个方向，面对陆初阳，坐在他的腿上，一点点靠近他，好喜欢他……

因为是晚上，她在卧室里，就只穿了一条牛仔小短裤跟一件宽大的白色短袖 T 恤。原本短袖 T 恤垂下来，还能多罩着短裤，可这样一坐，她的腿就完全露了出来。

陆初阳看了看眼皮底下，跨在自己身上的两条腿，很白。他继续：“所以，你打我骂我，或者用其他方式出气，我都接受。”

“嗯？”晏回温轻轻困惑。

那声音小小的，颤在他的胸口，陆初阳抬起她的脸，让她看着自己。

“我还是想跟你结婚。”他说。

在爷爷的车上，陆初阳就是这样想的，随便小姑娘怎么撒气都可以。于是，他抓起了她的手，晏回温以为陆初阳要让自己揍他，“嗖”地抽了回来。

陆初阳的手定在半空中，半秒。

他静静地，体会着这动作背后，大概多少有些生气的成分，之后见她又不安地动了动，他将手缓慢地放了下来。

冷静，好好哄。

然后，陆初阳闭眼，再睁开时，喉咙有些紧地张了张口。下一秒，就感觉那个小身体扑到了怀里，两条露在空气中的腿，紧密地夹在他的身上。

陆初阳皱了皱眉，托住她。

晏回温用手搂紧他的脖子，又拍了拍：“爷爷的话……”

“反正，”她觉得，陆爷爷一定已经教训过陆初阳了，“我觉得特战队特别好，真的，我们可以去跟爷爷说。”

“就说……”晏回温慢半拍地考虑措辞，一起去说的话，陆爷爷总会同意他留在特战队？

陆初阳愣了有那么几秒，他用下巴慢慢压在晏回温的肩窝，缓解着心中那种波涛汹涌的情绪。这感觉，怎么描述？

大概劫后余生，还有，晏回温带给他的震撼，一切都难以言说。

而此刻，她的姿势又太过诱人，最软的地方就严丝合缝地贴在他胸膛，气息出现在他耳后。

陆初阳收紧手臂，心跳重而沉，吻了吻那长发下的皮肤：“我去说。”被教训几下是免不了的，让她看见又得心疼。

这样想着，陆初阳握住她的肩，让她坐正。晏回温被带离开他的怀里，怎么了？抬眼正对上他 T 恤上的五星红旗，她伸手摸了摸。

在陆初阳心脏的位置，让他浑身骤然一紧，声音有些被磨过似的开口：“回温，我在特战队出任务，是我对祖国的责任。我无法预测任务会在哪一天到来，但可以确定，我回来，我的全部都给你。”

说这话时，他的眼睛，一丝不苟地注视着她。

晏回温根本就对他的脸、他的声音、他的味道毫无抵抗力：“嗯。”

视线落在了他的手臂上，可以看到那绷起的青筋，非常有力量。而这双搂在晏回温腰上的手臂，正稳稳托着她。

陆初阳顿了顿，继续：“所以，你还愿不愿意跟我结婚？”

“嗯……”

陆初阳身上，黑色的特战 T 恤，跟迷彩裤的腰带束在腰胯的形状，弥散着荷尔蒙。晏回温迷迷糊糊抬手，抱住了他的腰。

这下陆初阳知道了，她压根没在听，他十分冷静地劝自己等了会儿。

“摸舒服了吗？”

晏回温头顶上，是陆初阳几乎细微的声音，她已经不清楚自己有没有脸红了，在装死。

然后，耳朵就被陆初阳吻住，用舌尖转了转，他的牙齿落在了她的小耳垂上，慢慢咬，他多少得讨点补偿。

晏回温浑身都酥下来，半点不敢出声，抿着嘴唇，非常不知如何是好地在他身上挪来挪去。

陆初阳原本计划哄好小女朋友，亲一亲她，就从窗户翻出去离开。结果这样一亲，她在腿上这样一动，他就有些收不住了。

她的小身体，完全属于他的，正软软地窝在他身上。

陆初阳用手摸到她的腿弯，一把抄起她，将她压在了床上。床垫顿时“吱呀”一声，陷了下去，他把两人身下的空调被扯出来，推走。

晏回温蒙了！

心虚地看向轻掩而没有落锁的房间门，屏息了足足几秒钟，才反应过来推了推陆初阳。可下一秒，两只手就被他拉起来，环在了他的脖子上。

两个人的体温从衣服的布料下汇合到一起……

晏回温大窘！

这次，与之前任何一次浅尝辄止都不同，以前陆初阳也会汹涌地吻她。而现在更多的，她感觉到了他浓郁的迷乱。

晏回温觉得快要被烫熟似的。

两个人不知不觉都安静了下来，甚至可以听见彼此的心跳。

一下一下。

他，不继续了？

“……对不起。”晏回温尝到嘴里的血腥味，呼吸着嘟囔。

陆初阳垂视着她，小姑娘表情紧张慌乱，他赶紧把视线从那截白白的小细腰上挪走。

余光里，是她淡蓝色的房间。

陆初阳忽然扯来被子，劈头盖脸地往晏回温身上一裹，觉得太禽兽了，大晚上翻墙进她卧室，干这事儿。

他翻下床，把自己扔在地上平躺着，重重喘息。她知不知道刚才他要做什么，就跟他说对不起？

冷静，冷静，别冲动，很快就可以结婚，等报告一批下来。

“陆初阳？”晏回温盯着天花板，好像眼睛要把天花板戳出个洞来。

他，怎么不说话了？

陆初阳调整呼吸："听话，先别出声。"

对他来说，她的全部，都是让他把持不住的危险引线。可被他这么兜头一裹，晏回温只露出两只眼睛，目光不小心就飘到了他的身上。

刚才……啊，好羞耻，她闭眼。

知道她在看什么，陆初阳狼狈地揉了把头发。

突然，静谧的室内，从门外传来了"刺啦刺啦"的刮擦声，是谁？

晏回温吓得第一反应往被子里缩，然后才后知后觉想到，这声音如此熟悉，她掀开被子，从床上翻下来。

接着便被陆初阳拉了回来，他低头在她额头吻一下，看了眼门口："我走了。"

他刚走到窗口，一个小身体就挡在了前面。

"是巧克力。"晏回温小声说，她跑过去，悄悄开了条门缝，把巧克力请了进来。

一看见陆初阳，巧克力瞬间蹦过去，"嗷呜"地卖了个萌。陆初阳笑了声，摸摸它的脑袋，巧克力立马坐直。

房间里，两人一狗百无聊赖地玩了会儿后，陆初阳起身，整理晏回温那张"犯罪现场"一样的小床，他正把粉色的空调被叠成豆腐块。

门外——

"姐，巧克力在你屋里吗？"是晏回此，伴随着他大咧咧的敲门声。

晏回温第一反应想说不在，可转眼间，巧克力就用一种肉眼不可观察的速度，飞奔到了门边，立起来，用两只爪子压下了门把手。

门随之晃开了半边，顿时里外三人一狗，面对面。

半晌后。

晏回此张了张口，终于见鬼似的挤出两个脆生生的字：“哇——靠——”

第四十一章

条件

就在晏回此憋了憋准备呼喊第二次的时候，晏回温迅速抬起一双手伸过去，一把将他扯进屋，然后“砰”地甩上了门。

“哦哟！想灭口啊！”晏回此下意识脱口而出。

晏回温捂住他的嘴巴，让他噤声。这下，他反应过来了，自己明明可以当大爷的呀！

于是，晏回此慢腾腾低下了脑袋，又慢腾腾对晏回温眯眼笑笑。哇——她脸红成这样，刚才两人偷摸干什么呢?

他愉快地舞了舞手，示意先放开他再说。

“不许喊。”晏回温小声警告。

可谁知，刚一放开他，晏回此便“扑哧”一笑，转身就要开门。

但他的手还没来得及碰到门边，后面一只手臂就果决地绕过去，卡在了他的脖子上，他被呛得一连咳嗽两声。

陆初阳将他制服在门板上，轻松锁住他的关节。

“哎哎，超疼的。”晏回此试着动了动，立马感觉骨头都要散架了，这是什么手法?

比这更惨的是，晏回温又在他手臂上揍了一下，压低声音问：“怎么回事啊你？”

晏回此哭笑不得，说好的他当爷呢？

“我说，你们怎么不按正常剧本走，这在我们剧组会被导演扔出去的。通常这个时候，你，尤其是你……”他的眼睛挑向陆初阳，“该讨好我。”

“简直不讲道理。”晏回此哼道。

陆初阳笑了笑，这才慢慢松开他，活动两下手腕：“说你的条件。”

“呦！”

晏回此没想到他这么痛快，揉着关节，乐呵呵边往里走，边扫了眼略凌乱的小床。他坐进一张椅子里，演技颇到位地装起了爷。

过了会儿他清清嗓子，伸出两根手指。

“两个条件？”晏回温试探问。

晏回此对她点点头：“过年带我去看篮球全明星赛。”

“你又不是小孩！”

他说出原因：“今年全明星赛在表哥他们的花园球馆办。”

也就是要去会城，这样晏回温就懂了，晏回此敢作天作地，可最怕两人，一个是亲哥，另一个便是表哥周几许。并且，每到会城周家，各位舅舅、姨妈、老婆婆，总笑眯眯地给他张罗对象。

这是他的死穴。

“可以。”晏回温权衡了一下，答应。

晏回此深呼口气，心情更好了，感受到亲姐的眼风也故作镇定地将头扭向陆初阳：“到你了，教我几手最帅的套路。”

他说着说着，忽然打了个寒战：“别用这种眼神看我啊。”

太吓人了，总觉得像是被陆初阳用枪指着。

“可以打个折。”晏回此把两条长腿换了个方向交叠，“这样吧，你派个人教我两招也行。”

陆初阳笑：“不用，我来。”

晏回此从椅子里站起来，伸手：“那成交。”他的手搁在陆初阳身前，陆初阳顺便跟他拍了一下。

三方交易达成，晏回此走出去。

关门时，他回头：“温馨提示，一会儿记得锁门啊！”

晏回温羞得差点将枕头丢出去砸他，陆初阳把她拉过来，让她坐在自己腿上。显然，陆初阳心中有一套十分强大的原则，并不会受此干扰。

他右手顺着小女朋友的长发，告诉她，明天有半天休假，他们去看房。

真的买房啊？

第二天，买房前，晏回温先接到了景南的电话。

吕天与景南准备去美国了，他们想了想，还是约晏回温出来吃了个饭道歉告别。头一次，景南对她收起了爪牙，只静好地坐在未婚夫身旁。

景南的叔叔是一名缉毒警，后来牺牲了。小时候她不懂为什么是叔叔牺牲，别人却阖家欢乐。长大后，这种病态越发误伤了他人，所以她不喜欢晏回温，处处针对她。

可昨天，晏回温的男朋友——身为特战队队长的陆初阳，竟飞身救了她的未婚夫。晚上回去，她一个人想了很久。

“知道你没理由原谅我这种人，”景南抬头对着晏回温，“但还是对不起。”

吕天也很诚恳：“我们在美国找到了一位心理专家，这次过去会配合给南南疏导，多半也就在那儿定居下来了。”

最后走的时候，两人真心实意地跟晏回温告了个别，也请她转达了对陆初阳救命之恩的谢意：“祝你跟陆队长百年好合，一定长命百岁啊！”

这样的结果搞得晏回温半天没反应过来。倒不是她有多圣母或者是想黑谁，就纯粹两只手托着腮感慨了一番人生，然后萌萌地等陆初阳来接自己。

直到选房大业完全占据心头，本以为需要比较许久日子的选房大工程，没想到两人竟然心照不宣地有了同一个主意。

他们选择的楼盘在特战基地旁边，那块地本就是武警部队的，建起的房也是给部队里军官的优惠房。最关键，它离陆初阳的特战基地，实在太近了，甚至，从高一些的楼层还可以眺望基地的操场。晏回温毫不犹豫地选择了视野最开阔的那栋，楼层比较高。后来，等终于拿到了钥匙，晏回温带薛琪坐电梯上去。

房子是没有装修的毛坯房，这次，薛琪是陪她过来画个立体图。

因为晏回温打算自己设计装修，陆初阳把工资卡交给了她，强调自己设计可以，但最后做的时候，不准自己动手，交给装修公司。

出了电梯，晏回温拿钥匙开门。房子里没有灯，再加上全是水泥面，非常暗，闻起来还有一股尘土的味道。

两个人走进去，先开窗通风，等开到主卧那间的窗户，晏回温向外眺望，又能看见操场上跑步的特战队队员了。

她抬手看表，八点钟。

太阳正缓缓地往正空中升，远远的，那些队员就在金灿灿的太阳下，生机勃勃又热火朝天，看得人热血澎湃。

“结婚是件大事。”薛琪开完厨房的窗户，走过来跟她一起趴在窗台上。

“嗯，我想好了。”晏回温偏头一笑，房子里有稍许回音。

“小时候，我们都觉得你是最不可能嫁给军人的。”薛琪一想到几十年的发小就要嫁人，故作轻松，“我说你不会被下咒了吧，以后什么都要自己操心，小心变丑呢。”

晏回温拿手肘捅她：“相处久了的人，样貌会相似，所以你以后当心了啊。”

“噗！”

两个人扭过去，安静看了会儿窗外感慨，薛琪忽然就抬手捏住了她的脸：“你这姑娘，结婚以后，如果气得炸了特战队，我一定会去给你送牢饭。”

“天啊！现在还有送牢饭？”

晏回温偏了偏头，她认识薛琪二十几年，她们是最亲密的发小。

她迎着风按了按眼角，捞着薛琪的手臂就往客厅里拖，走到中间：“帮我扶凳子，我把灯泡装上，上次坏了，不然太黑不好弄图。”

薛琪拉了电闸回来的时候，晏回温从小背包里拿出提前买好的灯泡，踩着凳子，又爬上了一张摇摇晃晃的破桌子。

薛琪两三步跑过来，边扶，边抬着脸对她唠叨：“我现在已经预见你将来，自己修家电、通水管……我想想你还得自己干什么。”

“你别晃啊亲爱的。”晏回温把灯泡对进去，拧上。

“我没晃。”薛琪皱眉，“你先下来，我觉得这破桌子要散架。”

“可以了。”

晏回温十分小心地蹲着跳下来，这么一动，桌子发出刺耳的声音。原本就只是几块木板随便组装起来的桌子，终于“哗啦啦”地散架了。

薛琪眼疾手快，扶了晏回温一把。

“没事吧？”等动静过去，她回神问。

晏回温觉得脚腕一疼，但又没那么疼，两人开灯对着那脚腕观察了一下，没红没肿。

“真没事？”薛琪戳了戳。

晏回温摇了摇头。

随后，她拿出工具，一间一间屋，手绘了张非常详细漂亮的立体图。

等晚上回到家，晏回温冲了澡，擦着头发，单腿蹦出来。上午崴到的那只脚腕，此刻，已经肿成了馒头。

她坐在床上，往红肿的地方搓药，一搓就疼。

这时候，床上的手机响了起来。晏回温眼睛一瞟，是陆初阳，她赶紧用干净的小指按了接通键，整个人滚一圈，跪趴在手机旁。

那头传来他声音的时候，她抢先说：“等我下，去洗手。”然后翻下了床。

简直用了最快的速度，晏回温像一只愉快的兔子，单腿蹦回来，滚到床上的手机边，轻声叫他的名字。

陆初阳听见，在那边低低笑。

晏回温就抱着手机躺好，跟他说做好的计划，比如领证，比如之后两个人的旅游……因为支队长硬着头皮，给陆初阳批了一周假期，就在婚后。

一说起旅游，晏回温歪头看了看桌上那本旅游攻略，抿唇一笑。那是她查了挺久的资料，全手绘，大概详细漂亮到可以放进书店里签售。

“一会儿拍给你看。”她乐滋滋。

陆初阳“嗯”着，伴随几声虫鸣。

咦，他在操场？

但很快，晏回温的注意力便被他接下来的话吸引：“刚才婚纱店打电话过来，问后天下午去试婚纱可不可以？”

“可以。”

晏回温的手指戳着枕头，她知道自己的脸在慢慢变热，而越热就越发不好意思。墙上的时钟都指到半夜十二点多了，她根本睡不着，跟陆初阳赖皮着不挂电话。

“最后五分钟。”她轻声嘟囔。

陆初阳在电话里微叹，自己也是百无聊赖，其实挺想她。他把手机往地上一放，干脆趴下去做俯卧撑。

就这样，从手机里，晏回温听见了他不轻不重的喘息声，就在她耳边。

她赶紧用手按住心口，明明知道越听，脸就越烫，可她又舍不得把手机拿开半点。过了会儿，陆初阳在那头叫她的名字。

她：“嗯。”

“我在莫斯科上过一年学。”

“嗯？”

“给你唱歌。”他说。

第四十二章

挖了个坑

他，唱歌？

啊——！！晏回温反应过来在心里大喊。

那个正直的，硬气的，穿上制服无所不能的陆队长，要唱歌！要不是陆初阳主动提出来，她简直不敢想。

晏回温咬着嘴巴，极力控制着声音不那么激动：“好！”她幸福地胡乱踢着腿，那边一时安静。

本以为陆初阳正要开口，谁知他却在那边颇有些尴尬地说：“稍等一下。”

“怎么了？”晏回温问。

“歌词忘了，查一下。”他回。

晏回温忍着笑，果真听见他动手机的声音：“我以为你早准备好了。”

陆初阳笑：“太长时间没看过了。”

“咦？你平时没唱过？”

"我平时给谁唱？"陆初阳反问。

除了她，还能有谁。

晏回温知道自己脸红了，说不过他，索性噤声默默等。大概半分钟，他准备好了，因为晏回温听见了手机被重新放到地面的声音。

等等！陆初阳又把手机放回地面，也就是说，他仍然要空出两只手，那空出两只手干吗？

当然是继续做俯卧撑。

晏回温知道他每天晚上都会锻炼，但因为锻炼发出的这声音，已经让她浑身都在燃烧，再加上唱歌的话……这么想着想着。

"回温？"陆初阳准备开始了。

她长长地"嗯——"着，然后听见他在电话那边笑了声。

晏回温搓着红到爆炸的耳朵，等了几秒。

"Не слышны в саду даже шорохи，"陆初阳那磁性的声音就传了过来，伴随着因为运动而加深的气息，"Всё здесь замерло до утра。"

舒缓的，像平静流淌的江流。

晏回温用手捂住脸，整个人以接触到他声音的那只耳朵开始，热度迅速蔓延至全身。不是因为听不懂的歌词，而是唱歌的人，他的声音就是催化剂，只用一点儿，她就咕嘟咕嘟冒泡。

一段过后，陆初阳竟换了中文。

"我的心上人，坐在我身旁。

"我想对她讲，不知怎样讲。"

…………

我爱你，特别爱，想跟你过一辈子，陆初阳想对她说。

那个依赖他的，完全属于他的小姑娘。

但陆初阳可以拿枪迅速果决地解决掉几个罪犯，也可以冷静凌厉地临危下达指令，却唯独这样柔软的话，他表达不出口。

唱完最后一个字。

“回温，晚安。”他想着她，低声说。

“晚安。”

等挂断电话，晏回温还有些找不到北，热辣辣的视线盯住天花板，好像那里就是陆初阳。她给自己打气，不就是唱了个歌嘛。

放空，放空……

呼吸，呼吸……

晏回温把自己摊在床上，感觉现在浑身上下都是不争气的叛徒，想去投靠陆初阳的叛徒。这种混沌的状态维持了将近两天，直到晏回温记起，这天要去试婚纱。

她迅速翻下床，洗漱，卫生间里丁零当啷一阵响，她上楼时还险些滑倒，幸亏迎面下楼的晏回此及时伸手，扶了她一把。

“呦！这么急？”

晏回温对他摆摆手，示意自己没空，又单腿跳上楼，脚腕还没好呢，得抓紧换条长裤。晏回此目送她上去，抄着口袋无所事事地继续下楼，看她这急样，他还以为姐夫逃婚了呢！

陆初阳的车就停在大院门口，第三棵银杏树下。

盛夏，银杏叶翠绿，烤人的太阳发着刺眼的光，穿透枝叶，影影绰绰地罩着这辆大越野。

晏回温穿了一件蝴蝶结领子的小衬衫和一条牛仔背带长裤，将脚腕封锁得严严实实。她打着把小伞，因为怕陆初阳看出来，龟速地往他那边挪过去。

陆初阳给她把车门打开。

上车后，冷气一吹，晏回温长呼一口气。

刚才她走路时，已经尽量协调，但久经战斗甚至可以作为狙击手的陆初阳，从后视镜把一切都看在眼里。他心中清楚，敲着方向盘，没开车。

“怎么啦？”晏回温绷直背。

陆初阳没说话，垂下视线，看到她长裤盖住的脚腕。

顿时，晏回温心中警铃大响。

“抱一下。”她扑到陆初阳手臂上，挡住他的视线。

陆初阳不动声色。

这让晏回温觉得，自己就像考试不合格，藏试卷失败的小学生，于是跟他耍赖：“行吗？”她干干净净的手指，开始一点一点往他短袖的袖口里钻。

她说话时，鼻息小小地出现在陆初阳肩窝，而她眼睛里，又软绵绵全是“你快同意”的求人目光，这让人实在忍不住。

陆初阳一下子攥住她的手腕，阻止那继续往他袖口里钻的小手，然后倾身，越过中控区抄着她腿弯，把她抱过来放在了自己腿上。

“不是这么抱。”晏回温傻眼。

“那怎么抱？”陆初阳问，伸手去握她脚腕。

晏回温红着小脸，又开始不怎么老实地想要赖，可膝盖还没来得及顶起来呢，一瞬间，手脚就被他轻而易举地制住。

陆初阳根本不需要费力，只随便握两个关节。

“怎么弄的？”他不太愉快地问。

“就是，崴了一下啊。”晏回温轻松回。

陆初阳再次垂视到她的表情，她正盯着手指看，每次想藏点儿什么，就是这副乖乖的神色，他只能叹口气："给我看看。"

陆初阳大概猜到，前天原本想结束工作回去换个灯泡，等上了楼发现屋里灯亮了，桌子没了，再对比她今天的举动，一切了然。

晏回温在他身上扭动了两下。

陆初阳就一手搂住她，低头脱掉了她的帆布鞋。晏回温赶紧抬手环住他的脖子保持平衡，顺便偷偷观察他的神色。

他在看到那肿成馒头的脚腕时，脸色明显暗了下去。

陆初阳用掌心轻轻覆盖在上面："疼不疼？"

"不疼。"晏回温谨慎回。

"不疼？"他按了按。

这下，晏回温差点咬住自己的舌头，疼得把脑袋磕在他胸膛上忏悔：让你装……

"没处理过？"陆初阳闷声问。

"我搓了药。"

"不行。"陆初阳一碰就果断否定掉她的方式，将她放回座椅，兀自下车从后备厢里拿了个药箱回来。等坐进驾驶座，又将她抱回到腿上。

因为野外生存养成的习惯，陆初阳的车里，常年放着有可能用到的一切物品，包括伤药。

"会疼。"他低头，把晏回温的脚放在自己膝盖上面，给她处理。

"嗯。"

陆初阳在，她哪还顾得上疼，就注视他绷紧的下巴了。她抬头时，小小的鼻息刚好落在了他的喉结上，那喉结上下滑动了一下。

晏回温差点就迷迷糊糊亲过去，越靠越近的时候，忍到叹气的陆初阳终于拉下她的裤腿，侧头咬住了她的嘴唇。

渐渐，两个人开始有一下没一下地接吻。

晏回温在他腿上扭了扭，甚至还混沌地想，刚才自己是不是对他干了什么？

陆初阳用手臂搂着她的腰，等安抚下小女朋友后，才慢慢离开她的唇："为什么不跟我说？"

她装萌。

"怕我心疼？"他又问。

被戳穿的晏回温："嗯。"

其实，陆初阳是真心疼，尤其小女朋友还不爱主动交代，要不是他看见，那以后再发生的话？他束手无策两秒，一把抓起晏回温的小手，就往自己短袖下的腹部放。

那里是一条刀伤，她软软的指腹碰到皮肤跟肌肉的一瞬，陆初阳声音也轻："心疼吗？"

晏回温惊惊地点头。

"别的还想看吗？"他问。

"想。"她心都软了。

"行！回去都给你看，以后还瞒我吗？"陆初阳最后问，将心比心。

晏回温无力摇头。

"嗯。"陆初阳摸摸她的头安抚："这种已经发生的情况，瞒我没必要。"可教育完，他发觉，小女朋友的表情不太对，刚才还萌萌地对他笑呢。

他抬起晏回温的小脸，仔细求证，果然，眼圈又要红。

陆初阳赶紧扯住她的两只手臂，正视她，判断他刚刚到底给自己挖了多大一坑。小女朋友容易心疼，一心疼就哭。

但他还没开口呢，下一秒，怀里就缠着一个小身体。

“抱一会儿。”晏回温闷闷地连抱带蹭。

“回温。”

“就一小会儿。”她轻声申请。

“嗯。”陆初阳苦笑，这下坑挖大了。

第四十三章

试了个婚纱

陆初阳带晏回温赶到婚纱店的时候，比约定时间刚好提前了五分钟。

其间，他路过上次那家蛋糕店，特意踩了刹车，将车稳稳停在门口，去买了同一款草莓蛋糕回来，哄小女朋友。

因为他知道，小姑娘将上回他送的那只蛋糕画了下来，放在微博里，对着它傻笑。大概是很喜欢的，他猜测。

不过晏回温才不上当，立刻拒绝了敌人的糖衣炮弹，满心都是回去找机会检查他的伤。陆初阳自知躲不过去，索性就放任她那道热乎乎的视线在自己身上，又转身去摸摸她的头。

“试婚纱去了。”他慢慢提醒。

晏回温跳下车时被他扶住，两个人上了台阶，门口立刻有店员微笑着过来开门。

“请问两位是有预约吗？”店员察言观色。

“是，我们约了 10 点钟。”陆初阳点头。

“好的，请跟我来。”

店员微笑做出请的手势，发觉后面的女孩靠在男人手臂上，走得非常慢。于是，她也跟着搂住女孩的男人的步伐，刻意放缓了速度。

晏回温走进去，这才左右欣赏起这家店面。长长一条走廊里，很多地方都挂着粉紫色的气球，两边是模特的婚纱照，大气的有，细腻的也有。

再远远望向尽头的大厅，无论休息区还是接待区，桌椅上全缠着淡绿色的丝带，以及白粉色的花朵，清新怡人。

晏回温以为那是高端一些的仿真花，走近了才发现，淡绿色丝带上系着的，竟是真的玫瑰花。花瓣新鲜，看得出来是当日所换，甚至花蕊里还有露水。

不用凑近，淡淡花香袭来，让人仿佛置身花园。

晏回温微微感叹，光从环境来看，这家店做得实在有心，是她喜欢的风格，她已经有些期待看见婚纱的样子了。

陆初阳搂着她走进去，他虽身穿便装掩盖了部分硬气，但他一走进来，肩宽腰窄，步步生威。几乎立刻，或忙碌或接待的店员，就将头扭了过去。

这么一位满身荷尔蒙的男人，牵着一只大萌妹！

大家眨眼，从视觉上来看，实在太美妙了。

“陆先生，您好，我是先前给您预约过的小刘。”很快，有个年轻女孩快步走过来，将他们往里面半开放的皮质卡座里请。

等他们坐进卡座后，小刘又招呼助理拿来了画册跟柠檬水。

“请问两位的婚礼中西式定下了吗？”小刘客气地问晏回温，“还有您先生这边是西装还是……”她想先根据婚礼的风格，给客人推荐大致范围。

“我先生……”

晏回温说出来就脸红了，她从没这么说过，打了个磕巴。

小刘接着就听见对面那位无论坐姿还是表情都颇为凌厉的男人好像笑了声，因为她抬头时，男人的嘴角似乎还微微翘着。

“我先生，穿礼服，武警礼服。”晏回温再次轻声回。

这样的气质，难怪！小刘笑着呼了声：“那简直太帅了。”

“那么，您对婚纱有什么大致要求吗？”小刘接着问。

“一套白纱，一套龙凤褂裙。”

“好的。”小刘说着，又让助理拿了另外几本册子过来给晏回温看。

最后定下来，晏回温先进换衣间去试样式。

小刘正要跟过去，抬起的脚刚落下一步，便被身后的陆初阳招呼住了。她回头时，陆初阳刚好站了起来。

其实，从一坐进卡座开始，小刘就不太敢直视这位客人。自然而然，关于婚纱的各种意见，她便直接去问看上去更好沟通的女孩。

难道这位客人还有什么需求？

或者说，刚才没有顾及他的意见，他不高兴了？有些男人确实比较大男子主义，即使对方喜欢，也要问过他的意见才行。

这样一想，小刘觉得确实是自己的失职，但谁让这位客人一过来，她就觉得有些紧张呢！

她正飞速考虑解决的办法，刚堆出满脸最职业化的微笑，走过来的陆初阳先一步开口了。

“小刘，”虽然像点名，但好在陆初阳十分客气，“麻烦你帮个忙。”

“呀！别客气，您尽管说就好了。”小刘一诧异，反应过来后先暗暗长呼一口气。

陆初阳的目光放在了三面大镜子后，缀满小玫瑰的换衣间上："我太太的脚不太方便，麻烦你照看一下。"

原来是这样！

这么一听，小刘忽然发觉，这位武警看到换衣间的目光，一点都没有她观察时的凌厉，竟然温柔而体贴。

天哪！她还去妄加揣测别人，这下简直都想给他满分了。

"您放心，应该的。"感慨的同时，小刘匆忙答应下来，跑去换衣间。

时间并不长，换衣间门口淡绿色的帘子被"唰"地拉开了。

这换衣间的门是侧对卡座的，小刘先倒退出来，她对里面伸出手，示意当心脚下。马上，一个助理也小跑进去，帮忙拎裙摆。

陆初阳放下玻璃杯，起身走过去。

换上婚纱的晏回温从里面小心挪出来，她低着头，两只手提着裙摆。

这件婚纱是抹胸的款式，从腰间开始，一层一层的百褶纱螺旋向下，直至裙尾。上身则露出了晏回温那两只白嫩的小肩头，两根飘带系在手臂，而亮晶晶的水钻贴在抹胸口。

她的头发在里面就被整理好，头发并没有盘起来，而是用了十多只蝴蝶小抓卡，松松拢在后背，发顶戴一只花环。

换衣间门口的光线十分充足，再加上镜面的折射，配着周围绿粉色的玫瑰花，晏回温看上去像森林里走出来的公主那样清新。

她望见有一双黑色的鞋子正在靠近，靠近……

是陆初阳。

晏回温有些不太好意思地抬起头，耳朵上那一对小蝴蝶耳坠，跟着她侧脸的动作，摇摇晃晃，整个人更加可爱了。

就连小刘都有些挪不开眼。

陆初阳一步一步走过来，站在晏回温身前，先抬手扶住她。

“可以吗？”晏回温忽然小声问他。

“特别漂亮。”陆初阳对着她粉嫩的嘴唇，轻声回。如果不是有人在场，他会低头，咬住她的嘴唇……这么想着，喉咙里竟十分干燥。

“真的？”晏回温转头看镜子里，伸手偷偷戳他，“那你快点拿手机拍下来，我答应阿姨要给她看了。”

他母亲？陆初阳笑笑，从口袋里摸出手机。她们两人什么时候达成的一致？搞得都没有他什么事了。

陆初阳对着她拍过去时，晏回温刚好仰起脸笑。这一张，他看了许久，然后拇指点着，小心翼翼存了个备份。

“那，现在试另一套吗？”小刘一看客人满意，但选婚纱时在两套白纱之间犹豫。即使她也觉得这套非常漂亮，但她还是十分敬业地问了一句。

陆初阳用眼神问晏回温。

晏回温觉得没必要，于是陆初阳开口：“不用了，就这套。”

“好的，那我需要量一下您的尺寸，好把这套给您改合身。”小刘说着，立刻有助理拿着工具跑过来。

之后，晏回温又试了红色的龙凤褂裙，仍是一套定。

交了定金，再次确定好尺寸，两个人离开的时候，小刘还愣在原地感慨：“太爽快的客人了！”

“刘姐，”这时，工作台有人回头，“你这一对客人可真够好看的，那男人的气质，穿西装绝对帅气啊。”

“比这更帅气。”小刘直摆手。

“怎么呢？”

“武警礼服知道吗！”她激动得各种比画，“就是，类似国旗班那种啊，够帅吗？！”

她们一想。

这下，都不能淡定了。

陆初阳把晏回温送到大院门口的时候，算起自己回队的时间已经紧张了。原本他想进去，但晏回温清楚他过来有时间限制，死活没让他进。

都到自己的地盘了，还能怎么样啊！说着就把他赶了回去。

陆初阳目送她进门，转身，知道小姑娘又得跑回来，便慢慢踱步。

果然，数到十。

那双小手圈在了他的腰上。

“你是不是早知道啊？”晏回温趴在他背上，轻笑着嘟囔。

陆初阳“嗯”，摸着那小手，把她拉了过来。

“过得好慢啊。”她还是轻笑着。

“嗯。”

陆初阳抱了会儿她，下巴就垫在她头顶，其实，他也这么觉得。

第四十四章

操个心

把房子的设计图做出来之后，装修就开始了，晏回温几乎每天跑一次新家。房子里乱糟糟，水泥、瓷砖、电线满地都是。

但晏回温奇怪，即使这样“恶劣”的环境，每到中午或傍晚，她过来的时候，总能遇见特战队的小队员。

如果一两天这样不要紧，可重点，这状态维持了将近一个月。

前天是江洲，昨天是赵然，借口均为参观。他们也不多作停留，休息的时候过来，该训练的时候离开，比闹钟还准时。

比起这些，更加让晏回温惶恐的是，有些队员甚至笑眯眯塞给她小特产以及小零食。比如昨天，赵然留下了一盒酸奶。

参观的话，能参观到什么？

晏回温狐疑地环视一周，除了尘土、噪音，和干活的工人……干活？！该不会是过来监督她，如有参与劳动，及时上报吧？

想着想着，果然，人又来了。

林在言大步迈过门口两袋水泥，晏回温及时扯住他：“问你个事儿啊。”

“好的！我先坐。”他不客气地拉来张踩脚的桌子，一翻，整个人坐了上去，腿也舒展在木板上。

晏回温跟过去。

“陆初阳呢？”她故作严肃审问。

“哎哟！特别忙。”林在言转脸一笑，“饭都顾不上吃呢。”

“啊？”她的气焰顿时矮了一节，“那，是他让你们来的？”晏回温刚挑眉警告不准说谎。林在言问：“实话啊？”

“当然实话。”

林在言上下打量了她一眼：“真不是，我们自己跟队长申请的，为了保证你俩能顺利结婚。”

现在，对于他们全队上下来说，队长结婚就是普天同庆的大事。只不过万一，嫂子这边又出状况怎么办？

“所以，嫂子你得保重啊！”林在言垂视到她的脚腕，桃花眼笑了笑伸手，“来，给小弟个苹果吃。”

晏回温噎了噎，从包里翻出来抛过去，见他拿起来张口就咬，急忙提醒：“我还没洗过。”

按理说，林在言是特战队里最讲究的大少爷，可几次接触下来，晏回温觉得这品行不像，反倒挺能屈能伸的。

“不用，能吃就行。”他无所谓，问晏回温再要了一个，表示帮她捎给队长。

晏回温一听见陆初阳的名字，即使想着心事，仍下意识捡了最红的拿过去。林在言见她表情困惑，曲起条腿坐直，笑着抱怨：“嫂子，又不是所有大少爷都挑食。”

她点头。

正放空，忽然一个刺耳的电钻声激的她恍然想起什么，立马憋不住兴奋：“听说你青梅竹马的女朋友毕业回国了？”

“嗯。”林在言的桃花眼更弯了，从迷彩服的口袋里拿出手机，解锁后盯着看，“漂亮吧，208天又16个小时没见了，特别想。”

照片里，女孩身穿硕士服，捧花微笑。如此看他们两个人，绝对十分般配。

“所以你们也准备结婚了是不是？婚纱照呢，拍了吗？啊，还有酒店！我跟你说，最近结婚的人巨多，不管酒店还是其他场地，都得抓紧……”

晏回温正背着两只手，萌萌地为他们操心，林在言敲敲桌子提醒：“你们结婚，我是伴郎。”言下之意，等你们完事再说。

“伴郎人选不是还有江洲吗？”她跟陆初阳订的婚宴已经在年后了，晏回温直觉拖着别人不好，“赵然也行，你怎么一点也不着急啊，都不怕夜长梦多。”

谁急谁知道，不过林在言“扑哧”笑出来：“他们有我帅吗？”

差不多啊，晏回温想。

“你们结婚，那可是我们整个特战队的脸面跟格调。”林在言指住自己的脸，“伴郎，当然我来。”

最后，林在言巡视一圈走出去的时候，晏回温还是忍不住叫住他，终于找到比较委婉的措辞：“那个，你们训练完好不容易休息，跟大家说就别过来了啊。”

“反正，我保证这边绝对不会有状况发生。”她补充。

“好的！”

结果，第二天，陆初阳亲自来了。

原本进行的装修，因为材料计算不足需从厂家调配，而暂停一天，整个房子终于安静了下来，晏回温趴在窗台上专心画画。

陆初阳从后面走过去，抱住她。

晏回温吓得差点丢掉了画本，怎么一点动静都没有？估计他不想被别人发现的时候，大概连亲妈都不会发现。

他低头靠过去，笑出声。

“不是说好的不来了吗？”晏回温嘟囔。

“一个好消息。”陆初阳微笑，看见了她的画本，竟是手绘婚纱照，地点就在基地操场，从窗户里望过去的角度。

白色婚纱与武警礼服。

此时，正值日落时分，高层视野开阔，可以遥望到大片大片橘红色的火烧云，罩着金边的太阳正缓慢地往下沉。

而这温暖的余晖，就铺洒在手绘婚纱照跟她的笑脸上。陆初阳垂视着他的军营和小姑娘，心跟着都沉静了。

晏回温回头捅捅他，急切问：“什么好消息，快说快说？”

“政审下来了。”他在她耳边回。

立刻，晏回温就蹦回身，咬着嘴唇非常不好意思地，含糊问：“所以，能结婚了？”

陆初阳点头，注视着她：“用不用挑个日子？”

“不用！”

意识到自己的脱口而出，晏回温赶紧小声补救：“你，用挑吗？”

“嗯。”

啊？！晏回温一愣，低头用食指戳着他腰胯上的武装带。

“哦，那你快挑。”她嘀咕。

陆初阳摸上她的头，她抬起脑袋，就撞进了那双愉快的、十分漂亮的眼睛，然后——

“明天。”他说。

晏回温把脑袋磕进他的胸膛，轻声笑了。

她前阵子收到封邮件，是她在外游学时遇到的一位著名画家，邀请她前往意大利与他的学生一同畅谈创作。

差点以为，得回来才能结婚呢。

随政审同时批下来的，还有陆初阳来之不易的几天休假。照这样看来，领证，跟他旅游，然后再去意大利，时间刚好。

听见头顶的他似乎笑了，晏回温便扭回去，撑在窗台上托腮，陆初阳紧贴着她。

“我特别喜欢咱们家。”晏回温轻轻笑着，比画起来，“以后这里就放画画用的工作台。”因为，从窗口可以看见他训练的地方。

每天，日出日落。

晏回温想，大概没有哪个地方的阳光，比军营更加壮丽了。因为他们手握五星红旗迎接第一缕光辉，又在夕阳中沐浴着，挥洒汗水。

那么阳刚、祥和。

以后，她都会在这里陪他一起，这是她最想给他的浪漫。

陆初阳低头靠近她的颈窝，拨开长发，鼻尖跟嘴唇停在那里，在这个只属于他的地方，尝着她的香甜，手臂越收越紧。

“嗯。”很久，他才低声回。

等晚上回到队里，陆初阳把林在言叫到了办公室。

天唯生物的钱老先生已经率团队完成了对菌株的调试，交还给会城大学生物分子实验室进行后续合成工作。明日，钱老先生一行将受邀前往会城大学参加学术报告会。

随着公安对不久前抓捕山鹰行动失败的深入调查，更加清晰地得到了犯罪团伙的信息。除了1号头目暂且不详，其余人物已全部进入警方布控中。

而犯罪团伙曾多次试图挟持钱老，以便为自己研究菌株，公安已经协调武警对犯罪团伙的山鹰进行了布控，并派人保护钱老。

这次，支队长指派三中队全程参与布控，只抽调了陆初阳二中队的狙击手江洲同往配合，而林在言与赵然负责参与保护钱老。

一方面，陆初阳早晚要坐他这位置，所以必须放手让这些队员历练，尽快给队里锻炼出几个队长接班人。

另一方面，这次无论如何，他都要塞给陆初阳一天时间去领证。更何况，他实在不忍心收了陆初阳好不容易批下来的几天假。

可陆初阳想了想，江洲自然让人放心，但还是将林在言叫过来嘱咐了几句。

“队长，您找我？”

“坐。”

林在言坐进了陆初阳对面的椅子里：“什么好事儿啊，还赐座？”

陆初阳抬手，一只档案袋从桌上滑到了对面。

林在言一看袋子上的“机密”二字，就知道是支队长交代过的保护行动，笑着打了个包票：“把心放肚子里！就算您不在，我们也绝对不给您丢脸。”

“不丢脸？”陆初阳支着头故作回忆，“我想想……”

“哎！”林在言噌地站起来，凑到对面小声阻止：“好汉都不提当年勇，不提！”

“哟！当年勇？”

“那时候我不懂事，瞎‘勇’的。”

林在言苦着脸回忆他长这么大唯一的黑历史：仗着身手好单刀追捕逃犯，抄团伙老窝时搞得浑身是血，差点与对方同归于尽。

多亏陆初阳当时及时赶到，以及江洲死神般冷静的一枪射击，否则他也没办法站在这里贫嘴了。

二中队因此立了集体三等功，不过陆初阳也代表全队在表彰大会上念了深刻的检查。

贫了两句，林在言忽然两腿一靠站了个笔直的军姿，手将作训服往下抻平，朝陆初阳抬手敬礼："队长，这次保证完成任务。"

空气中流淌着坚定，陆初阳看着他，终于还是字字交代："越是简单的任务，越要打起精神。"

"是！"

林在言走出去，关门时忽然回头："对了队长，提前祝您跟嫂子新婚快乐了。"

第四十五章

领证

林在言走到办公室门口，远远看见终于休了一天假的赵然回来了。赵然提着两个保温桶，正走向公寓楼，林在言看见他的时候，他刚好也回头。

“在言哥，来喝汤，我妈亲手做的，熬了一晚上呢！”赵然将保温桶换到另外一只手，举起手臂直挥舞。

林在言悠悠走过去，打量着他的便装：“今儿很有格调啊。”

赵然穿的是工装裤跟军靴，这都十分正常，但意外的是，他上身那件短袖，正中是一只印花小兔子。觉察到林在言的目光，他抓着后脑笑了笑。

“这就是我养的那只兔子，好看吗？可爱吗？”赵然腼腆问，两根手指不经意竖在头顶卖了个萌。

林在言动了动嘴角，实在没忍住就调侃了下：“好看啊！可爱啊！我的军刺在哪儿，我还缺一块兔毛毯子。”

“不能！”赵然猛裹紧自己，不让兔子露在外面。

等他抬头一看，林在言早大笑着走远了，才发觉被忽悠，又拎着保温桶追过去。与林在言并肩往前，赵然悄悄调整了步伐，也无法像他那般走出自然的少爷范儿。

自己真稚气，什么时候才能跟他们一起，走出一种杀伐果断又不失正气的步伐，赵然想。

忽然肩上搭来只手臂，他偏头，没想到林在言把自己当兄弟似的一揽，就这么带自己走出阵自信的风："刚队长可发话了。"

赵然先顿了顿，随即阴霾一扫而空，笑着跟他大迈步："交代什么事儿了吗？"他的声音跟情绪都因此提了起来，原来这点想法早被林在言看出来了。

林在言说："打起精神来，尤其是……"

"尤其是什么？"

"尤其……"林在言笑眯眯转头，"我们赵然这种机械大赛冠军，还有林在言这种电脑大赛冠军啊，别总骄傲，稳重点。"

稳重，这是进队第一天，陆初阳教育他的。

那时候，他带着电脑大赛冠军的光环来到基地，一身不可一世的少爷病。结果没威风一天，就被陆初阳虐得饭都吃不下。

后来陆初阳教他醒悟，自己面对的将是比此残酷一百倍的真正战场。

两个人进了公寓，往楼梯上走。

赵然提："还有我们洲洲哥，狙击冠军。"一张温柔的死神杀手脸孔出现在脑海中，那端着狙击枪射击的样子，令他折服自豪。

"洲洲……"林在言笑，江洲其实不能算。

如果说到狙击，陆初阳才是当之无愧的第一人，那种冷静和掌控力，是队里任何人都学不来的。

但陆初阳刻意培养江洲，以微不可查的动作输给他，送他去比赛。不仅如此，格斗、体能、国际赛事，陆初阳一概以他的队员为主。

可任务中，他又是一个能够照应到全部队员、无所不能、敢担责任的人。队长的用心自己明白，江洲也明白，但还是不要宣扬的好。

这也正是自己无条件服从陆初阳的原因，也是他努力要达到的目标。

第二天。

此次出任务的林在言、江洲和赵然，穿上装备后率先上车，其他队员在旁边列队。晏回温来到特战基地的时候，赵然正背着枪最后一个往车里钻。

林在言坐在车门口叫他从另一边上，然后转头就看见了站在原地的晏回温，打了个招呼:“嫂子好啊！”

他一说话，立刻，列队的其他队员都把脑袋转过来挥手，赵然也扯着脑袋回头，格外兴奋。

见陆初阳没注意，晏回温偷偷溜过去，小声问:“你们为什么比我还激动啊？”

“因为……”

“因为，你们终于要结婚了啊！”大伙都笑了。

晏回温感慨半天，林在言扶着车门准备关:“嫂子，新婚快乐啊，我们先走了，回来的时候给我们发糖吃。”

“好，注意安全！”晏回温赶紧跳开一步，让出车门。

望着那辆武警车渐渐开出视线之后，她跟陆初阳拿材料就赶去了民政局。

“什么日子啊？这么多人？”下车后晏回温叹，都排队了。看眼手机，8月17日？

“七夕。”陆初阳回，牵她往里走，两个人进了民政局的大厅。

“那我们赶得也太巧了吧！”

陆初阳笑了笑，显然早有预料，带着她走到了一个人少的地方等。没过几分钟，有一对挽着手臂的年轻小情侣，也从人群里躲了过来。

女生看见了旁边的陆初阳和晏回温。

“哇！你们的护腕好萌啊。”她注意到对方左手腕上白色的东西，惊喜起来，“这个牌子我也喜欢，咦？可是没见过这一款啊，限量版吗？”

那两只牵在一起的手上，戴着的是情侣护腕。护腕原本没有什么特别，只不过晏回温在上面画了两个卡通小人，是她独特的画风。

“不是限量版，我自己画的。”晏回温笑着回。

平日里，陆初阳在特战队，哪怕一枚戒指都不允许戴。今天出来了，她卖着萌，才好不容易把护腕套进了他手上。

不过，想到戒指，陆初阳都没提，该不会忘了吧，她思考。

“你画得也太好看了，比我找的好多画手厉害多了。”女生激动，全然不知自己面前的是位知名大大，而且……

再看对面这个一言不发的冷肃男人，这种气质怎么会戴这么萌的东西？

晏回温被她直勾勾的目光洗礼得有些不好意思。女生也发觉这样不太好，急忙从包里拿出喜糖递出去：“你吃糖吗？”

“恭喜恭喜！”晏回温接过来。

她蹦着转了个身，背对陆初阳，让他从自己的小背包里掏出喜糖礼尚往来。陆初阳搂着她的肩膀，把喜糖递过去时，那女生还有些惶恐：“同喜同喜啦！”

女生低头一看这喜糖盒，天哪，简直要美哭了！

绝对不是市面上在售的那种，她精挑细选许久，也没有见过这么精致的盒子。盯了会儿，女生竟有些迫不及待地拆了盒子，把糖拿出来。

一把糖就在手心里，这下，她呆住了。

“糖盒跟糖纸，也是你画的吗？”女生愣愣地问，手里每一块糖的图案都不一样。但她发现了，把这些糖拼起来，是一个故事。

这到底是什么人啊？

“嗯。”晏回温还是微笑，转头去看陆初阳：“你吃吗？”

陆初阳低头看到她手心里那一颗红色的喜糖，糖纸上，一个卡通小人在给另一个卡通小人解头发。他笑出声，去顺她的头发：“吃。”

立马，晏回温乐呵呵拆开糖纸，递到他嘴边。他也不接，只是低头，握着她的手，把糖吃了进去，牙齿尖还在她的手指上停留了两秒。

晏回温一瞬麻遍全身：“你咬我干吗？”她小声嘟囔，脸都红了，吃糖就吃糖，还咬人。

陆初阳：“嗯。”

他竟然理所当然地“嗯”了一声！

晏回温赶紧偷瞄旁边，好在那对小情侣的注意力全部放在了喜糖的故事上。她长呼口气，有一搭没一搭地跟陆初阳闹着玩，就这样一直等到了下午。

终于拿到那两只小红本，晏回温在车边举着看，实在忍不住像小蜜蜂一样转了两圈，然后叹气。

陆初阳一皱眉，去抬她的脸：“怎么了？”

“我……”

他静静等着。

“我，特别喜欢你啊！”晏回温抱住他，偷偷地笑。

“嗯，我知道了。”陆初阳亲了亲她的发顶，从没有哪一刻，比现在更加幸福。

坐进车里的时候，晏回温先拍了一张拉着他的手的照片，又照了小红本，打开微博编辑，对她的小粉儿们做了个交代。

晏回温：他是武警，我很幸福。[图片][图片]

几乎发出去的瞬间，转发跟评论就以肉眼可见的速度，在上升。

路人甲：大大 @ 晏回温！今天不是愚人节对不对?

路人乙：七夕又一把狗粮，竟然是粉了几年的大大给的，抱紧我的小棉袄哭出天际。

路人丙：抱紧上面哭出天际！

路人丁：啊啊啊啊！一刷新看到了什么，果真是军哥哥！大大 @ 晏回温，恭喜最完美的你遇见最完美的幸福！咱家粉儿永远在你身后。

路人戊：大大幸福飞，粉儿们永相随。@ 晏回温 [心]

路人己：大大幸福飞，粉儿们永相随。@ 晏回温 [心]

…………

之后，竟全是队形。

晏回温翻了翻，才一会儿就感动得眼圈都红了。超爱感动的她立马将手机放了下来，自个儿咬着嘴巴不吭声。陆初阳边开车，边笑着安抚她，怎么跟小动物似的。

微博里的转发还在继续，起初是圈内，渐渐这条猝不及防的消息，就像是掉进潭水的石子儿，以迅雷不及掩耳之势一层一层荡开来。

尤其那些起初就在军报上看过表白小萌漫的人，简直又感动又激动。

所以，两个人终于修成正果了？

第四十六章

医院

军报社：致敬所有军人、军嫂，感恩并祝福。//@晏回温：他是武警，我很幸福。[图片][图片]

官方漫博：猝不及防一口狗粮，求大大给福利。[心]//@晏回温：他是武警，我很幸福。[图片][图片]

漫圈大神：敬礼！万家灯火，负重前行，愿你们岁月静好。PS:红包已备好！//@晏回温:他是武警，我很幸福。[图片][图片]

满月粉丝群：8.17，女神第562条微博，仍高冷转发，小粉儿们乖巧祝福等新戏。//@满月：温温[心]百年好合。//@晏回此：你们知道我姐夫有多帅吗？//@周几许：行动很快啊，祝福！//@晏回温：他是武警，我很幸福。[图片][图片]

娱乐圈里，女神跟当红鲜肉这么一转发后——

娱乐周刊：祝暖神与她的军哥哥幸福，PS：最右不要总是跨圈跟我们抢头条！//@各漫工作室：祝我们家暖神与她的军哥哥幸福，莫名激动。PS：最右，怎么哪儿都有你？［笑 cry］//@体育晚报：祝幸福，最右…… //@十二宫最萌官博：我们队里家属说，祝幸福[萌]！ //@晏回温：他是武警，我很幸福。[图片][图片]

大概是一种情怀，军人的、军嫂的，或者是心中那种敬佩。

于是，兴奋、感动、祝福……

因为转发量惊人，很快，上午在民政局偶遇晏回温的那个女生，也看见了这头条。第一眼，她发现握在一起的这两只手，眼熟？

再一看，白色的，画着卡通小人的情侣护腕！所以说是他们！

啊——她心里尖叫，原来是位大大！！

之后的转发，晏回温没再看，她按按眼角，就听见铃声响了，是陆初阳的手机。

一看号码，陆初阳伸手拿过来："支队长……"

两个人赶到武警总医院的时候，正值晚餐时间，电梯门口人满为患，看这情况，两批也不一定上完。晏回温红着眼睛问陆初阳，爬楼梯吗？

这时"叮"一声，电梯到了，门缓慢打开。立刻，拎着餐盒的家属纷纷往里涌，电梯发出单调的满员报警声。陆初阳牵着她，二话不说转身去楼梯。

但身后有人扯住了他们，那人见陆初阳一脸严肃，而大萌妹哭成这样，大概经历过什么，感同身受。于是，叹了口气，自己出去，让他们先上。

电梯一层一层，停在八楼。两个人从走廊里跑过去，尽头那间手术室门口亮着红灯，人很多，却意外的鸦雀无声。

此时二中队所有队员都在，唯独没有林在言。

“怎么样？”陆初阳站在支队长面前，张了张口，有些艰难地问。

“还活着。”支队长告诉他。

陆初阳咬了咬牙，支队长也只能说，还活着。

“怎么回事？”

“钱老的车被犯罪团伙半路跟踪了，在开往会城的宣会高速公路中段，两辆卡车由邢村收费口进入，随后加速直接撞向我们的车，随后发生了打斗。”支队长蹙眉顿住，似在总结。

犯罪团伙之所以对钱老屡次下手，是因为除了会城分子实验室的几位教授，便是他最了解这支菌株。而菌株一旦设计合成新型药物，带来的财富将不可估量。

可犯罪团伙如此了解我们的行程，上一次抓捕山鹰行动失败也是如此。陆初阳与支队长对视，对方当真不容小觑。

支队长点头，从录像上看，这些人身手不像普通人。“发生打斗时，赵然保护钱老险些遇害，林在言为他挡了三刀，正中要害。”

说完，他在陆初阳的脸上破天荒看到了情绪，想了想还是交代完：“我们的人都是铁骨，人抓住了，公安正在证实是否为山鹰团伙。”

“支队长。”陆初阳想到什么突然开口。

山鹰？如果这次行动走漏了风声，那实施抓捕的另一组人：“江洲呢？”他再次环顾的确没有看到江洲出现在这里，心冷下来。

“江洲的情况过后再提。”支队长按住他的肩膀，“我去一趟上面，这件事牵扯不小。”

支队长转身后又回头，这次却是对着晏回温：“辛苦了。”大家心知肚明，发生这样的事，陆初阳的休假是不可能了。

晏回温只顾着张望手术室的红灯，摇了摇头，眼里的红灯越看越朦胧。陆初阳走到墙边靠上去，深呼吸一口气。

他的队员抬头，哑声叫他：“队长”。

陆初阳扫过一圈后，见赵然身上也有伤，偏了偏头，让他先去处理。赵然默默摇头，站在那里等，绿色的特战迷彩服上都被血浸透了，那大概是林在言的。

这时候，谁都不会离开。

晏回温从雕像一般的队员面前走了过去，来到墙边，握住陆初阳的手，紧接着就被他紧紧反抓住。有些疼，她没出声。

来往的其他病人家属见到这场面纷纷侧目，地板的血迹和散发的腥味原本让他们有些担忧环境卫生，但注意到等在手术室外的是一群武警官兵，尤其赵然那一身鲜血，就全跟着动容了起来。

就是这些人在负重守护我们的平安，而我们理应理解与关心：“请菩萨保佑这些最可爱的孩子们长命百岁吧。”

一个小护士也跑了过来，蹲在地上把赵然弄脏的地板擦干净：“不要紧不要紧，这些我们来做。”

这时，手术室的门忽然被打开。

就像被磁铁吸引，所有人立马笔直地转向了那门口，目光灼灼，晏回温紧张得甚至有些发抖。

“谁是病人家属？”医生走出来问。

“我是，”陆初阳马上走过去，见医生狐疑，“我是病人的队长，他的父母暂时还没有赶到。”

“哦，那跟我来签下字。”

医生走出去，见陆初阳没有动，于是回头：“怎么？”

“还，活着吗？”陆初阳问。

医生点头：“活着。”

陆初阳这才紧跟上去，与医生交谈过才知道，林在言并没有脱离危险，而是已经由专用电梯转到了重症病房观察。有可能还需要做二次手术，但这得等到他的直系亲属过来决定。

陆初阳签了字，抬头直接问：“现在能进去看他了吗？”医生兀自又嘱咐了一长串话，才终于手一挥，放人进去。

重症室在楼下，特战队员连楼梯都等不及下，直接从楼梯口翻下去一层。

林在言就在病房里安安静静地躺着，隔一道玻璃墙。他戴着呼吸机，旁边叫不上名字的仪器运行着。由于人不能进去太多，陆初阳让他们先等在外面。

他跟着一个医生进了病房，房间里嘀嘀的仪器声，单调地重复着。

陆初阳走到床边，一言不发。

大概被他训练惯了，条件反射似的，林在言睁开眼睛，原本迷人的桃花眼眯成一条缝。他张张口，这才发现说不了话，但陆初阳看见了那口型。

“队长。”林在言用口型说，然后手指艰难地抬起来。

一个手势，屋里屋外都看清了。

“他说什么？”晏回温靠在玻璃墙上，轻轻问。

“他说，”赵然顿了顿，“他说，完成任务。”

特战队二中队一组出战二人，归队二人，完成任务。

晏回温蹲下来，心都酸了。而陆初阳沉默着，从外面看，他笔挺得像一座雕像。

“林在言同志，”凝固的空气终于被打破，陆初阳的喉头都在强忍情绪，一字一字告诉病床上的人，“上级命令你必须康复，等你的病好了，才会给你请功。”

这些，是他的队员，每一个都让他骄傲，请必须康复。

后来陆初阳让其他人轮流进去探望，自己到楼梯间抽了根烟，提着的心还不能完全放下去，因为二次手术的决定，正等着林在言的父母来做。

有脚步声从后面靠近，温柔的。

陆初阳掐了烟，站起来，晏回温一步一步，停在了他的面前。他把晏回温拉到怀里，下巴靠在她颈窝深呼吸。

“一定会康复的。”晏回温鼻音很重，轻轻用手环住他的腰。

忽然，外面开始争吵。

是林在言的父母来了？陆初阳判断着，带她上去。

第四十七章

危机

重症病房门口，有一对中年男女侧对玻璃墙，正站在几个特战队员中间。

那男人西装革履，一副企业家的派头，但看上去十分悲凄沉默。只有他揽住的，同样衣着得体讲究的女人，抹着眼泪追问：“你们领导在哪里？我要见你们领导。”

这时，陆初阳和晏回温刚走出楼梯拐角，特战队员闻声纷纷侧目：“队长。”

女人听见，也将头转了过去。晏回温看清，她有着跟林在言十分相似的眉眼，这对中年人，是林在言的父母无疑了。

陆初阳沉稳地走过去，伸出手：“您好，我是林在言的队长。”

林母的哭腔更加忍不住了，颤抖的右手伸出去，只握了一下：“陆队长，我知道您，小言平时总提起来。”

“阿姨，这件事的……”

“不，我不想听什么过程和原因，”林母激动地打断他，“我只知道我的儿子浑身是血地被送了进来，他差点死了，他……只是我的儿子。”

“是。”陆初阳张了张口，又紧紧咬住牙，清楚捕捉到了林母脸上的那种悲痛，是母亲对儿子的。

林母不断抽噎，有些站不住地被林父扶着。陆初阳请他们坐下的时候，医生叹着气出来了：“刚刚吵什么？这里需要安静，别吵着病人。”

“家属来了是吗？”这医生环视了一圈，目光锁定到坐下来的中年人。

“是，我是。”

立刻，林母抓着林父的手臂，强撑着站了起来。

医生点点头，开始从头讲林在言的病情，每一处要害的伤势，他都做了详细而专业的解释。晏回温在一旁半点听不懂，就顾紧张盯住他一开一合的嘴巴。

这里很严重，那里也不乐观……

十多分钟之后。

“当然，方案可以选择静养下去，也可以手术，但二次手术有风险。”终于，医生严肃总结。

“那他还可以留在特战队吗？”赵然往前一步，急切问。

“如果只静养，不手术的话，不行。”

“可您刚才的意思是手术有可能不成功，”赵然反应过来，更加急切，“所以不成功的话，人就会很糟糕？”

医生点点头，是非常糟糕。

他们明白了，而林在言的父母猛地抬头。

“我们不做手术，静养可以，我们照顾小言没有问题。”生怕有人阻挠似的，林母疯狂抓住医生的手腕，“快让我签字吧。”

医生疼得皱眉，没有发作地去看陆初阳，似乎想知道这位队长的意见。

陆初阳站得笔直，只有牵住他左手的晏回温知道，他浑身的每一块肌肉都绷紧着。因为他那让人无法忽视的强大气场，林母不得不悲哀地转过身来。

“陆队长，您别怪我觉悟不高，小言在成为一名特战队员之前，首先是我的儿子。特战队少他一个可以，但我们少了他，还怎么活得下去？小言他才 27 岁，他的女朋友还在等他结婚。这两个孩子从小就处在一起，你说小言万一有个三长两短，让他女朋友怎么接受？”

林母死死抓着陆初阳的手臂，这样请求。

一定掐红了，晏回温默默看着。

“阿姨，我们理解。”陆初阳动也没动，出声安慰。

“好，陆队长您是明白人，我还有一个请求，”林母最后低声道：“我替儿子请求转业。”

她慢慢松开陆初阳，抬起手，学着军人的样子，微微颤抖地对他敬了一个军礼。一眼看过去，就像寒风中，孤零零发抖的那根稻草。

陆初阳忙扶住她：“阿姨，您别这样，我们……尊重家属的决定。”

“谢谢。”

不同于调离，转业意味着彻底脱下这身军装。晏回温再也忍不住了，将头扭到一边，通过玻璃墙远远望着重症病房里一站一躺的两个人。

似乎，林在言的女朋友面色一僵，而林在言艰难地将头扭走。

重症病房的门缓慢地开了，晏回温让出路，眼见高高瘦瘦、气质卓越的女孩轻轻擦肩而过，一言不发地通过走廊，下楼。

晏回温用眼神跟陆初阳交代，跟了过去。

终于，她在医院后面的草地上找到了林在言的女朋友。晏回温顿一顿脚步，走上前并排坐了下来："是不是，林在言说了什么，让你不用管他之类的话。"

"是啊，你看我难过得都躲到这里来了。"女孩抱膝叹气。

晏回温原本以为她一定会沮丧到极致，将小背包里的纸巾都翻出来了。可没想到女孩只是痛快地把林在言骂了一顿，最后坚定地表示，绝对会跟林在言结婚，他不干就揍他，揍到结婚为止。

听着听着，晏回温终于笑出来："结婚的时候，我们都去帮忙啊。"

两个人相视，拉钩。

"我叫晏回温。"

"秦鸽。"女孩说。

再次回到楼上，因为林在言这里有家属照顾，特战队队员不得不归队。陆初阳先把晏回温送回家，告诉她，这几天他必须待在特战队。

晏回温听话地答应下来，其实两个人的房子还没有装修好，她暂时也只能住在家里。

她对陆初阳挥挥手，转身走近黑暗中，可一下子就感觉手腕被扯住，陆初阳十分用力地将她拉到了怀里，抱住。

听见他的心跳，晏回温用脸在那里蹭来蹭去。直到蹭得陆初阳忍不住捧起她的脸，吻下去，吮着她的嘴唇："没办法去旅游了。"

她抱住他的脖子，微微摇头。

"可能今年都没法去了。"陆初阳抵开她的嘴巴，深吻。

晏回温呼吸着，还是微微摇头。

“老婆。”陆初阳低低叫她。

“嗯。”侧头时，小舌头不小心勾到了他的，紧接着就被他压住舌根吮吸。

“别哭啊。”他轻声说。

“我才没哭！”

“嗯，”陆初阳把她顺在怀里，“我怕你哭。”

这下，原本刚才走出去的晏回温，赖在他身上挪不动了。他才说了句“赖皮”，她就用两只手紧紧抱住他，开始像小老太婆一样交代。

这里不准有压力，那里也不许熬夜太晚……嘀嘀咕咕一大堆，陆初阳都答应。又磨蹭了好一会儿，两个人才分开。

陆初阳才赶回队里，就接到了第二个晴天霹雳。

江洲在上午的抓捕行动中，违抗上级指令，擅自开枪射击救下了犯罪团伙手中的一名儿童。但调查组经过分析，认为他对山鹰逃脱一事负有主要责任，因此予以转业处分，江洲本人并无异议。

“我要见他！”陆初阳急匆匆地冲进支队长办公室。

支队长站起来劝解他冷静。

陆初阳一拳砸在他的办公桌上：“我问江洲现在关在哪儿？”

“你想干什么？”

支队长一拍桌子，空气剑拔弩张，陆初阳紧盯他的眼睛片刻，突然转身就走：“找领导，我有异议！”没想到下一秒，背后袭来一阵手风。

陆初阳快速侧身闪过，抬腿格挡支队长的挟制，然后就听门“咣当”一声被撞上。他上前去踹，发现已经被锁死在了办公室。

“赵永宁！”

隔着门板在外，支队长都能听出陆初阳这声音中的怒意，沉默了半天后说道：“上级已经为江洲联系好了单位，转业回会城大学，任生物系辅导员。”

里面除了起初那声怒气后，再无声音，支队长也没有派人看守，他知道谁也守不住陆初阳，甚至不用一分钟，人就能越门而出。他这么做只纯粹相信，陆初阳是一位成熟的特战队长，能够借此冷静思考。他们该做的是服从命令，反恐，人民利益大于一切。

支队长撂下话走后，陆初阳靠着门板慢慢蹲下来，脸上的表情似在思索刚才那番话。

三天后，江洲离开特战基地。陆初阳站在门口送他，墨镜遮住眼睛，冷漠得看不出表情，肩上挎的是江洲那把死神狙击枪。

江洲一身便装与他淡淡擦肩而过，陆初阳抬手，做出那个只有他们知道的手势，始终如自己带他第一次出任务。

我们的后背交给你。

江洲抬手，我在你们背后。

接下来一连几天，整个特战队不断会议、商讨、部署，进进出出铺天盖地的忙碌，就连上面派下来的行动调查组也几夜没有合过眼了。

林在言得知江洲转业后，先望着窗外许久不吭声，手放在腿边做了一个手势，竟默契地与陆初阳送走江洲时如出一辙。

过后，他不知从哪里听到自己保守的治疗方案，开始绝食抗议。医生无奈，只能给他注射营养液，他的父母几次找到陆初阳商求。

陆初阳正为此心力交瘁，低着头往办公室走，结果拿出钥匙一开门，发现门并没有锁。

有人来了？他握上把手开门，走进去，桌前背对他坐着一个人。

听见脚步声，椅子里的人转了回来。

“爷爷，”不知道老人这时来干什么，但陆初阳还是稳稳走过去，“您有事打个电话，或者叫小张过来办就行了。”

小张是老人的警卫员，正军姿站在旁边。

陆初阳想给爷爷泡杯茶，拿起茶杯这才发现小张早已经泡好了，于是放下茶杯。刚才一碰，杯里的水并不烫，看来他们来了好一会儿。

“事情处理得怎么样了？”老人抬头皱眉问。

“有点麻烦。”陆初阳回。

老人微微点头，对小张摆了摆手，后者立刻从公文包里拿出一只牛皮纸袋，放在桌面上推到了陆初阳面前。

“这是什么？”陆初阳看着问。

“给你准备的调离报告，你签个字，我亲自送上去，其他的你不用管。”老人下达命令。

“为什么？”陆初阳平稳地问，盯着爷爷的眼睛。

“这件案子，你不用再接手，只管做好交接，然后准备准备去新单位报到。”老人的语气不容置疑。

“我不接受。”

陆初阳刚说完，一只茶杯盖就迅速朝他身上飞了过去。他躲都没躲，杯盖擦过他眉角，碎在地上。

老人用拐杖敲着地面，发怒了：“你不接受？以前你折腾折腾也就罢了，但现在你成家了。我问你，你把小温放在什么位置，从头至尾有没有问过小温的感受，一个女孩子家，嫁给你是来担惊受怕的吗？”

陆初阳摸了摸眉角，破了，要是小姑娘看见又得心疼一阵。

“你要是连问都没问过人家，当初就不要娶，现在娶了又把人晾在一边，你这是耽误小温。”老人越说越生气。

陆初阳浑身一紧，转身。

“你给我站住。”老人气得拍桌子，站起来。

“字我不会签，老婆我也放在心上，爷爷，我先走了。”

“你……”

陆初阳出去，反手将门一撞才呼出一口气。可一抬眼，就见他的队员们都没来得及跑，全部猝不及防“嗖”地靠墙绷直。

行动计划被泄露，山鹰跑了，林在言伤了，还在绝食做最后的挣扎，江洲也被驱离特战队。他们原本想来为这次行动请战，可谁知竟听见这些。

连他们无所不能的队长都要离开了吗？整个二中队陷入了深深的绝望。

每个人脸上分明写着想打架，其他中队见了匆忙绕道。就连最喜欢招猫逗狗的古戍，也不敢去搭讪了，最多鼓励地笑两嗓子。

尤其在接到支队长命令，接下来的行动全部交给三中队后，古戍整个人都惶恐了，每次见到那帮小子，都特别想穿上防弹衣。那眼风，机关枪一样往他身上扫，他也很冤枉。

古戍深知这帮小子多绝望，可他好歹也是一队之长。终于受不住目光的洗礼，狂给陆初阳递眼色：叫你的队员放温柔点儿！

又等了两天，陆初阳才把他的队员集合到操场，他背手而立，像一支标杆：“想出战，替林在言、替江洲出气？”

“队长，为什么不是我们，还有您真的要……”

“没有为什么。”陆初阳打断，目光扫过每一个人，“军人以服从命令为天职。”

“支队长是不是认为我们不行？”赵然沮丧问。

“不行？”陆初阳反问，“从你们参军那天起，就没有‘不行’这两个字。”

“可是……”

“可是什么？”

“你们就是冲出枪膛的那颗子弹，不出则已，出则必胜。没有‘可是’，你们等的只是一声令下，明白了吗？”陆初阳沉静命令：“都去训练。”

他非常清楚支队长的意图，他的队员有情绪，但这股子情绪还没有激发到位，弓要拉满，才够犀利。

“是！”

回声响彻空际。

后面，古戍走出来，感慨了一句：“可以啊，够激昂的。”

陆初阳看了他一眼，没想说话。

“你们家老太爷实在铁血，”古戍撞撞他的肩膀，“不过你更倔，哦对了，几天没见老婆了？你这事儿在基地里也算是传奇了，新婚第一天……”

“哎！你别用这种凌厉的眼神看我，”古戍叹气，“我也好久没回家了，希望这次网回来的团伙能交代出头目的信息，不然这心里真不踏实，上面的压力更大。”

“嗯，”陆初阳点头，跟他往会议室走，“你小心。”

第四十八章

筹码

三中队行动那天，正巧是林在言手术的日子，不知他用了什么办法，迫使父母签下了手术同意书。支队长大手一挥，陆初阳带他的队员就都赶去了医院。

晏回温跟意大利那位邀请自己的画家德安先生约定好的时间，原本是两天前。为了亲眼见到林在言手术，已经耽搁了。

早晨她草草吃了两口面包片，一边拔下电脑电源，一边跟意大利那边德安先生的助手确认，航班在下午 4 点钟。早上 8 点她提上行李箱匆匆出门先去了医院。

“回温，”客厅里，晏爸爸抬头叫住她，“受伤的小同志怎么样了？”

“哦，今天手术。”晏回温也不懂具体会怎么样，毕竟谁也不清楚手术之后，林在言还能不能重新站起来。这种概率事件，最是让人不安。

面前电视机里正重播着时政新闻，女主播专业的声音伴着画面。他国政客访华已经结束，对方对两国建交表示出了十足的诚意与憧憬。

政客说，中国是一个和平而强大的国家，新闻里一片欢歌。

晏回温揉揉眼睛："爸，我先走了。"

林在言的手术被安排在了12楼，是专用手术室。整个楼层全部封闭，只有相关人员可以进入。

出电梯，一进入12楼，晏回温就望到了走廊另一端，特战队队员靠墙站在专用电梯门口，个个面色紧绷。陆初阳跟医生一起从办公室出来，看见晏回温，招招手让她过来。

晏回温立刻向他的方向迈步跑去，手中的小箱子被他接了过去，陆初阳抬手摸了摸她的头。这时'叮'一声，专用电梯的门缓慢开了。

林在言被护士推出来，他的父母寸步不离跟在后面，从眼睛上看，林父林母大概是哭了一夜的。晏回温环视一周，没有发现秦鸽。

正疑惑，这边的医生点过头，护士开始推着林在言往手术室走。特战队队员哗啦啦围了过去，张口却欲言又止。

赵然直接哭了，林在言瞥了他一眼，无力地摆摆手："哎行了啊，好好养你的伤吧！"

"我、我早就好了。"

这回，林在言干脆愁得都不接话了，视线落在陆初阳脸上，又转向晏回温："对不起啊，把你们的新婚给搅了。"

对这种超脱生死像在交代后事的大无畏，晏回温努力给自己顺气，不能跟病人一般见识，让他说，让他说……

陆初阳却差点抽他："好好做你的手术。"

林在言笑了笑，车子就要被推进手术室，可躺在车上的人突然回过了头。他那双招摇的桃花眼，此刻正穿过所有人影，一眨不眨地注视着电梯门。

电梯安安静静，没有半点动静。周围也鸦雀无声，感觉到病人似乎还有什么事揪着心，就连护士都将车停了下来。

“需要等会儿吗？”医生为难地问一旁家属。

“不用。”林在言却闭上眼睛回。

过了片刻，他发觉自己仍在原地，困惑地睁开眼睛扭头，看见他的战友都从中间让出了一条通道。秦鸽从通道里径直走过去，一股脑坐在了等候区灰色的座椅上。

她装作若无其事地从包里拿出手机玩，谁也不看，尤其不理林在言。

这怎么回事？大家面面相觑。

“小鸽子。”终于，林在言出声叫她。

从秦鸽进来，他那双桃花眼里，就只剩下了这个女孩。秦鸽默不作声，低头玩手机。

“小鸽子。”林在言又叫。

她不理。

晏回温明白了，见林在言这下因为秦鸽，收敛了之前一副生死大无畏的态度，终于吊起了一口气。她深呼吸，转身钻到陆初阳身边，还以为大少爷真的天不怕地不怕呢。

果真，林在言沉默许久，还是叹气：“小鸽子，你等着我。”

手术室外的红灯“啪”地亮了起来，秦鸽这才收起手机，紧紧握住拳头，望着红灯一动不动。晏回温坐进凉冰冰的椅子里，低头攥着手指，忽然手被一只掌心覆住了。

陆初阳把她的手牵在自己腿上放着，那软软的手指不安地动了动。他蹙眉，有些想法开始在心里复苏，小姑娘很害怕，那如果里面的人换作是他？

他不敢想，把手在她腰上一搂，晏回温慢半拍地抬头，紧接着小脑袋就被他按在了肩膀上，她靠着拱了拱。

她一动，陆初阳用手心盖住了她的眼睛，声音在她头顶：“不是还要坐飞机吗？先休息一会儿，别怕，出来了我叫你。”

她轻轻“嗯”，换了一个姿势，然后微弱的气息就出现在了他的脖颈。

过了会儿，陆初阳把手从她眼睛上拿下来，沿着肩膀、手臂，滑向她的腰，将她又往自己这边搂了搂。走廊里安静，陆初阳的心情却有些差。

这几天，那颗无比强大的心都在自我否定的边缘，他绝不可能离开特战队，但爷爷提醒自己在耽误她，她后悔吗？

几个小时之后，手术室外红灯灭掉的时候，陆初阳怀里的人几乎是瞬间惊醒。门一打开，特战队队员火速冲了过去。

医生才出来，就被他们团团围住。他疲惫地摘下口罩，马上，所有视线都焦灼地戳在他脸上，除了秦鸽。

这些人头在秦鸽眼前晃来晃去，而她穿过人影，凝视着手术室那扇门，好像想从门里看见林在言。

林母有些虚弱地问：“医生，我儿子他……怎么样？”

所有人盯住他，医生抬起头，这些人坚毅的眼神，让他不忍长篇大论。

“手术很成功。”他直接说。

“谢谢，谢……谢。”林母泣不成声。

医生后来又嘱咐了一大串，可压根没人听得进去了。他叹气时，自己周围正退开一个圈，下一秒，退开的人就一哄而散，往病房飞奔过去了。

看人家这战友情，医生又叹，活动了下脖颈，这下终于好跟上面交代了。

走廊里还剩两个人没动。

晏回温激动地又哭又笑，陆初阳端起她的脸仔细看，笑话她。她两只手抓住他短袖的袖口，嘟囔：“你怎么都不紧张啊？”

陆初阳把她往身前拢了拢，怎么不紧张？他不仅紧张，所有事情加起来，这几天都快濒临爆发了。最后陆初阳送她去机场的时候，因为路上堵车，等办好了登机手续，已经快到停止登机的时间了。

晏回温急匆匆接过来她的小箱子，放在地上，抽出拉杆，一边回头张望安检通道，一边急不可耐地踮脚，在陆初阳脸上小小地亲了一口。

“我走啦！”她小声说，感觉自己脸上都火辣辣的。

可下一瞬，手腕又被他扯住。

“回温。”

“哦对，我两个月就回来了，最多两个月多一点点。”晏回温伸手比画，只多一点点，但见他表情凝重，“怎么了？”

两个人站在安检通道前，不断有旅客从他们身边侧身而过。

“你想离婚吗？”陆初阳鬼使神差，问了出来。

回到特战基地又是新一轮的会议，三中队在收网行动中不负众望，通过山鹰布局引蛇出洞，终于叫犯罪团伙的头号人物浮出水面。

昏暗的作战指挥室里，精密仪器配合单调的键盘音，响个不停。支队长将投影一换，大屏幕里出现了一张冰冷的人脸。

“山鹰，2 号人物，是雇佣兵，”支队长介绍，“而头号人物叫格尔，中意混血，暂无照片。”

根据上级掌握到的资料，这群犯罪分子表面上是在北欧做生意的商人，但实际，他们已经在境内外策划了多起恐怖行动。

就在几天前，格尔指挥手下，在三中队行动归队的车上，装入了最先进的窃听器。车子进入基地的辖区，立即被捕捉到有异常信号，进而发现了这枚窃听器。因此调查小组分析，格尔已经开始亲自策划行动。

陆初阳一言不发地听着，从机场回来那天，他便沉默，脸上明显临近崩溃，但他又异常镇定。古戍见了，怕得从他旁边挪远了一个座。

“格尔目前隐藏在意大利，我们无法抓捕。”最终支队长强调，“但相信他很快就会进行下一步行动，目标范围锁定在特战队、钱老，以及会城大学的生物分子实验室。上级命令，每名战士务必时刻准备，将犯罪分子一网打尽。”

“请记住，我们的祖国与城市，不容侵犯。”

会议结束后，古戍在后山找到陆初阳时，他正站在倾盆大雨里一动不动。

“你怎么回事啊？”古戍本想缓解下气氛，但见到他崩掉的表情后，玩笑话溜到嘴边还是咽了回去，“跟老婆吵架了？”

“不是。”陆初阳回，眼底是山下已经陷入黑暗的特战基地，心也一片死灰。

在机场，他说出来就后悔了，可几乎立刻，小姑娘像被吓到似的，头也不回躲进了安检通道。

回去的路上，他一个人蹲在路边抽烟。被烟呛了才发现，原来自己也会害怕，怕耽误她，更怕她再也不想陪他。

遇见晏回温之前，他从没想过谈恋爱。这是他第一次这么爱一个人，以至于根本不懂，该拿她怎么办才好。

"打一架吧。"古戍也不问了，觉得陆初阳再不发泄，人该废了。

可没想到，他才一个起手，陆初阳就动起了真格。

"你疯了！"古戍跟他同时进队，一起练了没有七年也有八年，太熟悉彼此的套路，陆初阳这是不要命的打法。

雨水像石子一样噼里啪啦往他们脸上、身上砸，雨声太大掩盖了拳头撞上手臂的声音，两个人脱力地躺在地上。

"靠！"古戍又骂了一句，真疼啊。

接连两个月，天气已经十分寒冷，晏回温除了去德安先生的工作室，每天就找阳光普照的各种角落，画下这里发生的一个个充满希望的小故事，扫描发到特战队的邮箱。

昨天是一对儿依偎着散步的老者，今天她看到几个孩子，在不远处笑得春光灿烂，哄起一群鸽子。

她记得许多小队员说过，不经意瞥见的平淡幸福，就是他们的光。她也希望把自己生活的点滴告诉陆初阳，不必让他为自己担心。只不过这么久了，她连手机开机的勇气都没有。

晏回温住的公寓在德安先生上课的大学，环境不错。收起画板回到房间时，她吸着鼻涕用公寓里的座机给薛琪打电话，那边秒接："还活着呢？"

晏回温："嗯……"

"什么时候回来？"那边问。

提起伤心事，晏回温伸手从纸巾盒抽出纸巾，堵住不断流鼻涕的鼻子，可怜巴巴地窝着："我怕他跟我离婚，不敢回去。"

那边的语气已经不爽："他敢！还强迫你不成？"

"不是，"晏回温没骨气地坐在床上，"他一下命令，我就控制不住地想听话。”

“姑娘，改天我去给你打探打探。”那边无语。

“那你，偷偷地。”晏回温瓮瓮说。

等挂了电话，她下楼去买感冒药，结果提着药往回走时，被一位男士十分绅士地叫住了，男士用英语礼貌问路。

晏回温一边指路，一边晕晕乎乎抬头，这一看，惊住了！男人的样貌，竟比女人还要俊美，尤其那双琥珀色的眼睛，勾人心魄。他是混血，而且会中文。

得到了指示，男人对晏回温颔首道谢，走出去时，不经意看见她手中的感冒药，便微笑提醒：“我是研究生物学的，这药需少吃。”

“啊，”晏回温回神，看了看手中的药，“哦，谢谢。”

等晏回温彻底消失在人海，慢慢，从背后的街角走出来了两个人，其中一个冷若冰霜。他们来到男人两旁，而这男人漂亮的脸上，笑容渐渐凉下来。

“格尔，是她吗，那个特战队队长的老婆？”“冰冷人”问道。

被叫作“格尔”的男人，用白皙到像艺术品一样的手指，从怀中拿出几张照片。他可惜地看了看，交给右边普通的下属：“先盯住。”

“是，是。”

下属唯唯诺诺接过来，两个老板竟然亲自指示。他赶紧一看照片，除了刚才的女孩，还有一个小孩、一个老头，大概都是家属。

“但是老、老板，盯谁？”下属谨慎问。

“盯谁？”格尔笑了，用两根手指抬起对方的下巴，冷冰冰说，“随便一个，只要我到时有人可抓。但你不要像那帮废物，捅了人还跑不掉，嗯？”

“可、可是，特战队的人实在太厉害了。”

“所以，”格尔微笑，“我才需要抓一些筹码去拿到菌株。”

第四十九章

不靠谱

晏回温的感冒完全好时，已经是一周以后了。德安先生发了邮件，邀请她去参加学生的设计画展，展厅的地址写在了邮件下方。

其实，晏回温在这边的工作已经结束，画展的话……桌上的座机突然响了起来，她拿起接听，是薛琪。

“回温，我觉得你还是回来一趟吧！”

薛琪复杂的感慨声从电话那边传了过来：“本来想去给你“炸”特战队，结果悄悄看见你家队长，他在冰碴子里训练，反正我没见过这么崩溃又强装冷静的人。”

薛琪沉吟了一会儿。

“林在言和我说，这段时间，队长雷打不动每日问支队长看你的邮件，有一回你晚了，他大雪天坐在门口等了半夜。林在言转达，大概他把陆初阳这辈子的不自信都看完了，其实褪去了强大的武警队长的外衣，他也只是一个会害怕耽误你的普通男人。”

挂断电话，晏回温有些震惊地发了会儿呆，她开始从床上慢慢站起来，打开电脑，浏览航班信息。

订好机票后，晏回温给德安先生回复了封自己无法参加画展的邮件就默默收拾东西，给房东留下了字条。房东是德安先生的好友，人在波兰。她把钥匙交到德安先生的助手那里，打车去了机场。

飞机上，晏回温穿过过道，找到座椅，系安全带时歪头看见了左后方一个熟悉的身影。因为这人的长相实在太出众，她很快记起，他是上周在街口问路的混血绅士。

晏回温回头的时候，格尔显然也看见了她，略一错愕，便颔首微笑，随后将目光重新放在了手中的书页上。

他准备去中国？晏回温也只是一个点头，戴上眼罩跟卫衣的大帽子，兀自睡了过去。

回到家时，已经深夜。

没打扰父母，晏回温轻手轻脚回到卧室，冲了个热水澡，穿着机器猫的睡衣出来，浴巾拿在手上。她也没力气去擦冒着水汽的头发，就躺去床上，让头发这么湿漉漉地垂在床下。

发了会儿呆，晏回温盯着天花板，伸手在床上摸手机。

"不然，开机打个电话？"

她注意到墙上的时钟快要指到四点，手指还没按到开机，就立马泄了气，即刻反驳自己："这么晚，算了。"

"晏回温，胆小鬼！"她赌气地把手机扔到枕头上，"啪"地关掉了台灯。就这样连姿势都没有换，睡了半夜。

第二天醒来的时候已经临近中午，晏回温睁开好像粘在一起的眼睛，抬手去揉。这一抬，她发现自己有点动不了。

因为脖子伸在床外，僵住了。她愣了半晌，才终于把自己像小僵尸一样强硬地翻坐起来。缓了缓，晏回温颇为可怜的下了床，简单洗漱，换好衣服，然后戴一顶黑色棒球帽走了出去。

她记起在意大利时，拒绝了出版方夏乔大人的五次约见。为了避免被大人追杀，犹豫半天，她还是决定在回来第一时间亲自去一趟。

晏回温扶着墙，笔直地下楼，感觉从耳膜里，可以听见脖颈处不断发出“咔咔”的声响，因此没注意到，侧面竟站了个人。就要擦肩而过时，她被一只手臂拦住了。

“什么时候回来的？”晏回此一手拿水杯，见鬼似的问。

“半夜。”晏回温慢慢才把头抬起来回。

“躲两个月，怎么回事啊你？”他又问。

晏回温摆了摆手，示意明知故问，没理他，走了出去。晏回此目送她出门，听见撞门声后迅速拿出手机偷偷发信息，更加没注意到一只手从身后拍了过来。

“回此，你跟妈妈说，你姐姐是不是有什么事？”晏妈妈狐疑地问。

晏回此吓得差点没拿住水杯，反应过来赶紧把母亲一搂：“妈，没事，放心吧！”他瞄了眼手机里陆初阳的回信。

于是他开着晏回温的甲壳虫，赶到特战队门口时，陆初阳已经在门口等他了。半天不见车里有动静，陆初阳走过去敲敲车窗。

又过了两分钟，晏回此才推开车门，围巾绕在头跟脸上，鬼鬼祟祟地出来：“帮我挡一挡，让我哥看见就不好了。”

晏回此的哥哥就在离特战基地一墙之隔的核研究所工作，同为保密单位，两边关系还不错。

怕被哥哥撞见，晏回此拉着陆初阳藏在后面，招呼他快进。可没想到目光这么不经意扫过陆初阳，就吓了一跳，差点以为自己恍惚了。

怎么这么疲惫，要不是陆初阳骨子里那种无可比拟的气场，他还以为这人疯了呢。

“很爱我姐吧？”晏回此问。

陆初阳“嗯”了声，让晏回此跟他进去，然后又有些低落地问：“我老婆是不是偷偷哭了？”

“还老婆呢！”晏回此小声嘀咕。

“她，不想理我了。”陆初阳看着前面，很认真地说。

“我知道怎么找她，”晏回此似乎终于有了高他一等的感觉，“要不我给你支个招吧，首先准备最能收买我姐，让她一看就跳到你身上可爱到下不来的东西。”

什么东西呢？

“嗯？”

“我想想……”晏回此看了眼陆初阳，后者默不作声，似乎真的在等他的办法。

两个人在门岗做了登记，走进特战基地。晏回此终于敢把围巾绕下来，转头时一瞥，见大门处的栏杆断了几根，一看就是被撞的。谁这么大胆，敢撞特战队？！

“你们被恐怖袭击了？”晏回此惊奇地问。

“不是，昨晚被人不小心开车撞的。”

“哪位神仙，敢撞你们？”晏回此几乎叫出声，陆初阳却始终没有什么心情，干脆没回。两个人进了办公楼，往陆初阳办公室走。

晏回此在他旁边，发觉他的心情实在差到了极点，于是于心不忍地笑了笑：“我在想办法呢，姐夫。”到底什么东西，能让姐姐秒变小可爱跳到姐夫身上？

陆初阳拿出钥匙开门，他跟着走了进去。咦？十步外的沙发里有人，腿很长，歪歪戴了一根正红色发带，背影很熟悉。沙发里松松垮垮坐着的那个人，听见动静后也将头郁闷地扭了回来。

“到底有没有人来赎我啊？”

他整个人激动得差点跳起来，赶紧侧头问陆初阳：“苍苍怎么在这儿？”

“苍苍”是球迷对坐在这里这位十二宫篮球队最迷人的得分王——裴苍笙的爱称。他可是晏回温的小偶像。原来他撞了特战队，被扣在办公室等自己队长来赎身。

晏回此一看：“有办法了！”

“什么办法？”陆初阳顺口问，先公事公办地让篮球明星在纸上写了一份保证书。

晏回此则笑眯眯地把另一张纸往桌面上一拍：“苍苍哥，签名！”

他不仅逼供到了签名，还教陆初阳给夏乔的手机发消息，转告晏回温：老婆，你最喜欢的篮球明星在我这里，帮你拿到了签名，你想来看看真人吗？

酒局上，夏乔一口红酒呛到嗓子眼儿里，面色复杂地将手机交给晏回温，差点笑哭：“哎哟我的妈，这个‘恋商’绝了！”

晏回温对着这行字心里默念了三遍，无奈笑出来又想哭。谁要去看别人啊！她把手机丢给了夏乔。

今天的饭局是一位出版业的老板组织的，老板听说晏回温在夏乔那里，就叫夏乔一定把这位画家邀请来，不来就是不给他面子。

饭局安排在酒店三层包厢，办得十分有格调，老板请到了相熟的十几人。晏回温一眼望过去，除了夏乔，谁也不认识。菜刚上来，大家正边吃边聊得兴起，她便也不好借口离开。

这里在座的大多是年过三十或四十的成功人士，话题自然围绕着家庭和事业。比如谁是不婚主义，一心投身出版，谁又是妻奴孩奴。

“天天传媒那个老童离婚了，你们知道吗？”忽然有人叹气，“听说是破产了，天天被债主追。”

“听说了，追债的人扬言要他全家不好过，”另外一人也跟着叹口气，“所以他把老婆孩子都赶走了。”

晏回温用筷子戳着盘子里的虾，万一老婆孩子更希望留下来共渡难关呢？讨厌，讨厌……想到陆初阳，她更加生气了。

老板坐在主位上，晏回温是夏乔带来的，自然坐在她旁边。

而晏回温的另一边是一个二三十岁的男人，穿着比较前卫。不知是谁带来的亲戚，他总逮到机会就聒噪个不停。

晏回温听出来了，他曾做过两年武警，终于忍到退伍后回家开了公司。

“你好，我叫方同。”

男人见晏回温比较沉默，便顶着那头前卫鸡冠发，率先介绍了自己：“以前是武警，那时候我在队里打架可厉害了，绝对横着走。”

武警，打架？晏回温心里淡淡一笑。

“当然，现在成立了公司，就以赚钱为主了。你看，那边的老总是我小姨。”男人又介绍。

“嗯，我姓晏。”她只简单说，慢慢吃盘子里的青菜。

好不容易熬到饭局结束，她正要趁大家纷纷出去时离开，谁知老板两手一拍，决定带大家去娱乐，晏回温赶紧借口拒绝。

“都这么晚了，没人送你啊！”夏乔知道晏回温没开车。

“朋友来接。”她连忙编了个借口让对方放心。

“那到家给我电话。”夏乔嘱咐。

晏回温脱身后就站在酒店门口，刚好看见来了辆出租车，她往前一步正招手，一辆黑色的轿车停在她面前，挡住了她的视线。

“刚才骗人的吧，有男朋友了吗，我送你？”饭局上的鸡冠头男人开门下车，绕到副驾驶室，眼睛火热地将她打量一遍。

“不用。”晏回温摇摇头。

男人跟上她：“怕我不安全？”

“不是，我老公马上来接我了。”她继续瞎编，手在口袋里握着手机，早知道吃饭的时候就给陆初阳回信息了。

第五十章

他的信仰

“老公？”方同显然不信，晏回温走两步，他跟两步。

在他再次开口前，晏回温转身发火了：“你不要……”她忽然定住，眼睛从方同的肩膀，看到远处一个身影正向她走来，无比熟悉。

是陆初阳，他更加消瘦了，穿着迷彩裤跟军靴，上身那件黑色武警短袖外面，只随便套了件羽绒服，看得出，他出来得非常急。

羽绒服的拉链没拉上，11 月的天，寒风一直吹着，他也不知道冷，盯住晏回温看的时候，仿佛立刻就要把她拉到怀里。

一整晚，陆初阳没收到她的回复，心里是真的不可能放下她。于是，让晏回此从夏乔那里套出地址，忍不住亲自过来了。

他两个月没见的人，此刻卫衣外面裹着一件羽绒服，棒球帽檐遮住眼睛，正不耐烦地转身。小姑娘几乎不会有这种情绪，陆初阳注意到了旁边那个男人。

他十分不爽。

看到他后，晏回温就把头低了下去。陆初阳大步过去，伸手将她一揽。

“这位是？”方同审视地问。

“我是回温的老公。”陆初阳言简意赅地替晏回温答了，视线淡漠地扫过方同，就去看晏回温的脸，“回家吗？”

晏回温又把头垂下去，盯住自己脚尖，余光里，地面开始模糊变形。

所以，他们只是闹别扭的情侣而已？

这样的情形看在方同眼里，尤其注意到陆初阳羽绒服下的武警短袖后，他笑道：“你也是武警，在役的？那我应该算你前辈了，我叫方同。”

他把手伸出去。

“嗯。”陆初阳只沉声给了他一个字，抬手摸到晏回温的脸，湿漉漉的，风一吹冰凉。他用两只手捂起来，又在她头顶轻声说：“回家吧。”

被无视的方同不高兴了，他觉得虽然在气场上无法镇压对方，但他好歹也是有资本可以吹嘘的人，于是皱着眉问：“你在哪个部队服役？用过 SSG3000 吗？我用它可以距离 100yd，连续射击 5 颗 308 口径的子弹。”

100yd 是什么？晏回温听得困惑，终于抬起头。

陆初阳把她转过来背风，用手指擦掉她的眼泪：“SSG3000 是一种狙击步枪，100yd 是 91.44 米，308 口径大概……”

他给晏回温比了一下宽度，这种程度在他队里，连垫底都不够。

“哦。”晏回温带着哭腔说出第一个字，又问，“那江洲呢？”

“江洲用 85 狙，”陆初阳见她终于肯跟自己说话，心里一软，抬手拨开她被风吹到脸上的头发丝，“他能射击 1300 米。”

“哦……”

晏回温明白了，江洲都能射击 1300 米。用林在言的话说，陆初阳的射击水平在特战队，那是祖师爷一般的存在，难怪他一点都不想跟方同讨论射击，完全不在一个层面。

“哦？你们用 85 狙也能打子弹壳吗？”方同笑问。

“不是。”陆初阳随口回。

“这样啊，”方同颇优越地笑，“那你们还打纸靶子？”

陆初阳懒得应付，笑了笑：“嗯。”

他对这个男人已经十分不爽了：“再跟着我老婆试试。”

晏回温听完觉得，还是不要告诉方同，陆初阳他们用狙击枪，那都是直接往恐怖分子脑袋上招呼的。她转身就走，陆初阳寸步不离地跟上她。

“回温。”

她越走越快，他也越跟越快，却始终保持着一步的距离。

终于拐了个没人的街口，晏回温气呼呼猛地回头，陆初阳一把将她拉到怀里。感觉到小姑娘闷闷地推他，他抬起手臂把她抱紧：“回温，给我一分钟。”

晏回温被按住的一瞬，把头垂了下去。

“那段时间，我想得有点多，参加你同学聚会的时候，别人的男朋友都比我有时间陪对方。”他低声开口。

都过去多久了，才说！晏回温生气地抓住他腰间的衣服。

陆初阳看了看这个姿势，把她的帽檐转到后面，更近一步：“后来林在言出事，你害怕了，我开始担心如果躺在里面的是我……后来，爷爷说我耽误你。”

爷爷去找过他了？一定又给他压力了。晏回温抬起头，睁着湿漉漉的眼睛看他。

“我第一次谈恋爱，”陆初阳微微侧头，有些尴尬，“很多想法可能不知道怎么去表达，让你不舒服了，可我并不是那方面的意思。”

原来他也会不确定，害怕不知怎样对一个人好。好在爱情需要两个人共同承担，一个不小心迷失，另一个仍在，像家中那盏灯火。不知不觉，晏回温抱住他。

这样的举动，已经让陆初阳心猿意马了。他眯起眼睛，声音愈发轻：“说出口的那一瞬间，我就后悔了，后来蹲在路边抽烟，反复问自己，真没有你行不行？”

“哦……”

好在，一辈子呢！她都陪他。

“我没敢想。”陆初阳亲了亲她的头发，没再说话，直接拉住她的手臂，带她回到车里。他一打方向盘，车掉了个头，开进夜色里。

下车后，晏回温心事重重地跟他走进了他们挑选的那座小区。上台阶，进电梯，拿钥匙，开门……陆初阳把她让进门，按开了客厅的灯。

晏回温愣愣地走了一步就停下来呆住了。

“我装修好了。”陆初阳摸摸她的头。

没错，装修好了，跟她的图纸一模一样，甚至连沙发、窗帘、家具的颜色，全部与她期待着说出来的样子丝毫不差，晏回温又快哭了。

陆初阳脱下羽绒服扔在沙发里，把她的也放好，见她红着两只眼睛，心软得要命。

“爱哭鬼，”他叹口气，张开手臂，“老婆，让你抱一下，别哭。”

晏回温低着脑袋，走到他怀里，立刻被他收紧手臂抱住。

陆初阳用下巴蹭她的耳朵尖，蹭红了才有些不太爽地说：“今天那个人……”

“那个人问你要电话了吗？”他咬着她软软的耳骨问。

“没有。”她痒得躲。

根本躲不过去。

“要是我的兵，他一定完蛋了。”陆初阳更加不爽，本来想正儿八经跟他较真上两句，后来发觉，实在太悬殊。估计赵然这种小包子见了，都不愿出手。

晏回温忽然反应过来，仰起头看他：“你，是不是吃醋了？”

“我非常吃醋。”陆初阳回。

话落，两个人之间突然寂静了下来，四目相对。晏回温甚至可以听见，两人交织在一起的温热鼻息。

慢慢，陆初阳把头低了下来。他的五官在晏回温眼前放大、清晰，然后，嘴唇相贴。

两个月，好像过了一辈子那么漫长。

不知谁先控制不住地微微张开嘴巴，吻就变得异常汹涌。晏回温搂住他的脖子，鼻尖跟鼻尖辗转厮磨，唇舌搅在一起。

陆初阳把她紧紧按在身下，一手扶住她的腰，一手从衣摆下探了进去。

他的手掌摸到前面起伏，只是指头尖握着碰了碰，一种前所未有的眩晕立刻传遍了晏回温的大脑。她晃了晃险些站不住，就被他顺势捞着腿弯抱了起来。

顶开门，陆初阳抱她走进卧室，把她放在大床上。他压下去，十分认真地咬着她的耳垂：“还没叫过我呢。”

叫什么？晏回温被他的手掌摸得不能思考，抱住他的肩膀拱来拱去："嗯？"

"叫老公。"陆初阳轻声说，吻了吻她的嘴唇。他屈膝在她两侧，专注地看了会儿她，撑在她脸边的手臂，因为用力，青筋十分清晰。

现在这样，晏回温难为情地动了动身体，谁知——啊，被他用小腹下面紧紧压住了，一点一点往前磨。

她晕晕乎乎用手捂住了脸。这下看不见了，那种摩擦的酥麻，反而更加猛烈地蹿了上来。她几乎不敢呼吸，可转眼，手又被他拉了下来。

陆初阳温热的手指从她的下巴，一寸一寸抚上她的脸，让她抬头。

"都结婚了，叫我。"他的声音又低又沙，简直在逼她就范。

"老公。"晏回温快速地，小小地说了声，脸红了大片。

陆初阳十分认真地回应了她，又情不自禁地推开她的衣服，从上到下吻着。晏回温觉得，被他嘴唇跟牙齿碰过的地方，简直要烧起来了。

感觉他浑身上下也烫得要命时，陆初阳直起腰来，开始脱自己的短袖。

他拎着下摆往上一扯，立刻那副肌肉紧绷，看上去十分有力的匀称身材，出现在晏回温眼前。她的目光，正对上眼前一块一块的腹肌。

晏回温满脸通红了，偏偏这时，陆初阳还把她的手拉起来摸在上面。软软的手指碰上肌肉，蜷了蜷，他就握住慢慢往下，再往下……

大片红晕挂在她脸上，都做完了，晏回温开始难为情了。

腰特别酸，身上也都红了，脸上还挂着泪。看着她这副被欺负到哭的样子，陆初阳束手无策地叹气，把她抱到自己身上：“下次不能这样了。”

小姑娘身上，他一用力就红一片，看着特别心疼。

晏回温有气无力地趴在他胸口上休息，伸手去摸他的脸，一瞬间感觉有东西套进了无名指，凉冰冰的，难道是……

她差点跳起来，骨头一软又磕到陆初阳身上，被他眼疾手快扶住腰，失笑：“急什么，又没人跟你抢。”

“你，自己设计的？”晏回温安静地盯住手上那枚戒指，喃喃问。可根本不用问，除了他，谁会买这样的戒指。

这是枚普通的铂金环戒，但特殊的是，戒指中间本该有钻石的地方，陆初阳用两根极细的铂金丝，联结了一面淡金色的五星红旗。旗面的五星是钻石，不大，却夺目。

“我很喜欢。”晏回温轻声说。

陆初阳把那只小手拿起来，放在嘴边吻了吻，他最爱的姑娘，戴着他心中那面五星红旗。这一生，他的信仰，都是祖国与她。

很快，晏回温便趴在他身上睡着了。清晨天还未亮，陆初阳该回基地训练，他没开灯，摸黑看了会儿她，给她掖好被子，静悄悄起身。

晏回温睡到中午才醒，一摸枕边有张字条，上面是陆初阳刚劲的字，告诉她冰箱里有早餐，热一下再吃。另外，晚上他们一起回去给妈妈过生日，一家人吃个饭。

晏回温拿着字条躺了会儿，一动浑身酸疼，又记起昨晚，他到处摸、到处亲，还……她默默拉起被子蒙在脸上。

直到下午，她起身回家收拾了些日用品过来，然后掐着时间，去基地门口等陆初阳。

四点的时候，陆初阳开车出来，带她去市中心的小学接他小姨跟支队长的儿子，小琦。他们赶到学校时，一年级刚好放学，小琦穿着校服，正排队出校门。

他们散队后，立刻有一个男人走上前，低头跟他说着什么。陆初阳眯了眯眼，大步走过去。

可几乎同时，男人认错人似的跟小琦挥了挥手，便离开了。陆初阳拉住小琦询问，小男孩说那个男人只是打听了五年级放学的时间。

陆初阳直起身，远远望了望那个背影。

此时，那背影正抬手，他的耳机中传来了一个斯文而冰冷的声音："蠢货。"

"老板……"男人惶恐。

远处，格尔关掉通话器，从望远镜里又淡淡看了一眼陆初阳，对旁边的手下冰冷地开口："让你盯住这个男孩，谁让你暴露的，嗯？"

"老板，对不起，下次不会了。"

格尔扔下望远镜，将袖口一丝不苟地抚平后，走下了台阶。晏回温不经意回头，"咦"了一声。

"怎么了？"陆初阳转身问。

"那个人，又看见他了。"晏回温指给他看，那个几乎要消失在人海的漂亮男人。

陆初阳沉默，长时间接触危险的神经告诉他，这男人绝不是表面这般简单。因为他观察入微的眼睛扫到，男人的手指是常年摸枪的样子。

这并不是一个斯文的人该有的模样，但陆初阳只是猜测，他把人拍了下来，发给林在言让他查。

“走吧。”他叫上晏回温跟小琦。

在小琦的软磨硬泡下，两个人见时间还早，就带他去了旁边商场里的儿童乐园。陆初阳去买票，小琦“哥哥、嫂子万岁”地欢呼完，立刻钻了进去。

儿童乐园在商场一层，滑梯、攀岩、吊绳、塑料球……孩子爱玩的，这里都有。

乐园的围网外面，有一排彩色桌椅，方便家长坐在这里休息。桌上则放着空白的水彩画跟画笔，给家长们涂着打发时间。

陆初阳牵晏回温走到两张空着的桌子旁，明明可以分开坐两张桌子，两人却偏偏要挤在一张桌子前。非常挤，陆初阳搂住她的腰。外人看来，这就是一对孩子都这么大了还跟谈恋爱似的父母。

“你涂不涂？”晏回温伸手够来一张空白画，转头问。

“在你面前画画？”陆初阳失笑。

晏回温从盒子里挑挑拣拣，拿了支红色的笔，拔开笔帽，三下五除二涂完一只蘑菇：“你看，只是涂颜色。”

“给我支草绿。”她歪头打量整幅画构思，伸着手心萌萌地问陆初阳要。

半会儿，见陆初阳没给，晏回温自己去够……嗯，草绿呢？她一转头，陆初阳正用手指转着那支草绿画笔玩。

“哎，你故意的。”晏回温嘟囔，去抢。

结果，陆初阳只是微微侧身，几乎没怎么动就躲了过去。他不仅躲过去，行动轨迹还特意诱导她撞在了自己身上。

陆初阳笑出声，揉了揉她的头，拇指顶开笔帽，看了眼画面问：“涂哪儿？”

“啊，随便。”晏回温故意托腮看不见。

没想到，陆初阳真的十分随便地，在她那只红蘑菇旁涂了一只草绿色的蘑菇。

晏回温抖着画，笑了半天。

最后，大功告成，她还是特别珍惜地在画面右下角签上了自己的名字，软萌萌三个彩字小字。陆初阳看见了，一手捞着她腰，一手帅气地在旁边写下“陆初阳”，字跟他人一样硬朗。

晏回温对着签名感慨：“第一次，我的画有人一起签名。”

“所以，我收下了。”陆初阳捏了捏她的耳朵。晏回温没跟他抢，托着下巴转头时，看见身后有人在夹娃娃。

“陆初阳，你可以吗？”她回头，软绵绵跟他笑。那意思，你快说可以！

陆初阳看了一眼，便了然原理，半点难度没有。如果赵然来，给他工具，大概还能当场造一台出来。

“没玩过？”晏回温拉他起来，“没关系，你看我的。”

第五十一章

弄个小的

等陆初阳换了币过来，晏回温扔进去两枚，机器上面的指示灯亮了起来。她握上操作杆，爪子也随之移动出去。

“哪个？”她精神高度集中，没回头，问身后的陆初阳。

陆初阳只看一眼，就从侧面镜子里爪子的角度判断出最佳位置，抬手给她一点。

“好嘞！兔子啊，”晏回温笑笑，“要是弄到了，送给你们的小赵然。”

左移动，回来一点，“啪”地拍按钮。爪子立刻下去，扣住一只兔子头，然后像是肌无力一般地抬起来，把兔子一下甩掉了下去。

晏回温抿了抿唇，颇遗憾地回头看陆初阳，一边看一边用余光偷瞄隔壁女孩是怎样抓到的。

陆初阳瞅了会儿她极力钻研的模样，实在好笑，抬手把她一揽。然后学她塞进去两枚币，从容地动了动操作杆。

甩出来了一只。

“还要么？”陆初阳问，简单得好像她说“要”，下一秒他就能继续弄出来。

“等等，一个问题，”晏回温举着手提问，“怎么做到的？”

陆初阳把她的小脑袋转到玻璃两侧，教她看反光。操作杆就在晏回温手里，他顺便又扔进去两个币，从后面带着她的手动了动。

“哦……”一肚子问题没问出来。

大概是他们这种，对角度与准度有精确要求的人的特殊技能？

怀里娃娃抱不下时，晏回温开始后知后觉感到，以自己为中心，方圆十几米范围内，正不断有目光投射过来，十点钟方向挎着男友的女孩更是已经惊呼出声。

陆初阳盯着玻璃，不经意的动作看上去可以说随意，也可以说有味道，但就是不能不提那种成熟的男人气，这才是最令小女生怦然心动的。

晏回温更加不例外，她挤到陆初阳与机器中间，面红心跳地将他推走，回到了几十步外的儿童乐园坐下。

小意思，小意思！别脸红心跳，谁还没有个被对方攻陷的小瞬间啊。

将小琦送回家再回到陆家的时候，为了不影响形象，晏回温将娃娃悉数留在了陆初阳的车里，跟上他，进门。换好拖鞋一抬头，陆父陆母正摆好了果盘，笑眯眯冲她招手。

晏回温听话地走过去，抿了嘴巴，故作镇定地改口叫“爸妈”。同样坐在沙发里，戴着老花镜看报的陆爷爷闻声，立马放下手中报纸：“小温来了，快来爷爷这里坐。”

他对晏回温笑得慈眉善目，倒是半眼也不瞧后脚进来的孙子。

老人身侧的沙发一陷，晏回温坐了下去。

“什么时候回来的啊，都说你跑欧洲学习去了？”陆爷爷问。这么久，他认为是孙子在搪塞他，如果是这样，那跟这臭小子的账，就得再添一笔。

“嗯，昨天回来的。”

“哦，昨天，”陆爷爷点头，这下才稍稍舒心，“新房去看过了吗？”

“看，过了。”

晏回温舌头打了个结，不仅看过了，还住进去了，还……赶在脸红前，她倾身去给老人的杯子里添茶。别羞别羞，忍不住偷瞄陆初阳。

被冷落的男人坐在她旁边，用小刀慢条斯理地在盘子里把苹果切成块，插上牙签，给她。从进来，爷爷没对陆初阳说过一句话，他也是倔着不开口。

“小温啊，”没想到陆爷爷拍着她的手，“你别担心，调离这事儿，爷爷指定给他办成喽！”

调、调离？！怎么又提起来了？晏回温飞速思考。

“我不会签字的。”陆初阳斩钉截铁地接话。

“不需要你签字。”爷爷用拐杖敲地，字字不让。

陆初阳起身要上楼，晏回温忙不迭先抬手扯住他手腕，都是硬骨头，看得出爷孙俩之间的气氛已经降到了冰点。

幸亏陆妈妈及时打着圆场：“爸，上次您找的书老陆给您弄来了，我去拿。小温，你们两个去帮妈妈看看小姨跟小姨夫回来了没有。”

出门转身，晏回温看到陆初阳耸肩，苦笑。

这样下去也不是办法，两个人边走边商量，心知肚明爷爷也是为他们好。只不过老人家当了一辈子领导，难免语气、方法略强硬。

饭后，他们走进二楼爷爷房间的时候，老人摆弄着收音机听戏，里头正传出报幕，是梅兰芳的《抗金兵》。

冬天太阳沉得早，房间里只亮一盏小灯，灯壳是绿色的，解放款，灯光泛黄。老人背对他们而坐，那背影，有些孤单。这个年纪，该是最思念故人，却再也不得见的吧。

两个人对视一眼。

"爷爷。"晏回温小声唤了唤。

老人惊醒似的转过身，关掉收音机，示意他们坐："把灯打开。"

陆初阳抬手摁亮了屋里的大灯。

陆爷爷还是没给孙子一个好脸色，却也没有进门时那般严厉，毕竟是自己一手带大的亲孙子："小温，这小子的脾气，大概也随了我这老头子，亏你没嫌弃他。"

怎么会嫌弃啊！

"爷爷，您别让他调离了。"晏回温把想好的词说出来，软软的语气让人不忍心拒绝。

她见爷爷终于一副愿闻其详的神色，很认真地开口："陆初阳的职业多阳光啊！我看电视的时候，每次镜头里闪过那些颠沛流离的难民，就会特别感恩，自己的国家有他们这样的军人，用最无私的行动，保卫着我们这座城市。"

"小温，你不用委屈自己替他说话。"陆爷爷何尝不明白这些道理，严肃道。

陆初阳很专注地低头看她，她的眼睛像溪水一样清澈，真好看，小脸却有些红，顿了顿，似乎在给自己打气。他把手伸过去，那只小手就钻进了他的掌心，他握住。

“爷爷，军恋总会有一些牺牲，”晏回温轻声说，“但是您想啊，哪个职业多少都会有，医生、记者、警察……有他们在多安全，而且您不知道，初阳对我特别好。”

“安全？你真的这样想？”陆爷爷瞪了孙子一眼，不知道他用什么办法，骗到了这么乖巧懂事的媳妇。

“嗯，有他们在巨安全，”她重复着陆初阳的话，“因为我们的国家必须强大，只有这样，我们才可以拍着胸脯对别人发言，去选择和平，而不是战争。”

“哦？”陆爷爷眼前一亮。

“初阳说的。”她赶紧举手补充。

老人“哼”一声，态度明显放缓了，他也是一名军人，更深知军人就该一腔热血。

“罢了罢了，只要你们过得好，爷爷就高兴。”他吹胡子瞪眼，“但是爷爷关心一下，什么时候添个小的总归是可以的吧。”

老战友走得就剩他一个，他实在闷得慌，又深刻检讨一番自己，若有了小的，绝不再带出一个臭脾气的陆初阳。怎么也该是孙媳妇这种，讨人喜欢的。

“哦，我听老婆的。”陆初阳直白回。

晏回温例行脸红，她的意思，自然是等到婚礼后，再加上她隐约清楚，特战队里正面临大事。从陆初阳忙碌的程度猜测，大概是牵一发而动全身的大问题。

而婚礼定在了年后开春。

陆初阳发给林在言的那张照片，上面果然查到了格尔的蛛丝马迹，虽未能彻底掌握到他的目的与行踪，但一通顺藤摸瓜——

11 月 30 日，特战三队捣毁城郊一处藏匿枪支弹药的窝点，共抓捕罪犯 23 人。

12 月 26 日，陆初阳带队控制了在城东最大煤矿里实施恐怖活动的暴徒共 16 名。

1 月 15 日，山鹰手下最得力的助手，被指控在中华人民共和国境内实施多起恐怖行动，被捕入狱。未找到格尔与山鹰。

一系列太过顺利的抓捕，却令特战队起了疑，因此，指挥长亲自前往作战指挥室开会。

会后，陆初阳拿着一沓签字文件找到健身房，特战队员们正赤膊在那里练力量，全部一身隐隐的精壮肌肉。

陆初阳把文件拍到拳击桩上："三天假！"

林在言似乎有所预感，面色一喜："是洲洲的婚礼？上头给我们批假了？"

陆初阳点头，脸上也是喜悦："都收拾得像样一点儿！"

江洲转业回会城大学生物系任辅导员后，就与未婚妻将婚礼时间定了下来。女孩是医生，江洲进特战队前，两人就在一起许久了。况且他们的父亲同在会城大学生物分子实验室任教授，两家更是亲上加亲。

陆初阳给江洲打电话说这个消息时，他在那边沉吟后问："队长，你们能来多少？"

婚礼自然在会城办，抛开其他因素，江洲仍希望每一位出生入死的兄弟都能在他最大日子的场面里同框。

"暂时不好说，我去申请。"

江洲点了点头，但陆初阳自然看不见，电话里一时无声，却都默契地没有挂断。林在言跟赵然抢着凑过来说了好几句话，正看见陆初阳迷彩裤口袋里，鼓鼓囊囊的奇怪。

“队长，什么东西？”

“一朋友从比利时带回来的糖，回家给你嫂子。”陆初阳的手在口袋边，顺便掏了一把放在手心，卖相漂亮。他几乎不收东西，一来不需要，二来没必要，但看见这糖，他鬼使神差地留了下来。

“尝尝？”陆初阳自己剥一颗扔嘴里嚼，没觉得好吃，猜测家里小姑娘喜欢。

林在言并不想染指：“不用了，队长。”

提到晏回温，陆初阳想到什么，把占着电话说起来没完的两个人赶走，拿起话筒跟江洲交代：“你婚礼赶上过年了吧，那时候你嫂子在会城，她提前去贺喜。”

“别使唤我老婆啊！”陆初阳又交代。

“哪敢。”

第五十二章

小福利

几人推门走进了昏暗的作战指挥室，两个月来，在指挥室里，一待几小时成了家常便饭。

屏幕当中放着几张照片，左侧山鹰那张冷若冰霜的脸旁，多了个漂亮至极的混血男人，他就是格尔。由他指向另外三张照片，分别是目标人物钱老，以及会城大学分子生物实验室的两位教授。

其中大家十分熟悉的一位，便是江洲的父亲，江教授。而特战队放江洲回去，有一层也是为了更快速地策应行动。

“公安协调两地武警已经对格尔及其犯罪团伙成立了联合行动小组，你们的任务暂时是保护钱老及两位教授。”

支队长严肃的目光伴着精密仪器紧迫的嘀嗒声，扫过众人：“此次行动之大、牵涉之广，谁要是敢透露半个字，或是打草惊蛇，就自觉给我滚出特战队！”

“是！”

会后，陆初阳推开支队长办公室的门，支队长平静地让他坐，扔给他一盒烟，整理完手头工作才抬头问：“想给江洲的婚礼多争取几个人吧？”

陆初阳笑笑，不愧是被他一手带出来的，鸡毛蒜皮的事都心知肚明。

支队长说：“给你们批三个，加上你。”

“三个有点少吧？”陆初阳迟疑问。

“怎么，还想全队都去？”

陆初阳挑了挑眼角，默认似的。

“你开个口试试。”支队长镇定地说。

“六个，加上我六个。”虽说这次联合行动小组里只有他们出现在婚礼才名正言顺，免于打草惊蛇，但陆初阳也不敢扯上全队，不过他估摸了一下，争取福利最大化。

“可以，”支队长批了，“来去两天，机票不报。”

“不是三天假吗……”

“陆初阳同志，你不要得寸进尺。”

陆初阳笑了，起身敬礼。

会城。

一座四合院内小桥流水，并未因为寒冬的到来而失去颜色。格尔逗弄着一只鹰，桌面上并排摆着三张照片。

“人盯得怎么样了？”他淡淡问。

“老板，都在掌握中。”下属望了望照片中的两位教授和孩子，轮到晏回温时，却有些为难，“这个不敢走太近，虽说是威胁特战队的大好人选，但那个特战队长太危险，我们也怕打草惊蛇。”

格尔没有说话。

“老板，我们再想办法。”下属一头冷汗。

“不必，她不用了，”格尔的长指点到那两张老头儿，“我现在直接要这两个人。”

“会城大学生物分子实验室教授，”格尔又轻笑，“我们菌株的发现者，带回来。”

下属忙点头退下，却被擦完匕首的山鹰站起来冰冷地按住肩膀：“我亲自来办。”

“山鹰，”格尔回头，“友好点，让年轻人把婚结完，再去‘请’我要的客人。”

回到家时，陆初阳发现家中无人，记起晏回温要回家看爷爷。按亮手机，微信里她说 8 点回来，他脱了短袖去洗澡。

洗到一半，晏回温回来了，她裹着厚重的羽绒服进门，单手拎下羽绒服的大帽子，绒毛上抖落零星雪渣。

脱掉鞋子半跪在地上，晏回温用地暖捂手脚，紧绷的神经终于得到缓解，恨不能将溜白的脸也贴上去。愣了两三分钟，她才跳起来够到拖鞋，蹦去卫生间洗手。

推门而入，立刻，被氤氲的水汽招呼满一脸，大概冻傻的脑子，还没有跟上她行动的速度吧！

里面，陆初阳也懒得去扣迷彩裤的腰带，就让它这么松松搭在腰胯。精瘦的上身挂着水，晏回温曾摸过那里的肌肉，紧致到甚至皮都捏不起来，异常美观。

他将毛巾从脸上拿下来，挂在脖子上。晏回温看了会儿，才愣愣地仰头跟他对视。

陆初阳额前的头发滴着水，线条流畅的下巴一抬：“我家小姑娘出去一趟，怎么还傻了呢？”晏回温被他扯了进来。

同时，他感到了一股子逼人的寒气，再摸那小手，三九严寒的冰碴也不过如此。

“没开车？”陆初阳不悦问，把她的手放在自己腰上围着。立刻两个人俱一激灵，晏回温纯粹是被暖和的。

“车限行，”她答，“我坐的公交，又走进来的。”

陆初阳去脱她的衣服：“你先洗澡。”

“我洗我洗，你怎么还不出去？”晏回温躲着投降，毛衣已经被扯出来一只袖子。

陆初阳看了会儿她那张熟苹果一样的红脸，拎着毛巾出门，走到门口，又折回来。不行，太想亲她了。

拿着毛巾的手揽来她的后脑勺，陆初阳低头，吻跟着下来。一上来就是最汹涌的吻法，把她推到瓷砖墙上，怕她冷，还开了水。

调好的热水兜头淋下来，晏回温舒服地想深呼吸，但被他堵着嘴巴，只能搂住他的肩膀支吾：“你犯规……”

连声音都催情，陆初阳把她抵在墙上，嗓音落在她耳边缱绻：“老婆，你先别说话。”

然后抬起她的小脸吻下去，唇舌交缠。

晏回温躺回床上时，把自己整个缩进被子里直盖到鼻尖，终于知道什么叫从上热到下了。接着，她对上了一双眼睛。

陆初阳在她头发上一揉，掀开被子一角进去，手臂一捞把她圈进怀里，交代着过年的行程。无非就是在江洲正日子前一天晚上带人过去，后一天晚上回。

而晏回温年初二跟母亲回会城周家，比他早两天。

“六个人？我去接你们。”她尽半个地主之谊。

年初三那天，按照答应的条件，晏回温去会城的花园球馆给晏回此捧场，当红小鲜肉参加了一场跨界篮球挑战赛。照小霸王的脾气，很少配合外界活动，有工夫宁愿拍戏。

但他一听说自己这队的教练是宋嘉九！那还用说，当然得去！

晏回温瞅着球场，百无聊赖，终于等到中午吃饭时间，忙不迭给陆初阳打电话，借口是确定他们的航班信息是否有误。

她心里那点弯弯绕绕，陆初阳实在懒得戳穿，就在那边问："有什么新年愿望？"

晏回温对着球场摇头："一时半会儿想不起来。"

"想吃什么？"听筒里，他的声音，就着一声汽车鸣笛。

然后继续问："吴裕泰的抹茶饼干？还是花茶饼干？抹茶年轮蛋糕想要吗？"

"你在哪儿啊？"晏回温忍不住笑出声，他一定开车去买了。

果然第二天晚上，她随周家司机开车去机场，接陆初阳他们时，几个人最好辨认，那步履生风的气场得天独厚。他们穿着便装一出场，就引得几个女孩频频侧目。

陆初阳走在最后，看见她，走到只有一步远后，将手里的纸袋递了过去。

晏回温打开看，昨天说的他都买了。林在言他们揶揄地往这边瞥，这下明明她是地主，反倒待在原地不好意思了起来。

因为赵然被派到最南边去学习，过来的飞机比他们晚两个点到，晏回温领他们走进一家咖啡厅，先坐下等。

没想到，点餐时犯了难。

除去林在言首先不客气地什么有格调点什么，而晏回温知道陆初阳的口味外，另外三个都是糙得能生吞沙鼠的大男生，哪会点这种精致的东西，愣在皮质卡座里看餐单。

晏回温一时间愣了，是等他们选呢，还是自作主张？

陆初阳冲她敲了敲桌子，手指在餐单上一划，半秒钟不到，给他们决定完了。晏回温跟他眨眨眼，这么随意，好吗？！

谁知林在言先一步笑道："嫂子，你就是给他们点出花来，吃进去准还是山里头沙鼠的味道，甭费劲儿了。"

天生不是享福的命啊！

其余几个男生挠挠头发，嘿嘿一乐："谢谢嫂子。"

陆初阳从口袋里摸出钱来给她，晏回温得令，作为地主，小蜜蜂一样勤劳地跑出去。等赵然来时，他们没忘给他打包了一份带走。

半个月没见队里人，他感动得差点扑上去。

林在言往墙上一靠躲开，扬起桃花眼卖了个帅："别弄乱伴郎的造型，今儿晚上都别睡了啊，明天有正事呢！"

"伴郎不能当太多次。"赵然认真道。

"谁让我是队草呢？"林在言拍拍他肩头，"这样吧小弟弟，我结婚让你当伴郎。"

"我紧张。"

"那换人。"

"在言哥！我尽量控制！"

晏回温跟陆初阳落在最后，微笑看他们闹，有这样出生入死的兄弟真好。她把手塞到陆初阳掌心里，他握住，揣进口袋。

车子开进湿冷的夜色中，司机将他们送到了江洲举行婚礼的酒店。

第五十三章

早点

酒店是中式风格，绕过传统的园林及喷水池，黑色商务车稳稳停在泊车位。庭园里的大红灯笼被风一吹，地上影影绰绰。

下车后，他们踩着灯影走进大厅。接待区明亮起来，提供着轻便的简餐跟糕点小吃。几个人继续往里面走，这才来到江洲办婚礼的场地。

环视过去有三层，带走廊的木质结构客房围绕出长长方方一个厅，约莫五十张深枣色的雕花木桌错落有致。整体看上去，颇像明清时代的戏园子。

这时，大红色的绸缎喜花已经在楼梯跟走廊的扶手上拉起了一部分。

晏回温领几人从西边楼梯上去，先把东西放进客房。再下来时，江洲刚好从外面回来，看见他们，微笑着过去，叫了声“队长”，又伸出手跟其他人撞拳。

尽在不言中。

晚上十点多钟，整个厅里异常活跃。晏回温把陆初阳拉到东南角落，指着远处一排桌上的红色玫瑰花邀功：“我插的，好看不？”

“啊对了，还有门口的迎宾海报看见了吗？我跟小鸽子一起画的。”

“我说怎么看着，还有股子林在言的桀骜风呢。”陆初阳挑了支沾着水的玫瑰给她。

晏回温回着头听他说完，弯腰捡起地上的红绸喜花，往二楼走廊上扔。秦鸽跟林在言在那里说笑，赶紧探头伸出手去接。

第一次，高度不够。

两个人对笑，晏回温捡起来再扔。这回不出意外地感觉到了一个身体的靠近，贴在她后背，攥住了她的手腕。

陆初阳从后面扶着她腰一站，衬得她更加娇小了。他拿花往上一抛，喜花带着大红绸缎，溪水一样流了上去，准确地落在秦鸽手边。

秦鸽正要抱住。

就跟提前商量好了似的，林在言半路截来只手臂，一捞一扯，整朵喜花带着红绸，哗啦啦飞了秦鸽满头满脸。

她分不清南北地被带了一步，撞进林在言怀里时，他在头顶说：“笑一下！”然后他歪倚在木栏杆上，特别欠揍地冲楼下挥挥喜花。

下边两人扯了扯嘴角，装作没看见上头幼稚的折腾，干自己的活去。

按理说，活本不该他们干，但无论是江洲的老同学、老战友，还是特战队过来的兄弟，个顶个精力旺盛，摩拳擦掌期盼着明天的接亲。看这阵势，大概是要闹通宵的。

陆初阳帮晏回温往桌上摆玫瑰，大红色滴着水的玫瑰插在花泥里，被他端放在深枣色木桌正中。又摆了四五桌，他再一回头，小姑娘正坐在一张四方扶手椅里，冲着手机萌萌地笑。

晏回温把手机摊在桌面上，伸着食指，趴在旁边戳屏幕，看见陆初阳过来，给他拉出张椅子：“坐呀！”

“什么事儿，这么高兴？”陆初阳将椅子又往外拉了拉，坐进去，撑下巴看她。

晏回温又笑出声，把手机推过去给他看：“抢了几个大红包，有钱了，明天早上我们五点起来，请你去外面吃早点，再加个鸡蛋。”

“嗯，我叫你，”陆初阳不太相信地鼓励着，“起不来，鸡蛋没收。”

“能不能，宽容几分钟？”

陆初阳捞来她的后脑勺，动了嘴角笑：“晏回温同志，说好五点，你要言而有信啊。”

虽说支队长给了他假，但作为一名队长，他十分忙碌。晏回温见这环境吵，叫他先去客房，并嘱咐他记得赶在快十二点下来。因为实在凑巧，过了十二点，刚好是赵然的生日。

晏回温一早就从陆初阳那里听说，瞒着寿星跟秦鸽订了蛋糕。11 点 50 分，两个人把蛋糕盒装在普通纸箱里，抱到正中那张雕花木桌上，抬手招呼赵然。

“有什么要帮忙的吗？”正搬酒水的赵然，放下两箱饮料，跑过去问。

“有啊！你先坐。”

晏回温冲赵然拍拍椅子，跟秦鸽对视一眼。秦鸽转着眼珠子去找林在言，他靠在灯控开关那里，比了个“好的”。

“感觉你们神神秘秘的，哦对了！怎么一晚上没见着队长跟林哥？”赵然一紧张就抓后脑勺，腼腆地用眼睛四处找。

“找来正好凑一桌打牌吗？”秦鸽本想调节一下气氛。

赵然：“啊……”

“我去叫。”晏回温咬住嘴唇都憋不住笑，又怕陆初阳忙起来真忘了时间，于是扶着木楼梯上去，找到他那间客房。可手还没敲上门，门就从里边打开了。

晏回温被瞬间拉进去，脚下没等站稳，陆初阳的呼吸便压了下来，吻住她。她被推到门板上，后背撞上门，正张口叫他，就被他得逞，抢夺了她的呼吸。

“刚关上电脑，正想你呢。”陆初阳十分不舍地离开她的唇一厘米。说完手臂又捞住她的腰，把她整个人往自己身上按。

严丝合缝贴在一起时，再次将她吻住，更具掠夺性。

浑身简直烧得要命，晏回温听见自己的喘息，又感到他的唇游走到下巴、脖颈……干燥温暖的唇继续往下。她外边那件羊羔毛里的牛仔外套，都被扒到了手臂上。

晏回温被刺激得一个激灵，在他的蛊惑里，瞬间找到丁点理智，这样下去，大事不妙。

“陆初阳！”她提醒，就快十二点了。

空气重新回到两个人口中，陆初阳把脸埋在她肩上靠了会儿。再下去时，除了晏回温的脸色有点红，二人并无异常。

十二点整，林在言将灯控开关一拉。

唯一不知情的赵然从椅子上弹起来：“停、停电了？我来修！”可他的话音还没落下，面前那只蛋糕就被点亮了蜡烛。

不知谁的手机放出了事先找到的生日歌，火光扑闪，虽不能照亮整间大厅，但足够看清围过来的每副表情。

大家见到双层蛋糕上，用糖跟巧克力捏出来的整齐列队的特战队员，都怔了两秒。这蛋糕是晏回温跟秦鸽带回来的，不仅赵然，他们也第一次见。

“我只画了图，人是蛋糕师傅捏的，”晏回温趁这工夫踮脚，用手挡着凑到陆初阳耳边，“等你下个生日，我学会了亲自捏。”

像一杯融开蜂蜜的温水，浇在心上，陆初阳眯了眯眼，低头：“晏回温同志，你最近立的志向有点多啊！”

蜡烛融化了三分之一，滴在蛋糕上。

呆立的赵然被江洲套了个生日帽，林在言笑着给他摆正：“以往我们都在后山过，要么就是在出任务，今儿你的最有格调，生日快乐啊！”

赵然怔怔地摸了摸头顶的帽子，大家正等着寿星许愿发言呢！

谁知，他“呜”的一声哭了出来。

林在言实在不能理解，又预料到地掏了掏耳朵：“我说什么来着！”

最后，蛋糕都没舍得吃，反倒被玩疯了的大小伙子们，你来我往地抹着决斗了。一拳一脚，从他们手中飞出去的奶油，比一般时候杀伤力都要大。

“喂喂悠着点，往哪儿甩呢！平时靶子白练的？”靠在桌上的陆初阳偏头吼了一嗓子，把晏回温一圈，抬手擦掉她脸上的奶油。

立马奏效，战场瞬间转移，小伙子里面，赵然最惨无疑。

“多阳光啊！”晏回温强扭着头去看，她觉得太阳都照进来似的。

等收拾完残局回到客房，她给自己定了 8 个闹铃才敢睡觉，就为了可以在第二天早晨 5 点起床，领陆初阳去吃早点。

一觉醒来，睁眼的时候，窗帘仍拉着，屋里很黑。

晏回温的生物钟正反复告诉她，这绝不止五点，她摸到手机，按亮眯眼，六点？再看闹铃，果然全部被陆初阳关掉了，旁边空着，他没在。

晏回温撑着床垫滑坐起来，发呆清醒了半分钟，眼睛还犯着愣，外面的门锁“吧嗒”一声，接着是脚步落在地毯上，渐渐靠近的声音。

陆初阳提着早点走进来，见她半睡半醒坐着，把早点往桌上一放，两个茶叶蛋滚了滚。

怎么这么多？晏回温歪头看见。

“我提回来的时候，那帮小子直嚷嚷着夸酒店的早茶好吃，喊我也给你多带一份回来。”陆初阳脱下羽绒服，扔进单人沙发。

晏回温跟着他的动作转头，开口就跟说梦话似的轻：“回头请他们吃咱买的这家的早点。”

“嗯，不睡了？”陆初阳走过去，俯身撑下去。

凉意靠近，晏回温抬头对上他的眼睛：“陆队长，说好了要领你吃早点，你总得让我有机会表现呀！”

“下次。”他笑。

第五十四章

抓捕

婚礼既完美又浪漫，第二天，晏回温带陆初阳回了趟周家见外公。吃过晚饭，周家的司机带二人去商业街接林在言跟秦鸽，又前往花鸟市场接赵然，最后赶去了一座叫古川的园林会所。

古川是会城出了名的温泉会所，一幢别墅一泉。江洲与家人在这里休息，选择布局的地址远离城市，也方便了行动小组在外围布满人手，准备一场彻底的抓捕行动。

时间还早，司机将车停在了园子外面，下车后他们散步进去。边走，林在言边感慨这小资氛围，文化人就是有情调，曲径通幽，跟画似的。

找到那幢别墅，林在言按下门铃，开门的是江洲的新婚妻子，漂亮大方。

“嫂子好！”林在言开玩笑，“我们来提人了。”

“别贫，快进来吧，外边凉。”她把门口让出来。

里面饭局刚结束，一家人正坐在沙发上聊天。他们一过去，多了年轻人，气氛明显开朗起来，闲聊了有十多分钟。

忽然，陆初阳站起身，食指比在嘴边示意噤声。几个队友见陆初阳目光扫在客厅大门上，立即反应出不对劲，潜入窗边可观察的地点，片刻后用手势回复情况。

陆初阳看后，脸上很少见地出现了一惊，稍作分析，他拿出手机给行动小组的指挥长打了个电话："山鹰出现，18 个人，轻重武装。"

原本今日抓捕中最安全的地点便是中心这幢别墅，因为外围已层层布控。只是没想到山鹰亲自携带武装来此，竟有孤注一掷、势在必得的架势。

外围已经交火，那边指挥长咬牙回复陆初阳：周旋，势必保护人民安全，抽调的支援五分钟赶到。

而这五分钟，有点难。

晏回温判断陆初阳的脸色，见他视线落在一楼厨房的那扇窗户上。她直觉不好，果然就听见他对赵然简单命令："带他们出去。"

"二楼，各自隐蔽。"第二句是对林在言与江洲交代的。

晏回温知道应该第一时间听从他的话，藏起来，等到山鹰进来，再走就很难了。她张了张口，视线追在陆初阳身上，好像下一秒这个人就要消失一样。她被自己的想法吓到，眼睛红起来。

陆初阳拿起沙发上她的外套，往她身上一裹后，靠近她的眼睛凝视半秒，立刻将她一转，推向厨房："出去等我。"

她折返，抱住他的脖子："就不能一起走吗？"

不能，他们得留住山鹰，其他人才能安全。似乎千分之一秒都不到，晏回温滑下来攥着小拳头往厨房走，泪流满面。

赵然将厨房门一关，听到脚步声都被引去了二楼，二楼有许多房间，他们大概得搜一会儿。他打开窗户先一步跳出去，确认安全后，迅速接应里面的人出来。

陆初阳在二楼一直往里走，谨慎观察路过的每一间屋子，快速在脑海中估计出了这座建筑的平面图。他摆摆手，三人推门进入楼梯口右边第二间。

进去后，他下令静默等待。房屋是欧式风情，多木柜，林在言跳上门边柜顶，江洲隐入不可察且视野大的帘后，陆初阳贴门而站。一间房子里，分散藏着的三个人，等待着战斗。

干燥的中央空调烤得人闷热，陆初阳甚至用了两秒思考，晏回温在外面是不是冷。

来了，他向后打了个手势，任何情况下，他都绝对冷静自持。

“砰——”门被一脚踹开。

一个、两个……

第四个。

陆初阳一把匕首缠上对方的脖子，抬膝踢晕另一个，林在言跳下来照来人脖子两腿一拧。最先进来的人感到危险惊恐回头，被江洲从后面一拳砸了下去。

5秒钟解决，悄无声息。他们扒下四个人的装备、防弹背心、夜视镜……枪收着。

“你们留在二楼，我下去，”陆初阳马上扔下指令，拎枪就走，“江洲，把灯灭了。”

话音刚落，已经看不见江洲的身影。紧接着，客厅中悬挂的水晶吊顶玉兰灯，“砰”一声爆了一朵白玉兰，枪声低闷，这枪是扣了消音管的。那水晶灯顺时针，一朵玉兰接着一朵玉兰地爆裂，熄灭。

直至整个别墅陷入黑暗，客厅出现骚动，山鹰冰冷的声音命令他们注意隐蔽。

就在这时，陆初阳从楼梯口出来，像条终于入水的鱼，无声地从栏杆翻下去，缩身藏入角落，用夜视仪观察周围。山鹰挥手，大部分人去了二楼。

林在言匿在门后，刚放倒一个，身后立刻有人对他举枪。他感觉到却头也不回，而是用手臂勒住前面扑过来那人的脖子，将其撂倒后，就听到一声枪响。

藏在他身后举枪偷袭的人应声倒地，林在言回头，向不知道到底隐在哪里的江洲的大概方向扯嘴一笑，自己的整个后背永远都是他的。

这样无声的黑暗似乎是山鹰所讨厌的方式，他的手再次挥下去，顿时数挺机枪开始扫射，子弹的轨迹像乱炸的烟花，从楼上到楼下。这才是他最痛快、最直接的方式。

陆初阳藏身的墙后，头顶欧式风情的酒柜上，色泽通透的洋酒乒乒乓乓碎裂，玻璃碴砸了他一身。他暗骂一句，呼吸更加平稳，等待脚步的靠近。

是一个人，他听出。肌肉绷紧，脚步声越来越近。

忽然，陆初阳向前扑身，割了那人的动脉。立刻，黑暗中传来山鹰一声冷笑，他举起一只遥控器，抓住一个手下挡在身前，往门口退。

格尔告诉他，特警马上就到，而他的车等在外面，必须立刻撤退。

陆初阳瞳孔骤紧，他同时明显感觉到，身后二楼正有一个阴森森的枪口指向自己。但他必须对面前正按下按钮的山鹰扣动扳机。

因为他不知道，山鹰到底藏了多少炸药，要夷平几座楼。

这里还有游客。

最难的反恐任务是什么？居民就在附近，一切行动以确保公民的安全为前提。

于是，把人送出去又从二楼落地窗爬回来的赵然，一翻上来就看见楼上的人朝队长扣下扳机，而队长的枪正朝着山鹰。

队长这是选择不要命了？

二楼那个人瞄准陆初阳的后胸，食指扣了下去。

“队长！”赵然惊呼。

“砰——”

“砰——”

两声枪响同时响起，陆初阳对山鹰开枪了，二楼那犯罪分子比陆初阳更早，子弹向着他的方向出膛。

赵然使出浑身的劲儿，从窗口一跃挡在前面，鲜血立刻从他的腹部涌出来。他拼命攥住那人手腕一折，夺下他的枪，枪摔在地上滑出去两米。

情急之下，那人拿出一颗手雷，磕开保险，想向一楼客厅的方向扔去。赵然最后回头看了一眼一楼。陆初阳正半跪着干掉那个扑在地上争抢遥控器的人，在他身后，两个恐怖分子闻声对他射击。

陆初阳翻滚出去，子弹擦着额角飞过去。他马上抬手解决掉其中一个，立刻跪地瞄准最后那争抢遥控器的人。

他的额角流着血，更衬出一股子冰冷肃杀劲儿。哪怕潜意识里，陆初阳也绝对是那个最果决、最有判断力的人。赵然相信他们的队长，也相信特战队。

一个山鹰算什么？赵然回过头来，艰难地张开手臂抱住眼前磕开手雷的犯罪分子，死死扣住他的手，缠斗着。

这个最玻璃心的大男孩，疼得都快哭了，大脑飞速反应，时间不多。他咬紧牙，浑身都绷了起来，将那人一劈一推，那人从落地窗摔了出去。

“轰——”

手雷炸起来的火光冲天，因为推人的惯性，赵然脱力地跟着被掀了出去。

林在言避开机枪的一通扫射，朝爆炸处望去，感觉时间好像静止了一样。

“赵然！”

外面警车鸣着笛风似的急刹在门口，几十名征调来的持枪特警火速冲了进去。

爆炸声稍纵即逝。

晏回温捂紧嘴巴，一屁股跌坐在潮漉漉的石板地上，浑身都在发抖。一名黑衣警官伸手扶她，她的眼睛好不容易聚焦到这人身上。

“救救他们，求你。”她失控的声音让人心酸，整双眼睛在湿冷的寒风中绝望得吓人。

“小姑娘，你保重，我们一定会尽力。”警官郑重承诺。

他的通话器里，陆陆续续传出枪声。几分钟后，一个声音报告：“18名犯罪分子无一逃脱，山鹰落网。”

晏回温和秦鸽跟着剩下的人往里冲，警官在旁边实在于心不忍，边迈大步边在频道里问：“那几个兄弟怎么样了？”

晏回温猛地刹住脚步，回头，眼睛死死盯住通话器。

“叫医生进来，快点儿！”伴随着电流的沙沙声，那边回，“不行，我们不能动他，身上都被手雷的弹片给穿了。”

这下，晏回温不敢走了。

无论是谁，这都是一个让人无法冷静的消息。昨天，甚至十几分钟前，他们还是鲜活阳光的、会笑会闹的人。

屋里屋外，一阵鸡飞狗跳。晏回温瞥到了一眼，那个叫山鹰的男人被抬上了车。这个隐藏多时的 2 号头目，终于要去接受他应得的制裁了。

“让让，让让！”

医生抬着担架连忙出来，是两副，小心地往救护车前冲。

无数个脑袋在眼前晃来晃去，晏回温呆呆地站着，嘴唇咬出血色，明明三九寒天，后背却一阵阵冒汗，闷得人不能呼吸。

陆初阳呢？她心急如焚地四处看，难过得快晕过去了。

医生抬着担架飞速路过，她忽然看见赵然被血浸得已经看不清面目，江洲为了掩护林在言，暴露了位置，被子弹打在小腿上。

陆初阳跟特警队长因为需要交接，最后才走出来，头上没有包扎。

有感应似的，他看见了晏回温苍白的小脸。她那双眼睛，在看见他的同时，已经不能单纯地用心疼可以概括了。

心里像打翻了一碗黄连水，千言万语都堵在了心口。陆初阳两步上前，牢牢拉住她的手臂，急切地要跟着担架一起上救护车。

“同志，救护车不能乱上。”医生为难地出手阻拦。

特警队队长十分理解陆初阳的心情，挡住关上的车门：“这位是苍狼特战队的队长，里头是他的兵，你掂量掂量。”

医生一惊，忙给他让出车门，陆初阳带着几人跳上车，救护车飞奔到医院，直升机早一步等在天台，把赵然往最好的军区医院送。

飞机上，军医严肃地指挥前期治疗：“全身弹片超过五十片，不过手提 X 光只能粗略扫描，具体位置回医院才会知道，小贺，先处理背部烧伤。”

叫作“小贺”的小军医，手往赵然身上一碰，赵然就开始咯血。

“怎么回事？”陆初阳登时坐直，紧眉问。

“内出血，应该在摔下楼时造成的，小贺，再检查一遍其他出血点。”

“医生，他在说话。”林在言突然蹿过去，附耳听。

赵然张口却只能咳出一大口血，他着急地望着陆初阳。

陆初阳把手掌放过去，他开始颤颤巍巍地写字，一抖一划，三个字——

“捐器官……”

晏回温看见就哭了，别开脸，谁说爱哭的大男孩，一定不勇敢？

陆初阳把手掌紧紧一抓，摇头：“我不能答应你。”

“医生，”他站起来，抬手，缓缓敬礼，“请你，一定救活他。”

十日后的深夜，大雨倾盆。

全城都陷入了熟睡的安详，只有特战基地里脚步铿锵。短短几分钟内，包括三中队在内，特战队最大规模一次集合完毕。陆初阳穿一身作训服，装备齐全地站在队伍前面。

他的目光扫过在场每一个人，在瓢泼的雨里，扬声吼道：“我们的责任是什么？”

“忠诚，坚定，誓死保卫祖国、人民。”

天空响了个雷，但这铮铮誓言，撼过惊雷。是责任、决心，还有一份对战友的交代，竟有一种哀兵必胜的味道。

“目标城东天文山，目标人物格尔，上车！”陆初阳偏头指过去。

基地旁的居民楼内，只有高层的一户还亮着灯，暖黄色一盏。灯光从窗户透出去，晏回温就站在窗口，看了会儿这大雨。

“它怎么不吃东西？”身后传来秦鸽的叹气声。

晏回温也转身走回去，拿起另一片菜叶，逗着笼子里雪白的兔子：“跟它哥哥一个脾气，看着软，爱哭鬼，其实比谁都硬骨头，是不是？”

兔子是赵然母亲送到特战队的，名叫照照。

通过他的母亲，他们终于知道，原来赵然因为从小就被贴上天才儿童的标签，再加上频繁跳级，周围没有同龄人，一直生活在孤独的世界里，没有朋友。

后来，他养了这只兔子，情况才有所好转。直到他当了兵，进了特战队，重新有了信仰，这才真正快乐起来。

赵母感激又哀伤，赵然因为那个生日，高兴得跟她讲了一晚上电话，她从没听儿子说过这么多话。她又转达了儿子留下的嘱托，如果有事，便将兔子送给特战队，做个纪念。

“走，带你去看哥哥吧！”晏回温提起笼子，拎上车钥匙，跟秦鸽开车赶去了医院。

第五十五章

后来（上）

六个月后，窗外艳阳高照，客厅里空调吹着冷风。

洗完澡的晏回温坐进沙发里，侧躺到陆初阳腿上，湿漉漉的头发一下子在他那条迷彩裤上浸了个水印。电视里在重播某选秀比赛，女生麦芽糖一样甘甜的嗓音从屏幕里流出来。

“轻轻地尝一口……蜂蜜口味的生活……

“多余的画面会被跳过，你的眼中只有我……”

晏回温对上了一双看下来的眼睛。

陆初阳伸手够来条毛巾，包住她的头发，催她去吹干。却被她抓住了那只正托她起来的手臂，认真亲了亲手臂上一小块奇形怪状的枪疤。

半年前，特战队在雨夜，带着那股子决心，调动全队与公安联合出击，瓦解了格尔蛰伏数年的恐怖计划。

那晚晏回温守在医院，无从知晓行动到底有多么惊心动魄，只见到后来医院里又送来了人，但庆幸的是无人员牺牲。

陆初阳依然等到确定下所有队员平安后，才独自去处理手臂上的枪伤，让晏回温心疼了许久。

最后，特战队被颁了个集体一等功，小伙子们拿着奖章立刻就跑到医院给赵然看，可惜那会儿赵然刚做完手术还没醒。

开春后，陆初阳跟晏回温的婚礼如期举行。

可前一晚，林在言不知跟秦鸽干了什么不得了的事，作为伴郎，在婚礼当天睡过了头，险些迟到。去酒店的路上，他划着手机频繁搜索整形信息，担心队长会练得他面目全非。

婚礼上，特战队上下实实在在狂欢了一回，又嚷着给医院里的小赵然连个视频，让小同志羡慕一番，结果视频怎么也无人接听，大家伙儿正不放心，准备指派谁去医院看看。

酒店大门忽然在他们身后敞开，他们回头定住，只见赵然逆着光一步一步从花路走来，打扮得可爱、帅气。

他停在这些队友旁边，在陆初阳面前立正，抬手敬了一个标准的军礼："队长！赵然归队。"

陆初阳笑了，脸上是一种真正的轻松，抬手，对他回礼。

特战队终于完完整整，参加着一直以来带他们出生入死的队长的婚礼，有人偏头，有人抹脸，不知谁第一个把赵然扯过来闹。

闹着闹着，一帮大小伙子们开始抱头痛哭。

"队长，咱这行业能有媳妇，那就是老天爷赏脸，如果还能像你跟嫂子这样啊……嗨，小的们在这儿就不废话了，敬你跟嫂子，长命百岁。"

"长命百岁！"

话从他们口中吼出来，跟口号似的。

反恐，刀尖上舔血，对他们来说，最认真的祝福必定是那句——长命百岁。

"嫂子！"

不知道谁，突然带头，又集体敬了个漂亮的军礼，瞬间把新娘子惹哭了。

感动的。

到了最后，酒店整个像被扫荡过一样，支队长上前想踹起两个，被陆初阳拦住了。晏回温换下礼服，穿回轻便的裙子，接来前台那张额外账单。

陆初阳在一旁，拿笔迅速签了单，又找了辆车把人弄回去，让他们去操场，要不然后山，随便去闹腾。

旅行机票订在了八月，正赶上云南的雨季。陆初阳带着晏回温落地时，一场阵雨过去，天刚放晴，太阳立马就出来烤人了。

陆初阳戴着他那标配的黑色墨镜，习惯性脚步生风地往出走。

几名游客擦肩而过时，只觉他气场逼人，又见他向后伸出手屈了屈手指，接着一个身穿白色连衣裙的大萌妹，用手按住头上那顶编织小草帽，快步追了上去，把小手放进那大掌心。

男人立刻握住，牵着萌妹继续走，这场景，竟让人看得移不开眼。

再次踏进云南这片土地，他们心境都不同了。

按照晏回温的指示，两人直接去了老兵在大理开的那家名叫“归”的客栈。牵着手一进去，老人就认出晏回温。她轻轻喊了声“程爷爷”，眼角便湿了。

陆初阳看见，把手放在她腰上，捏了捏。她的腰最敏感，终于“扑哧”一声笑出来。

“男朋友回来了？”老人摘下老花镜，目光在两人身上一转，笑问。

“嗯，结婚了。”晏回温小声交代，把喜糖塞给老人。

老人惊喜地接过来，打量着陆初阳，感到一种熟悉的气质，是属于战场上的，于是问：“小伙子是军人吧？”肩宽背直，立在那儿跟棵顶天立地的小白杨似的。

陆初阳点头，注意到客栈内的装潢，从国旗到国徽，全是他信仰的物品。顿时对这里好感大增。

打完招呼，两个人踩着木质楼梯上楼，住进晏回温住过的那间客房。一进屋，晏回温先跑到窗边，将窗户打开。

雨后清新的空气扑面而来，陆初阳从后面靠过去，两只手放到她的腰上。下一秒，晏回温就感到他的气息压在了脖子上。

她笑呵呵地躲，陆初阳没得寸进尺，亲了亲便把脸埋在她肩上，跟她有一搭没一搭地聊天。

“明天去捡菌子吗？”晏回温问，“刚下过雨，程爷爷说早起的话，山上就有。”

程爷爷管蘑菇叫菌子，老人家摆摆手给蘑菇分了个三六九等，晏回温能叫上名的，都被他直接归为“杂菌”。他说去山上要捡干巴菌、松茸……那是蘑菇里的皇帝老子，好吃着哩，属于山珍海味里的山珍。

“早起。”陆初阳笑出声。

“你还别笑，我认真的，”晏回温保证后，转身回来，用腰倚靠在窗台上仰头，“你别关我闹铃。”

“还怪起我来了。”陆初阳越说头越低，呼吸相闻的地步，停住。

“没有。”晏回温垂下眼睛，只能看见他高挺的鼻梁跟好看微翘的嘴唇，就揪住他的短袖口，主动抬起下巴，慢慢将唇迎了上去。

她是蜻蜓点水的，到了陆初阳这里，就变成了洪水猛兽。从嘴角到嘴唇，再到舌根……

因为心里给自己施着压，天还没亮，晏回温腾地坐了起来，犯愣的表情颇为迷茫。陆初阳的生物钟非常精准，知道时间还早，便抬手把人捞了回来，压到怀里继续睡。

“到点我叫你。”他的声音带着困意。

又睡了一个多小时。

出门时，程爷爷正扫着院子，两人跟老人问了声早，被老人追着提醒：“捡回来可不能乱吃啊，会中毒的哩。上个月隔壁一家三口，就住到医院里头洗胃去了。”

“你认得正常菌子吗？”上了山，晏回温边问，边撑着他的手，把整个鞋底都陷进泥巴里的那只脚拔出来。

由于晚上下过阵雨，本就没什么路的山上，尽是泥巴，踩在鞋底，脚越来越重。

“认得，来过几次云南，被扔到山里训练。”陆初阳笑了，训到最后，林在言他们把人家外头卖上千块一公斤的菌子，摘了当饭吃。

山里的东西，他太熟了。

“等等！这是什么？”晏回温忽然抓住他的手，低头。刚才就顾看他听他说，没注意脚下黑乎乎一块，有味道，仔细看。

牛粪坨坨！

“我要走运了。”晏回温憋出句话。

“小姑娘，别在泥巴上蹭了，你先坐着。”陆初阳半蹲下来，让她坐在自己腿上，脱下她的鞋，往松针上三下五除二弄干净，给她穿回去，“怎么一出来，眼睛都不知道往哪儿放了？”

话里明显带笑，晏回温没什么底气地反驳：“就，一直都……”

一直都什么？注意力一直都在他身上。好像根本不能算反驳，从他腿上跳下地站直，陆初阳却没有站起来，偏头一指自己后背叫她上来。

“我不会这么赶巧，再踩了！”晏回温保证。

“也可以，只不过照现在上山这速度，你可得有个心理准备要空手而归了。”陆初阳颇善意地提醒。

这么一说，晏回温趴到他后背，被他手臂有力地扣住腿弯。他太有力量了，这让她记起初遇那次，大山、两个人……心脏开始止不住猛跳。

从现在的角度，可以看见陆初阳硬朗又流畅的侧脸，鼻梁、嘴唇、下巴，被穿透松针的日光镀成一条线。晏回温搂着他的脖子，慢慢凑过去，轻轻地在他耳朵上亲了一口，又让他轻笑出声。

“那时候，要是也像现在一样笑一声……”晏回温感慨，她绝对立马就招架不住地跟他跑了。

陆初阳迷茫半秒才理解她口中的“那个时候”，又默了半秒：“那时候还不知道。”

“不知道什么？”她问。

“不知道，被吓成那样的小姑娘，会是我老婆。”

更不知道，将来自己会有多爱她。

晏回温叹气，又欢天喜地，在他耳边声音都萌萌的：“那如果给你点记忆，再回到过去，你会不会跟我态度好点？”

陆初阳没回答，托在她腿弯的手往下摸到她脚踝，形状漂亮的小小一块骨头。

“你别乱摸呀。”晏回温一下子忘记问话，蹬了蹬腿，不知不觉夹紧了他的腰。

这姿势，陆初阳失笑，她越乱动，手掌包住那小骨头越紧。如果给他点记忆，他希望来生，摸到这骨头时，就能认出她。

第五十六章

后来（下）

陆初阳走得很快，看见数棵有些腐朽的松木时，便停了下来，将晏回温放在落地的松针上。

晏回温斜背一只铺垫花布的小篓，蹦过去一看，立马退了回来，后背撞到陆初阳身上，被他扶住手臂。

“白蚁窝啊！”她起一身鸡皮疙瘩。

“就这儿。”陆初阳下巴冲前一指，果然在松木阴面，瘦瘦小小歪着一片“小伞”，新鲜得连伞苞都没有打开。

他半蹲过去，顺手往晏回温的背篓里捡。正捡着，感觉身后过分安静了，回头一看，人已经溜到另一边。

晏回温一拎背带裤腿，有样学样地蹲在那片菌子前，先打开自画的“菌子手册”，对比了半分钟，脸上笑起来，抱住膝盖伸手去戳。

“回温，”陆初阳低低的声音传来，伴随他走过来的动作，弯腰包住她手指，“别动这个。”

“嗯？不能吃是吗？”晏回温被他拉起来，跟图片又对比一遍。

“能吃，一般做不好有毒，有点类似河豚。”菌子矮矮胖胖，看起来像小头香菇，陆初阳指给她细节，刚说完一只小手攥住了他的衣角。

“你全部都认识呀？”晏回温问。

“差不多，毕竟得生存，”陆初阳手肘一撑树干站直，捞来她的后脑勺，冲她耳朵提醒：“所以，跟着我走。”

“嗯。”

“等等，那你知道怎么做好吃吗？”过会儿，她又问。

下山走回去的时候，路上刚好有一个集市，摊子就摆在地面，竹篾编织的簸箕里尽是新鲜食材，菌子居多，还淋着露水，一股子泥土气息。

陆初阳顺手买了俩辣椒跟皱皮青椒，晏回温拖着他手臂兜了一大圈。

等进了院子，太阳正当空，已经中午。

陆初阳管程爷爷借了厨房，将辣椒、青椒、菌子“刺啦”一声下锅，三下五除二炒了盘山珍出来。这时晏回温刚洗完手，往脖子上挂围裙，他从后面给她系上带。

“别走，你先别走！我能先尝一口吗？”晏回温一闻，眼睛都亮了，小声跟他打着商量，有点要上手的意思。

陆初阳用筷子拍掉那只爪，夹起一片菌子，喂给她。她眼睛更亮了，眨了眨，巨好吃！完事赶紧把陆初阳赶出去，她走来走去，做自己的菜。

上桌时，简单的四菜一汤。

程爷爷被请来搭伙，老人拿起白瓷小酒杯，先呷了口酒，慢慢尝每道菜。吃完菌子他就乐了：“嗯，这个最好，不说我还真以为是我们云南大厨做的哩！”

“小温，你炒的？”程爷爷见她仍系着围裙，问道。

晏回温摇头，明明不是，脸上却简直比夸了自己还高兴。陆初阳倒不怎么爱发言，只把尝过后十分惊艳的，往她碗里送。

程爷爷一边看着，慢悠悠啜着酒。

好，真好！

最后，这顿吃完倒剩下不少菌子，晚上陆初阳干脆借来个小锅，两人面对面，煮起野菌火锅来。

坐在窗边，能望见满天星斗，夜晚的风一吹，满屋子山野气息。菌子嚼在嘴里，带着股子松针的清香。

见陆初阳夹了个菌伞，晏回温故意戳筷子去抢，抢过来立刻塞到嘴巴里，吸着气吃掉。

陆初阳瞧了她一眼，便撑着下巴，用筷子慢慢翻找，偏捡珍贵的硬货夹，结果都被她闹着抢了过去，喂进了她的肚子。最后，他笑出声，端着碗若无其事地盛汤。

晏回温这才发觉上当，他才是螳螂背后那只黄雀。故意给她吃，要不然她的水平怎么可能从他筷子底下抢走东西啊？

于是，顺来陆初阳的碗，将剩下的硬货一股脑捞进去推给他。她低头，吸着汤偷瞄，吸汤，再偷瞄……

饭后，晏回温自觉抱锅去还。

回来冲了凉，她开始翻手账，面色虔诚，因为第二天要去一座寺庙里祈福。她不知从哪儿打听来的，说是此庙异常灵验。

清晨，穿过参天古树与青砖庭院，晏回温在香火气息的殿堂前合掌而跪，叩首，许下愿望。

只是没想到，这儿的天气果真说翻脸就翻脸，出了寺庙刚到双廊，忽然来了阵大雨。陆初阳把外套往她头上一罩，两人在树底下躲了十来分钟，天又晴了。

一道彩虹横跨整个洱海。

“意外惊喜呀！”晏回温脑袋还兜着外套，就抓起脖子上的相机拍照。

陆初阳给她把外套摘下来，被她拉去骑单车，呼吸着格外新鲜的空气，划了个船，两人便勾着手指头散步到一座小山丘，坐进茶馆里喝茶，俯瞰整个洱海边的村庄放空。

“怎么待在山丘上就特别舒服呢？”晏回温托腮自言自语，想了会儿，究其原因为他们的初遇是在山丘上。

陆初阳从后面搂着她，视线落在同一个方向。

这时，阳光直直照在苍山巅。茶楼下，黑布包头，戴满银饰的老婆婆们坐着聊天，偶尔有游客走进茶楼小休。

美好，质朴，这样的生活气息，晏回温甚至觉得，可以跟他窝一辈子。

“陆初阳。”

晏回温忽然叫他的名字，他刚答应就见小姑娘从背包里，神神秘秘摸出一沓明信片，一张一张铺在深棕色油亮的木桌上。

“当当当！快看。”

她又往桌上拍了两只签字笔：“刚才我在庙里给你们特战队每个人都许愿了，趁现在闲云野鹤似的，咱把明信片也填了吧？”

陆初阳挑了挑眉，手从她肩膀绕过去，拨弄着明信片看。大多是云南风土，选得挺漂亮。

晏回温在前面找着卡片，确定后一张张推出去：“这张给林在言，他不是追求品位嘛，这张给赵然，巨阳光。”

“江洲分哪张好？”她回头问，发现陆初阳正注视着自己。

她的眉眼、鼻梁、嘴唇都被太阳的金影染上了光晕，头发被风吹着扫弄着他的脸。陆初阳吻了吻她的小耳朵，然后屈指一敲，决定了一张。

晏回温禁不住逗，他一亲就老实，飞速握笔往明信片上写字，唠唠叨叨几行。最后，她比高考时更加认真严肃地默念“平安”，书写下“长命百岁”。

把笔给陆初阳，他没有过多嘱托，只起手来了四个遒劲的连笔字，同样“长命百岁”，两款不同笔迹挨靠在一起。

为这国家万家灯火，而负重的每个人，请长命百岁。

回去路过邮筒，晏回温把这叠明信片塞了进去。最后一天，他们回到昆明，傍晚百无聊赖地走去翠湖散步。湖边的大柳树旁，十亩荷花映着晚霞，有风吹在脸上。

晏回温倒着走，把手塞过去让陆初阳牵，他握住。走着走着，远远就飘来酒香，回头看，竟是家小酒馆，古色古香，挺有韵味。

拉着陆初阳坐进去，晏回温应景地尝了点儿，回到酒店一热就开始脸红。她摁着墙壁上的遥控开关，调整空调温度，很快，房间里清爽下来。

陆初阳用五分钟冲了个澡出来，见她坐在窗台上看风景，红着小脸，垂下睫毛。

他把头上的毛巾扔桌上，走过去一手搂住她的腰，往身前一带，一手扯上窗帘，晏回温环住他的脖子。

“喝晕了？”陆初阳笑问。

离得近，呼吸缠在一起迅速升温，她摇了摇头，后来又承认：“一点点……”

“不过我知道你是谁。”接着傻呵呵笑，就这么挂在他身上，仰起脸，凑过去亲他下巴，被陆初阳偏头躲了过去。

晏回温慢慢眨两下眼睛，不能理解似的奇怪，两只小手开始往他短袖口里钻。陆初阳捏住她的小下巴，跟她对视了会儿，有一下没一下抿她的嘴唇……

她被弄得原形毕露，缩了缩腿。

“刚才不是挺主动的？”陆初阳似乎笑了，而晏回温只敢垂视的眼睛，正看见他嘴角翘了个小弧度。

她听见自己不均匀的呼吸，带着醇酒的味道。陆初阳贴着她更近一步……

清早，晏回温是听见浴室里水声醒过来的，第一反应先用手背揉了揉发酸的眼睛，视线才聚焦在桌面的早餐上。

有些东西，一点一点回忆起来……

趁陆初阳没在，她掀开丁点被子偷瞄，果然，又都红了。

特战队员收到明信片时，离他们从云南回来已经过去一周。

按规定，队内所有来往信件必须经由队长审阅，才可下发队员。也就是说，两人在双廊写的明信片，陆初阳不得不像发考卷一样，叫着名字分下去。

拿到明信片的小队员，一看那字，感动得险些热泪盈眶。

据说，当晚特战队内通话量爆棚，电话接通了，一上来大多一句话：“妈！我们队长跟嫂子出门还给我寄明信片来着。”

“哟！说的啥？”

“长命百岁！”

这件事间接导致队员在一场重大典礼前夕的反恐演练中分外精神抖擞。毕竟国内外亿万双眼睛盯着，容不得半点差错。

典礼前几日，整个特战队便被派出去。作为武警部队中的特殊部分，隐在举行典礼的街道两旁，24 小时轮岗值班。

赵然没来，养了几个月才刚从医院强行归队，他就被支队长心疼地扔去南方，给兄弟部队支援技术去了。听说不能参加任务，大男孩打电话回来。陆初阳按着免提，就听那边差点哭出来，林在言赶紧堵了堵耳朵。

得到消息的晏回温琢磨半天，画了特战队的全家福，取名“一个都不能少”，每人发一张，又给赵然寄去一张。出任务时，全家福揣在他们身上。

作为队长，陆初阳必须24小时坐镇在重要街道某制高点指挥，几天几夜没回家。薛琪干脆搬到晏回温那里，陪她做个伴。

这天，两人从医院走出来，晏回温折起单子，下楼时一个没注意，险些栽跟头，薛琪眼疾手快扶了她一把。

“我说，你悠着点儿呀，这时候可千万别摔。”她吓得心惊肉跳。

晏回温支吾半天，挥手放弃狡辩。

到家，她迫不及待打开电视，典礼还没开始直播，新闻里主持人字正腔圆地讲着贺词。

飞机航拍着整条街，晏回温知道，他们就在这街上的某个角落，即使看不见，心跳也跟着漏了半拍，扑通扑通，跳个不停。

没多久，直播信号终于切了过来，一段时间静默，电视里传出个高亢的声音——

“标兵就位！”

士兵将正步踢出去。

“开始了！”晏回温一瞬间抓住薛琪的手，从升国旗、检阅，到分列式。

眼看着一个一个方阵压过去。不行，她要燃了！

就在铿锵有力的正步声里，主持人激昂地念出：“武警部队向我们走来……”

立马，晏回温从沙发里蹦起来，眼睛都不眨。薛琪扯着她袖口干笑：“喂喂，又不是他们，你先坐啊！”

她还以为晏回温激动得哑巴了呢。

“都一样。”谁知晏回温轻声开口，来这里的、没来这里的，都是有血性的英雄。

整场典礼下来没有出半点差错，场面气贯长虹，让人身体里每一颗细胞都随着那砸向地面的正步，燃起来。为此，背后不为人知的地方，正有人趴在地面，丝毫不动地托枪瞄准。

上万只和平鸽飞上天，领导人致辞，宣布典礼结束。

直到街上恢复往日的车水马龙，趴在地上的林在言把眼睛从瞄准镜里收回来，看见一旁那张特战队全家福，笑了：“兄弟们，任务成功。”

耳机沙沙的电流里，从四面八方响应起几声轻笑。

收了装备，武警车笔直地开进特战基地。队员们活动着硬邦邦的脖颈，跳下车，背着枪威风地往里走。晏回温坐在台阶上，远远望着，那感觉，每一帧都像电影大片。

她慢慢站起来，一双军靴正在靠近。

靠近……

最后停在她面前，陆初阳低头，微笑。

晏回温抿了抿唇：“嗯，一个好消息。”

他洗耳恭听。

“陆初阳，你要当爸爸了。”她轻轻笑着。

这时基地门口，一辆车快速开进来。停稳后，从车上跳下来一个大男孩，所有人回头一怔，男孩在阳光下朝他们疯狂跑来：“队长！”

赵然边跑边晃手中那张全家福:“我回来了！”

直到与那些并排威风行走的兄弟们半步远，稍显犹豫地停下来，不知能否走进其中。忽然，一排人从中间分开一个位置，赵然被林在言与江洲扯来中间，手臂搭过来一揽。

赵然心潮澎湃地调整步伐，终于自信地与他的每一位战友，并排向前，走出了一种杀伐果断又不失正气的步伐。

晏回温抬手按下快门，这一幅万里河山，武警特战。他们热血不息，信仰不止!

陆初阳笑了笑，偏头时，视线里他的队员、五星红旗、国徽，甚至墙上的反恐口号……

是信念、责任。

他低头看她，四目相对。

十月的天，早上还阴着，站在这忽然破云的太阳下，四下终于回温。

“真暖。”陆初阳微笑。

祖国、她，还有即将降临的、一定很像她的小孩。

反恐，他们为任务时刻准备着……

但他保护的这国家，她用色彩为他秀美。

从今往后，只有陪伴。

所以，请一定长命百岁!

【全文完】

番外一

牛奶蜂蜜

陆珊，女；陆丘，男。

龙凤胎姐弟。

父：陆初阳；母：晏回温。

五月，姐弟俩打一生下来，陆初阳便填好了名字，特战队里谁都知道，珊丘——

“山丘嘛，我们嫂子跟队长初次相遇的地方呗！”

“名字啊？当然是队长起的。你说小名？”

“哦，小名是我们嫂子起的，闺女叫牛奶，儿子叫蜂蜜。”

“我跟你讲啊哥们儿，那小家伙，大眼睛，长睫毛，老漂亮了！嗯，眼睛像我们队长，贼亮。鼻子、嘴巴倒像嫂子，精精致致，娃娃似的。”

从此，牛奶跟蜂蜜成为了特战队叔叔们心头的宝。

（一）

小学第一个暑假，小牛奶在爸爸的电脑上看完《海底总动员》，若有所思地抠了会儿爸爸肩章上那三颗星星，从他腿上溜下来。

陆初阳给她拉好小裙子，让她去外边玩。小牛奶蹦跳出门上挂着“支队长办公室”的房间，在花坛边遇见了赵然。

“小然叔叔！”隔老远，她拢着嘴巴脆生生叫人。

赵然快步过去，蹲下来挠挠头：“小牛奶。”

“小然叔叔，大堡礁有一只小丑鱼，她被鲨鱼袭击，失去了亲人。”她认真说。

赵然：“啊……”

“小丑鱼很爱自己儿子的。”

“嗯！”

“多亏蓝唐王鱼，他很热心，像小然叔叔。”

赵然：“啊！”

“绿海龟叫柯路西，是江洲叔叔。”

“噗……”

小牛奶背起手：“别笑他哦，绿海龟方向很准的！不会像蓝唐王鱼迷路。”

赵然使劲点头。

“还有神仙鱼是很扁的，像经历过很多磨难的大哥。”

赵然有一种直觉，果然——

“神仙鱼是言叔叔！”

“好！”

“最后你们一起帮助小丑鱼，你们可厉害啦！”

赵然被戳心了。

据说，林在言第二天全队通报，赵然一回去就冲他叫“神仙鱼”，逮着江洲喊“绿海龟”。后来，他还夜以继日做了套机械小鱼群，彩色的。把它们放进美化好、打着暖黄灯光的鱼缸里，在小牛奶开学第一天，送给了小家伙。

小牛奶高兴得饭都忘了吃，马上装满一书包牛奶跟蜂蜜，沉甸甸抱着，踉踉跄跄跑去回赠给了小然叔叔。

回到家，她亲自把鱼缸搬到客厅，拿一根小竹条，理好自己的小裙子跟红色毛绒发卡，对沙发上端坐的三人，指着玻璃缸一只一只讲解。

陆初阳第一个没忍住，笑出声，立刻被晏回温抓住手提醒，注意态度，他忍了忍。

等小孩终于玩累，他这才一手一个，抱闺女跟儿子回屋，哄他们睡觉。

（二）

一家四口吃饭。

小蜂蜜绅士似的，绕着桌子给每人盛了汤，最后问妈妈：“妈妈，总有人背后说，一个人因为家境不好、很差劲，就不配跟另一个家境好的人玩。妈妈，你会这样想吗？”

晏回温喝汤的舌头，打了个结，她跟陆初阳对视一眼。

“女孩？”陆初阳云淡风轻问他。

小蜂蜜点头。

仔细一琢磨，这问题信息量就很大了。晏回温先悄悄用眼神问闺女，试图打探一下，儿子是不是交了什么朋友？

结果，小牛奶心虚咳嗽了声，仗义地使劲低头去喝汤。

见儿子仰着小脸，在安静等待答案，而陆初阳更是从容地看着她。晏回温轻轻放下碗，把小蜂蜜拉到身前：“还记不记得妈妈带你去看过的沙漠，环境是不是很恶劣？”

“嗯。”小蜂蜜轻点头。

“那，沙漠里有什么植物？”

“仙人掌。”

“好，你觉得爷爷家院子漂亮吗？有什么？”

“牡丹跟月季。”

“牡丹比仙人掌有用吗？”见陆初阳笑了，晏回温暗地里扯他手指，示意别闹，在说儿子的大事呢！

小蜂蜜非常端正地靠在她腿上，卫衣袖子整整齐齐地堆在两只小手肘上，稚气又淡然的小脸上，态度坚决起来，他不觉得牡丹比仙人掌有用。

“所以啊，”晏回温松口气，尽量说得简单，“我们不能因为生活环境的好坏，就说谁一定比谁有用，或者谁一定比谁差劲。相反，我们要看到他们的品质，比如说，他们会做什么样的事情。”

“我就知道，妈妈一定是站在我这边的。”小蜂蜜笑了。

小小孩子，竟笑得意外温柔。

饭继续吃。

晏回温抿了半天唇，才终于咬着筷子深呼吸：“儿子，妈妈还想告诉你，牡丹跟仙人掌也可以种在一起。”

她认为，作为父母应该尊重孩子，但实在好奇，到底是谁家小姑娘啊？

洗碗时，就连陆初阳从后边抱住她，都慢了半拍才抬起头。

“去问儿子啊！”陆初阳掰来她的脸，顺势含住她的嘴唇。吻了会儿，摘下她的橡胶手套，让她去旁边。

晏回温从他洗碗的手臂底下钻到他身前：“那你刚才怎么

不问？”

“我不介意。”陆初阳笑。

“正好，我也不介意啊！”晏回温轻笑着，抱上了他的腰。

（三）

姐弟俩最喜欢晚上，因为每当这时候，陆初阳都会做俯卧撑锻炼。牛奶跟蜂蜜被允许轮番跳到爸爸背上，随他动作，一上一下，坐飞机似的，很是有趣。

这项活动，几年如一日，可今天是阴雨天。

晏回温知道，赶上阴雨，陆初阳腿上的伤会疼，并且两个小家伙已经实在不轻了。她盘腿坐在地毯上垂视地上运动的人，趁这俩家伙来之前建议：不然今儿就别背了。

紧接着，由远及近，传来了“哒哒哒”的拖鞋踢踏声，他们跑进来。

“爸爸，今天轮到陆丘先啦！”小牛奶蹲下来，用小手给爸爸捏了捏肩。

“上来。”陆初阳冲儿子偏头一指。

小蜂蜜笑着爬上去，抱住爸爸脖子，小牛奶就蹲在原地，拉住妈妈手，噘起小嘴，“呼呼”地给爸爸吹汗。

高兴吗？晏回温见陆初阳看过来，用眼神笑问。

怎么不高兴？以前他从没想过，这辈子会有一个这么相爱的老婆，跟一双如此可爱、长得像他们的儿女。

（四）

小牛奶被老师罚站了，原因是她在课间休息时，竟然爬上了学校围墙，还蹭破了膝盖处的白袜子。

两节课后，老师过来检查，她绷着小脸，举手向老师保证，下次决不再犯。

结果第二天，小牛奶揣一盒学校课间加餐的牛奶，再次赶在同一时间，跑去围墙。不过这回她学乖了，从洞里将牛奶递了出去。回班时，跑得脸孔通红。

“陆珊。”小蜂蜜在第二排座位上，抬头叫她，声音不大。

他的同桌也抬起头来，是一个清爽干净、有微卷上翘睫毛、眼睛会笑的小女孩，叫海愈。

小女孩成绩太过优秀，老师总拿她举例，便经常被指着背后笑话，不过牛奶跟蜂蜜倒是例外。

“小牛奶，你又去给拾废品的齐爷爷送牛奶啦？”小海愈悄悄问，拧下水杯的杯盖，用吸管将自己这盒牛奶戳开，两只小手捧着奶盒，倒了一半给她。

小牛奶“咕嘟”两口咽进去，杯子一放，冲对方吐吐舌头。

趁她咽下去的工夫，小蜂蜜又往杯盖里倒了他自己那盒的一半，往前推。被她拿起来，三下五除二解决。

也不知是学了特战队里谁的腔调，她萌萌地把手一伸，抓住两人手臂，一本正经晃了晃：“好兄弟呀！”

“我走啦！下次别给我了，你们自己喝嘛！”

（五）

转眼圣诞节，小蜂蜜给妈妈端去玫瑰茶，站在窗前，从这一整面落地窗望出去，外头鹅毛大雪。

屋里温暖如春，小蜂蜜穿一件白色高领毛衣，手捧玻璃茶杯，杯中热气升腾，将他本就稚气温柔的五官，衬得更加赏心悦目。

晏回温放下画笔，等他说。

“妈妈，我可不可以要一套你的绘本？我还想请妈妈帮我签上字，可以吗？”小蜂蜜微笑商量。

“送人呀？”晏回温明白过来，心中开出一千朵花，却故作镇定伸出食指：“儿子，我们等价交换好不好？”

“妈妈，我给你揉一个月肩？”

晏回温慢吞吞摇头。

“给爸爸揉一个月肩。”小蜂蜜大悟，改口。

“乖！”

从门口路过的陆初阳，脚下一顿，笑出声。

“爸爸！”小蜂蜜转身笑着扑过去，“这个月，我都为你服务。”

陆初阳蹲身，一只手把他抱起来，让他坐在自己手臂上，往晏回温的方向走：“儿子，你要先照顾妈妈，给你妈妈揉。”

小蜂蜜从学校花坛前望见小海愈时，她正迎着雪，低头向教室走，戴着大熊猫的毛线帽子，大熊猫的手套。两条腿迈着，用小雪地靴“咯吱咯吱”踩着雪，两耳不闻一旁同学们的指指点点。

小蜂蜜往她那边走过去，穿一件藏青色羽绒服，拉链在出门时被妈妈拉到下巴。他拨下羽绒服的大绒帽子，露出小脸。

他一过去，不那么稚气地笑时，气质清清冷冷。其他人一看是个惹不起的，匆忙“哄”一声散了。他们走了，小海愈这才抬起头，过会儿指指他耳朵：“戴帽子呀，都冻红啦！”

“我妈妈的绘本。”小蜂蜜没戴，先把一个袋子给她，说话时笑出来，呼着白气儿，又伸手问她要书包：“我拿吧。”

“要谢谢阿姨。”小海愈背着小手晃：“不过好巧呀，我也准备了礼物。”

（六）

晏回温每晚都给牛奶跟蜂蜜讲故事，哄两个小家伙入睡。

这天，她回来得有些晚，陆初阳便从书架上抽出《在旅途》。又蹲下一手一个把俩家伙抱到床上，侧躺在旁边，低声讲他老婆的绘本，哄小孩睡觉。

可谁知，由于白天太累，才五分钟，他就率先睡着了。

小牛奶眨了眨眼，一使坏，悄悄从桌子上拿来水彩笔，对着小蜂蜜“嘘”一声。她最爱画画，咬着笔头略作思考，便跪趴在床上，偷偷往爸爸脸上落笔，想要画妈妈。

晏回温进来时，半个人都画好了，她抬手佯装凶。

两个小家伙立刻俯首认罪，晏回温把他们抱到隔壁卧室，轻声讲着故事。直到小家伙睡着才轻掩了门，回到陆初阳那边。

“你在装睡吗？”她靠过去，小声问完，便被陆初阳翻身一压，他把脸放在她肩窝呼吸。

过会儿才笑了笑：“真睡着了，不过闺女一动立马醒了。”在野外养成的习惯，怎么也改不掉，半点动静就得醒。

“那你还让小牛奶画。”晏回温在他身下动了动，找了个舒服的姿势，蹭得陆初阳心猿意马。

“咱闺女，喜欢就给她画。”他说。

晏回温“扑哧”一声笑了：“那，我爱你。”

“嗯。”

“替他们说的。”她转折，接着便被陆初阳吻了下去。

（七）

元旦，一家四口看晚会。

晏回温靠在陆初阳身上，两个小家伙坐进另一端，小声交头接耳，不知在谋划什么。

半小时后，小蜂蜜率先跑过去，拉住爸爸妈妈的手展开，各塞进去了一把瓜子仁。

“谢谢！”晏回温温暖得没舍得吃，就见小蜂蜜回身，指了指另一端那张小桌子，桌面摊着另外两堆，比他们手中略少些的瓜子仁。

“都分好啦！每人都有。”桌边，小牛奶挥挥小手。

“爸爸妈妈新年快乐！”小蜂蜜微笑。

“新年快乐！”

（八）

小牛奶在基地蹦着跑，去找爸爸。

她被林在言半路帅气地伸手拦住，低头无聊问：“小牛奶，我们来采访，请问，你心里，爸爸第一爱谁？”

“爸爸第一爱妈妈呀！”她仰着脸，理所当然答。

“第二爱谁？”

“第二还是爱妈妈！”

“嗯，不错！第三呢？”

“第三也是爱妈妈呀！”

“哟！那你们呢？”

林在言反被逗笑了，想问你们排第几，结果小牛奶“扑哧”一乐，让他附耳过来，她快乐地说：“我们当然爱爸爸跟妈妈呀！”

（九）

临近过年，江洲拿着相机慢悠悠走，打算拍点照片留作纪念。

忽然，他脚步一顿，看见队长一家。

陆初阳将地上一脚厚的雪，用工兵铲拢成一堆给晏回温。她戴着一双厚毛线手套，跟身穿亲子白色羽绒服的两个小家伙，边闹边把雪堆拍起来。

做出两只胖墩墩的机器猫形状，最后四个人又在旁边添了两只小的。

四只靠在一起，牛奶和蜂蜜绕雪人追着跑。

陆初阳摘了晏回温已经硬邦邦的手套，给她捂手，眼睛又垂视下去，笑着对两个小家伙讲话，俩小孩直乐。

被气氛感染了。

“队长看这边。”江洲扬声，调整镜头。

对面四人扭头的一瞬，他按下快门，闻到了幸福的味道。

每分每秒。

一年，五年，十年，一生……就这样，微笑下去吧。

番外二

做个未来给我们

要不然，送他一套我亲手捏的陶？

晏回温站在连名字也简单直白地叫作“@ 陶”的工作室外，若有所思地扫着昨夜大暴雨后门前的积水。工作室里有一男一女两个小设计师在画稿。

“回温小姐姐，”男孩从窗户里探出脑袋，“你看看我这套阿比西尼亚猫，怎么修都不太可爱。”

“我们阿比西尼亚宝贝明明超酷的呀！”晏回温说着，还是在墙边放置好大扫把，走回了工作室去帮他参考手里的稿子。

“@ 陶”是晏回温的一个圈内好朋友创立的软陶工作室，处在市中心的艺术街区，从外形来看像是两辆上下叠加的车厢，走清新文艺风。两年前这个好朋友拉她合作，每年推出一套她画的主题系列。

去年晏回温这条单线的软陶叫作“三分蓝”，今年的风格还在考虑，所以这段日子，她来工作室的时间比较多。

“你看这样呢？”晏回温拿笔在阿比西尼亚猫的肚子上很快

加了几笔，它立刻可爱Q弹了许多。

“我的天，”男孩盯着眼前这只小动物直笑，“回温小姐姐，你的可爱细胞怎么可以这么绝，从来不会让人失望。”

“今天才不跟你商业互吹！我问个正事儿吧。”这件事晏回温还想保密，就悄悄地说：“看我，我本人，想捏一套软陶的话，需要准备什么？”

男孩咳了咳：“这边建议，一个捏陶师傅呢！”

嫌弃她没动手碰过陶。

不过晏回温心虚得就差耷着耳朵回自己那方工作台的时候，小脑袋里已经重新擂起了战鼓，立马先给工作室的大师傅戳了条微信紧急求艺。

还有两个多月，就到她跟陆初阳的四周年相识纪念日了，礼物必须完美。

脑子里不停盘旋起彩虹棉花糖、奶油巧克力和蜂蜜小曲奇……自从有他在，每一天简直美好得像是这些甜蜜的东西拼出来的。

所以她特别想用这些颜色，也捏一个“未来”给他。

属于她和他的，色彩最美丽的未来。

晏回温坐下来才简单勾了两张草图，大师傅那边回了微信，约好教手艺的时间后，师傅让她先自己琢磨两天。

比如什么造型，比如配色，比如烘烤……

晏回温比较在意配色，数了数工作室的软陶，一般不到二十种基础色，她就得用这些软陶不断混合，才能捏出自己想要的色彩。

不难！她赶紧搜刮了一袋软陶塞进双肩包里，准备带回去争分夺秒琢磨配色。出门的时候有点饿了，就拉开工作台的抽屉，撕开一袋小饼干填肚子。

这个抽屉一打开全是眼花缭乱的零食，都是陆初阳定期补充给她建立的充饥百宝箱。晏回温一个一个拿出来，堆得满怀都是，“哗啦”转移到了两个小设计师的桌上，他们慌忙抬起头来。

晏回温说：“捏陶是个惊喜，你们替我保密？”

本来在他们面前完全可以正大光明，可她来“@陶”帮忙的第一天，陆初阳就抽时间请全工作室的人吃了顿饭，跟她的“娘家人”搞好了关系。

“姐姐，我们是保密了，”男孩仰着脑袋，手里还拎着她给的零食，无语地看着她，“你自己，每次但凡争点气，去看陆队长的时候，眼睛里的星星不要一闪一闪眨出来，陆队也不至于想装作不知道，都装不下去啊！”

她心虚了下。

男孩又问：“对不对？”

“对！是我对陆初阳没有克制，是我没有！”晏回温捣蒜似的点点头，“这次必须严加保密了。”

男孩寻思着她八成还是够呛。

晏回温已经又抱了袋软陶塞进包里，因为明天就要去上海，参加两天漫展，她怕得空可以研究礼物配色的时候软陶不够用。

藏好后背着包出了工作室，晏回温开车去陆初阳那里。

接他回去给婆婆过生日的微信还没回，估摸他在忙。从支队长这个位置需要陆初阳接班开始，他就再没正经休过假了。

每回练到浑身是汗，回到家他也不自己开门，偏在门外低低喊她。

等她鞋都来不及穿光着脚急匆匆蹦过去，拉开门的瞬间就被他一把抱起来，然后反踢上门，把她紧紧抵在门后，汹涌地亲她。

热烈吮吻她的唇舌，最后蹭到她耳边，挨在那里哑着嗓子叫她，说好多遍“想你”。

晏回温都心疼死他了。

他们俩的家就在特战队旁，晏回温没收到陆初阳的回复便先把车停进了小区。下车看到隔壁古戍队长奶奶家的两床被子还挂晒在楼下，太阳已经落山要反潮。

那一看就是老式的大红花厚棉被，晏回温过去，用了五分钟才把它们搬到身上扛好。小小一只人都找不见了，又用力举起两只胳膊不拖地，磕磕绊绊给古奶奶搬上去。

横着进楼梯间大门的时候，冷不丁出来只手把她转了个圈儿，那人还低声笑了。

“陆初阳？陆初阳你回来了！”晏回温马上笑着喊了句，在被子里看不太见路，只顾一头往他那个方向冲去。

还没靠近，整个人就被他按在原地，手在空中挥半天也抓不到他。

陆初阳声线困惑：“这个造型，你是在跟小螃蟹挑战谁走得更横更好看吗？”

“我傻吧？”晏回温抱住他的手指呜呜两声，“我太难了！”

说完手却被反捉住，带着包裹进他有些糙热的掌心，身体也跟着这个动作被拽到了他身上。

“是挺傻的，”陆初阳就势卸下她几乎蒙头盖脸的两床棉被，甩到自己肩上，牵起她走进楼梯间，“不过比起来还是我老婆更好看。”

晏回温看着他的背影歪头笑了一路。

进电梯，上楼，陆初阳敲开邻居古奶奶家的门送被子。晏回温则迅速冲进自己家，特别收好了装着软陶的小背包，另外拿起买给婆婆的生日礼物，两人都出来后这才准备开车去父母那里。

走到下面，离车大概还有十多米远拿钥匙“嘀”开车准备上车的时候，晏回温就看到陆初阳把带回去的生日礼盒换到了另一只手。

她看了一眼，原来的那只手里还一起提着个纸袋，这下像是特意要将两件东西分开来安排。

纸袋表面上看没什么特别，最上面装的是书，军事政治之类的。

晏回温再往里瞄，陆初阳就低下头来，捏起她的小下巴朝她勾了勾嘴角：“好奇什么？”

“哇！好厉害呀陆初阳，你怎么能这么快捉到我在偷看你的？”她笑了又笑，视线开心地追着他的视线，“他们又发书让你背啦？刚才早看到，我就一起帮你先放到家里去了。”

“不是。”他说。

“那是什么？除非——”晏回温悄悄扯过他的胳膊来看，“你又帮支队长藏酒？”

“手伸出来。”陆初阳捉住她伸来的手，推开她的手心轻轻打了一下。

打了她一下？！

晏回温整只手还窝在他的掌心，仰着脑袋，眼睛可怜地眨了两下跟他对视。

他声音发笑：“再猜一次。”

明显是心情不错，拇指还慢慢磨着她的手背。

“我猜我猜！不是酒嘛，是——”说着的这秒钟，晏回温猛扑住陆初阳，赖在了他的身上笑。陆初阳也不知是有意还是无意，由着她闹，她“嗖”地朝纸袋伸出一根手指头，把书勾起了点儿一偷看。

笑音戛然而止，书勾开，是一套限定口红挚爱礼盒，用丝带在上面拴了张她和他的Q型人物卡。

晏回温愣了两秒钟，没想到有什么特别的日子啊！

“给我的？”她戳着礼盒迫不及待又追问了句：“是给我的吗？”

不等他回答。

晏回温忍不住惊喜地转向他：“是藏起来，给我的吗？”

陆初阳摸了摸她的头：“看到的时候感觉你会喜欢，就预定了，你还喜欢什么？我都想给你。”

他的唇，扬起弧度。

莫名宠溺的笑意淡淡地显露在那张一贯冷静自持的脸上，一副不分日子不分地点都心甘情愿的样子。可他平时的操练和行动艰苦且危险，总拿出时间为她注意这些，还有时间喘口气吗？

晏回温心里不知道心疼还是雀跃才好：“我特别喜欢！”

说完一点点拉住他的胳膊，抬起脚跟蹦了蹦：“你的我全都喜欢的不得了！陆初阳你想给我惊喜啊？对不起对不起那我提早发现了？我是不是应该马上装作不知道等你拿出来呀陆初阳？”

她一句接一句，喊着他的名字，拉着他晃。

陆初阳弯下身，突然扣住了她的后脑。

晏回温下句话就噎在嗓子里，他叹了口气，趁她再开口前用掌心仰起她的脸，拉到跟前问：“这么聪明的小姑娘，谁家的啊？”

她呵呵笑了：“……你家的。”

当然是他家的，陆初阳也笑了笑，蹭蹭她的脸，起身走了出去，还招招手喊她跟上。

谁知，晏回温却赖在原地没有动。

“陆初阳！”她接着朝他身后大喊了一声，张开双臂：“谢谢谢谢谢谢！我，超级超级超级……”

这动静有点儿大，显然惊动到了方圆几十米。

下棋的大爷、跳舞的大妈、遛狗的阿姨以及接小朋友放学回家的叔叔们……几乎全是特战队的家属，往两人这边看过来，然后明明白白地看乐了。

陆初阳立在围观中，见晏回温边喊边朝这儿扑，知道她下一句就是要在大庭广众之下喊出什么表白之词跳到自己身上，明天传遍全队上下，伸手制住了她继续靠近。

“陆初阳？你不要躲呀陆初阳！”晏回温左右掰他这只按过来的手，陆初阳一身正气不让她动，她就努力钻到后面往他背上跳，“我喜欢——”

边闹边以为陆初阳真会一直板着脸制止自己，可他竟然在这刻稳稳接住了她，提着礼物的双手还拢着她的腿弯怕她从背上摔下来。

稍微偏头，侧脸与侧脸几乎贴在一起，能感觉到各自灼热的呼吸。

“……我超级超级超级喜欢你。”晏回温轻轻地呼气，兴奋之余已经觉察到无数道乐呵呵看过来的视线，赶紧把头埋到了他的肩窝里，“完了完了，刚才有点肉麻。”

“下来吗？”他问。

“别别别！快走。”

陆初阳拿她这样子没办法，转脸蹭了蹭她的耳朵，低声安慰：“我知道了。”

我也，超级爱你。

他没再说别的，顶着四面八方瞅小两口谈情说爱的笑意，背她快步来到车边。从这儿开回去的路上，接到语音，全家已经改去了饭店，于是跟着改道。

找到饭店包厢，陆晏两家人都在，一人拿个手机凑一起挺热闹地忙着什么。

晏回温拉着陆初阳进去，挨个说了一圈儿吉祥话。最后乖乖给婆婆祝完生日，被爱抚地揉了揉脑袋，这才跑到人堆里，奇怪两大家子都拿手机在戳什么。

这时，晏妈妈刚好冲晏爸爸交代：“小儿子下戏了吧，打电话叫他别玩儿了先打榜，他有九个手机。”

“……打，什么榜？妈妈，你们在玩打榜呀？！”晏回温惊了老半天。

这么潮？

放下目光，才看到他们戳的屏幕里，居然是在给她打榜投票!

晏回温知道这个软件弄的打榜，投票评选最浪漫的绘本组合，其中就选入了她那套《在旅途》的主角。最后得票第一名的组合，可以彩绘到地铁里宣传。

两家子年龄加起来有好几百岁，聚在一起拼这个，她窘了，谁带的头嘛?

陆爷爷好像弄完了，摘下老花镜看见她，一阵高兴：“回温快来爷爷这里，看看爷爷投得对不对啊？哎哟，都怪这个投票爷爷发现得太晚了，还有那个，陆初阳，你也投票！”

“爷爷！是您打的样啊，”晏回温哭笑不得，跑过去扶着他商量，“要不咱就别叫陆初阳弄这个了吧？他不喜欢麻烦。”

爷爷乐了：“哟哟哟，你怎么这么体贴他啊？”

晏回温羞得眼皮一突一突的。

余光瞥见，陆初阳拇指正按着手机，独自坐在桌角的椅子里，发着语音。应该是队里有事在交代，爷爷拍拍晏回温让她过去。

晏回温拉出把椅子，坐到他旁边，琢磨自己玩点什么，最后打开一张餐巾纸在上面画漫画，反正不说投票的事。

“两分钟。”陆初阳边听语音边对她说。

她一愣：“什么？”

“等我两分钟，”陆初阳说完又继续按着手机打字，等全部忙完后往后一靠，手指捏了捏她的小耳朵，“哪个软件是给你投票的？”

清晰感觉到对方指腹的温度，晏回温心口一悸动，他都听见了啊？

“你不休息一会儿吗？”她转头看着他，小声说，“爷爷也没监督你，手机给我，我来弄算了。”

“又心疼我了？”他笑了笑，“还是怕我麻烦？给老婆投票有什么麻烦的？”

陆初阳下好软件，扫了眼粉丝做的投票教程，发现年轻人玩得真复杂，比如一层一层点进链接、比如投票分享后还得退出登录切换模式再来几遍，总共 12 票……注意事项一堆一堆的。

不过他做什么上手都快，教程扫过几眼就知道，开始默不作声点着手机。

边投票，边拉过晏回温的小手放到腿上捉着，示意她先自己玩会儿。

晏回温就用左手在餐巾纸上画他，描了能有五分钟，笔尖放在小人头顶：“陆初阳，我给你添对小犄角好吗？我丈夫长犄角了，我们长一对小犄角好不好呀陆初阳？”

她无意识地边念边沉醉在自己的漫画里，声音轻轻软软的还有点磨人，于是被他立刻捉紧手，下一刻手指被贴到了他的唇上亲吻。

他的语气因为在做事显得宠溺而认真：“画，再多添个头都行，我投完票陪你——这个切到微信还可以投？”

“可以投 2 票。”晏回温手被拉在他唇边，身体也被迫转向了他，索性放下笔，趴在桌上盯着他看。

“看我干什么？”他问了句。

“我看你眼睛有点红了，”晏回温咬了咬唇，“总熬那么晚，刚才是不是队里有事儿了？”

“嗯，差不多有个好消息。”

“能说吗！有多好？”

“好到能多陪你几天，”陆初阳退出微信，退出打投软件，一切搞定，脸偏过去，伸手搂了搂她的腰，“下月有假了，6 号到 10 号。”

下月？ 6 到 10 号？！

晏回温蒙了一下，靠在他身上想了想。就是那几天，她已经定好了肯尼亚的行程，去这个“动物星球”看大迁徙，为“@ 陶”今年的单线寻找灵感。

也是今天才定的计划，还没来得及告诉陆初阳，晏回温埋在他的肩膀上，手指轻轻玩着他的衣角。得趁他知道前赶快取消，机票、酒店和乱七八糟办理中以及没办理的都在她脑子里一直转。

心里装着事，直到吃完饭回家。

两人在楼下便利店的货架上拿零食。

“回温，”陆初阳第二次叫她没反应后，回头看到她正非常暗戳戳地拿手机一通忙，叹了口气，“有事？”

晏回温手机“嗖”地一收：“没有！”

陆初阳默了默，把她拉到身上，隔着衣料摸了摸她的后背，感到她又不自然地往怀里钻了钻：“我家的我比谁都了解，还说没有？”

她嘟囔：“没……”

“那我说了，”陆初阳两手搭在她肩上，离开点距离低头看着她，“跟我休假有关。”

“关系不大！一点也不大！”晏回温差不多在他说到半截就急慌慌开口，只好老实交代自己为什么在戳手机退肯尼亚的行程，生怕他的假期会因此飞走。

看到他不吭声，她转过身，摸着货架装没事儿了。

“先别退了。”陆初阳叹气。

“为什么？”她又把脑袋转回来，有些委屈地看着他，“你好不容易才休假啊！”

对，就是这双明明该笑眯眯的眼睛里的委屈，他半点也见不得。

全因为他。

陆初阳靠近她身后，揉了揉她的脑袋，声音莫名有些确定又低沉地说：“我试着把假调一调，手机收起来吧。”

晏回温才点开个链接的手机被他伸手一拂，就被重新塞回到了她的小包里。

“可是你的假没有我的行程好调整啊！”晏回温整个人转回来。

陆初阳先是蹙眉，没出声，看到她探手去冷藏架，便习惯性帮她把架子上的宾格瑞牛奶拿下来丢进货篮。

“所以只要我抓不住你偷偷为我打乱自己的计划，你就绝对不告诉我，迁就我？”他问：“多少次了？”

“陆初阳你别板脸，小姐姐都看你了，”晏回温朝柜台望了一眼，撞上女孩急忙躲开的目光，也不知道陆初阳默下来的气场为什么这么强大，“我明白你在郁闷什么，不是迁就，我们拉钩说好了彼此爱护付出，再说了你的假……”

“担心什么？”陆初阳扣住她的后脑抬起来，与她对视。

晏回温才刚把货篮放到柜台，这一拉扯吓了她一跳，余光里小姐姐低头暗暗结账，她推了推陆初阳，可他的手扣得死死的。

她有点生气了：“你的假明明不好调，支队长说过的！”

“你几次都为我偷偷改行程。”

“我的时间也不是特别紧张，这次你终于有假了，我一秒钟都不想耽误，想陪你啊！”

“下次呢？”

“下次我也可以改行程……”她都被问到真的有些委屈了。

调整了两秒，晏回温咬着唇闭嘴，很清楚陆初阳就是在跟他自己郁闷。

可她不知道具体该怎么去解决这个问题，未来的路很长，他们承诺过爱护彼此，但真正面对选择，谁都嫌自己付出的爱还不够多。

整个便利店里只有他们这一对顾客，零食结算后装进塑料袋发出仅有的声响。

陆初阳的手滑到她的脖颈，拇指指腹从耳后一路摩挲到颈侧动脉，感觉到皮肤下细微的跳动，小姑娘又紧张了。

他托起她的脸庞，低下头想蹭一蹭她的额头。

收银台上的塑料袋“刺啦”一声。

晏回温猛地从他身前挤开：“我，先出去了……”

“哎，先生，”收银姐姐大概是瞄到陆初阳想去追，拿着台子上扫到一半的零食没办法，忍了忍小心叫住他：“还结账吗？”

陆初阳停下，表情冻结地只“嗯”了声，然后拿出钱包，看到她最后在扫那两罐宾格瑞牛奶，顿了顿，下巴抬过去：“另一瓶不要了。”

“哎？”小姐姐疑惑了句。

晏回温才走到门边，听见也回过了头，陆初阳真的只捡起了那瓶香蕉口味的，拿在手上。

平时只要他们经过楼下这家便利店，晏回温都会拉他进来买两瓶宾格瑞，自己选胖乎乎的粉色草莓，黄色香蕉味道的给他，两个人边走回家边喝。

生气了？连牛奶都不给她喝了？！晏回温扭头推门出去。

陆初阳跟在她后面出门，一手提着大袋零食。晏回温能听见身后沉稳的脚步声，使劲捏着手不转回去往他胳膊上抱。

还悄悄跳着踩他拉长的影子，踩到了影子中右手的那瓶略可爱略胖的牛奶，差点笑出来。

他这个反差的样子还是这么显著，今天光拿着不喝干什么？

晏回温其实想等他不那么郁闷了再说话，安抚自己说，晏回温同志，他所有的情绪都是因为觉得你委屈，等等他，等对方同志端正态度！

回到家之后，她先去书房整理明天去上海的行李。

陆初阳也跟到书房门口，她刚想绕过去，就被他堵住。

“陆初阳！”她深呼出一口气。

他竟“嗯”了声答应，然后专心用吸管扎开那瓶携带了一路的牛奶，放进了她的手里。

晏回温有点没想到这么容易就被他贿赂，咬着吸管象征性喝了一口，不太清晰地说：“我先进去收拾东西了。”

他没听见这句似的，视线只看着她：“我也要。”

“要什么？”

晏回温刚说完，手腕就被他捉住，被迫举着牛奶喂给他，就着她才咬过的吸管，一口吸走掉一半。

她蒙住，眨了眨眼睛明白过来。陆初阳厉害了呀！陆初阳买牛奶贿赂她！！陆初阳故意只买一瓶牛奶就为跟她抢！！！

她把整瓶一股脑塞进他自己手里：“都给你！你不要因为我超喜欢你就欺负我……”

话刚说到一半，人就被他扯住手腕用力拉到身上，扣住了腰。晏回温闻到他的呼吸，下巴被抬起来，他低头挨上了她的唇，加深亲吻。

直到最后，陆初阳勾到了她的舌头汹涌地吮吸。

整个空间迅速升温，晏回温感知到嘴唇被含得生痛，向后退去，“咚”的一个闷声，后背撞上了门框。陆初阳及时伸手，垫在她脑后。

两双眼睛注视着对方，近在咫尺，十分安静。

只有巧克力，摇着尾巴冲过来，如往常般神经质地冲他们汪汪劝架。

“这才叫欺负。”陆初阳手肘撑在她脸侧，几乎凑近到她的耳边，压着声音说。

唇很痛，她无语。

“就是想跟你喝同一瓶了，”陆初阳说完拉她离开门框站好，摸了摸她的脸，不知从哪解释，定了定神，“还想哄你。”

“我才没生气，”晏回温拽住他的袖口，“那，你的郁闷走了吗？”

陆初阳把她按到怀里。

他都明白，她每次和他讲道理之前，都会试探问出这句话，如最开始约定的那样，谁也不减热忱。其实，他特别爱她，特别庆幸她愿意跟自己讲道理。

“我们拉钩说过——”

“彼此爱护付出。”陆初阳替她说出来。

“那现在呢，你没办法调假，我为你改一次行程，我们一起过假期不好吗？”她仰起脸求证，“话不算数了吗？”

“算数。”他的语气竟变得低而顺从。

晏回温怔怔看他。

他的这种态度只是对她才有，从来都那么强大果决不服输的一个人，只有面对她，才会这样不知如何是好的软下来。

“你想改，我甚至可以帮你改，前提你得告诉我。”陆初阳又说，勾了勾她的手指。

就这一下，她的心都飞了起来，两只手往他腰上一环，说好了吗？说好了是吗？！

“嗯？”

“陆初阳，幸好问题只是没办法调假，我为你改一改行程。要是牵扯到飞机、大炮、航母，我都能为你去学军工制造了呀！”

他叹气：“你知道我怕什么。”

“怕我委屈，我没委屈啊，”她把陆初阳推出去，“放宽心，我去收拾东西了！”

他执着地没动：“过来，再让我抱一会儿。”

“别添乱，你先出去。”

“嗯。”陆初阳笑了声，拿了衣服去洗澡。

晏回温收拾完跳出来找他的时候，陆初阳正坐在沙发上忍笑得肩膀都颤了，旁边摊着她藏起来的双肩包，巧克力叼给他并拖出了包里的软陶和图纸，邀功。

这是她想偷偷做给陆初阳的“未来”，自己憋半天没说，结果到这只笨狗这里，还是让他马上知道了。她很不服气，很不从容，一句话就是对这只笨狗无法和平了。

“巧克力！”晏回温扑过去，“你这只小叛徒！”

巧克力“嗷呜”一声躲开，她扑了个空，陆初阳抬手把人接住：“做给我的？是什么？”

“未来。”她倒在沙发上捂住脸，不想再说话了。

做给他的未来？陆初阳笑着拿起图纸看了看。

“回温，”他一边收好这两张图纸，一边拉开她盖在脸上的手，“交给你个任务。”

“现在吗？”她把自己整个翻了个面儿，软绵绵埋进沙发里，“现在不行呀，我生巧克力的气了。”

“不行？”

“不行啊！”

陆初阳兀自笑了几秒，俯下来压到她身上，手肘撑在她脸侧，又问了一遍：“真不行？”

“如果，你的任务很急很急的话，我还是可以勉强给你安排上的。”她稍微偏了点脸，露出眼睛瞄他，他身上沐浴后清爽的味道扑面而来。

“很急。”

陆初阳突然低下头，湿漉的头发划过她的额角，不等她反应，已经吻住了她。

晏回温浑身一软，有点受不住，手指抠住沙发：“停停停！你说你说嘛！”

陆初阳在她耳边笑了声，又在她的耳朵上咬了一口，然后把她拉到身上，确定她坐稳后说：“定两张下月 5 号的机票。”

“哪里？”

“呼伦贝尔。”

晏回温点点头，边拿过手机边要问给谁定，忽然意识到什么猛然蹦起来，幸好被陆初阳提前圈牢，眼睛亮晶晶看着他问：“是我们吗？你和我？！我们两个，一起要去大草原啦！”

“是是是，”陆初阳笑，随后声音又低下来，“对不起回温，没办法带你去肯尼亚的大草原看动物星球。不过我去过呼伦贝尔那边的中俄边境训练，我知道有一条特别美的线，我们可以自驾，所以我想带你去看看……”

“去！我们去！”她脱口而出。

晏回温跪坐在他的腿上，在搂住他的脖子，和紧紧抱住他，或蹭来蹭去的乱动之间，还是表达不出自己有多快乐。她和他的爱那么热烈而新鲜，永远没办法用几句话随便讲出来。

她从陆初阳身上跳下来，指着书房问：“我可以带我的摄影器材吗？”

“带。”他点头。

“那我可以带我的画具吗？”

“带。”

“我还可以带上图纸和软陶吗？”她笑眯眯举手问，“这样我就可以把我们一路所有的颜色都添进去，做一个更美的未来给你了。”

身后的窗帘被夏天的风吹得飘了起来，空气中流淌着芬芳和美妙。

陆初阳静静看着她，从目光到表情都无比温柔，有许多动情的话说，却只是认真地告诉她：“回温，是做一个更美的未来，给我们。”

番外三

两小无猜?

今年校庆文艺演出，秦鸽终于不用再为凑数上台表演小提琴了，因为她拖着编排老师的胳膊，仰首编了八百字高三狗赋。

直到老师看她热泪盈眶、命都要交给高考的样子，不顾高涨的群众呼声，摸摸头赦免了她此次登台献艺。

校庆演出上午八点开始，全体师生放假半天安排观演。

秦鸽手抱两份物理题，嘴巴鼻子间嘟着支笔，头一回浑身轻松地进了校礼堂，刚坐在观众席最后，心情美丽地舒了口气。

六人组的其余几个立刻从座位旁边张牙舞爪压过来，发出哟呼的笑声，不可思议。他们在一个小区长大，从幼儿园开始只要一有文艺演出，秦鸽就从没逃出过登台卖艺的宿命。

怎么扑腾，都像被捏住了命运的后颈皮。

秦鸽笑了笑，忽然看到最前面，几个男生蹲在地上帮编排老师调试灯光音响。林在言撑腿站起来，被迫扛着幅二维码泡沫板，去安利同学扫码进群，参与校庆最后的投票环节。

他走过的区域，女生热情得吓人，林在言不抬眼皮地尽快往前走，就刚刚好人能扫到的那种。

哇哦！没有感情的二维码安利机。

嗯？有个学妹追过去，聊上了？

秦鸽视线一收。

六人组一边朝林在言挥手打招呼，一边闹秦鸽：“心情别美丽太早，你从小到大的那个意外因子还在那儿！”

她下巴磕出笔头掀开物理题，同时伸出一只拳头：“看见了吗，拳头警告！这次我好不容易不用拉琴偷个懒，让我看看谁还‘意外’我！”

演出开始还得十分钟，这会儿整个礼堂已经打开了环绕立体声在试音乐。

秦鸽坐在椅子里，勾着选择题的正确答案，要列式算的就直接在旁边空白的地方打草稿。过了阵子一抬头，看见那个学妹还跟在林在言后面聊，有点郁闷。

她继续无视，刷题，还找到礼堂立体声音乐的调子，顺着哼了起来，竟然是 *For him*。

秦鸽喜欢爆了歌手“戳爷”的这首歌，自在而不随性，还有点甜，像乘风而行。谁要演唱这首歌吗？她一边哼一边用身体打节奏。

六人组举起手一起摇摆，嗨了起来。

“组欺”小胖儿说：“我羡慕死你这种长得好看还开口的，我自己唱起来就跟被掐住了脖子的尖叫鸡。鸽儿，弟弟以后还是跟你学拉琴吧？”

“别！我还没找你算账，上回你拉我琴，弓都自杀了。”秦鸽看着他，算准他扑过来杀人灭口的空当，往边上一靠，他的脸就被其余几个七手八脚拍在了椅背上。

小胖儿噘着嘴巴嘿了声：“林在言不教好！”

秦鸽也乐得不行，正要转头去看林在言扛着二维码是不是快安利到这里，视线忽然被一个身影挡住，那人朝她走了过来。

“我能跟你合唱吗？”他问。

秦鸽反应了两秒：“什么？”

他看着秦鸽低声说：“我是高二的，初中也在咱们附中，所以每年都看你拉小提琴。刚才我去后台，她们说今年你不上台拉琴了，那我能邀请你合唱 *For him* 吗？”

哟！ *For him* 哦！六人组心里打着串呼声齐刷刷看过来。

秦鸽从小到大没少被男生明里暗里地示过好感，一般都会当场撇清楚。就是特别犯怵在这么大这么热闹的场合，又碰上这种静静站着两眼跟你认真到底的更尴尬。

谁都还没说话。

秦鸽一偏头倒先看见了林在言。

他在这个男生后面一些，猛地盯住她，扛着二维码就闯了过来。闯那么积极，连过几人后，秦鸽发现和他聊不停的学妹也跟在后头，无语林在言这时候还带人来看热闹。

刚把手抬起来戳过去警告，他已经来到跟前，一把扯住了她伸出的那只手的校服袖子。

秦鸽被他生拽了起来，就看到他另一只手把二维码板往小胖儿身上一塞，同时很快地把她拉出来：“跟我来下！”

搞什么？林在言这智障！

秦鸽用力抽出袖子反倒手腕落在了他的手里，于是瞪着他，咬住牙悄声问：“你拽我干吗去？”

林在言只管拉她跑下阶梯。

他身高腿长，脸贵气又带着些少年感，所以一路吸引到的目光和呼声，让秦鸽难为情得快钻进地缝里去了，一直到礼堂后台他们才停下来。

“突然杀出来，你的理由最好很抗打……”秦鸽边说边甩开了他，想转转视线看这里还有没有人注意到他们。

林在言已经松开了手，两步就快迈到忙得脚不沾地的编排老师面前，然后把秦鸽也捞到身边喊了声：“让我找上台拉琴的人找来了。”

去你大爷的林在言！

秦鸽脸上都懵了，她编了八百字小作文才辞演，乖乖坐那儿，他一把又给自己薅过来了，还当着一礼堂人的面。这个人哪里攒的行动力，从小到大都跟她过不去？

“林在言你搭错筋了，”秦鸽疑惑未定，趁老师听见之前问，“你是不是不知道我就想……”

“想跟人合唱 *For him*？”林在言也歪头看着她。

少年感的脸变得不好惹起来，秦鸽噎了噎，如果现在她的头顶有武力条，绝对已经一点一点攒到爆：“不，是想弄死你！”

“然后，”林在言仍这么看着她，“再去跟人合唱 *For him*？”

嘭！武力条爆炸，归零。

秦鸽忽然静下来了，打住跟他继续互噎，想着这时候还没被注意到，先回观众席，正好之前的尴尬问题也解除了。

转身时，忽然见一直跟着林在言的学妹抬手想拽住他的袖子。

秦鸽还听到两句，就是女生想要他的微信，如果林在言给她加微信，她可以帮林在言完成老师交代的活儿，顶替突然请假的同学上台表演小提琴独奏。

按说加不加是林在言的事，不过秦鸽下意识顿了两秒，还有点儿郁闷。

想听见结果，可这个姿势杵着不动又跟要妨碍他们干什么似的。

"我先走了。"秦鸽还是迈开了步子。

"不加！"林在言同时撇开手臂，没让女生碰到自己，把人赶走然后一步挡在了秦鸽面前，"别偷懒了，你得留下。"

呼！那句"不加"把她心里因为什么拧起的绳结给松开了。

秦鸽正面看着林在言，这个人已经比她高出一头了，脸也越发好看的经得住夸。林在言就一直这么垂眸盯着她，眼神好像在问"你留不留下"。

"留下怼你？"秦鸽下意识问了句。

她和林在言从幼儿园玩到高中，仔细算的话，有一半时间都在互怼，挖坑给对方跳这种事更是经常发生。同样他们也彼此熟悉，程度甚至可以准确到他和她在哪年哪分哪秒掉了一小颗牙。

"你别坑我了啊，你知道我越大越犯怵凑热闹上台，而且刚才我也没想去唱 *For*……"秦鸽说到一半，忽然肩膀被大力一带转身，余光只来得及瞥见编排老师正向他们赶来。

"不想唱就别回去了，"林在言猛地把她逼到了墙边，用身高完全遮挡住她，"你到底留不留下帮我？"

"我什么你？"秦鸽还没反应过来。

他逼近，低声问："快回答我。"

话里一股子和什么不爽的酷傲味儿，不过秦鸽来不及去体会，已经听见编排老师一边火急火燎冲来，一边高声喊："是秦鸽吗？是不是把秦鸽给我叫来了？"

"不……"秦鸽想从林在言手臂下溜走，他却在前面手一捞捂住了她的嘴。

下一刻他就回头，做出准备向老师招手的动作，还歪头看着她："老师来了。"

互掐一点即燃。

“林在言不撒手你完蛋了！”秦鸽抬腿往他比脸还白的新鞋上踩，掰他的手指。

而林在言只是跳开脚，掌心还盖在她的嘴巴上没有动，秦鸽唔唔说话的呼吸和唇的温度都微微挠得他忽然一个心跳不稳。

她使劲，一口咬在了他的手指上。

舌尖不小心扫到他的皮肤时，林在言被这温软的触感搞得莫名有些乱，忙松开她：“……别咬，老样子，叫声‘哥哥’我们休战了。”

“你是哪门子哥哥？”秦鸽“啪”地扫开他还没来得及收回去的手。

他又把这只手放在了她的头顶，声调故意有些像哄骗：“我是不是哥哥？”

“不是。”

“是不是？”

“不是！”

“再说。”林在言不紧不慢，另一只手作势向她身后探去。

秦鸽倏地两腿都快跪了，提声就一连串：“是是是是是！”

然后抢在他戳到自己后颈的那块痒痒肉之前，赶紧逃跑，结果右脚慌乱拐过去踩掉了左脚的鞋子。重心不稳从林在言身旁扑出去的刹那，她头顶电闪雷鸣，对上了编排老师惊喜万分的脸孔。

还听见老师隔老远就喊出来的那句：“秦鸽你是不是可以救场拉个琴？”

自己刚才也大声说了什么？

是是是是是！

“真棒！”编排老师带着风来，带着风走，还不忘摸摸头，“多才多艺我秦鸽，行侠仗义我秦鸽，还给我行什么礼啊见外，我好忙！你准备好了直接来。”

秦鸽手指微微哆嗦，死命抠着林在言的手臂保持着平衡。而林在言拎住她后颈的校服领子，一拽将她提回了身边。

鞋掉了，人站稳。

秦鸽这一刻有千言万语，最后只想对林在言说一句，你——大爷！

“还飞吗？”林在言松开提着她的校服领子，晃了晃被她紧紧抠住肉的胳膊。

秦鸽扑出去的时候靠他才单腿站稳，他一动，她身体跟着又和抖筛子似的来回摇摆，“哎”了两声想瞪瞪这个人怎么这么欠揍。

“两只脚真牛！”林在言伸腿给她把鞋踢了回来，“都学会互相打架了。”

“别闹。”秦鸽推开他乱晃的胳膊，懒得弯腰，用脚把鞋勾起来单腿跳着穿。

“没闹了，你好好穿——秦鸽？”林在言手托住她的手臂扶着她，怕她真的摔倒，然后背靠着一扇门，“你看看我，你看看这门。”

如果刚才秦鸽没飞出去，这会儿大概还是被他放走了。

但她现在不太想说话，有关去年登台演出时一些不太好的感受冲了上来。那次拉完琴回到家她收到了几个链接，秦鸽点开链接中的帖子，翻下去全是自己在台上的图，故意修得特别扭曲丑陋。

帖子传播了一个星期被封，可那天其实还是她 17 岁的生日，秦鸽看到那些图难过了很久。

过会儿，又得上台了。

秦鸽在喧闹的后台闷声走着，想去找编排老师拿琴，刚走两步，手腕就被握住了，一个大力拉着她往前走去。

林在言带着她，手指指腹好像轻轻擦了一下她的腕侧："你拉琴的时候特别好看。"

皮肤和皮肤的触碰若有似无。

秦鸽直到坐下来准备，还有些不太好描述的心悸感觉，手摸在谱子上，集中注意力看，半点目光都没敢分给林在言。

"哦！我想起来了，"林在言忽然弹了一下她的额头，"某些人上台前非得吃巧克力，是不是？"

秦鸽捂住脑门，忍了忍他，问："那有吗？"

林在言一只手揣进校服口袋："没有。"

她"嘁"了声。

"除非——"林在言又弹了下她的额头，"你叫我哥哥。"

秦鸽拍开了他的手："林在言你是不是真有病！"

"叫不叫？"他笑出来，声音挺低。

秦鸽跟他眼睛对眼睛地瞪了两秒钟，没再理他，低头专注看谱。她从不是一个会把不愉快带上台的人，本来修图的事情就自己排解了七七八八，这几句呛嘴后，她果真什么都忘了。

"林在言，"秦鸽练了会儿琴，看看大幕后头正在准备的节目，感觉快轮到自己了，再吃不到巧克力就没时间吃了，"要不……"

"没带钱。"林在言先答了句，抢在她请自己去帮她买巧克力之前。

秦鸽从校服里摸出一张十块展开："那要不……"

她跟林在言说这个自己都觉得奇怪，明明互掐是真的，可到头来跟对方不约而同地不见外也是真的。可能下一秒，他就会告诉她“不去”。

果然林在言没吭声，伸手不仅抽走了她的十块钱，还摇了摇头——不去。

看吧！

“算了，我该去候场了。”秦鸽拿小提琴站起来，走到了大幕后，然后一回头，鼻尖差点撞上一个肩膀，几乎屏住了呼吸。

林在言还抬着手，手里是才从兜里拿出来剥开的巧克力，干脆把它一股脑全塞进了她的嘴巴里。

这太突然了，秦鸽有点儿没反应过来，含住巧克力的同时，下意识就对一起闯进嘴里的侵略物咬了下去。

“啊！”林在言喊了声。

这个字低低的，被他喊出来还轻轻带着尾音，莫名有些暧昧。秦鸽脑仁儿都跟着一麻，只感觉倒吸一口凉气。

林在言也微微有些发怔，把手指头抽回来，打量着她：“我给你喂巧克力，你咬我？”

“对你，都条件反射了。”秦鸽视线不知溜到哪里去才好，舌尖包裹着巧克力，挺甜的。忽然台上报幕轮到她上台，秦鸽惊醒，正急忙将巧克力吞下去。

“那演完跟我赔礼道歉。”林在言抬手就朝她额头弹了一下。

一下没过瘾，临她上台前，他又轻轻弹了一下。

秦鸽看了看他，边忙着把巧克力彻底吃干净：“林在言你给我等着！”

演奏完从台上下来，她第一眼先到处寻找林在言，不过四面八方早没他影儿了。将琴还给编排老师的时候，她还被老师侧面安慰了两句修图那件事。

她之前不想上台，可真到演完心里却舒服平坦了，估计是跨过了那条沟。

秦鸽去拿刚刚脱在后台的校服外套准备走，一拎起来，从校服里掉下来一张紫色的纸。看到上面画的东西，她拿着纸的手都捏成拳头了，无语得不得了。

林在言画了一只鸽子伸出翅膀用力弹另一只鸽子的小脑袋，他还写着：跟我赔礼道歉，叫哥哥。

本来她都忘了，现在一摸脑门儿，真疼！

林在言呢？！

秦鸽到校庆结束都没有逮到人，估摸这种活动他早翘了。放学的时候，她骑着自行车下意识拐到了他们走过几次的小路，脑子里也没去想能碰见他。

直到看见十来米开外的那个人，还真是林在言。

秦鸽自己都神奇得笑了，捏了把自行车闸停下来，看看他不走而杵在那儿干什么呢。

林在言对面另外杵着四个人，打扮跟斧头帮似的，手里也配一把木斧头，只有一个同伴还穿着校服，后背别一张号码牌。看校服是隔壁职高的，他们今天开运动会，八成是出场走方阵中的一员。

“斧头帮”的哥几个在地上踹着什么笑个不停，接着就传来了咕咕咕和扑腾翅膀的声音，踹的竟是一群困在笼子里的小鸽子。

林在言朝他们喊了声：“别碰它们！”

“斧头帮”反过来问：“我踹着你爹妈了还是你女朋友了啊？”

他们提着木斧头火并过来的时候，林在言说了句：“傻×！”

一挑四。

“我的天！林在言好凶一少爷。”秦鸽感叹了下，倒不担心他的实力，甚至就待在原地等待，盯住战果，想等他们打完去抢救一下那群被“斧头帮”踹伤的小鸽子。

大概过了十分钟，林在言手指头都没碰伤一下，斧头帮跑了。

他却没有走，提起地上的鸽子笼，敲了敲旁边铁门。

秦鸽见门没锁，林在言推开走了进去，也急忙停好自行车跑了过去。门内是一个小院子，院子里有一座二层小楼像是个仓库，看样子主人已经搬走了，可能鸽子就是他们遗留下来的。

她在院子里没看见林在言忽然有点儿担心，给他拨了个电话，他接起来声音还挺高兴：“想好怎么赔礼道歉了？快点，先叫哥哥。”

秦鸽无语：“脸皮厚得飞起。”

估摸他是上楼去了，挂掉电话秦鸽藏在小楼门内，看到林在言提着鸽子从楼上找了一圈没人后下来，她顺手摸了摸之前被他弹红的额头。

林在言慢慢走下楼梯，下到最后一阶的时候，秦鸽“啪”地按灭了电灯开关，在一片漆黑中轻轻惨惨地学起了鬼叫：“哦呜——”

接着就听那边传来“咚”的一个闷响，像是林在言踉跄地撞上了什么。

“哦呜——”她嗓音更加轻飘哀怨起来。

林在言闷哼了声：“谁？”

秦鸽忽然噤声，在什么也看不见的漆黑中一步一步慢吞吞地朝他飘去。她知道林在言怼天怼地，男子气十足，但有个弱点，怕鬼，现在他八成蹲在地上头皮都发麻了。

“……秦鸽？”林在言试探地问了问，语调莫名有些依赖。

被喊出来秦鸽一点也不意外，她和林在言太熟悉了，借着仓库突然灭灯才吓住他。只要两秒一过，林在言反应过来马上就能揪出是她。

“林在言，林在言，鬼来啦！”秦鸽摸着黑最后喊了句。

“过来。”他那边一点起来的动静都没有，倒是声音听起来有那么点发涩。

秦鸽停住了：“嗯？”

短暂的寂静后，林在言像是靠着什么挣扎了两下：“把我吓摔一跤，你不过来扶我吗？”

摔了一跤？秦鸽抓住这几个字，心一提，二话不说跑了过去。

“你怎么摔的？严重吗？”她还没跑到楼梯，脚就先踢到了东西，立刻蹲下来手忙脚乱一摸，才发现林在言整个人都趴在了地板上。

他一声不吭，秦鸽就突然心慌得不行。

“摔哪儿了……”她嗓音发软，问了半天仍没有回应。

不敢乱碰他，秦鸽迅速掏出手机点开手电筒，这一小片亮了起来，她完全惊住。林在言的校服袖子磨出了一大片黑，里面的短袖更是摔得从他身上掀起到了肋下。

曝光的腰腹背虽然漂亮有力，但这一刻的场面有一些不太好面对，林在言应该想打人吧。

没等秦鸽关掉手电筒的光，他默不作声地将头埋进了胳膊里。

“林在言？”秦鸽内疚地蹲在他身旁。

也不清楚他能不能站起来。

“你是不是难受了？”她想了想，伸手去托他的手臂，“对不起，我先扶你坐起来。”

林在言“嗯”了声，听不出情况好与不好，声音闷闷的竟还有些沙哑克制，然后他的肩膀微微颤抖了起来。

“你不会是……”秦鸽抓着他的胳膊吓得不轻，“哥，哥哥，林在言哥哥？”

林在言的肩膀越抖越厉害，头埋在手臂里发出了轻轻地笑声，终于越笑越忍不住。秦鸽还有点儿蒙，林在言单手一撑先从地上跃了起来，在她额头偷袭弹了一下。

“刚叫我什么？”他重新问了一遍。

秦鸽突然惊醒似的，在手电筒的这点灯光里疑惑地看着他：“怕鬼？摔了一跤？”

林在言点点头：“摔了一跤。”

秦鸽一个字一个字地重复：“怕，鬼？”

“怕鬼。”他回。

然后提起地上的鸽子笼走到门口把门推开，房间敞亮了起来。林在言转过身靠在了门框上看着她，可他还知道，自己会因为眼前的人变得勇敢、无畏。

两小无猜，就是一直藏在彼此心里的光啊！

他像忽然推开了一扇任意门，全身散发着阳光。望着他朝自己勾勾手，秦鸽下意识走了过去。

“要不你再叫我一遍哥哥，”林在言从眼睛到声音都在笑，“我就不让你负责了。”

“负责什么？”秦鸽问。

“我腰都让你看完了，”林在言始终在原地等她过来，“这点你得负责任吧？”

秦鸽一眨不眨地盯着他，憋了能有十秒钟。

终于还是来到他身旁，她和他一起走出这间仓库：“林在言，你是不是碰我瓷儿了？”

为这万家灯火而负重的每个人，请长命百岁。

合作媒体

亚洲好书榜
粉丝力量
FANS POWER

微博客户端扫描条形码
为本书打榜

如手边有书
可随时阅读

上架建议：畅销/青春文学

敬请关注
酷威文化微信

酷威文化
KUWEI
荣誉
出品

ISBN 978-7-5306-7821-3
9 787530 678213 >
定价：49.80元（全二册）